本书出版由上海汽车工业教育基金会资助

东方管理教材丛书

主编 苏东水

东方管理学教程

◎ 苏宗伟 编著

上海财经大学出版社

图书在版编目(CIP)数据

东方管理学教程/苏宗伟编著，一上海：上海财经大学出版社，2009.
12
（东方管理教材丛书）
ISBN 978-7-5642 -0643-7/F • 0643

Ⅰ.东… Ⅱ.苏… Ⅲ.①管理学-东方国家-教材 Ⅳ.①C93

中国版本图书馆 CIP 数据核字(2009)第 196967 号

□ 丛书策划　张惠俊
□ 责任编辑　张惠俊
□ 书籍设计　钱宇辰

DONGFANG GUANLIXUE JIAOCHENG
东 方 管 理 学 教 程
苏宗伟　编著

上海财经大学出版社出版发行
（上海市武东路 321 号乙　邮编 200434）
网　　址：http://www.sufep.com
电子邮箱：webmaster @ sufep.com
全国新华书店经销
同济大学印刷厂印刷
宝山葑村书刊装订厂装订
2009 年 11 月第 1 版　2009 年 11 月第 1 次印刷

710mm×960mm　1/16　20.5 印张(插页:1)　390 千字
印数:0 001—3 000　定价:34.00 元

代　序

21 世纪东西方管理融合与发展的趋势
——当代中国东方管理科学的创新与实践

一、管理文化融合与发展

随着全球经济一体化的进程不断加快,国际文化交流向纵深发展,东西方管理文化融合与发展越来越成为当今管理理论与实践发展的重要趋势。在历届世界管理大会和世界管理论坛暨东方管理论坛上,我们连续发表论文《弘扬东方管理文化,发展现代管理学科》、《东方管理文化的伟大复兴》、《面向 21 世纪的东西方管理文化》等文章,阐述对当代管理理论发展及管理文化发展态势的一些看法。在这些文章中,我们已初步阐明了东西方管理文化发展的趋势,认为当代东西方管理文化必然走向融合与发展,这股趋势不可阻挡。以下着重从管理文化融合的必然性及东西方管理文化融合发展趋势的五大特点来阐述当前东西方管理文化的发展趋势。

(一)东西方管理文化融合的必然性

东西方管理文化融合有其深刻的时代背景,以经济发展为根本动因,以文化交流为主要形式,当前东西方管理文化融合有其历史必然性,主要体现在以下五个方面:

1. 以全球经济一体化为动因

20 世纪 90 年代以来,以信息技术革命为中心的高新技术迅猛发展,不仅冲破了国界,而且缩小了各国和各地之间的距离,使世界经济越来越融为一个整体。在世界范围内,各国、各地区的经济相互交织、相互影响、相互融合成统一整体,即形成"全球统一市场";另一方面,在世界范围内建立了规范经济行为的全球规则,并以此为基础建立了经济运行的全球机制。在这个过程中,市场经济一统天下,生产

要素在全球范围内自由流动和优化配置。目前,全球经济一体化已显示出强大的生命力,并对世界各国经济、政治、军事、社会、文化等所有方面,甚至包括思维方式等,都造成了巨大的冲击。这是一场深刻的革命,任何国家也无法回避,惟一的办法是如何去适应它,积极参与全球经济一体化,在历史大潮中接受检验。管理文化在这一历史大潮中也要经受住规模空前的洗礼,而管理理论与实践要发展,东西方管理要对话,它们之间的交流是不可避免的。在这一时代大背景下,东西方管理文化不断走向融合与发展成为一种历史的选择。

2. 国际文化交流的影响

文化交流是人类交往的产物,是文化发展的重要途径。文化的个性、特殊性决定着文化交流的必要性;文化的共性、普遍性提供了文化交流的可能性。任何国家和民族的文化都是一定社会实践的产物,有其长处,也有其局限。一国只有向其他国家的文化吸收营养,才能永葆青春,永具活力,管理文化亦是如此。管理文化交流是管理文化发展的内在要求,是由管理文化的普遍性和特殊性的矛盾决定的,不同民族的管理文化既有特殊性又有普遍性,是个性和共性的统一。无论从西方比较管理研究,还是从企业文化研究都可以看出西方最新的管理理念极为重视管理文化对管理的巨大影响。根植于企业文化的软约束在管理中的作用并不比来自企业制度的硬约束小。企业文化往往成为一个企业的无形资产,并使其他企业难以模仿。东西方管理学者们都认识到交流的必要性,惟有相互交流才有可能创新出符合世界潮流又能立足于本国实际的管理理论。东西方管理文化的交流随着东西方管理融合这一大趋势而不断得到发展,东西方管理文化的交流和融合越来越受到重视。

3. 追求社会和谐的需要

中国文化,历来追求人与社会的和谐、人与自然的和谐。中国古代学者和政治家,视民不相争、夜不闭门、路不拾遗为中国社会最理想的状态。他们大力追捧这一理想社会。中国的古代哲学家老子,则倡导遵循世界的法规(道),达到人与自然的和谐。而西方对和谐社会的看法则略有不同,西方人认为:好的社会,并不是简单地推行和谐,简单地要牺牲"小我"来成全"大局";好的社会,在于最大限度地保障个人的政治、经济、社会权利。这些不同并不会给东西方的交流带来阻碍,相反它们能从各自的优劣势中汲取经验和教训。人与自然和谐相处,就是生产发展,生活富裕,生态良好。追求社会和谐就体现在人与人、人与社会和人与自然的关系上,这是和谐社会在人与自然关系上的延伸。从根本上来讲,不管是东方,还是西方,和谐社会都是人类共同向往的生活状态。

4. 管理研究的进展

随着管理研究的推进,管理文化在三个方面表现出从中方到西方,再从西方到中方的回归:其一是大家所公认的"人在管理过程中的作用",其二是文化对管理发展的作用,其三是东西方管理文化的融合。而第三点东西方管理文化的融合正在成为管理理论与实践发展的最近趋势,今后管理研究的技术和方法,研究的思路和视角,研究的领域和热点,都将更多地从东西方管理文化融合的背景下做深入探讨。未来东西方管理学者需要进一步挖掘、利用、融合东西方管理理论和研究方法中各自可以互补的精华与优势,从而推动管理理论与实践的进一步发展。

5. 中华优秀文化传播

泱泱中华五千年文明史,其光辉璀璨,熠熠生辉,无与伦比。随着中国经济的飞速发展,中国在世界的影响力越来越大,在世界政治、经济等领域扮演了越来越重要的角色。在文化领域,中国传统的优秀文化也开始走出国门,走向世界。从《道德经》到《论语》再到《孙子兵法》,这些古代中华优秀文化的典范已成为世界各国耳熟能详的经典大作。它们成为中华文化的象征,成为世界各国人民了解中华文化的重要通途。与此同时,这些传统经典中所包含的管理文化也逐渐向世界传播开来,为西方人士所了解。随着中国的和平崛起,中华优秀文化对外传播成为不可阻挡的时代潮流,东西方管理文化势必在这一潮流中互动、互补、共融、共进。

(二)新趋势

东西方管理文化融合与发展越来越成为当今管理理论与实践发展的重要趋势,主要体现在以下五大方面:

1. 人本管理文化的回归

中国古代思想家强调"人为政本",所谓"水能载舟、亦能覆舟"。那时所讲的"人本"主要是从政府与官员的角度探讨,但带有强烈的忧国忧民的色彩。在观念层面上与当今新经济时代所倡导的"人本主义"本质上是相同的。从西方管理学的发展历程看,从以泰罗为代表的科学管理到以梅奥、麦戈雷格、马斯洛为代表的行为科学,再到多种管理学派并存的柔性管理,西方管理思想走出从漠视人到重视人,逐步向人本管理思想发展的轨迹。西方管理理论"人本化"的倾向与东方人本管理思想是完全一致的。由此可见,西方管理学向东方管理学的回归是一种历史的必然。

2. 人德管理文化的回归

对伦理道德的强调是东方管理智慧的重要特质之一。西方经济发展到今天的网络经济,也意识到没有发达的网络道德保障网络的安全,是不会有发达的网络经济的。在新经济时代,"以德为先"正是适应了新管理的需求。西方越来越强调的社会责任体现了这种向中国人德文化的回归趋向。

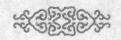

3. 人为管理文化的回归

东方管理智慧历来强调合作共存。万物共存而不相悖。成就他人的过程也就是成就自己的过程。西方管理理论近期对"竞合"的研究可以说是对中国传统这种和谐观念的回归。

4. 人和管理成为东西方的共识

人和管理,即管理要"以和为贵"。管理的终极目标是人的发展,"和"是实现终极目标之前的中间目标和协调手段。在竞争和对抗的管理活动中,"人和"乃制胜法宝;在个人和组织的发展中,"和"也具有重要的调节作用。历史证明,"以人为本"作为终极目标很容易走向极端,即个人主义、各种利益集团的本位主义以及人类中心主义,欧美国家自文艺复兴以来很重视以人为本,但为什么还会一度出现比前代更加严重的社会危机? 这些危机小到家庭破裂、劳资紧张,大到战争和环境污染,但都有一个共同病灶,就是忽略了"和"这个中间目标的调节。目前,西方社会开始意识到"和"的重要性,尤其是"人和"管理的重要性。中国的领导层很重视"和":在国内强调和睦安定,建设和谐社会;在国际交往中,提出了"与邻为善、以邻为伴";在"天人"关系方面,实践科学发展观。显然,这三个层面的"和"也同样适用于其他组织的管理。所以,"和"的要素是蕴含在管理之中,是管理的应有之义,只有做到"和",以人为本的终极目标才能够不偏不倚地实现。就"和"的意识和人和管理而言,东西方不约而同朝人和管理的方向努力,在人和管理方面已形成共识。

5. 人道哲学的融合

"道"是一个内涵很丰富的词,人道的内涵,主要指尧、舜、孔子的仁义之道。"人道"是指人、人的价值、伦理道德、人的认识(包括自然、社会、人生、思维规律)以及历史观点等,包括客体、主体以及主体对客体的认知。关于人道的学问可称为人生哲学,即关于人生意义、人生理想、人类生活的基本准则的学说,也就是道德学说。"人道"的本旨就在于"使人成为人",它把人本身的发展、完善、自我实现视为最高价值,把"使人成为人"奉为道德原则的思想体系。"人道"要求在管理中必须尊重个人的价值。目前西方兴起的人本主义经济学正是与"人道"管理思想相吻合,可以说东西方在人道哲学方面逐渐呈现融合的态势。

以上五大方面的特点表现出管理文化从东方到西方,再从西方到东方的回归历程,展示了东西方管理文化从最初彼此对立到互相学习、互相借鉴,再到不断融合的历史过程,这一历史进程也深刻揭示了东西方管理文化融合的必然性、可能性及不可阻挡的趋势。

二、管理科学的走向

当前东西方管理融合与发展的新趋势必然影响到对管理科学认识的变化。

(一)从狭义到广义的认识

对什么是管理科学的问题存在很多不同看法。例如：有的人把它等同于西方"管理科学"学派的内容；有的人仅把它理解为现代管理的方法；有的人则认为管理科学就是电子计算机＋数学；还有人认为管理科学是研究以最佳投入产出关系组织经济和社会活动，使系统良性运行，并使各利益主体需求获得相对满足的一门独立的应用性学科，等等。

广义的管理科学可以包括政治、经济、科技等方面的管理。经济管理科学则包括工厂企业的管理、部门经济的管理、国民经济的管理和世界经济的管理等。管理科学并不是一门单纯属于计算机的学科，它是一门具有多功能、多层次、多属性等特点的学科，是一种综合地研究生产力、生产关系和上层建筑的科学体系。管理科学是介于自然科学与社会科学两者之间的一门新兴的学科。

(二)从个性到"三性"

管理科学源于西方盛于西方，其研究重点，经历了由古典管理理论阶段的生产管理和组织管理，到行为科学理论阶段的人和组织行为的管理，再到现代管理理论"丛林"阶段的众多理论流派的转变。其研究重点就在于对单一理论与现象的解释，注重管理中的个性研究。我们认为对管理科学这一概念的认识要从"三性"，即管理科学的规律性、管理科学的两重性、管理科学的融合性三个方面进行本质的探讨。

1. 管理科学的规律性

对管理科学进行研究，就是要研究和掌握管理的规律性，提高生产技术和经营管理水平。其目的是为了按照生产力、生产关系和上层建筑发展运动的客观规律来管理企业，提高社会经济效益，为此，管理科学应该研究以下三个方面的规律性。

第一，按照生产关系运动规律的要求进行管理。生产关系运动的规律，即政治经济学所揭示的社会经济规律。

第二，按照生产力发展规律进行管理。

第三，按照上层建筑方面的规律进行管理。

2. 管理的两重性

所谓管理的两重性，是指管理所具有的自然属性和社会属性。前者是管理所具有的组织、指挥和协调生产的特性，它反映了现代社会化大生产过程中协作劳动本身的要求，是各种不同的社会生产方式都可以共有的一系列科学方法的总结；后

者是管理所具有的监督职能,它反映了生产资料占有者或统治阶级的意志,是为一定社会历史条件下的生产关系服务的,受到一定经济基础的影响和制约。马克思有关管理两重性的论述,体现了生产力和生产关系之间的辩证关系,表明管理这门综合性学科既有生产力范畴的内容,又有生产关系方面的内容。

从管理作为一门独立的科学来看,应当有所侧重,而且侧重点主要应当是生产关系。

3. 管理科学的融合性

管理科学这三方面通过管理的具体工作融合为一个管理的总体,又通过管理具体工作得以存在和表现。它可以归纳为三种形式:

第一,三个方面的内容分别表现为三种不同的管理工作。

第二,三个方面的内容共同表现为一种管理工作。有些企业管理工作是由多种因素共同引起和决定的,既具有合理组织生产力的内容,又具有完善生产关系和上层建筑的内容。

第三,两个方面的内容共同表现为一种管理工作。

管理工作这三个方面的矛盾和统一,就融合为管理科学的总体。我们要从总体上对这三个方面同时进行研究。管理科学既然要研究生产力、生产关系和上层建筑三方面的问题,研究经济规律和生产力规律(包括自然规律),就必然同许多学科如政治经济学、国民经济管理学、企业管理学、工业经济学、行为科学、数学以及各种技术科学等发生紧密的联系。因此,管理科学具有介于社会科学和技术科学之间的综合性特点,科学体系也应该按其研究对象的内容来建立。

由上可见,管理科学具有两重性和融合性,具有发展生产力的共性,同时还具有完善生产关系与推动上层建筑发展的特性。

(三)研究对象的变化

我们认为,管理科学是为人类的管理实践服务的。管理活动是人类的一项基本实践活动。因为任何有组织的活动都程度不同地需要管理,所以自从有组织的活动产生以来,就有了人类的管理活动。管理科学是一门综合性的科学。管理的实质是经济意义上的管理,它是用以知道人们如何有效地管理社会生产、交换、分配、消费诸多过程的一切活动的。所谓管理,就是对社会总过程各环节的活动进行决策、计划、指挥、监督、组织、核算和调节。管理科学是从管理实践中形成和发展起来的,由一系列的管理理论、职能、原则、形式、方法和制度等组成的科学体系;是由社会科学、自然科学和技术科学相互渗透综合而成的。因此,管理科学的研究对象就不能仅局限于企业管理领域,而应该有较为宽泛的研究对象,主要包括政治、经济、科技等方面的管理。同时必须注意到管理是一门综合地研究生产力、生产关系和上层建筑的科学体系,它的研究对象应该涉及自然科学与社会科学之间的各个学科。

三、东方管理的创新

中国"东学",即中国的东方管理科学,自 20 世纪 70 年代中期,经复旦大学东方管理学派的探索与研究,迄今已三十多年了。在历史长河中,三十年不算长,但是其学说的源头,也是东方管理之水的源头则有三千多年的历史。《周易》、道家、儒家、佛家等传统管理文化的智慧是其思维创新的结晶,也是我们东方管理学说智慧的源头活水。如,"上善若水"之说中的"水",形容管理之水变化多端,是永恒而没有终结的,其利害之处、哲理之深那就丰富了。三千年如水的源头的中国东方管理学说,比起近百年西方管理学科的历史,那要早三千多年了。综观宇宙事物的运行规律,可以说,管理的本质是"人为为人",集中一个字是"变",像水一样的变动发展乃至无穷。管理若水,有永恒之道,乃以人为本、以德为先、人为为人,造福人间万物,川流不息。

(一)东方管理学的精要体现:"五字经"

东方管理科学是在中国创新、融合古今中外管理精华、东西方管理融合发展的基础上,在文化、哲学、人本、道德、技术(方法)五个层面融合的基础上,以及在管理文化、管理教育、管理交流需求的基础上建立的。东方管理科学的创新主要体现在五个字,也即东学"五字经":"学"(三学)、"为"(三为)、"治"(四治)、"行"(五行)、"和"(三和)。东方管理学以体现东方管理文化本质特征的"以人为本、以德为先、人为为人"的"三为"原理,在中国管理、西方管理和华商管理的基础上形成了治国、治生、治家和治身的"四治"体系;以人本论、人德论、人为论为核心,包括人道、人心、人缘、人谋、人才"五行"管理的东方管理理论体系,并提出其管理目标是构建和谐社会的人和、和合、和谐。

(二)东西方管理精华融合过程之典范:东方管理学形成历程

在东方管理学的创新与发展过程中,其经历了三个阶段:从 20 世纪 80 年代的探索阶段,到 90 年代的创新阶段,再到 1997 年以后的发展阶段。这三个阶段分别是:(1)20 世纪 80 年代:古为今用、洋为中用阶段;(2)20 世纪 90 年代:理论创新、创立学派阶段;(3)1997 年至今:走向世界、影响扩大阶段。[①]

2008 年 7 月由中国国民经济管理学会等机构联合在上海复旦大学召开的 IF-

①　东方管理科学研究院编写组:《中国"东学"三十年——东方管理学的创新与发展》,《世界经济文汇》2006 年第 6 期专辑。

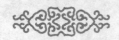

SAM第九届世界管理大会,提出了东西方管理融合与发展的主题,具有现实和深远意义。这是中国管理界有史以来第一次真正意义上具有国际性的世界管理大会,是盛世之会,也为东方管理文化、东方管理学进一步走向世界提供了广阔的平台。一个有着优秀文化传统的东方古国,一个处于经济蓬勃发展时期的伟大民族,需要有自己的管理文化、自己的管理学说。东方管理文化不仅能在"世界叫响",东方管理学说更必将长成参天大树,枝繁叶茂,巍然屹立于世界管理理论之林。

四、管理的核心价值

早在世纪之交,我就写了《世纪之交的管理文化变革》等文章,阐述了东西方管理文化的融合态势,提出管理的核心价值就是"以人为本、以德为先和人为为人"。我认为管理的本质、核心及最有价值的精华所在就是"人为为人"。

1．"以人为本"

"以人为本"一词的完整提法最早出自《管子·霸言》:"夫霸工之所始也,以人为本。本理则国固,本乱则国危。"这里所说的"以人为本",是指建立霸业的一种手段,显然管子的"人本"还停留在工具论的层面上。作为中国传统道德基础的"仁",其根本涵义即是"人"。孔子的主要思想之一是"仁",孔子归结"仁"为"仁者,人也"①。这里的"人",首先是处在管理系统之中的人,即所谓"民"。中国传统文献中对"民"的重要性的论述极其丰富,如《孟子》的"民为贵"等等。中国传统管理哲学是以人为核心的,但是上述的"人本"思想还停留在工具论的层面上,离近现代的人本管理哲学还有一定的距离。

东方管理学的"以人为本"包含着两层含义:一是将人视为管理的首要因素,一切管理工作都围绕着如何调动人的积极性、主动性和创造性来展开,这是它的浅表内涵;二是通过给人们提供充分施展才华的空间,不断地运用挑战来锻炼人的智力、体力乃至意志品质,并在此全面发展的基础上,努力实现摆脱自然束缚的自由发展,提高人的生命存在质量,这才是"以人为本"的深层内涵。

以人为本作为科学发展观的核心,得到了普世的认同,以人为本在不同的时代背景下不断得到升华。东西方管理、理念和做法有很多不同,但是也有不少人类共同的东西,如对"人本精神"的追求。2008年5月22日的《环球时报》上有文详撰"以人为本拉近中国与西方的距离",可说这是"以人为本"在新时代的升华,也充分显示了东西方在人本理念上的融合。以人为本上升到国策的层面是对社会主义核心价值的升华,彰显了新时代背景下"人本"观念的深入人心。

---

① 《礼记·中庸》。

2."以德为先"

东方管理文化强调道德伦理的作用。《大学》中说:"德者,本也。"儒家管理思想的逻辑起点是"修己"即自我管理,"修己安人"包含了带根本性的管理方法。"修己"就是让管理者做出道德示范,在无形中影响受管理者的行为,从而达到"安人"的目的。"以德为先"即强调道德伦理在管理中的作用。对于管理者而言,高水平的道德修养是必备条件之一。正所谓:"德者,才之帅也;才者,德之资也。""君子之德风,小人之德草。草上之风,必偃。"①"为政以德,譬如北辰居其所而众星共之。"②在管理中,管理者经常要运用权威来指挥和影响组织成员,其中有些权威是制度所赋予的,另一些则有赖于管理者的个人魅力和其他优秀品质,东方管理学更推崇后者。管理者要通过"修己"树立道德之威,在无形中影响被管理者,被管理者也要通过"修己"实施自我管理,遵守职业道德,以求更好地胜任本职工作。

3."人为为人"

"人为为人"其实是两个又分又合的命题。"人为"的根本问题是发挥人的积极性。与西方管理相比较,也可以部分地归结为激励问题。荀子说:"人之性恶,其善者伪也。"这个"伪"不是假装,而是"人为",即人的努力。在东方管理文化中"人为"思想贯穿始终而形成了颇具特色的"人为学"。东方管理学的精髓是"以人为本,以德为先,人为为人"。它是对中国管理、西方管理以及华商管理等理论与实践融合、提炼、萃取的结果,是东方管理文化的本质特征,是贯穿东方管理学的主线,也是东方管理学派的宗旨。"人为为人"是指"每个人首先要注重自身的行为修养,'正人必先正己',然后从'为人'的角度出发,来从事、控制和调整自身的行为,创造一种良好的人际关系和激励环境,使人们能够持久地处于激发状态下工作,主观能动性得到充分发挥。""人为为人"从管理行为的主体、客体以及相互关系的角度揭示了古今中外一切管理行为的本质。"人为"是一种自我导向的个体心理行为。在强调个体内部指向的心理行为的同时,强调"主体人"心理行为的可塑性。"为人"则是指一种他人导向的服务行为,是个体对外部对象的心理激励行为。在强调自身心理行为的可塑性的同时,客观上产生服务他人的效果。"人为为人"则强调个体心理行为与外部对象心理激励的互动性,"人为"与"为人"互相联系并且互相转化。

五、东方管理实践的典范:华商的成功之道

实践是检验管理创新成功之道,全球华商是实践东方管理的典范。华商管理

---

① 《论语·颜渊》。
② 《论语·为政》。

是中国传统管理文化与西方管理文化以及华商足迹所至的土著管理文化相融合的成功典范。世界华人的成功之道是什么？国内外的许多管理学者都在探讨这个问题。我认为是世界华人对以中华优秀文化为核心的东方管理文化的成功运用。这包括三个方面：

1. 运用"人缘"文化——强调"以人为本"的观念

世界华人利用华商之间形成的网络进行经营，即运用"人缘"文化，强调"以人为本"的观念。华商网络以亲缘、地缘、文缘、商缘、神缘为纽带，这"五缘"的本质具有东方特质的关系。通过"五缘"形成的华商网络是一种社会网络，它可以提供情感、服务、伙伴关系、经济等多方面的支持。世界华人的成功是因为华商网络发挥了重要的作用。这也是"以人为本"观念的体现。

2. 遵奉"人德"文化——具有"以德为先"的素质

世界华人成功的另一个原因是遵奉"人德"文化，极为重视商德。其内涵可概括为"诚"（以诚相待）、"信"（以信为上）、"和"（以和为贵）。

"诚"是儒家最基本的道德规范，也是华商处理社会人际关系的道德规范。秉承中国优良传统的海外华商，把"诚"字奉为自己人生处世的信条，以"诚"待人，以"诚"处事。不仅对自己的属下讲"诚"，而且在与其他人的经济往来中也是如此。所以，华商又有"诚商"的美誉。"诚"与"信"相伴而生，华商深谙此理，正因为华商以"诚"在先，所以才有了信誉在后。

"信"也是儒家的基本道德规范。在儒家学说的"五常"中，"信"字被恭列其中。一个人要在社会上立得住脚，并且有所作为，就必须为人诚实，讲究信誉。在华商企业中人际信誉有时甚至取代法律的强制作用。华商众多的东南亚各地，法律体系尚不健全，市场规范尚未发育，而华商在这种环境下已习以为常，他们在资金运用、企业管理、风险回避等方面自成一套手段，并行之有效。有时，华商强调人情，注重情感而疏于法制。人际信誉成为华人商业信誉的重要基础和依据，诚信实际上成为一种资产，一种保障，道德约束成为法律强制之外的又一重要商业机制。正因为商业网络是华人赖以合作经营、共同发展的天地，人际信誉也就愈显重要。如果缺乏基于诚信的人际信誉，这种网络也将难以维系。

"和"体现了儒家学说中的"和合"思想。"和"即调和、和谐与协调。孔子说"礼之用，和为贵"。孟子更是将"人和"置于"天时"和"地利"之上。"和为贵"为儒家思想的著名格言。深受中国传统文化影响，信奉"和为贵"处事哲学的华商们，都很善于处理令许多西方老板很感棘手的雇主与员工关系。从新加坡华侨代表陈嘉庚先生的亲力亲为到马来西亚"种植大王"李莱生汗流浃背地与工人们一起干活，都体现了华商极为"人和"。华商的成功与华商奉行"和为贵"的思想是分不开的。

3. 坚持"人为"文化——体现"人为为人"的影响

世界华人在其创业过程中坚持"人为"文化思想，充分体现了"人为为人"的深刻影响。华商管理中的"人为"文化具体表现在"俭"、"搏"、"善"，即勤俭、拼搏、慈善上。勤俭和拼搏体现了华商的人为，慈善体现了华商的为人。

"俭"。华商以"俭"为美。这是墨子提出的一种经世思想，也是中国社会几千年来所推崇的美德。华商移居他乡，谋生不易，更珍惜点滴所得，在日常生活中严格奉行勤俭的原则。这种以勤俭为原则的生活习惯，也被他们带到企业管理中，使他们在企业生产和管理的每一个环节上，都做到精打细算，厉行节约，以尽量降低成本，增加效益，获得更高的利润。例如，"船王"包玉刚在企业管理中特别重视控制成本和费用开支，他的原则是"能省则省"。印尼木材大王黄双安把公司院子里工人丢弃的各种小木块逐一捡起来，准备留作他用。

"搏"。拼搏是华商艰苦创业的真实写照。华商创业的成功，需克服诸多令人难以想象的困难。从华商的家庭出身看，多半是生活窘迫的农民和小商人等下层劳动者。他们多数在生活极为艰难时前往海外，开始充满荆棘的异国生涯。他们缺少资金，没有退路，只有拼搏，白手起家。可以说，华商的成功是靠勤劳、拼搏和血汗换来的。

"善"。华商成功后非常注重慈善。他们的慷慨与勤俭形成鲜明的对照。例如，李嘉诚对国内教育、福利事业捐赠，已超过 10 亿元人民币，其中最出名的是在广东汕头捐建了汕头大学。邵逸夫为祖国的教育事业的捐献也超过 10 亿元人民币。另外还有陈嘉庚、黄怡瓶、王克吕等众多的华人关心祖国的教育事业。他们用这种方式来回馈社会。

随着全球经济一体化进程的深入，世界越来越"平"，人类交往的广度和深度得到发展，文化交流的规模越来越大，速度越来越快，层次越来越深，东西方管理融合的趋势也愈发明显。东方管理科学正是在这样的背景之下，融合了东西方管理精华的结果。东方管理"以人为本、以德为先、人为为人"的"三为"精髓与理念可视为未来全球化背景下东西方管理运营的基本原则，它将以其独特的优势，博大精深的内涵，为深化和发展管理理论，丰富管理实践做出更大的贡献。它必然走向世界，为世界管理研究和实践的发展做出自己的贡献！

复旦大学首席教授、博导
世界管理协会联盟（IFSAM）
中国委员会主席
苏东水
2009 年 10 月

前　言

在以苏东水教授为代表的东方新管理学派历经三十年的研究和探索,逐步形成了一套系统的管理思想新体系,并在国内外形成了一定的影响。东方管理学的理论体系可用五个字来概括:"学"、"为"、"治"、"行"、"和"。"学"是指中国管理、西方管理、华商管理等"三学"。在这三大理论与实践的基础上,东方管理学提炼出了"道、变、人、威、实、和、器、法、信、筹、谋、术、效、勤、圆"十五个哲学要素,萃取出"以人为本、以德为先、人为为人"的"三为"原理,形成了治国、治生、治家和治身的"四治"体系,构建了包括人道、人心、人缘、人谋、人才的"五行"管理理论,并提出东方管理学的管理目标是构建和谐社会的人和、和合及和谐的"三和"理念。这个体系具有以下三个创新特点:

1. 研究"宏观、中观、微观"三个层面

东方管理学包含"四治"的运用,即:治国、治生、治家、治身的思想、原则、价值与运用。"四治"涵盖了宏观、中观与微观三个层面,其中治国就是在宏观层面上的管理,治生着重从中观的行业经营展开,同时也包含了微观层面的企业运营管理,而治家与治身重在从微观层面探讨家庭管理与自我管理。可以说,东方管理学构筑了宏大的管理体系,涵盖了宏观、中观、微观三大层面,是融合东西方管理精华的创新型管理理论体系。

2. 集东西方优秀文化精华融合而成

东方管理学根植于东方管理文化,光辉璀璨的中国管理是东方管理学最重要的理论基础。易经的阴阳学说、道家的无为学说、儒家的仁爱学说、佛家的慈善学说、兵家的用人学说、法家的崇法学说等等,都是我们深入总结、提炼和进行现代化的创造性转换的基础。脱离了这些基于中国传统文化的管理思想的所谓中国式管理理论将是无源之水、无本之木。由于中西方文化上的差异,传统的中西方管理理论具有各自不同的优势和劣势。西方管理重分析、重理性、重科学、重法制,却不注重伦理道德的修养,不注重人与自然、人与社会、人与人关系的和谐,更不注重以情感人的管理教育;而中国管理却恰恰相反,它重综合、重感化、重和谐、重仁爱,却不太注意营造法制意识和科学精神。其实,在这两个方面中偏重任何一个方面而走向极端都是不可取的。如果片面强调思想道德等意识形态的东西,排斥科学、排斥

理性,也会损害经济的增长和发展,造成百业萧条,民不聊生。因此,西方管理理论同样是东方管理学的重要基础之一。在新经济环境下,只有充分发挥中西方管理理论各自的优势,取长补短,才能更好地体现东方管理学科学性和艺术性协调统一的特点。

3. 对东西方优秀管理理论与教材的融合与提炼

东方管理的"五行"学说,主要论述东方管理行为,即人道、人心、人缘、人谋、人才。这五种行为学说的概括与提炼是在融合东西方优秀管理理论的基础上形成的。人道行为学说是在融合中国传统哲学与西方管理哲学的基础上形成的,人心行为学说可以说是对中国传统人性研究与西方管理心理学的总结与提炼,人缘行为学说是针对中国人际关系特性与西方关系管理理论的提升与总结,人谋行为学说是综合了中国传统兵家学说与西方战略管理的精华凝练而成,人才行为学说则是中华五千年用人学说与现代西方人力资源管理理论的东西合璧。可以说,东方管理学是在对东西方管理理论的提炼与总结的基础上而形成的独具特色的创新性理论体系。

虽然东方管理学现已成为一个比较完整的学科体系,并逐步得到管理学界研究者和企业实践者的关注和认同。但是,管理学科是一门实践性很强的学科,其发生和发展都离不开管理实践。综观现今为止的东方管理学的研究,主要仍停留在对东方特别是中国传统管理思想、管理文化和领导行为的提炼、梳理和归纳等理论方面研究,而对从古至今的东方诸国具体的经营管理实践及对东方管理学管理理论如何借鉴并运用于当代中国企业实践关注不够,这将直接约束东方管理学的进一步发展。因此,东方管理学下一步的研究重点可以从管理共性的三个层面来展开,即科学层面、艺术层面和哲学层面。管理在科学层面上具有普适意义,放之四海而皆准,无所谓中国式管理,当然也没有什么美国式或日本式的分别;管理的艺术层面是管理理论和原理的自然延伸和具体化、实际化,是管理理论指导管理活动的必要中介和桥梁,是实现管理目标的途径和手段;管理的哲学层面就是关于管理的世界观和方法论,一切的管理学说和管理活动都必须接受一定的管理哲学的指导。所以,我们是否可以从科学、艺术、哲学层面的视角来反思西方哲学与文化的视角中过去与现在的管理理念与思想,提出新的理念与思想;同时,研究当下的管理实践,以发现过去没有发现的管理的一般规律与方法,并由此形成对管理学科学性的补充;并从研究东方人文社会情景下的特别的管理方式和方法,发现它的艺术性规律,以解决东方管理的绩效和资源配置效率的问题。当然,所有这些研究将是非常艰巨的,需要所有东方管理学派同仁的共同努力。

本书是由苏东水教授主审,并在他的"东方管理学理论"及其发表文章的基础上,同时加入了本人在上海外国语大学东方管理研究中心为本科生和研究生讲授《东方管理学》中的思考和研究成果而编著成的。我们编写本书的原因是基于为发展管理科学,为研究东方管理学的大学生、研究生和其他一切有志于学习东方管理学的人们提供一本系统、全面、丰富的教材。同时也希望为各行各业、各种不同层次的管理者,提供一本自学和研究东方管理学的实用教材,能为他们在管理的实践工作中拓展思路,开阔视野,从而使自己的管理能力和方法得到提升和发展创新。

《东方管理学教程》是我国第一部东方管理学的教材,全书结构以"学、为、治、行、和"为主线,即三学、三为、四治、五行、三和为体系,共六篇二十章。第一篇:导论,论述什么是东方管理学及东方管理学的产生发展;第二篇:三学,阐述东方管理的理论基础,即中国管理学、西方管理学和华商管理学;第三篇:三为,论述东方管理的"三为"核心思想,即以人为本、以德为先、人为为人;第四篇:四治,论述东方管理的"四治"的运用,即治国、治生、治家、治身的思想、价值;第五篇:五行,主要论述东方管理行为,即人德行为、人心行为、人缘行为、人谋行为、人才行为;第六篇:三和,主要论述三和的理念,即人和、和合、和谐,目标是构建和谐社会。本书的完成首先要感谢上海外国语大学校领导和国际工商管理学院院领导及许多老师的支持和协助,同时还要感谢上海财经大学出版社的张惠俊老师、同济大学的林善浪教授等专家对本书提出的宝贵建议和大力支持。

随着中国经济的迅速崛起、经济全球化的发展,东方管理学理论迎来了前所未有的发展机遇。我们希望更多人关注东方管理的发展,更欢迎有更多的学者加入东方管理的研究,为繁荣世界管理学丛林做出中国学者应有的贡献。

苏宗伟

2009 年 8 月

目　录

三学篇

第三章　中国管理学 …………………………………………… 35

三为篇

四治篇

五行篇

三和篇

导论篇

　　东方管理学是苏东水教授20世纪70年代开始创建的一门新兴的学科,迄今已有三十多年的历史。东方管理学是一门以管理学、经济学、心理学为基础,融合了哲学、社会学、政治学、伦理学、文学和历史学等诸多领域成果的新兴综合型交叉学科,并从东方社会和管理文化的角度,创造性地吸收了西方的管理科学,与东方管理智慧有机地结合,成为融合东西方管理精华,集古今百科管理经验顶端于一体的现代管理科学。东方管理学立足本土、博采众长,结合华商管理实践与改革开放以来国内企业管理实践,融合诸多学科领域的精华,现已形成一套以"三学"(即中国管理学、西方管理学和华商管理学)为理论基础,以"三为原理"(即以人为本、以德为先、人为为人)、"四治体系"(即治国、治生、治家、治身)、"五行管理"(即人道行为、人心行为、人缘行为、人谋行为、人才行为)、"三和思想"(即人和、和合、和谐)为内容的创新体系。东方管理学将管理的要素概括为"道、变、人、威、实、和、法、器、信、筹、谋、术、效、勤、圆"十五要素,并形成了一门现代的人为科学。

第一章　东方管理学体系的构建

东方管理学是研究古今中外管理的理论与实践及其运行规律的现代管理科学的重要学派之一,它是一门融合东西方管理思想精华的新学科。本章首先探讨什么是东方管理学,其研究对象和理论价值及现代价值是什么;其次阐述东方管理学的"学"(三学)、"为"(三为)、"治"(四治)、"行"(五行)、"和"(三和)的五字体系,其后主要论述东方管理学的研究与运用。

第一节　什么是东方管理学

东方管理学根植于东方管理文化,并从东方社会和管理文化的角度创造性地吸收了西方管理科学的精华;它包含了若干不同区域中的群体成员共同在长期生产经营实践发展过程中逐步形成的、独特的价值观,以及以此为核心发展起来的行为规范、道德标准、群体意识、风俗习惯等。它是一门融合东西方管理思想精华的新兴学科。

一、东方管理学的研究对象

东方管理学是研究古今中外管理的理论与实践及其运行规律的现代科学,汇集了东西方各族人民的智慧,其研究的主要范围涵盖着渊源于亚洲黄河、长江流域、印度恒河、印度河流域和两河流域,以及非洲尼罗河流域的一切人类管理活动的精华,它也是东方各民族在漫长的历史生产和生活实践活动过程中创造并积累下来的。

从时间跨度来看,中国管理的历史远比西方长得多。在西方,把管理作为一门学科进行系统研究,只不过是最近一百多年的事情;而在中国,有史料可查的管理典籍可以追溯到2 000多年前的《尚书》、《周礼》,虽然当时并没有形成一个符合现代西方标准的、能够体现各行各业各种管理工作共同特点的管理学,但史料已记载许多有关中国管理的组织设计、典章制度构建、信息沟通、物流管理及工程建设等方面的经典论著。

从文化的传承性来看,这些具体的管理人物和管理事件,都必然会在其后的管理实践中留下一定的痕迹,构成东方悠久的管理历史中的重要一环。

从内容来看,中国管理也要比西方管理丰富得多。中国管理除了涵盖西方管理学科体系中的国家行政管理、企业管理、教育管理、工业管理、农业管理、科技管理、财政管理、城市管理等内容以外,还包括治家管理、治身管理等关乎人的生命存在质量的内容。

从目标来看,中国管理比西方管理更注重实现人与自然、人与社会、人与人的关系的和谐发展,即人的成长、成熟与生存质量。一般而言,西方管理强调完成的目标通常是企业利润最大化、股东利益最大化等,只是在近几十年才开始意识到:即便组织的目标是最好的,也会在一定程度上损害他人和社会的利益,或者实现目标的方式、方法也可能会违背一定社会人群的行为规范。这种意识的萌发实际上正是西方管理向东方管理回归的表现之一。

二、东方管理学的理论价值

(一)包容性

中华传统管理文化博大精深,得益于它在不断地发展完善的过程中,能够包容和吸收其他管理文化中优秀先进的成分。正是这种极具包容性的管理文化,才使得东方管理能够博采众长,汇纳百家学说而融为一体。

(二)人本性

东方管理强调人是管理的根本,是主体,追求的是人的全面自由的发展。因为没有人就没有了组织,没有了成功的可能。东方管理可以在特定条件下牺牲效率和利润来维持人的发展。

(三)系统性

东方管理讲究管理中的整体协调,反对简单的因果对应。整体观念是东方管理系统论的核心。

(四)创新性

东方管理在其不断的发展演化过程中,融合了多种其他学科的知识和理论,而每一次的融合,不仅丰富了东方管理的理论体系,而且还提供了新的更有效的方法来整合组织资源。

(五)柔和性

东方管理讲究在研究人们的心理和行为规律的基础上采用非强制方式,在人们心目中产生一种潜在的说服力,从而把组织意志变为人们自觉的行动。它主张

的管理手段是"仁治"，东方管理的柔和性最终还是"以人为本"思想在管理中的忠实体现。

(六)服务性

东方管理强调人的群体意识，突出人的社会性、服务性，因此人人有义务为社会的安定和发展尽自己的一份力量。更重要的是，东方管理强调服务社会、服务他人的前提是"人为"，也就是要求管理者加强自身素质的修养。自身修养提高了才能更好地"为人"，即服务。

三、东方管理学的现代价值

(一)东方管理的推广代表了企业管理人性化的发展方向

现代管理学的研究和实践表明，无论是宏观管理还是微观管理，对人的进一步重视，对人的潜能的更深入的开发，无疑会造成管理效能的继续提高。东方管理理论和方法在企业管理上的作用，已经在越来越多的企业经营管理实践中得到了证明。对东方管理文化的更深切的理解，将有助于更多的企业取得经济、社会和文化上的更大的综合效益。

东方管理的振兴，满足了现代管理要求强化人性、整体、共生和"人为为人"的管理价值的需要，推动其进一步走向整合化、柔性化和人性化。现代社会，人才作为企业中最宝贵、最稀缺的资源的观念，已经广泛为东西方管理界的人士所接受。但从本质上讲，倡导以人为本历来是东方管理哲学的专利。从以物为主的管理，转变为以人为主的管理；从硬性管理，转变为柔性管理，是西方管理理论的发展，在21世纪经历了几次重大的转变后才实现的。

人性化的管理，要求在企业中用富有号召力的企业价值理念，来包容员工的个人需要，创立一种人人认同并遵守的企业文化，并使员工以此为目标，自觉、主动、创造性地开展工作。从某种程度上，这正是体现了东方管理的精髓之一。可以预计，21世纪的企业将更加关注其各个环节上人的需要、尊严和价值的实现，管理将是更加人性化的、人本化的。

(二)东方管理的普及有助于提升产业竞争力，增强综合国力

随着新经济时代的到来，许多国内外著名企业已经逐步在失败的教训和成功的经验中，意识到核心竞争力的培养，将是未来企业赖以立足和发展的基石，而勤于学习、快速灵活、团队精神正是东方管理文化的灵魂。

知识活动乃是人区别于其他动物的特有的活动。知识是人类智慧的结晶，是人类个性力量的源泉。在新经济时代以前，知识产生的巨大经济效益，被物的生产关系所掩盖；而在现代经济中，知识是第一生产要素，是经济的核心要素。知识的

联合将取代资本联合和劳动联合,成为经济发展的关键。东方管理正是以知识的载体——人为管理为根本的,它与西方管理中以追求利润为最高目标,把人作为实现这一目标的手段的"人本管理"有着根本的差别。日本、韩国、新加坡、中国台湾、中国香港等国家和地区现代化成功的经验表明,东方管理提升了它们的产业国际竞争力。同时,东方管理也是促进我国改革开放和现代化建设进一步发展的有力手段之一。

(三)东方管理的应用有助于人与自然、人与社会、人与人关系的和谐发展

东方管理文化的复兴,将避免个人主义、人类中心主义的失误。近代发展中国家的发展之道,必经人身、体制和心灵三次解放,而东方管理文化可能在三次解放中发挥重大作用。东方管理文化倡导人生健康、成功、自在,实现身与心、人与人、人与组织、人与环境的和谐一体,是对东西方管理文化整合的促进。

东方管理历来强调"和为贵"的原则,谋求的就是人与自然、人与社会、人与人关系的和谐统一。孔夫子主张"仁者爱人",号召人们以血缘亲情之爱为根本,"推己及人"、"克己复礼",故要求人们"感情发而皆中节",即符合法度、常理,实现天下之"和合"。

日本创价学会名誉会长、国际知名学者池田大作,在《二十一世纪与东亚文明》中,将东亚文明的这种"共生性道德气质"描述为"在比较温和的气候、风土里孕育出的一种心理倾向,就是取调和而舍对立,取结合而舍分裂,取大我而舍小我。人与人之间,人与自然之间,共同生存,相互支撑,一道繁荣"。"东亚这种精神气质的特征,在于它不止于人类社会,甚至囊括自然,显示出宇宙般无边无际的广阔"。

现代西方管理界极力推崇的团队精神、合作竞争战略,以及强调企业的社会责任和经济的可持续发展,其实正是东方管理"和合"精神的简单翻版,而且在本质意义上讲也要肤浅得多。东方管理所积极倡导的注重和谐的伦理规范,有助于人们在物质、技术高度发达的今天,加强组织内部的凝聚力,满足人的精神需要,进行有效地国际合作,灵活适应环境的变化,为地球上的各种生物共建一个温馨美好的大乐园。

(四)东方管理的探索将促进治国、治生、治家、治身思想的升华和创新

如上所述,东方管理理论体系所包容的内容要远远超过西方管理。西方管理在企业微观管理理论与实践方面,的确走在了东方人的前面;但是它们的管理理论体系中很少涉及关于家庭的和睦、成长、理财、教育以及人自身德、智、体全面发展的内容,必须依靠东方管理的不断探索与发展来弥补。另外,东方管理的治国论与治生论中,有许多思想对于现实都有着十分巨大的指导作用,比如合作竞争的思想、德法兼治的思想等,还需我们不断地去发掘和整理。

东方各国思想家和实干家在治国、治生、治家、治身四个方面都有大量的论述和亲身实践的案例，但是由于长期缺乏系统理论体系的指导、归并和整理，难以形成可以进行系统传授和指导实践的原则及方法。东方管理学派提出的东方管理理论体系，从哲学思想、方法论，到具体的管理手段和方法，都进行了科学的界定，这必将为现代管理从治国、治生、治家、治身等方面，寻找到创新的突破口打下基础。

第二节　东方管理学的体系结构

一、构建东方管理学体系的必要性

20 世纪 80 年代前后，亚洲经济在日本和亚洲四小龙的带动下迅速崛起，直接威胁了欧美等老牌发达国家的经济领先地位。这些国家中一些行之有效的管理理论和方法手段，便由此成为人们广泛关注的焦点。从历史上来看，这些亚洲国家受中华传统管理文化的影响较大，其中尤其以日本为代表，更是极力推崇中国的儒教、道教中的管理哲学思想、方法和《孙子兵法》的谋略，并曾经借此赶超先发国家，后来居上。这些国家的企业在实践中借用了许多东方管理理论中的原则和方法，使中国古代的管理理论和方法开始因此而受到世界各国管理学者的重视。但出于文化差异的缘故，也由于缺乏一个完整的东方管理理论体系的指导，许多学者常常很难准确把握东方管理理论的全貌，断章取义、以偏概全的情况时有发生。因此，客观上需要有一个东方管理理论体系作为统领，既有利于研究者以此为基础开展讨论和研究，同时也有利于东方管理自身的推广、普及和发展。

二、开创东方管理学"五字经"体系

自从 20 世纪 70 年代，苏东水教授在复旦大学开始东方管理的研究以来，经过多年研究，汲取中国管理文化中道家、儒家、法家、释家、兵家、墨家以及伊斯兰教和西方管理、华商管理等派别主干思想的合理养分，终于开创性地提出了概括东方管理文化本质特征的"以人为本、以德为先、人为为人"的"三为"原理，在此基础上形成了治国、治生、治家和治身的"四治"体系，构建了人道、人心、人缘、人谋、人才的"五行"管理理论，并提出东方管理学的管理目标是人和、和合、和谐的"三和"理念。以此，东方管理学的体系可以总结为五个字："学"（三学）、"为"（三为）、"治"（四治）、"行"（五行）、"和"（三和），也叫东学"五字经"。东方管理学还从管理主体、管理权力、管理组织、管理文化和管理心理五个方面，归结出管理成功的基本要素：以管理主体为出发点，凭借职位权力和非职位权力施加影响力，依靠管理组织去协调

人们的活动,通过管理文化规范管理主体的心态、意识和行为方式等,从而使组织目标顺利实施。贯穿于这个过程的是管理主体的心理行为过程。因此管理主体也成为管理的归宿。就其管理哲学思想而言,东方管理的要素可以概括为"道、变、人、威、实、和、器、法、信、筹、谋、术、效、勤、圆"十五个方面。就管理未来的发展来看,新世纪管理的现代化包括管理思想的现代化、管理组织的现代化、管理手段的现代化、管理方法的现代化和管理人才的现代化五个方面。

三、东方管理学体系结构的主要内容

目前,根据已经取得的研究成果,东方管理学的理论体系可以通过图1—1显示出来。

(一)学——"三学"

中国管理、西方管理以及华商管理的理论与实践是东方管理学的三大理论渊源。有些人对东方管理学存在误解,以为是专门研究古代典籍中的管理思想。东方管理学并不是要回到古纸堆,专门研究我国古代典籍中管理思想。其实,东方管理学是一门现代的管理学科,它是在融合古今中外管理思想、方法的基础上而形成的一门新兴的管理体系。

1. 中国管理学是研究中国本土的古代、近代和现代管理思想和实践,探索中国管理实践中普遍适用的规律、原理和方法的现代学科。它是以中华优秀管理文化为核心,以"三学"为理论基础,以东方管理学的"三为"、"四治"、"五行"、"三和"为主线,系统梳理、提炼我国古代、近代和现代经济管理实践的经验与教训,归纳出具有中国特色的、全球视野的现代管理模式的一门综合性学科。

2. 西方管理思想是渊源于古希腊文化传统,它在近代资本主义的条件下演变为具有一定科学形态的管理理论,从20世纪初泰勒《科学管理原理》开始发展成为科学化的理论体系,对现代人类的经济社会发展产生了重大影响。至今,西方管理理论的发展经历了三个阶段:

(1)西方第一代管理理论,即古典管理理论,包含了科学管理理论、管理程序理论和行政组织理论等,其理论是以"经济人"假设为基础和前提的物本管理。

(2)西方第二代管理理论,即行为科学理论,是以"社会人"假设为基础和前提的人本管理。行为科学理论包括对人际关系理论、个体行为理论、团体行为理论、组织行为理论等不同方面和不同层次的研究。

(3)西方第三代管理理论,即现代管理理论,是以"知识人"假设为基础和前提的能本管理和知识管理,代表了西方管理理论发展的新趋势。

3. 华商管理是中国传统管理文化与西方管理文化以及华商足迹所至的所在

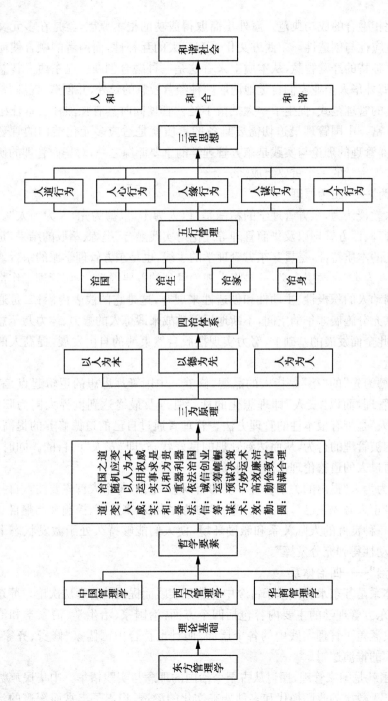

图1-1　东方管理学体系结构

国管理文化相融合的成功典范。海外华商取得成功的根本原因,就是在多元文化环境中的适应性与创造性。东西方文化具有巨大的互补性,而两者的融合使海外华商具备了独特的经营智慧,从本质上来看这是一种融合创新。在东西方智慧的交汇点上,海外华人企业家们自觉地博取两种经营智慧的长处,并创造、提炼、萃取出一种全新的管理范式,促生了一大批精于经营管理同时具有强烈社会责任感的海外华商巨富。中国管理最迫切需要具备的素质就是适应多元化结构的管理智慧,因此华商管理的理论与实践是东方管理学的重要渊源之一,对华商管理的研究构成了东方管理学的一个重要组成部分。

(二)"为"——三为原理

苏东水教授认为,东方管理学的精髓是"以人为本,以德为先,人为为人"。它是对中国管理、西方管理以及华商管理等理论与实践融合、提炼、萃取的结果,是东方管理文化的本质特征,是贯穿东方管理学的主线,也是东方管理学派的宗旨。

1."以人为本"有两层含义:一是将人视为管理的首要因素,一切管理工作都围绕着如何调动人的积极性、主动性和创造性来展开,这是它的浅表内涵;二是通过给人们提供充分施展才华的空间,不断地运用挑战来锻炼人的智力、体力乃至意志品质,并在此全面发展的基础上,努力实现摆脱自然束缚的自由发展,提高人的生命存在质量。

2."以德为先"的"德"是指人的品德、修养。中国管理思想的逻辑起点是"修己"即自我管理,而以"安人"即理想化的社会管理及最终达到世界大同为归宿。"修己以安人"是带有根本性的管理方法。管理者通过自己的道德修养的提高,在无形中影响被管理的行为,从而达到管理的良好状态,即"安人"的目的。同时,人际关系也通过人的道德伦理来加以调节。

3."人为为人"提出的关于管理本质的新概念,是指"每个人首先要注重自身的行为修养,'正人必先正己',然后从'为人'的角度出发,来从事、控制和调整自身的行为,创造一种良好的人际关系和激励环境,使人们能够持久处于激发状态下工作,主观能动性得到充分发挥"。

(三)"治"——四治体系

四治体系是苏东水教授基于古今中外管理实践而提出的管理层次论。苏东水教授认为,东方管理学的主要内容包括四个方面:治国家、治生学、治家学和治身学。它不仅涵盖了管理实践中的各个层面,而且也符合中国儒家"修身、齐家、治国、平天下"的推演逻辑。

1. 治国就是国家管理,探讨从古至今治国的理念与实践精华。中华民族数千年来经历了无数次的改朝换代和多种外来文化的渗透,积累了丰富而深邃的治国

理念、治国法则和治国方法。

2. 治生是经营、谋生计的意思。治生学就是探讨从古至今治生的理念与实践精华。东方管理的治生论,是以"德本财末"道德观和"诚、信、义、仁"伦理思想为哲学核心,并以"积著之理"为中心,依循所发现的客观经济规律,以及由此所发展出来的预测、战略计划、市场营销、人事管理和质量管理等方面的方法和技巧。

3. 治家指家庭管理,治家学就是探讨从古至今包括家庭伦理、家业管理和家庭教育等方面的理念与实践精华。

4. 治身即自我管理。治身学就是探讨从古至今个人修身之道、待人之道和成功之道的理念与实践精华。自我管理是个体成功的关键,也是治家、治生、治国的逻辑基础。在中国传统管理思想中,治身是一种体验之学,是一种个人的修养功夫。

(四)"行"——五行管理

五行管理是指对管理过程中运行的五种行为即人道行为、人心行为、人缘行为、人谋行为以及人才行为进行管理。"五行管理"是"三为"、"四治"理论在实践环节中的具体表现,并分别与现代西方管理学体系中的管理哲学、管理心理、管理沟通、战略管理以及人力资源管理等相对应。

1. 人道行为,即管理哲学。所谓"人道"是指人、人的价值、伦理道德、人的认识(包括自然、社会、人生、思维规律)以及历史观点等,包括客体、主体以及主体对客体的认知。

2. 人心行为,即管理心理。任何管理活动,只要涉及人,就必然与人的心理活动息息相关;任何管理过程最终的实现都必须通过心理认知环节。与财务管理和技术管理不同,心理管理主要以人的动机、个性、人际关系、情绪理念、领导风格、群体行为等为切入点,对组织成员的心理状态及组织的心理氛围进行管理,进而提高员工的工作积极性。

3. 人缘行为,即管理沟通。所谓"人缘管理"就是因循事物发展的客观规律,合理地发挥人与其他物质资源的综合效率,以有效地实现人与自然、人与社会、人与人关系的和谐统一,达到逐步提高人的生存质量这一目标的过程。

4. 人谋行为,即战略管理。所谓"人谋"就是人聪明才智的代名词,是智慧的象征。它其实是管理者或智囊团对战略目标进行预测和形势分析,并运用权谋和策略等智慧性技巧来达到预期目标的行为。"人谋行为"包括了计划准备、决策实施和战略管理。

5. 人才行为,即人力资源管理。所谓人才,指的是人力资源中素质层次相对较高的那一部分人,其具备的三个特征分别是创造性劳动、较大的社会效用和复杂

性。东方管理学派认为,人才之所以成为人才,是因为社会行为主体在正确的价值观指导下的能动性的行为达到符合社会行为客体心理价值认知,并起到激发社会行为客体心理与行为的客观效果。这就是东方管理学在这一领域的最新研究成果——"人为价值论"的观点。

(五)"和"——三和思想

"和"是东方管理的主旋律。在东方管理"三为"、"四治"和"五行"的创新运用过程中,均存在各种矛盾的和谐问题。"和谐管理"一直是东方管理研究的重要主题。东方管理学所提出的"三和思想"就是"人和、和合、和谐"的理念。

1."人和"是基础,"和合"是目的,"和谐"是最终目标。"人和"的概念可以概括为各个要素之间的和谐相处。

2."和合"的概念强调了事物不同因素之间的相互冲突以及相互融合。

3."和谐"的概念是事务之间联系的一种存在状态,是对立事物之间在一定条件下,具体、动态、相对、辨证的统一。它体现的是一种均衡、平衡、配合、相生相胜、相辅相成、相反相成、相互合作、共同发展的关系。当前,我国提出构建和谐社会,提炼我国古代传统的和谐管理思想,已成为一个重要的课题。

第三节 东方管理学的研究与运用

管理是一门科学又是一门艺术,因而管理学研究方法就必须既重视理论研究,又重视实际的运用,更重视实际经验的总结。而东方管理学作为一门新兴的学科更应该注意其研究基础和实践运用。

一、东方管理学的研究基础

(一)科学主义、人文主义和管理科学研究相结合

从管理研究的角度来看,"依靠人还是依靠科学"之类的悖论,一直是困扰东西方管理学界的重大难题。西方管理可能会认为东方管理"缺乏科学性",东方管理也会反驳西方管理"缺乏人情味"。科学精神和人文精神是人类在探析对象和发现自己的活动中,形成的两种观念、方法和价值体系。它们是人类寻求生存和发展的产物,其分野、对峙与交融、互渗,造成了人类知识与智慧的曲折演进;人类文明成果无一不是这两大精神的某种富集与结晶;它们之间的冲突与融合铸就了人类文明与文化的生动发展与综合提升。

东方管理学派主张,管理研究应该走科学主义和人文主义相结合的道路。因为科学主义偏向于"物",侧重对外在对象的客观描述与分析;人文主义偏向于

"人",侧重对人的主观感受与体验的抒发与阐释。两者的任何单向极度发挥,都会导致人类智力上的内耗,妨碍人类文明的和谐发展及整体提升。

科学在带给人们方便与舒适的同时,也同样给人们以灭顶之灾。TNT炸药的发明在帮助人们劈山开石的同时,也成为了人们相互仇杀的工具。这恐怕是它的发明者当初发明时无论如何也想不到的。同样,仅仅强调人性的一面,世界也不会因此创造出如此丰富多彩的社会财富来。

成熟的科学都是由一系列内涵准确的概念、范畴串连起来的体系,更成熟的科学还要把依托于日常语言的概念,变成毫无歧义的科学符号,用自己独创的"人工语言"来表达抽象的内容,以免那些"模糊的"自然语言"污染了"自己思想的准确性和精密性。而人文科学的认识活动,没有感官为依托,是断然行不通的。它所反对的恰恰是"概念化"、"模型化"的东西。因此,要想使我们对于管理世界的认识越来越精深,对人自身的认识逐步丰满,就必须使人类观察世界的这一双"眼睛"不断进化,同时又能相互配合,才不至于在认识世界时产生偏差。所以,我们在发展东方管理人性的一面时,并不排斥学习和借鉴以西方管理理论为基础的管理科学。

(二)本土化与跨文化管理研究相结合

从深层次看,管理是管理者通过设计、培植一种文化,形成一种环境,去规范、协调和激励人们的行为,从而达成组织目标的过程。人的行为一旦积淀成文化,就可作为运行力存在,不知不觉地影响着群体活动的行为趋向和行为效果。以美国为代表的企业管理文化,有以美国人民长期积累下来的传统和习惯;中华民族几千年来的作为,形成中华民族的传统和文化。两者是有显著差异的。所以,管理是有文化背景的,是以传统为基础的。在资源配置、技术管理等物的方面的许多管理规则,世界各国、同类企业都可以通用,但在文化传统方面却各有其规范,难以通用。因此,不考虑本民族的文化,企图全盘引进外来文化,替代本土文化,从而规范具有完全不同文化背景的群体行为,是行不通的。

多年来,中国在管理上借鉴外国模式,取得了一些有益的经验,但不加分析地盲目模仿,也使管理工作出现了许多失误。东方管理的研究,必须首先立足于本土文化,发掘出在自己本民族中普遍适用的行为传统和规范,然后才能从中归纳整理出带有规律性的原则和方法,并通过理论和实践方面的严格检验,成为自己独特的研究成果。

(三)东西方管理理论研究相结合

东西方管理的研究,由于双方文化上的差异,其结果会存在很大的不同。传统的东西方管理研究各自具有不同的优势和劣势。比如,西方管理研究重理性、重科学、重法制,却不注重伦理道德的修养,不注重人与自然、人与社会、人与人关系的

和谐,更不注重以情感人的管理教育;而东方管理却恰恰相反,它重感化、重和谐、重仁爱,却不太注意在广大群众中营造法制意识和科学精神。其实,这两个方面偏重任何一个方面而走向极致都是不可取得。历史上,商鞅和韩非等人曾经根本否定道德观念对人的管理的制约作用,韩非甚至把所有人与人之间的关系,都归结为利害关系,只相信赏罚政策的作用。[①] 因此,他们主张"为治者,不务德而务法"[②],即从事管理的人主要依靠法制而不能依靠道德。其结果是他们辅佐的秦国逐渐富国强兵,灭六国而统一中国,取得了巨大的成功,然而,却又是严政酷律,无视社会思想道德对管理的积极作用,最终导致了秦王朝的迅速土崩瓦解,正所谓"灭秦者,秦也,非六国也"。

只要我们能够在新的时期充分发挥东西方管理研究的各自优势,取长补短,必将可以更好地体现现代管理科学性和艺术性协调统一的特点,为现代管理学理论体系的创立和发展做出贡献。

二、东方管理学"三为理论"的创建

早在 1986 年苏东水教授就在创建以"人为学"为思想的中国特色的"管理心理学"中提出"人为为人"的人、企业、国家行为的三个车轮的同步起飞的作用。1992年,苏东水教授在为其专著《管理心理学》的再版序言中,就已初步论述了建立"人为学"的观点,并提出"中外历史传统论述的管理的本质,可以用最简洁的方式概括为'人为为人'"。这可视为"人为为人"观点形成的标志。

此后,在一系列国内外重要学术会议上,苏东水教授对东方管理思想的分析不断深入,"人为为人"的观点不断得到丰富和发展。1996 年 5 月 28 日,他在东方文化科学研讨会暨中国管理研究中心报告会上作了"东方管理文化本质"思想——"人为为人"的思考探索。1996 年,在第三届世界管理大会上苏东水教授在《东方管理文化的探索》一文中,首次对东方管理文化进行了独特分析,他认为东方管理文化是以中国传统文化为代表的一门独具特色的学科体系,包括治国学、治生学、治家学和治身学四个部分;东方管理文化的本质概括为"以人为本、以德为先、人为为人"。1997 年,在世界管理联盟上海管理大会上,苏东水教授在《面向 21 世纪的东西方管理文化》的主题报告中,向世界学者重点阐释东方管理文化的本质——"以人为本、以德为先、人为为人"。1998 年,IFSAM 在西班牙召开第四届世界管理大会,苏东水教授在发表的《东方管理文化的复兴》论文中指出,东方管理文化在

---

① 叶世昌主编:《中国古代经济管理思想》,复旦大学出版社 1990 年版,第 3 页。
② 孙耀君主编:《东方管理名著提要》,江西人民出版社 1995 年版,第 113 页。

全球化进程中迎来了伟大的复兴,受到与会各国管理学家的普遍关注。1999 年,苏东水教授发起在上海召开首届世界华商管理大会暨第二届世界管理论坛,发表主题演讲《走向世界的东方管理》,论述了东方管理在全球化过程中的作用、东方管理的核心体系以及现实意义。在 2000 年 5 月的第三届东方管理学术研讨会上,他在《东方管理文化与当代经济发展》的主题报告中特别指出:"要促进个人的发展,这方面至少要注意三点,即重视人的作用、重视文化的功能、重视东方思维带给人类的超越,这是人本主义的三大趋势。"在 2000 年 7 月的蒙特利尔第五届世界管理大会上,苏东水教授在《走向 21 世纪的东方管理》的演讲中,论述了新经济、新管理中东方管理文化回归的特质和新经济时代管理教育和管理学科建设的重大方向是网络互动、人为为人。2000 年 12 月,第四届东方管理论坛在复旦大学隆重举行,在这次会议上,共有 33 篇论文从各个不同的角度集中探讨了东方管理思想。苏东水教授在《新经济时代东方管理理论的创新与发展》的论文中,对"人为为人"在管理新趋势中的作用进行了论述,认为:"依据东西方管理文化融合的原理,这些新的管理模式、方式、方法都可归入人为管理的理论体系";东西方管理文化融合在"人为为人"这一东方管理文化的精髓中;"人为为人"既是当代管理行为的新思路,更是古老的东方复兴管理思维在网络时代的完美展现。

近年来,随着受中华文化深刻影响的亚洲经济迅速发展,以中华管理文化为核心的东方管理文化的魅力正在更加完美地表现出来。东西方管理文化的激荡、渗透与整合,正是一个必然的趋势。东方管理文化是集两千多年思想、理论和经验所创造的。

三、东方管理学十五哲学要素的运用

从哲学的角度来看,苏东水教授将东方管理的要素概括为"道、变、人、威、实、和、器、法、信、筹、谋、术、效、勤、圆"十五个方面。

道,就是治国之道。东方管理主张一切管理工作都要顺"道"。什么是道呢?道就是管理工作中必须遵循的客观规律。所谓"顺道"也就是指管理者应该遵循被管理的人、组织和物的基本属性和运动特征,从而"治大国"才可以如"烹小鲜"般易如反掌,达到"无为而治"的境界。

变,随机应变,就是在把握"道"即客观规律的基础上,随时随地根据外部环境的变化而相应地采取变通的方法,去解决管理工作中所遇到的具体问题。老子曰:"天不变,道也不变。"如果反其意而理解就是说,外部环境变化了,事物运行的客观规律也需要变。因此,东方管理的管理模式实质上就是一种应变式的管理。

人,就是以人为本。东方管理强调人际关系的协调,注重关心他人,爱护他人,

帮助他人共同成就事业。近些年来,西方管理学者也强调"以人为本"。但如前所述,东西方管理在对于"以人为本"的理解上存在着差异。西方管理中讲"以人为本",目的是发挥人的积极性和主动性,以便人这种资源能够得到充分的利用;东方管理中讲"以人为本",最终的目的却是要获得人性的解放,改善人的生命质量。

威,就是运用权威。管理者在实践活动中,通常要涉及运用权力来指挥和影响组织成员的过程。其中有些权力是制度所赋予的,而有些权力则是依靠管理者个人的魅力、品格和专长等自发产生的。相对而言,东方管理更主张管理者加强自身的道德素质培养,突出依靠榜样的力量实施言传身教的重要性。

实,就是实事求是。实事,就是客观存在的一切事物;求是,就是探求客观事物的内部联系,即规律性。在《论语》中,孔子强调修身是一切管理的基础。从天子直到普通老百姓,都应该以修养个人的善良品行作为根本。而实事求是的精神和工作作风,是其中很重要的品行之一。孔子认为,管理者不能仅仅凭着自己的主管判断,就妄断下属的善恶或事情的曲直。他告诫说:"知之为知之,不知为不知,是知也。"①不知道的不能不懂装懂。他提出,观察下属的善恶品行要看那个人每天所做的事情、所使用的东西,考察他过去的所作所为,看他周围居住的环境和他的住所,再看究竟什么样的事情令他感到欣慰和高兴。这一原则体现在管理活动中,也就是要求凡事量力而行,用人扬长避短,办任何事情都应该注意时机和地点的选择,要不偏不倚,既不要过激,也不要不及。

和,就是以和为贵。东方管理中强调"和为贵",一方面是要求社会中的每一个人加强自身的修养,时时处处从他人的角度为他人的利益着想,并最终从社会的和睦中实现"我为人人,人人为我"的共同协作与发展的状态。尤其是对于管理者来说,"人无笑脸莫开店"的古训更是一条必须始终如一地牢记的管理原则,此所谓"内和";另一方面,以和为贵还要求实现人类社会与自然界、人类社会的方方面面的友好相处,相互爱护和共同进步,此所谓"外和"。内和与外和是相辅相成、互为表里的。

器,就是重器利器。孔子说得好:工欲善其事,必先利其器②。"器",也就是生产工具,对于人类的生产和生活的作用是十分巨大的。管理的成功除了要有正确的思想和理论指导以外,还必须依靠先进发达的工具和设备来辅助人们改进和提高工作效率。要发展和改进生产工具,就必须加强社会的分工与协作。孟子曾经指出,农夫不能兼"百工之事",必须和其他的工匠交换自己需要的物品,如果一定

---

① 转引自苏东水总主编:《中国管理通鉴·人物卷》,浙江人民出版社1996年版,第19页。
② 《论语·卫灵公》。

要他自己生产才能够享用，这就是要把天下的人都领到贫困的道路上去①。荀子和韩非等也肯定生产工具的进步对社会财富的增加具有积极的促进作用。荀子认为"百工忠信而不楛，则器用巧便而财不匮矣"②。意思是说，灵巧方便的生产工具可以增加财富的生产。他的学生韩非也认为，"明于权计，审于地形、舟车、机械之利，用力少，致功大，则入多"③。实际上就是告诫人们要懂得因事、因时、因地制宜，仔细研究地形、车、船和机械的利用，做为费力小而效果大，这样收入就多。

法，就是依法治国。依法治国可以避免"人治"中的种种随意性和独断性，从而在平等的基础上公正地对待每一个人和每一件事。但是，依法治国并不能因此被片面地理解为韩非子所说的"为治者，不务德而务法"④。也就是说根本否定道德修养在管理中的积极作用，过分地去崇尚严法酷律的威慑力。事实上，东方管理所宣扬的依法治国，是采取德法兼容的方式来实现的。

信，就是取信于民。在东方，人们要求管理者"正人先正己"，就是希望管理者能够通过自身修养的提高，在群众中树立良好的个人形象。个人形象的树立和保持的过程，也就是个人信用的建立过程。因此，《孙子兵法》在谈到将帅的素质时，曾经提出了"智、信、仁、勇、严"的"五德"标准，其中王皙对"信"的解释为："信者，号令一也，言必信，行必果"⑤。显然，朝令夕改、巧言令色、满腹阴谋诡计的人是无论如何也无法得到下属的信任和爱戴的，也就无法胜任管理的工作。这一点即便是在西方，政府官员的丑闻被曝光，当事者也会迫于社会舆论道德的压力而去职。

筹，就是运筹帷幄。《孙子兵法》中说："夫未战而庙算胜者，得算多也；未战而庙算不胜者，得算少也。"⑥意思是说，兴兵作战之前，充分估计各种主客观条件，精心运筹帷幄的，胜利的可能性就大一些；预见获得胜利的主客观条件不充分，就不容易得胜。因此，在管理过程中，尤其是在涉及竞争决策的情况下，运筹帷幄的好坏常常决定了管理的成败。

谋，就是预谋决策。所谓凡事预则立，不预则废，讲的就是要提前预谋筹划，才能把握局势发展的先机。据史料记载，秦末农民起义时，刘邦率部攻入咸阳，文武百官纷纷去争抢金银珠宝，惟有萧何不动声色地将秦朝的大量地图和典藏资料收集起来，加以妥善保管和研究。这不仅为刘邦日后击败项羽建立西汉王朝，而且也为汉王朝一系列大政方针的制定和实施提供了宝贵的情报保障。从某种意义上

①　《孟子·滕文公上》。
②　《荀子·王霸》。
③　转引自叶世昌主编：《中国古代经济管理思想》，复旦大学出版社 1990 年版，第 118 页。
④　转引自孙耀君主编：《东方管理名著提要》，江西人民出版社 1995 年版，第 113 页。
⑤　《十一家注孙子·王皙》。
⑥　《孙子兵法·计篇》。

讲,把萧何誉为"竞争情报"实践的始作俑者,是毫不为过的。另外,战国时范蠡提出的"旱则资舟,水则资车"以及"知斗修备"等原则,也集中体现了东方管理的预谋决策思想。谋,更侧重于预测和把握未来发展的动向;而筹,则是反反复复根据当时当地的内外部条件,侧重比较各种备择方案,两者是有区别的。

术,就是巧妙运术,也就是要讲求方式方法。同样的一件工作,采用不同的管理手段和方法,其效果会截然不同。大禹的父亲鲧治水用堵的方法失败了,而大禹用疏导的方法治水却成功了。我们原来在发展农村经济方面推行"一大二公"的超越型理念,结果却严重地挫伤了广大农民的生产积极性,阻碍了农业生产的发展。后来,政府及时地采取了农村家庭联产承包责任制,将土地承包给广大农民,迅速搞活了农村经济,也使我国经济的腾飞有了一个坚实的基础。这些事例充分说明了合理运用管理方法的重要性。

效,就是高效廉洁。所谓廉洁,就是指不贪财货,立身清白。东方管理在强调管理者提高工作效率、合理利用资源的同时,也注重从人的自身道德素质这一根本入手,主张身教重于言教。正如孔子所言:"其身正,不令而行;其身不正,虽令不从。"[1]意思是说,为官执政的人自身清正廉洁,即使不下命令,老百姓也会跟着行动;为官执政的人自身不清正廉洁,即使下命令老百姓也不会服从的。可见,东方管理所主张的"以德为先"正是保障管理者的指挥高效畅通的重要原则。

勤,就是勤俭致富。东方管理不仅要求管理者勤勉为政,而且要求在广大群众中提倡克勤克俭,反对奢侈享乐。也就是要勤俭建国,勤俭持家。"民生在勤,勤则不匮"[2],正反映了东方管理对劳动的要求;而勤劳与节俭又是相互联系的,人们只有通过自己的辛勤劳动,才能真正懂得节俭的道理。在东方管理界看来,不论是修身、治家,还是平天下,勤俭节约都应该成为一种必需的品质或要求。

圆,就是圆满合理。这要求管理活动的结果一定要符合广大人民群众的需要,兼顾各方面的利益。能在兼顾其他人的利益的情况下,仍然达到管理的目的,才是东方管理所强调的管理的最佳境界。

【本章小结】

1. 东方管理学根植于东方管理文化,并从东方社会和管理文化的角度创造性地吸收了西方管理科学;它包含了若干不同区域中的群体成员共同在长期生产经

---

① 《论语·子路》。
② 《左传·宣公十二年》。

营实践发展过程中逐步形成的、独特的价值观,以及以此为核心发展起来的行为规范、道德标准、群体意识、风俗习惯等。它是一门融合东西方管理思想精华的新兴学科。

2. 东方管理学创新性地提出了"以人为本、以德为先、人为为人"的"三为"原理,形成了治国、治生、治家和治身的"四治"体系,构建了人道、人心、人缘、人谋、人才的"五行"管理理论,并提出东方管理学的管理目标是人和、和合、和谐的"三和"理念的东方管理学管理理论。

3. 东方管理的要素可以概括为"道、变、人、威、实、和、器、法、信、筹、谋、术、效、勤、圆"十五个方面。

4. 东方管理学的研究方法主要包括科学主义、人文主义和管理科学研究相结合,本土化与跨文化管理研究相结合,东西方管理理论研究相结合。

5. 东方管理学的现代价值表现在企业管理人性化的发展向东方管理的普及;它有助于提升产业竞争力,增强综合国力;东方管理的应用有助于人与自然、人与社会、人与人关系的和谐发展;东方管理的探索将促进治国、治生、治家、治身思想的升华和创新。

复习思考题:

1. 什么是东方管理学?它的主要研究内容是什么?
2. 东方管理学理论体系结构的内容是什么?
3. 试论东方管理学的现代价值和意义?
4. 运用东方管理学十五哲学要素谈谈企业如何建立危机管理机制。

【案例分析】

联想集团用"亲情文化"治理企业[①]

企业竞争可以分为四个层次:产品竞争、行销竞争、战略竞争和文化竞争。企业产品竞争的成功是一种短期成功,行销竞争的成功是一种中期成功,战略竞争的成功是一种中长期成功,只有文化竞争的成功才是企业长期成功的根本保证。

联想在创业之初形成的是"生存文化",企业文化的特征主要是敬业和危机感。后来随着企业的发展壮大,尤其是成立 PC 事业部以后,以杨元庆为首的年轻人走

---

① 改编于李亚:《民营企业企业文化》,中国方正出版社 2004 年版。

上了领导岗位,联想文化过渡到"严格文化",强调"认真、严格、主动、高效"。在2000财年,联想公司又提出"亲情文化"的建设,提倡"平等、信任、欣赏、亲情",用柳传志的话来说联想需要制造"湿润"的空气,加强信任和放权。联想在新老班子交接和组织分拆的时期,恰当地提出亲情文化的建设,以提高员工的满意度和合作精神,这种文化建设非常适合当时联想即将实行的公司战略——向服务转型。服务业的文化不仅需要效率,还需要"微笑",联想试图通过对内部员工的影响,提倡员工的合作、支持和自主性,进而支持企业对外的服务型业务,使客户满意。联想用了一年的时间借助外部专家进行了细致的调研,对联想文化进行了系统的检阅和梳理,这样做,大大提高了联想文化的精确性、普及性和系统性。

联想是比较早解决企业员工分红权和产权问题的企业,尽管思路领先,但在北京这样的政治环境以及柳传志的教育背景下,联想原来的分红权和以后的股权分配还是属于相对平均主义。因此,柳传志给予跟随他征战的部下主要是一个事业平台。柳传志自己也多次在公开场合说联想是没有家族的家族企业。"家族企业"主要体现在家族治理权,而不是家族利益分配权。联想的事业是联想这个高度认同柳传志的非家族的家族成员的事业。神州数码的分拆,与其说是战略上的考虑,还不如说是"亲情文化"的缘故,因为柳传志知道,如果只留下杨元庆,郭为肯定会离开。所以一定要给两个家族成员各自一个天地,从上到下联想用这种亲情凝聚着一批志士仁人。

案例思考题:

1. 联想集团的"亲情文化"体现了东方管理文化的哪些思想?

2. 结合联想集团的案例,运用东方管理学的十五哲学要素谈谈企业文化的建设。

第二章　东方管理学的形成和发展

东方管理学的产生和发展是在一大批热心研究和推广东方管理文化的学者及实践者的积极推动下,才有了今天东方管理学的燎原之势。本章从东方管理文化的内涵着手,对东方管理文化的复兴及在海外的传播进行阐述,并对东方管理学说的发展历程进行介绍。

第一节　东方管理文化的复兴

一、东方管理文化的内涵

作为人类文明的重要发源地,东方各国无论是在古代、近代还是现代,都有不乏光彩夺目的管理成就和极其丰富的管理思想,其中的一些管理思想对于解决当前人们所面临的可持续发展、技术进步与伦理冲突以及知识管理等新世纪的难题,仍有着重要的指导和借鉴作用。西方管理界从偏重逻辑规范之时起,依照所谓的标准严格地区分科学和伪科学,使得人类的管理知识单一地在一个层面上发展,排斥了许多东方管理文化中优秀的实践结晶。许多人因此以为只有西方的新奇概念和复杂的公式才是科学,其实东方各族人民几千年积累下来的管理理念、制度、方法和行为规范等,同样是世界管理理论体系中不可或缺的重要组成部分。这是由管理的社会性所决定的。作为人类群体活动目的性和依存性的重要体现,任何群体的管理实践活动必然与该群体所在区域内各民族文化的发展和进步紧密相连,体现出独特的各民族的特色和精神。

东方管理文化是一个集合体,其中包括了若干不同区域中的群体成员共同理解、发展和遵守着的价值观、仪式、规章和习惯等。由于语言和经济社会文化背景不同,这些亚文化又各自具有其千差万别的鲜明特色。经过历史上这些亚文化之间的征服与被征服以及彼此间的商贸和社会文化往来,它们的分歧和差异已经逐步被相互融合所带来的趋同和统一所取代,这在中国表现得尤其突出。中国的管

理文化可以说是东方管理文化的集大成,因为其中包容着独有的道家、儒家、法家和兵家管理文化,同时还改造吸收了释家、伊斯兰教管理文化中的合理成分,表现出极大的包容性和开放性。以海内外成功的华人、华裔企业家为代表的华商管理文化,更是进一步地吸纳了西方管理文化中科学性、制度性的内容,代表了当今世界管理理论发展的潮流动向。

二、东方管理文化的特征

通过初步研究,东方管理的文化模式具有这样几个特征:

(一)人本精神

人、效率、利润相比较,人具有更大重要性,组织的根本是人。为谋求人的发展,在一定条件下甚至可以牺牲效率和利润。管理的实质也就是对人的管理,管好人是组织成功的关键所在。

(二)集体主义

强调个人利益服从集体利益,强调集体意识,将组织看作是个大家庭,员工是大家庭中的一分子,共同谋求组织和个人的发展。

(三)道德软约束

管理中除重视制定纪律规则、运用奖惩来规范员工行为之外,更重视运用道德方式来端正员工行为。重视自我修炼,提高道德修养,实现自我管理。

(四)"中和"思想

"中和",包含着三个方面的内容:和谐、和为贵、适度。人际关系处理上以和为贵,理念上表现为和气生财,组织管理上则要求一切要恰当适度。

(五)不变而变

老子说:"天不变,道也不变。""天"是指外部环境,"道"是人们认识掌握事物运行的规则。外部环境不变、运行规则自然也不需要变。这就强调人们要善于把握外部环境的变化规律,灵活应对,亦即进行应变式的管理。

(六)无为而治

这是东方管理模式的最高境界。"无为"并不是什么都不做,相反隐含着更深刻的有为。无为就是有所放弃的同时又有所作为,放弃那些琐碎的事情,考虑组织生存发展的大计。组织围绕战略目标按照一定的规则规范有序地运行,这就达到了"无为而治"的管理境界。

三、复兴东方管理文化

经过长期的探索与研究,复旦大学首席教授苏东水首次提出并宣传复兴东方

管理文化。自1992年起在世界管理协会联盟的多次大会上连续发表"东方管理文化"、"东方管理文化的探索"、"东方管理文化的复兴"等主题报告,在国内外引起了强烈的反应和影响,为建立东方管理学学科打下了基础理论和实践基础。

第二节　东方管理文化的传播和发展

一、在新加坡的传播与发展

几十年前,德国社会学家马克斯·韦伯作了这样一个定论:"儒家文化无法开创现代工业化格局。"于是,有关"儒家文化与现代化的关系"的辩争就成为学术界关注的焦点。1988年1月,75位诺贝尔奖获得者在法国巴黎集会,他们在会议结束宣言中向世界呼吁:"如果人类要在21世纪生存下去,必须回到2500年前去汲取孔子的智慧。"在亚洲,"四小龙"和日本经济腾飞,儒家文化正是这些新兴工业化国家和地区的价值取向,并在它的工业化、现代化进程中,发挥了十分显著和重大的作用。

新加坡这个岛国有十来个民族,人数最多的是华人,占总人口的76.3%,华人同其他民族一样,多属于移民的后裔,同本土文化自然维系着一条感情的纽带。儒家文化是成千上万的华人从移民船上带过来的,儒家伦理存于新加坡的历史可以说和最初来到此地的华工一样早。

19世纪80年代后,随着新加坡被英殖民政府辟为自由港,华人移民作为劳工在这里迅速增加。这些移民由于穷困,在中国大多没有受过系统的儒家文化教育,但为了生存和取得华人认同,作为心理积淀的儒家价值观及传统文化习俗在他们的日常生活中日益明显地表现出来;儒家关于忠孝、仁义、和谐等传统观念不仅受到华人的推崇,成为他们安身立命的精神支柱,也成为华人氏族社团的行为准则,并通过祭祀祖先、节日庆典等社团群体活动流传下来。

第二次世界大战后,新加坡发展为国际商业性城市,但儒家文化受到西方文化的极大冲击,日趋冷落。到20世纪70年代末的新加坡社会,在经济和社会发展方面已经取得了足以自豪的成就。但是,急速的社会变迁和现代化进程,也带来了严重的社会问题,它给这个岛国的安定和持续发展造成威胁。其中包括都市化、工业化的冲击,青年人的西化倾向,腐朽生活方式侵蚀下的社会犯罪,因而引起了国家领导人和教育界人士的反省和关怀,乃有"道德危机"意识之产生。针对这种情况,新加坡从1979年6月开始,掀起了文化再生运动。其内容包括礼貌运动、敬老周运动、推广华语运动以及道德教育改革方案的提出。该年9月份,教育当局公布了

在当时的部长王鼎昌主持下完成的《道德教育报告书》，开始准备为中三、中四学生开设宗教课程。1980年2月，春节前后，教育部又郑重宣布《儒家伦理》为选读课程之一。为了建设这门课程，特地从美国和中国台湾请了杜维明、余英时等八位教授前来新加坡讲学和提供编写方案，大众传媒也配合进行宣传，使推广儒家伦理的活动造成巨大的社会影响，一个政府，如此大张旗鼓地开展维护传统价值观的运动说明了新加坡对儒家伦理的重视程度。因此，得到政府的高度重视和大力推广，是儒家伦理道德得以在新加坡广为传播的关键。

李光耀把儒家伦理道德中有利于新加坡现代化发展的思想观念，融在对儒家价值观的现代释义中，并把它作为新加坡国民的具体行动准则加以倡导。1990年，新加坡政府在"受西方影响的巨大压力"下发表了《共同价值观白皮书》，以国民行动准则为基础，提出共同价值观，对经过改造和发展的儒家文化进行了新的凝炼和表述。经过多年努力，儒家伦理道德的核心思想已渗透到新加坡社会的各个层面，在现代化实践中起着卓有成效的促进作用。

新加坡前驻日大使、实业家黄望青先生为新加坡现代企业精神列出这样一个公式：

新加坡现代企业精神＝西方电脑式的计划＋东方勤俭的美德

新加坡已故总统薛尔思博士对新加坡实现工业化、现代化的成功经验也概括成一个公式：

新加坡工业化、现代化＝西方的先进技术和工艺＋日本的效率和高度的组织纪律性＋东方的价值观念和人生哲学

他们都把"东方的价值观念"、"东方勤俭的美德"作为重要一项加以肯定。

二、在中国台湾的传播与发展

中国台湾是亚洲经济比较发达的地区。台湾儒家管理思想主要融合了西方各管理学派的思想，体现了台湾企业发展的特点，形成了以"信仰、观念、原则、价值"为主干的理论体系。

台湾儒家管理思想的发展和研究深深地根植于经营实践的土壤中。著名台湾"塑料大王"王永庆的儒家经营哲学就是成功的一例，在台湾民营企业排列榜中，王永庆的台湾塑料企业集团名列前三名，在整个环太平洋地区发生深刻的影响。王永庆认为，一个企业的资源可以分为有形和无形，许多人偏重公司外在的资产等有形条件而忽视无形条件。他说，一个公司经营的成功，人的因素很大，属于人的经验、管理、智慧、品行、观念、勤奋等的无形资源比有形的更重要，这里诸多无形条件中的核心是儒家的"仁"、"礼"、"义"、"信"，离开儒家管理思想，企业的精神机制只

能是一盘散沙。他认为,企业经营虽然以营利为目的,但一个公司如果发生物化的资源亏损,只要算得出来,并不是很严重的事。真正可怕的危险是职工管理意识的蜕变和堕落,做事敷衍搪塞,这种无形的损失远非金钱所能补救,这才是严重地影响到公司存亡的大事。

树立一种企业精神意识比单纯地增加员工工资更重要。王永庆强调,儒家主张"刚健自强"有着十分重大的意义。健全的企业一定要注意物质与精神的平衡发展,企业员工的分配提高后,他们的精神生活、文化素质方面也要相应提高,两者应该像并行的轨道,社会和企业才能在这个轨道上顺利前进。综观古今中外,精神和物质无法均衡发展的国家和企业即使一时兴盛,也难以持久。

王永庆尤其信奉"保持内心的活力"的格言。他说,积数十年所致力和追求的,不外是人、事、物的品质精良。一个人的成败、社会的荣枯、国家民族的兴衰,关键在品质。

企业要经久不衰,非致力于追求管理主体最高价值准则不可。而追求的过程是艰辛的,一定要踏踏实实。中国人常患"知而不行"的毛病。精心研究管理主体精神,却不彻底去做,就不可避免地要发生许多不公平的现象,阻碍企业进步。

王永庆主张要为企业提供最新的管理观念和技术,以开拓精神意境,扩大主体经营视野。提高企业经济效益,必须有一定的、明确的管理哲学思想作指导,这个管理哲学思想最好是中国儒家管理思想。每个企业家都必须致力于儒家管理思想研究,并将儒家管理精神准则贯彻于经营实践活动中。

三、在日本的传播与发展

被称为"日本资本主义之父"的涩泽荣一,在经营管理思想上源于中国儒家管理思想。在他创办的 500 多家大企业中,极力贯彻"仁与富必须并存"的管理方针。涩泽不但主张仁与富并存,而且还以仁与勇并用。孔子说过:"仁者必有勇"。涩泽显然把中国儒家管理的"五常"(仁、义、礼、智、信)以及非儒家系统的"五德"(智、信、仁、勇、严)结合起来,推行于日本企业的具体经营实践中。

第二次世界大战后,日本管理思想界对于中国儒家管理思想的研究和应用发展到了一个新的阶段。日本企业思想家认为,企业职工具有高度的集体主义精神,对企业的忠诚心、爱社(公司)心、归属意识的表现,本质上是儒家管理思想在主体方面的反映。日本企业通常用如下三句话概括他们的儒家经营方式:保障职工终身就业、按工作年限和成绩提级增薪、在企业内部设立工会。

日本企业的凝聚力或者说日本人的集体主义,正是上述特殊的儒家企业经营方式的产物。值得注意的是,日本式的儒家经营方式的基础理论却是来自中国的

儒家管理思想。著名的日本企业经营者横山亮次(日立化成工业公司总经理)说,终身就业制和年功序列制是"礼"的思想和体现,企业内工会是"和为贵"思想的体现。他自己的经营思想就是以儒家管理的"礼"和"义"为基础的。在同职工的关系上,他贯彻了"爱人者人恒爱之,敬人者人恒敬之"等儒家管理思想。

不仅仅是横山先生,在日本,许许多多的企业家都是以"孔孟之道"为经营指导思想的。三菱综合研究所高级顾问中岛正树称"中庸之道"为企业管理最高道德标准,日立集团的创始人小平浪子(已故)把"和"、"诚"、"言行一致"列为"社(公司)训",立日电机公司的创业者立石一真主张"和为贵",建立"相爱和相互依赖"的夫妻式劳资关系。

日本是一个竞争非常激烈的社会。"和为贵"与激烈竞争怎么并存? 一位企业家说,"和为贵"旨在协调内部关系,竞争是对外部的关系。日本各企业内广泛开展的合理化建议运动和质量管理小组活动则是在最基层把"和为贵"和自由竞争完美地统一起来的良好形式。

明治维新后,日本走上了资本主义道路,从政治制度到生活方式,全面地向欧美国家学习。但是在现实生活中,儒家管理思想尤其是伦理道德观念,作为文化的一部分,仍有机地存在于日本的上层建筑和生产关系之中,并且对经济基础和生产力起到了巩固和推动的作用。

四、在韩国的传播与发展

韩国是继日本之后研究和应用儒家管理思想的又一个成功的国家。韩国以高丽大学为中心成立了"东方儒家管理研究开发所",制订了结合韩国工业经济发展及本民族特点的儒家管理发展纲要。1978 年《高丽大学学报》相继发表了《儒教在韩国》、《儒家:人的反思》、《原始儒家的学术架构及其当前应承的危机》、《儒家后期在东亚》、《宋明理学的形成及其(与)孔子思想的关系》、《孔子管理思想的本质和要素》等论文,这些文章的主要论点是:"儒家管理精神与伦理是韩国企业管理的真正基础";"由于儒家管理重视主体伦理关系,因此形成了严密的企业管理结构";"鉴于韩国经济发展的成功,儒家管理的韩国化正引起国际学术界的注视,儒家的一整套的管理准则及思维方式,正式受到西方管理思想界的肯定和推崇"。

韩国的儒家管理思想研究者们主要着重在现今经济快速成长,功利思想抬头,物质文明膨胀,传统道德无法发扬应有约束力量,以致影响了善良风气等方面进行了探讨,对如何有效引导提出了许多设想。他们认为,当今世风日下,怎样补偏救弊,固然要做多方面的配合,而孔子的管理思想学说可以说是最好的教化方向。因为只有经由仁爱精神的发扬、德礼教化的熏陶,才能升华管理者的精神生活,使企

业经营达到真正安和乐利的境地。只要大家能以儒家管理思想为师,实践孔子之道,必能有助于企业的发展和促进经营的繁荣,进而实现韩国经济的国际化。韩国的管理学家还指出,儒家的管理思想学说在国家企业发展史上具有深远的影响和伟大的效用,更可以对今后的世界发挥正面的影响功能。

今天,韩国的儒家管理思想正转向儒家的世界性研究,强调儒家管理理论及伦理道德是当代企业经营战略发展的真正基础,应以一种世界性的眼光来检视、反思儒家管理思想,扩大其内涵,赋予其时代价值,使儒家管理思想突破人类管理发展中的困境,发扬儒家管理思想的精髓和启示,以创造管理文明和幸福,促进世界和平。

五、在欧美各国的传播与发展

第二次世界大战后,欧美诸国经济发展明显落后于日本。日本经济高速发展的奥秘引起了欧美各国学者的探讨兴趣,有关论著层出不穷。1982 年,美国《大英百科全书》副主编弗兰克·吉伯尼(Frank Glbney)发表了《设计的奇迹》(Miracle By Design)一书,对这一问题进行了新的探讨。该书认为,以往关于日本经济成功的流行说法,如"冷酷无情的贸易竞争"、"阴险的日本股份有限公司"、"官商勾结"、"低工资"以及"巧妙地模仿美国技术"等等,都不足以解释日本成功的真谛。作者从日本民族文化的特点入手,挖掘了日本经济发展的历史、文化、宗教的根源,认为美国的产业社会是在基督教的个性至上的个人主义道德观的基础上发展起来的,而日本的产业社会则是在强调和谐的人际关系的儒家集体主义道德观基础上发展起来的。日本经济成功的决定因素,是许多世纪以来按日本方式改造过的中国儒家管理道德传统与美国经济民主主义的相互结合。

弗兰克·吉伯尼的观点表明,现今西方欧美学者已从日本的经济成功得到启示,将儒家管理思想引进于美国、西欧各国的管理行为中。他们通过对美、日两国的比较,从劳动道德、劳资关系、生产率意识、法律观念、官吏制度以及市场战略等各个方面论述了日本儒家管理的长处和美国基督教管理文化的短处。他们把日本称为"新儒教资本主义",认为欧美资本主义要对付新技术的变革和挑战是有困难的,必须输入某种儒家管理思想,以改造西方现有的老化的管理机制和人际文化。

第三节　东方管理学说的研究历程

东方管理学是以苏东水教授为首的东方管理学派开创的新兴综合性学科,其创建历程跨度达三十余年。综观整个探索过程,可以划分为三个阶段:古为今用阶

段、理论创建阶段、影响扩大阶段。

一、古为今用阶段

这个阶段主要是归纳、提炼我国古代、近代的管理精髓，并在现代经济环境中对其进行创造性转换和应用。苏东水教授从20世纪70年代中期就开始研究中国古代管理的相关著作，从古代原典中提炼出管理精华，并应用于现代管理学科的建设中，发表了论文《〈红楼梦〉经济管理思想研究》，文中阐述和总结了王熙凤治理宁国府的管理手段为管、卡、压、罚、打，这些手段后来又变本加厉为榨、抢、杀等。而王熙凤的管理方法和晚些时候西方流行的泰罗式管理有相通之处，但泰罗式管理在美国成功施行了相当长一段时间，而王熙凤的管理只在短期内奏效，长期下来却树敌太多、积怨太深，怎样苦心经营也无法挽回家族败坏的命运。其中的深层原因，是因为王熙凤完全背离了东方文化的精神，她的管理方法根本不符合中国传统文化对家庭管理的要求。之后苏东水教授又写出《中国古代经营管理思想   孙子经营和领导思想方法》、《现代管理学中的古为今用》、《中国古代行为学说研究》、《试论管理科学的对象与性质》等文章。其中，《中国古代行为学说研究》将中国古代管理行为学说分为十类，是对东方管理中的行为模式最早的研究之一。

二、理论创建阶段

这个阶段主要是基于我国经济管理理论与实践，融合东西方管理精华，提炼出具有中国特色、全球视野的东方管理理论。经过长期探索，苏东水教授将东方管理思想的本质概括为"人为为人"。并从1992开始连续在日本（东京）、美国（达拉斯）、法国（巴黎）、西班牙（马德里）等国家参加世界管理协会联盟（IFSAM）举办的世界管理大会，在大会上连续发表《弘扬东方管理文化，建立中国特色的管理体系》、《东方管理文化的探索》、《东方管理文化的复兴》等主题演讲。1997年举办的97世界管理大会，国内外50余家媒体到会采访，《人民日报》的报道称大会标志着"东方管理文化在世界叫响"。通过参加IFSAM的世界管理大会，不断向世界管理学界宣传以中国优秀传统文化为核心的东方管理思想，深得与会各国学者的认同，扩大了东方管理思想的国际影响。从1997年起，我们连续举办八届世界管理论坛暨东方管理学术研讨会，一届世界华商管理大会（1999），就东方管理思想研究展开广泛探讨，在海内外学术界和企业界产生了深远影响。

在理论的创建时期，苏东水教授将"人为为人"思想最初渗透在1987年出版的《管理心理学》（第一版）中，并成为苏东水教授独创的"人为科学"的理论基础。至2002年，《管理心理学》已出第四版，发行量逾百万册，该书的每一次更新都从一个

侧面反映了东方管理思想研究的新进展。1998 年,发行量高达 300 余万册的《国民经济管理学》再版,新的《中国国民经济管理学》中大量运用了十年来研究东方管理思想和人为科学的成果。随着对东方管理思想研究的逐渐深入,经过对中国浩如烟海的传统管理文献进行梳理、提炼,1996 年,耗时三年多,编撰的《中国管理通鉴》出版了,这是第一部对中国古代管理思想进行系统整理和研究的著作,内容丰富全面,分人物、要著、名言和技巧四卷,共计 280 余万字。《中国管理通鉴》的出版为东方管理思想的研究奠定了坚实的文献基础。而《管理学》一书突破西方管理过程学派的束缚,专辟章节阐述治国、治生、治家。

1997 年苏东水教授承担国家自然科学基金项目——"东方管理学思想研究",该项目的研究成果在绩效总评中被评为优等。该研究的最终成果集中在 2003 年出版的《东方管理》一书中。在该书中,东方管理学派的学者将东方管理理论进一步完善,形成了更为全面的"东方管理理论体系"。它不仅以继承以儒家思想为内核的中国传统管理文化为主,还广泛汲取东方管理文化中道家、释家、兵家、法家和伊斯兰教等思想流派的学说。

2005 年苏东水教授出版的《东方管理学》则是系统阐述东方管理学派理论与实践的原创性著作,他以"三学"(中国管理学、西方管理学、华商管理学)、"四治"(治国学、治生学、治家学、治身学)、"五行"(人道行为、人心行为、人缘行为、人谋行为、人才行为)为主线,全面阐述了东方管理学的完整理论体系。

三、影响扩大阶段

近几年,苏东水教授在其编著的《中国国民经济管理学》、《产业经济学》、《应用经济学》等著作中,成功地把东方管理思想嵌入宏观经济管理、中观产业政策、微观企业经营中,受到了学术界同行的一致好评,也扩大了东方管理思想的影响。

2000 年,复旦大学经济管理研究所承接国家教育部面向 21 世纪课程教材《产业经济学》的编写工作,这是一部成功融合东方管理思想的创新之作,系统地论述了东方管理思想对产业经济的巨大推动作用,从产业经济的视角肯定了东方管理思想的现代价值,并初步形成了独具特色的东方产业管理模式,此书已经连续印刷多次,即将推出第二版。2001 年,《管理学——东方管理学派的探索》是一本阶段性总结著作。该书弘扬优秀中国传统管理文化,融合古今中外管理理论精华,系统对比东西方管理理论,总结出华商管理理论的基本思想,东方管理思想的学术价值和社会意义由此得到进一步的证实和挖掘。该书不仅丰富了管理学的内容,专辟章节阐述治家、治身,在框架上也突破了西方管理过程学派的束缚,充分重视文化和心理的影响和作用,而且从管理主体、管理权力、管理组织、管理文化和管理心理

五个方面归纳出管理的基本要素。2003～2004年两年间,复旦大学东方管理研究中心组织校内外学者合作推出了贯穿东方管理思想"人为为人"核心理念的著作《应用经济学》,系统论述了中国改革开放大背景下企业、市场、政府、社会各领域的互动发展。

从20世纪80年代开始,由苏东水教授主持的复旦大学经济管理系、经济管理研究所就开始在工业经济、企业管理、产业经济学等学科下招收东方管理方向的硕士生、博士生,近几年应用经济学和工商管理的博士后流动站开始招收东方管理方向的博士后。20年来已毕业数百人,这些学生都成为政界、学界、商界的栋梁之材,他们在学校里学习东方管理,在工作中实践"人为为人"的理念。可以说,通过"传道授业",实现了"经世济民"的理想。2003年,复旦大学东方管理研究中心正式设立了独立的东方管理学博士点和硕士点,是全国第一家,已经开始正式招生,这标志着东方管理学科的人才培养开始进入一个崭新的发展阶段。之后,上海交通大学、上海外国语大学、国立华侨大学、江西财经大学、贵州大学等院校相继成立了东方管理研究中心。

2004年7月,在瑞典歌德堡第七届IFSAM世界管理大会上,由复旦大学东方管理研究中心牵头,IFSAM中国委员会争取到第九届世界管理大会的主办权,此次大会于2008年7月27～28日在复旦大学召开。本次大会设立了20个分会场,组织了70场分会场学术报告,来自世界三十多个国家的400多名管理学者、教授和企业家代表参加了会议,大会共收385篇论文,涉及管理方面的20个研究领域。本届大会是中国管理学界有史以来具有国际性的盛会,与会者认为,全球经济一体化的快速发展及信息技术的不断突破,大大改变了企业及其管理的基本情况,在全球化背景下,东西方管理思想共同迈入了一个融合、创新与变革的崭新时代,多元文化背景下的管理交流与融合创新正成为一种发展趋势。本次大会将对以弘扬中华优秀文化为核心的东方管理学派及创新的学科传播、交流、发展,对创建中国特色的管理学科走向世界起到重大推动作用。

【本章小结】

1. 东方管理文化是一个集合体,其中包括了若干不同区域中的群体成员共同理解、发展和遵守着的价值观、仪式、规章和习惯等。中国的管理文化可以说是东方管理文化的集大成,因为它包容着独有的道家、儒家、法家和兵家管理文化,同时还改造吸收了释家、伊斯兰教管理文化中的合理成分,表现出极大的包容性和开放性。

2. 东方管理的文化模式具有如下特征：人本精神、集体主义、道德软约束、"中和"思想、不变而变、无为而治。

3. 东方管理学是以苏东水教授为首的东方管理学派开创的新兴综合性学科，其创建历程跨度达三十余年。综观整个探索过程，可以划分为三个阶段：古为今用阶段、理论创建阶段、影响扩大阶段。

复习思考题：

1. 东方管理学有什么具体的特征？
2. 东方管理学如何在世界得到传播的？
3. 简述东方管理学产生的历程和发展。

【案例分析】

海航"三为一德"育干部①

以传统文化精粹进行企业文化建设和员工素质修养培训，是海南航空集团的企业文化特点。对此，海航董事长陈峰先生这样说："目前中国人职业道德方面的意识很弱，不如西方成熟，而市场经济中的竞争是有一定规则的竞争，随着中国市场经济的发展，传统文化中应该得到弘扬的东西没有确定起来。因此，做企业时仅仅有西方管理的一套往往力不从心，对付不了传统文化中的劣根，如上班要求打卡，有的人可以打完卡再溜出去。还有现在上市公司里的各种问题。总之，企业管理中还缺乏规范自己的理念。拿什么来规范呢？我发现仅有西方的管理制度是不够的，于是要求大家把人做好，加强对自身如何做一个好人的认识，实际上还是职业道德。修养方面的最基本的东西——做人训练好了，职业道德自然就好了。文化加上制度，就能使制度有效地执行下去。"

"在海航的历史中，我们就一直秉承'内修传统文化精粹，外兼西方先进科学技术'的理念，开始有三个人时就做大事记，做文化读本《海航文化导读》、《员工守则》。每批员工都由自己来讲人道和做人的学问，讲创业史，读一本书。八年时间潜移默化、锲而不舍的工作，才形成今天海航企业文化的基本氛围，同时也锤炼了一批优秀干部。"

"'三为一德'是海航对管理干部的独特要求，'三为'即为人之君，为人之亲，为

---

① 改编于刘元煌：《与100名老板对话》，经济管理出版社2001年版。

人之师。'为人之君'指干部要有君王一样的责任和君子一般的风范;'为人之亲'指要像亲人般地善待下级;'为人之师'指的是干部要别人做到的自己先做到,还要让别人从你那里学到东西。这三句话构成了一个'德'字。"

案例思考题:

1. 海航是如何运用中国传统文化思想建立企业文化的?
2. 海航"三为一德"的理念体现了东方管理的哪些思想?

三学篇

　　中国管理、西方管理以及华商管理的理论与实践是东方管理学的三大理论渊源。中国管理学包含了中国传统管理思想、近代管理思想及现当代管理思想的三个阶段；西方管理学的形成包括了古典管理理论、行为管理理论、现代管理理论、管理理论新发展四个阶段；华商管理是由中华优秀传统管理文化与华商所在地文化以及西方文化相融合所形成的。

第三章　中国管理学

中国管理学是研究中国本土的古代、近代和现代管理思想和实践，探索中国管理实践中普遍适用的规律、原理和方法的现代学科。它是以中华优秀管理文化为核心，以"三学"为理论基础，以东方管理学的"三为"、"四治"、"五行"、"三和"为主线，系统梳理、提炼我国古代、近代和现代经济管理实践的经验与教训，力图归纳出具有中国特色的、全球视野的现代管理模式的一门综合性学科。就其历史进程，中国管理学发展可以分为三个阶段：传统管理思想、近代管理思想及现当代管理思想。

第一节　中国传统管理思想

中国是世界历史上四大文明古国之一。早在五千年前就有了人类最古老的部落和王国，到了公元前 17 世纪的商、周时代，中国已形成了组织严密的奴隶制和封建制国家组织；公元 200 多年前秦朝统一中国到以后的 2 000 多年的漫长历史中，中国曾经发生过无数次战争和多次的外国入侵，经历了数百次的改朝换代，虽然也曾有过短暂的分裂，但历代统治者都能对如此辽阔的疆土和众多的人口进行有效控制和管理。从管理学的角度看，其中有关国家行政管理、军事管理、农业管理、经济管理、市场管理、社会管理等方面蕴藏着极为丰富的经验和思想理论，时至今日对我们的各项管理工作仍具有重要的指导作用。综观中国传统管理思想的变迁，从历史的角度可以分为四个阶段：先秦时期的管理思想、秦汉时期的管理思想、唐宋元时期的管理思想和明清时期的管理思想。

一、先秦时期的管理思想

这个时期的春秋战国时代，是中国古代社会由奴隶社会向封建社会转型的重要时期，也是中国文明史上学术空前活跃并达到高潮的时期。从春秋后期到战国时代，经济上由于贸易和兼并，产生了一些富有诸侯和富商大贾；很多小诸侯重组

为势力较大的地方势力,与周朝分庭抗礼。在此历史的大背景下,出现了一个持续几个世纪的光辉璀璨的中国古代文明时期,即"百家争鸣"时代,并涌现了一大批杰出的思想家、政治家、军事家,有代表性、有较大影响的就有百家之多。其中包括了易经的阴阳学说、道家的无为学说、儒家的仁爱学说、墨家的兼爱利人学说、兵家的用人学说、法家的崇法学说以及之后的佛家慈善学说等。这些学说不仅从哲学上、政治上、军事上提出自己的观点,而且在经济管理上,对农、工、商的管理政策上提出了自己的管理思想。

(一)《易经》的阴阳学说

《易经》(又名《周易》)是我国最古老的一部占筮书,同时也是一部凝结着远古先民睿智卓识的哲学著作。《易经》以象征阳"—"(又称"阳爻")和象征阴"— —"(又称"阴爻")为基本符号,以八卦(每一卦由三爻组成)以及由八卦中任意两卦交相叠合而成的六十四卦(每一卦由六爻组成)为基本图形,通过对这些卦象的解释,阐述了事物和现象生成变化的法则。

1. 阳、阴在《易经》中是具有普遍意义的范畴。天为阳,地为阴,日为阳,月为阴,男为阳,女为阴。总之,宇宙的一切,都是由相互对立的阴、阳所组成。由于阴阳的交感或相互作用,促进事物的变化。易经的阴阳交感之说作为一种哲学的理念,是符合事物发展客观规律的。当事物发展到极点时,就会产生整体的质变。无论是自然界还是人类社会都具有这种变化特征。

2. 在《易经》学说的理念上充分体现出"平衡"、"和谐"的原理。"平衡"、"和谐"是发展的基础,而要达到"和谐",调整到"平衡",归结点还在于"人"。《易经》强调天道、地道、人道的"和谐"。天道是阴阳对立体,地道是刚柔对立体,人道是仁义对立体。对立体之间可以互补,互补就是对立中的统一。人道"和谐"是人类社会生存和发展的重要条件。因此,《易经》告诫人们要法天则进而实现人道的"和谐"。

3.《易经》强调平衡、和睦、互补,平衡即阴阳平衡,无论阴阳哪一方过盛,都会带来动荡。和睦实质上是指在社会组织中,人心与人情应当建立在共同意愿的基础上,互相补充,互相促进,既表现出人的主观积极作用,又不违背自然法则,即重视人的价值观念。《易经》关于社会组织的构成所提到的"元永贞"是指为了永久和睦合作过程中的"社会人"的概念。20世纪30年代梅奥的人际关系学说,第一次提出了"社会人"的观念。在梅奥的眼中,人本管理不是局限在技术和经济的管理,同时管理者与被管理人的"友情"这种人际关系的调整也是非常必要的。梅奥的观点以及后来麦戈雷戈的行为科学的观点与《易经》"比"卦的人本观点具有一定的融通性。

《周易》中蕴含了丰富的智慧和奥秘,自然的、社会的、人生的,无所不包。除哲

学外,还涉及天文、地理、历数、乐律、兵法等。《周易》内容丰富、奥秘无穷。了解了《周易》,就可以了解中华文化发展的源头;并了解我们的祖先在人类文明曙光初照之时,就已经具备了怎样的创造天才和超常智慧。《周易》在中华文明发展史上所占有的重要地位,是其他任何著作都无法替代的。

(二)道家的无为学说

道家的经典著作就是《老子》,又称《道德经》,是我国道家学派和道教最著名的一部经典。它综合百代,广博精微,短短的五千文,以"道"为核心,构建了上至帝王御世,下至隐士修身,蕴涵无比丰富的哲理体系。我们可以从社会、文化、政治、经济等诸多方面获得《道德经》所蕴含的思想指导和启迪。

1. 最早的管理思想

道家的源头上溯黄帝,即所谓黄老之学,加之孔子本来就师承老子,就是在自己的学说里还是取之老子之道。道家早于儒家是确定无疑的。长期以来,儒家成为显家、官家,而道学处于隐学、民学的地位;孔孟思想的承结,多有经典文献,老庄之学的承结却比较少。可见,道家学说渗透到众家学说之中,寓于各派理论之中,恰恰说明道学应是中国乃至世界最早的管理思想。老子从直接否定天的权威为起点,立足理性思考,反对神创论,视"道"为根源性的存在,把"道"理解为宇宙间的最高法则、总规律,周而复始,从道出发,也以道回归。所以,我们说黄帝和老子是人类最先发现和运用宇宙真理的创始人。

2. 最高的管理形态

"无为而治"、"不争而争",这些都是道家的管理方略。道就是矛盾的统一,道的管理就是运用规律来正确认识和解决矛盾。道家的处世智慧就体现在对人世间一系列利害转化关系的洞察,在这种转化中去取得最大的效率和利益。道作为治理天下的大本,在此之下具体解决人与自然、人与人之间的矛盾,强调以"我无为而反自化,我好静而民自正,我无事而民自富,我无欲而民自朴"为原则,主张"无为而治",从而理乱求治,建立人与自然、与社会和谐的秩序,达到三者合一的管理的最高境界。

3. 最深刻的人本管理思想

道家管理学说归根到底是对于人的生命的关怀,它揭示了生命的存在、如何存在、生命的意义,天地万物与人的关系以及怎样协调和合等基本问题,以求得人本身的完善。道家以人为根本出发点,勇敢地向人外之物宣战,将人与天地平等看待,以"天人合一"、"天、地、人一体"的思想,开辟了真正的理性人的发展道路。道家在高度概括人本思想的基础上,同时具体地指出了生活在现实世界和理想境界的人的价值取向。

（1）自爱精神。人只有靠自我爱护，"自爱，而不自贵"。自爱而不尊贵自我，不自私地去损害别人，那么，整个社会便能实现至爱。国家如能爱民、爱人，就可以不治而治，使民不争，民不盗，民不乱，达到"圣人之治"。人人自爱便能爱泽人人。

（2）自然精神。在人的生与死这一过程中，道家指出了人——地——天——道——自然，这样一个理性的途径，顺其自然，达到精神的逍遥、与道合一的自然境界。遵循自然规律，认识做人的道理，超越生死，珍惜生命，才能真正实现人对自由的向往和追求。

（3）自理精神。人与自然、社会存在着普遍联系而且有其内在规律，那么，人应当具有自理精神。老子好喻水，"上善如水，水善利万物而不争"①，水居下而迎上，宽容而柔弱，任何东西水皆能包容，水又可以被任何容器改变自己的形状，即能容人，又能适人，这就是道家的阴柔品格。不与万物争斗而给其带来利益，虽然柔弱又非软弱可欺，"柔弱胜刚强"②，内含无穷无尽、不可预测的内在力量。

（4）自强精神。"道之为物，唯恍唯惚"③，玄远状态是博大的基础，虚怀若谷，容纳一切，一视同仁，博大正是自强精神的体现。自强便能以柔克刚、以弱胜强、强中更强。宇宙之间，"道大，天大，地大，人亦大。国中有四大，而人居一焉"，在此四大中，人是最重要的，天、地无人，谁知其为大；道之所以大，是以人大而存在。这样，人的地位、价值，意义在与道、天、地的比较中得以彰显。

道家思想是中国传统文化的重要组成部分，要了解中国文化及中国的现实人生态度，就不能不了解道家。鲁迅先生曾言：中国文化的根底在道教。

综观中国几千年的历史，我们会发现一个秘密。每一朝代，在其鼎盛时期，在政事的治理上，都有一个秘诀，就是"内用黄老，外显儒术"。自汉、唐开始，接下来宋、元、明、清的创建时期，都是如此。内在真正实际的领导思想，是黄（黄帝）、老（老子）之学，即道家思想；而外在所标榜的即实际教育上所表示的，则是孔孟的思想，儒家的文化。④

（三）儒家的仁爱学说

1. 孔子的仁爱论

孔子（前551～前479），名丘，字仲尼，春秋后期鲁国人。孔子是儒家文化的开创者，提倡"仁、义、礼、智、信"，及"爱民"、"养民"、"惠民"、"裕民"的思想。"仁"是孔子思想的核心。"仁"是人们相处、相知、相爱之道。仁学是儒家的精华所在，"仁

---

① 《道德经》第八章。
② 《道德经》第三十六章。
③ 《道德经》第二十一章。
④ 南怀谨：《南怀瑾选集（第二卷）》，复旦大学出版社2007年版。

爱"是道德之本,是人格的基础。孔子仁者爱人的主张主要体现在以下三个方面:

(1)人事管理方面。儒家主张以礼待人、讲求信用和尊重别人,促进人际关系的协调,主张上级对下属应宽厚谦和,而下属则应忠于职守。"仁"是孔子思想的核心,"仁"是人们相处、相知、相爱之道。之所谓"仁者,爱人","仁"在《论语》中共出现过109次,其概念非常宽泛。"仁"的基本精神是"爱人"、"忠恕"、"己欲立而立人,己欲达而达人"、"己所不欲,勿施于人"。孔子认为,为达到"修身、齐家、治国、平天下"的目的,要以个人的爱为出发点,最终形成人类的爱。

(2)治身思想方面。孔子教导人们要做到恭、宽、信、敏、惠,即庄矜、宽厚、信义、勤敏、慈惠,这五条加起来即是"仁"。孔子认为人格的修养要有三个重点:"知者不惑,仁者不忧,勇者不惧。"就是说真正有智慧的人,什么事情一到手上,就清楚了,不会迷惑;真正有仁心的人,不会受环境的动摇,没有忧烦;真正大勇的人,没有什么可怕的,但真正的仁和勇,都与大智慧并存。孔子的仁学奠定了儒家以民为本的人本思想和仁政学说的理论基础。

(3)治国思想方面。提出"道之以政,齐之以刑,民免而无耻;道之以德,齐之以礼,有耻且格";孔子所处的春秋末期,诸侯争霸,战争频繁,社会秩序动乱不安,在当时存在着两种对立的治国主张,其一"为政以德",其二"为政以刑"。为了促使统治者更好地管理国家,他提出了"为政以德"的管理思想。孔子主张"为政以德",其提出的管理方针是"道之以德,齐之以礼"①,即用道德教化来引导百姓,用礼制来统一百姓的行为。可以使百姓服从管理,自觉遵守法律和规章制度;可以使百姓有羞耻心,自觉从善,走上正道,因而达到国泰民安的目的。而"为政以刑"的治国主张,只能使百姓为了免于犯罪而不去做坏事,却没有羞耻之心。孔子正从这一认识出发,提出以"仁"为核心的德治思想。

当然,《论语》中也有一些思想是与历史潮流相背离的,如他政治上的复古倾向,他对等级、秩序的过分强调,他的内敛的人格价值取向等,这一切都不可否认地给中国社会的发展带来了负面影响,需要我们用现代意识对之加以修正。

2. 孟子的性善论

孟子(生于前385年~前304年),名轲,字子舆、子车、子居,籍贯鲁国邹(今山东邹城)人。孟子认为人具有先天或先验的善性。孟子主张"性善论"。"乃若其性,则可以为善矣,乃所谓善也。若夫为不善,非才之罪也。"亦即从人的天生素质来看,可以使他善良,这就是所谓的人性善,至于有些人不善良,不能归罪于他的素质,其包含三层意思:

---

① 《论语·为政》。

(1)人的素质可以为善。这里的人的素质,指的是区别于动物的道德属性。人和禽兽的区别只有一点点,而"仁义"就是人区别于禽兽的属性。在孟子看来,仁义属性是人人具有的。无论是庶民丢弃它,还是君子保存它,人毕竟是人,而不是禽兽,他那一点点的道德本性,只需通过适当引导,就可以表现出来。因此,人的天生素质是可以为善的。

(2)"仁义礼智"人所固有。在孟子看来,"四心"即为"四端"——恻隐之心,仁之端也;羞恶之心,义之端也;辞让之心,礼之端也;是非之心,智之端也。"仁"来源于人的恻隐之心,"义"来自于人的羞恶之心,"礼"来自于人的恭敬之心;"智"来自于人的是非之心。而仁义礼智乃是道德上的善,所以,人的本性是善的。

(3)求则得之,舍则失之。既然人性本善,为什么有人为善,而有人作恶呢? 这完全取决于人们对于其善之本性的取舍。孟子认为人的本性就是善良的,即一经探求,便会得到;一经放松,便会失去。孟子的性善论认为性善属于先天的,而恶是起于后天的,善是内在的因素,恶是外部因素。因此,孟子主张尊重人们的道德修炼。

3. 荀子的性恶论

荀子(前 313 年~前 238 年),名况,字卿,后避汉宣帝讳,改称孙卿;战国末期赵国(今山西安泽)人,亦谓之孙卿子,是中国先秦后期杰出的思想家。

荀子的思想偏向经验以及人事方面,是从社会脉络方面出发,重视社会秩序,反对神秘主义的思想,重视人为的努力。孔子中心思想为"仁",孟子中心思想为"义",荀子继两人后提出"礼",重视社会上人们行为的规范。荀子认为人与生俱来就想满足欲望,若欲望得不到满足便会发生争执,因此主张人性本恶,须要由圣王及礼法的教化,来"化性起伪"使人格提高。"人之性恶明矣,其善者伪也。"在荀子看来,既然人的本性是恶的,国家的统治者就要运用必要的礼制规范百姓以适当地引导,使之向善、从善,这样就有可能治理好国家。人性本恶是荀子人性论的中心命题,荀子的性恶是针对孟子的"性善论"的,他批评孟子的性善论说是"不及知人之性不察乎性伪之分"。荀子所说"性"有两层意思:

(1)一种与生俱来的属性,而不是通过后天学习而形成的社会属性,性是一种天生的,自然而然的东西。

(2)"性"的具体内容相当宽泛、复杂,既包括人体的生理器官,如耳、鼻、口、舌等及其对衣食声色的情欲,"若夫目好色,耳好声,口好味,心好利,骨体肤理好愉佚。是皆生于人之性情也,感而自然,不待事而后生之者也"。荀子所讲的"性情",指人的本性反应,一旦和外界事物接触,就会自然而然产生这样的反应,而不是后天所能学到,所以也是人的自然本性。

荀子的逻辑是乱和穷的根源在于人们无穷无尽地追求欲望的自私自利的本性,所以人性是恶。这个恶字并不是凶恶、恶毒的意思,而指引起战争、动乱、贫穷的人们而有之的欲望。在荀子看来,人的欲望是天生的,是不学而会,不教而能的,人人都是一样的。但是,荀子把轻税或厚敛当作关系到国家存亡的至关重要的财政政策,同时他还提出了"上下俱富"(即"下贫则上贫,下富则上富")的思想。

(四)墨家"兼爱利人"的思想

墨子姓墨名翟(公元前 479 年~前 381 年),中国战国时期著名思想家、政治家、军事家。他提出"兼爱"、"非攻"等观点,创立墨家学说,并有《墨子》一书传世。墨学在当时影响很大,与儒家并称"显学"。墨子曾学儒者之业,受孔子之术,后因不满儒家尚礼和厚葬制度,于是另立新说,创墨家学派,与儒家对立。作为战国初期著名思想家,墨子因其来自社会下层,所提出的管理思想能较多地考虑广大人民的利益。其言论和主张被其门徒记述下来,编成《墨子》一书,共七十一篇,现存五十三篇。墨子的管理思想可以概括为以下几点:

1. 兼爱交利。"兼爱"是墨子行政管理思想的核心。他认为当时社会动乱不安,主要就是由于人们不想爱造成的。所谓兼爱是要求君臣、父子、兄弟都要兼相爱,"爱人若爱其身",并认为社会上出现强执弱、富侮贫、贵傲贱的现象,是因天下人不相爱所致。管理者如果平等地去爱下属,则能得到比较好的绩效。墨子的"兼爱"思想是以"交利"为基础的,"兴天下之利,除天下之害"。作为管理者,必须关心百姓疾苦,体察民情,爱民诚心,为民谋利。

2. 节用。墨子经济管理思想的核心是"节用"。节用就是指要节约消费,不能奢侈。节用是墨家非常强调的一种观点,墨子认为,人们只要满足基本生活需求就行,如果统治者注意节约消费,则国家的税负就比较轻。墨子抨击君主、贵族的奢侈浪费,尤其反对儒家看重的久丧厚葬之俗。他认为君主、贵族都应像古代大禹一样,过极为俭朴的生活,而且要求墨徒在这方面也能身体力行。

3. 尚同尚贤。"尚同"亦是墨子的重要思想。尚同是要求百姓上同于天子。他认为,只有人们思想统一,天下才能稳定;下级要绝对服从上级,做到"上之所是必皆是之;上之所非必皆非之"。[①] 国君是国中贤者,百姓应以君上之是非为是非。他还认为上面了解下情也很重要,因为只有这样才能赏善罚暴。在人才管理上,墨子提出"尚贤"。用人要注重有才德的贤人,要求把尊崇贤良和任用有才能的人作为主持政事的方针。他特别反对君主用骨肉之亲,对于贤者则不拘出身,提出"官无常贵,民无终贱"的主张。

---

① 《墨子·尚志》。

(五)佛家的慈善学说

佛教起源于公元前 6 世纪的古印度,创始人是释迦牟尼。同其他宗教一样,佛教关心的是人的终极生活,人的最终解脱。同时,佛教又从世俗的角度对人与佛、人与自我、人与人、人与社会、人与自然的关系进行了探讨,提出了自己独特的思想理论体系。佛教有很多派别,在世界上拥有众多信徒,尤其东南亚国家的社会文化历史发展受佛教思想影响很大。佛教大约于公元初传入中国。随着与传统本土文化的深层次的交融,逐渐产生了不同于印度佛教的中国佛教学说,它渐渐成为中国传统文化的一个有机组成部分,对中国社会和文化发展产生了极为深刻的影响。历史上,佛教与儒教、道教并称为"中国三大教",是支撑中国传统文化大厦的重要支柱。

佛教对善的内涵规定是"顺益"。其意指符合佛教义理,符合宇宙真实,符合人的本性,有益于世,利乐众生,就是善。佛教所说的善,还指平常在行坐语默出入往还之间,凡是起一念行一事,都要于自于他有利而无害,有益而无损,这是佛教一切道德的基础。佛经中常说:凡做一切事业,都要自利利他。这自利利他表现于行事上,就是道德的行为。此义非常广泛与普遍,无处不适用。所作所为,都以自他两利为前提。故此,佛教中与人为善就是要做到:

1. 要尊重他人。因为人人都有佛性,都有成佛的可能,对他人的尊重也就是对佛的尊重。"若轻一切人,吾我不断,即自无功德。"所以,人不可目无他人。而要"谦下以自持,虚心以受善,不敢以贡高为也"。即在人际交往中不能产生自负高傲之心,要谦下、虚心,克服骄傲自大之心,吸纳他人的善德。此外,尊重他人还要"常行于敬,自修身是功,自修心是德"。

2. 要忍让他人。佛教特别注重忍辱,"天地大,以能含成其大;江海深,以善纳成其深;圣人尊,以纳污含垢成其尊,是以圣人愈容愈大,愈下愈尊"。而佛教又进一步吸收了儒、道两家谦恭、宽厚、和谐、不争等传统道德内容。有容乃大,也是中国传统文化的基本观念。忍让是对他人的宽容,这反映了一个人的博大胸襟。面对人际关系中的矛盾与冲突,特别是面对他人加诸于己的一切烦恼,始终保持心怀坦荡。这样就能缓解人际关系的矛盾与紧张。但是忍让并非一味退让,不能搞无原则的一团和气,而应与恶行败德进行坚决斗争。"其无争也,可辱而不可轻;其无怨也,可同而不可损。"

3. 要不说人非。人应该经常反省自己的行为,查找自己的不足,改正自己的过错。遇到事情应当多检点自己,而不是对他人求全责备。《维摩诘经》中就有:"常省己过不讼彼短。"《法句经》中也有"不好责彼,多自损身"。如果能做到这一点,就能修持成功。"逐日但将检点他人的功夫,常自检点,道业无有不办。"六祖大

师云:"常见自己过。即此一于,便是成佛作祖的要诀。"不说人非,自然能减少矛盾争执,使人际关系融洽。

4. 奉献社会。佛教认为一切应以众生利益为前提,把个人的力量献给大众的利益,而达到自他两利,应有尊卑长幼、有次序的社会人生。要有诚信,使社会能精诚团结,向上发达,才能达到完美的人生。一切众生都做到人生道德最高尚美妙完善的菩萨行为,方是最完善最美好的人生。

根据佛教缘起的说法,任何个人、任何事物都不能脱离各种条件而独立存在,万事万物都是互相影响、互相关联的。人生社会,就是一个互相关联的缘起之网。个人的存在,是缘起于众的,不能离开众人而孤立。众与己,己与众,是互助生存的。众人是自己生活的来源,而自己是构成众人的一分子。个人的健全与精进,能够促使社会的繁荣与进步。而繁荣与进步的社会,也可以促成个人健全与精进。反过来说:个人的懦弱与堕落,会使社会退化与腐败;而退化与腐败的社会,也会使个人懦弱与堕落。所以,要将自己融入于社会,随着社会的需要而改变自己,变成社会需要的人。佛教提倡的融入社会的目的,是为了领导社会,感化社会。如果我们能够将个人融入大众,我们的家庭生活、社会人际关系就会非常和谐,大家就会运用共同的价值观念和社会责任感去推动社会的发展。

(六)孙武及兵家的用人学说

《孙子兵法》的作者孙武,生卒年不详,大约与孔子同时代而略晚;字长卿,齐国乐安(今山东博兴北)人;春秋末期著名军事理论家、思想家,被誉为"兵学鼻祖"。其所著的《孙子兵法》是中国古典军事文化遗产中的璀璨瑰宝,是中国优秀文化传统的重要组成部分,是中国古代最伟大的军事理论著作,也是中国古籍在世界影响最大、最为广泛的著作之一。它是世界上最早的一部军事理论著作,比欧洲克劳塞维茨(Clausewitz)写的《战争论》(On War)还早2 300年。《孙子兵法》的用人学说主要体现在以下三个方面:

1. 以人为本的选才标准

《孙子兵法·计篇》提出了选才的五条标准:"将者,智、信、仁、勇、严也。"

智。即智谋才能。《十一家注孙子·王皙》解释说:"智者,先见而不惑,能谋虑,通权变也。"自古以来,胜人一筹的智谋是一个领导者应首先具备的素质。《孙子兵法·计篇》讲道:"夫未战而庙算胜者,得算多也;未战而庙算不胜者,得算少也。多算胜,少算不胜,而况于无算乎!"在知识、信息、科学技术日新月异的现代社会,"智"的要求同样适用于现代。企业领导者要领导好现代企业,必须具备高度的智慧和战略谋划能力。此外,由于现代企业面对众多的竞争对手,企业领导者还应具备精于预测判断的能力。

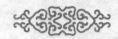

信。即信用、新任、威信。"信者,使人不惑于刑赏也。"信是管理者立足之本,只有讲究信誉、信守诺言以及赏罚有信,管理者才能拥有权威,才能使管理决策得到有效执行。良好的信誉可以使松散的人际关系、商业联系变得紧密,使各种人际交往和商业交往活动变得富有生气;反之,其结果必然会危及各种交往关系本身。英国管理学家罗杰·福尔克说:"世界上最容易损害一个经理威信的,莫过于被人发现其在进行欺骗。"因此,诚实、谦恭应成为当代企业管理者白我修养的重要组成部分。

仁。即与人为善,关心下属。"视卒如婴儿,故可与之赴深溪;视卒如爱子,故可与之俱死。"对企业管理者而言,"仁"主要体现在以下两个方面:一是企业管理者要关心下属的疾苦和需求,视员工为企业最宝贵的资源,让员工工作在一个充满相互关心、爱护、帮助的工作环境中;二是要尊重员工的价值,对企业实行民主管理,并充分运用群众的集体智慧来丰富决策思想,使员工与组织同呼吸、共命运,最终使企业具有更强的凝聚力和更充沛的活力。

勇。即勇敢、果敢。"勇者,决胜乘势,不逡巡也"。说的就是制定决策要果断,执行决策要勇敢、不退缩,面对困难要有超人的意志力,勇于拼搏,敢于创新。美国通用电气公司总裁杰克·韦尔奇有句名言:"迟迟做出一个正确决定无异于做出一个错误的决定,其结果是一样的。"面对日益激烈的市场竞争环境,现代企业的发展要求管理者具备开拓精神,勇于探索,勇于创新,敢于冒风险,同时又要勇于承担责任。面对变幻莫测的市场竞争,管理者要果敢决断,抓住瞬息万变的市场机遇。

严。即严格。现代企业是一个复杂、科学的系统,要使这个系统保持快速、高效、有序、协调地运转,企业管理者就必须善于运用科学严密的管理手段。离开严格的管理,企业将陷于混乱无序之中,效益也自然不复存在。松下幸之助说过:"身为一个企业管理者,最重要的是能做到宽严并济。如果一味宽大为怀,人们就会松懈而不求上进;但如果一味严格,部下就会退缩,不敢以自主的态度面对工作。所以宽严并济非常重要。"只有这样,管理者才能在日常经营过程中严格管理,保证企业规章制度的顺利执行。

2. 以人为本的用人策略

兵家在用人的过程中,非常重视"适"、"恩"、"威"、"恕"、"严"等几个方面策略。

适。就是给优秀的人才以充分的信赖和适宜的工作环境,通过相应的激励机制,使其个人目标与组织目标相结合。避免设置各种障碍、束缚,让人才陷入进退维谷的境地。《韩非子》的"饰困马"描述了这样一个故事,延陵卓子要乘马出行,不仅车子极其华丽考究,连拉车的马都装扮得与众不同,马的前后布满了错钩铜锥。由于对马的动作制约过于严格,欲进不能,欲退不可,当这马想要逃脱这种不合理

羁绊时,竟被驾车者砍去马蹄。为周穆王驾驭过八骏的造父看见卓子这样对待骏马,竟难过得哭了,连饭也吃不下。此事比喻了当时的封建统治者对人才的使用,被任用者就像"饰锥"中的马那样,因进退不能、不知所措而无所作为。

恩。对人才在精神和物质上给予特别优厚的待遇,使其知恩图报,把个人的目标融合到组织的目标中去。这需要组织创造良好的企业文化、公平的竞争机制、以人为本的管理理念,领导者要有为群体或个人做出牺牲的奉献精神。"吴起吮毒"这个例子,就是最好的体现。在春秋战国时期,作为带兵征战的将领,吴起在发现兵士得病的时候,却能不避污秽,亲自用嘴把疽毒中的脓血吸出来。当兵士的母亲听到这件事后竟伤心地哭了。因为这个士兵的父亲曾在吴起的军中当兵,也曾被吴起用嘴吸伤口的毒液。为此他父亲感恩戴德,奋勇杀敌,最后捐躯沙场。正是这种爱兵如子、身先士卒的表率作用,使吴起成为中国古代著名的军事家之一。

威。威是恩的对立面,恰当地运用个人的威望和手中的权力,对有作为却桀骜不驯的人才进行压制、强迫,使其为我所用。据《资治通鉴》记述,唐太宗李世民有匹骏马,性极暴烈,无人能驯服。武则天自告奋勇,担当此任。条件是给她三件武器:铁鞭、铁棍和匕首。若铁鞭不能驯服,便用铁棍敲击它的脑袋,再不服,就用匕首割断它的喉咙。正是通过这种手段,武则天达到了策动、使用各类人才的目的。

恕。就是要宽以待人。在一定条件下,对犯有某些错误的人员,不予追究,并加以宽恕,从而赢得人心。三国时期,袁绍在官渡之战中兵败,由于仓促败退,很多军机文书未来得及带走,被曹军收缴。其中竟有不少是曹军将领和朝中大臣与袁绍勾结的来往书信。许多谋士建议曹操设立专门机构,严加追究,但曹操不仅不加以审查,反而下令一把火烧掉了。于是一些因参与此事而惶惶不安的官员,都为曹操的宽宏大度如释重负,感激不尽,以致"全军上下,欢呼雀跃"。

严。《孙子兵法·计篇》中把"法令执行"作为比较敌我双方力量强弱的"七计"之一。严是一个组织具有强大战斗力的保证。对那些公然藐视法纪、抗拒权威而胡作非为者进行严肃处理,从而起到震慑他人、令行禁止的作用。《宋稗类钞》中记载着这样一件事,宋初年间纲纪法令不正,社会风气败坏,有个叫张咏的人,去四川崇阳当官,发现一个管钱库的小吏,在鬓边系了一个小钱,一问竟是从库中偷出的官钱,便下令责打。可由于小吏平时蛮横惯了,不仅不服责打,还出言不逊,说不过这点小钱,你就责打我,还敢杀我吗?张咏听罢立即下笔写道,"一日一钱,千日千钱,绳锯木断,水滴石穿",亲自动手斩杀此人。从此之后,当地的社会风气一改以前的颓势,为之一振。

3. 人力资源的柔性化管理

《孙子兵法》提出:"故善战者,求之于势。"阐述企业如何动态地提升自己的竞

争平台,取得更大的竞争势能,已成为企业谋求生存与发展的重要任务。现代企业人力资源的柔性化管理,正是顺应了"择人任势"的需要,成为未来管理理论发展的方向,是适应现代企业管理对象特征变化的必然选择。企业进行柔性化管理必须做到以下三个要点:

(1)建立新型的企业人际关系。首先,要建立有利于人际沟通的企业制度。企业应该通过健全民主管理制度、合理化建议制度、人事商谈制度等,广泛吸收员工参与企业管理。其次,提倡管理者与员工之间的双向沟通。一个企业组织只有形成了有效的信息沟通渠道和传递方式,员工在工作中才能很好地理解上级的意图,在相互交流中提高认识,更好地协调行动。最后,要优化人才群体结构,减少工作积极性发挥的阻力。

(2)善于运用形象管理。成功的管理者必然是有效的管理者。这种管理的有效性,除了运用岗位赋予的权力进行经济驱动和制度规范之外,另一个重要的方面就是运用岗位之外的非权力影响力,即靠自身较完美的形象,在被管理者心目中产生一种魅力,从而使被管理者在信任与鼓舞中努力工作,这就是"形象管理"。因此,现代企业管理者应充分认识到形象管理的重要性,全面提高自己的管理素质,运用好形象管理的影响力,以提高管理的有效性。

(3)培育独具特色的企业文化。在激烈的现代企业竞争中,一个企业只有在长期运作中,形成了独具特色且为全体员工普遍认同、遵守和奉行的共有价值观念、经营理念、行为准则、道德规范等为核心的企业文化,才能使企业具有强大的凝聚力和向心力。这种企业文化环境,有利于从根本调动全体员工为企业奉献的积极性和主动性,增强企业员工的归属感,使员工心情舒畅地为企业工作。

(七)韩非子的崇法学说

韩非,也称韩非子(约公元前280～前233),战国末期韩国人(今河南新郑),韩王室诸公子之一。《史记》记载,韩非精于"刑名法术之学",与秦相李斯都是荀子的学生。韩非的全部理论导源于荀子"性恶论"思想和建立封建的中央集权专制主义国家的政治目的。他认为人与人之间的关系都是利害关系,人的心理无不"畏诛罚而利庆赏"[①],人君的职责就在于利用"刑"、"德"二手,便民众畏威而归利。韩非的法治思想适应了中国一定历史发展阶段的需要,在中国封建中央集权制度的确立过程中起了一定的理论指导作用。他主要的管理思想概括为"崇法、重势、尚术"。

1. 崇法

韩非取"人性自私论"作为他的理论根据。其论断颇似现代管理学中的 X 理

---

① 《韩非子·二柄》。

论,两者皆主张对组织成员加以外在控制而基本上否定精神性诱导作用。在战国乱世中,韩非的这一经验主义和直接切入现实的分析方法较儒家理想主义的"性善论"似更具有合理性,因为在当时战国的"礼崩乐坏",仅依靠精神、道德是不合实际的,俗话"乱世用重典",就是这个道理。韩非在论证法治优于人治时,举传说中舜的例子,舜事必躬亲,亲自解决民间的田界纠纷和捕鱼纠纷,花了三年时间纠正三个错误。韩非说这个办法不可取,"舜有尽,寿有尽,天下过无已者,以有尽逐无已,所止者寡矣。"①如果制定法规公之于众,违者以法纠正,治理国家就方便了。

从管理的角度看,韩非的"法"是一种特定的组织规则。这种规则强调对事物规律的把握,尤其注重规则使用过程中的持续效力与积极利益。虽然对人性中"善"因素的忽略甚至刻意抹杀使其理论不免失于片面,难以为复杂的社会组织现象及管理行为提供普适性的解释和指导,但必须承认,在大多数道德水平较低,尤其在那些暂时性的、利益目标缺乏一致的组织中,韩非所提出的"法"因为能够提供较直接有力,明显可见的制约标准而具有相当大的使用价值。即使在道德文明水平较高的组织环境中,韩非所倡导的"法"也能够提供相当丰富的公开、公平、持续等理念资源。

2. 重势

韩非还赋予"势"以重要地位,"势者,胜众之资也"②即把"势"看成统治者相对于被统治者所拥有的优势或特权。他认为,合格的君主必须能够控制、巩固、利用、扩张自己的"势"并确保其绝对性与惟一性。韩非提出"法势合一"的观点,认为统治者必须同时兼备两种权威,即制定法的权威与实施法的权威,才能达到"抱法处势则治"的境界。

实践证明,在面临突发事件及组织状况陷于混乱时,领导者若能拥有超出常规的特权往往能更好地解决问题。我们可以将韩非的"势"同现代组织中的管理权威相类比。和韩非一致,现代管理理论也认为维持管理者的权威有益于组织的稳定以及保证工作效率。不同的是:现代管理理论中的权威大多源于既定的组织目标和合法程序,而韩非则明确否认权威来自德能,并不深究权威的获取机缘及其合法性。在他眼中,民众不过是权威得以施用的相对物,甚至认为"势"是与民众截然对立的力量。在韩非所处的年代,由于民众自我意识、权利观念的普遍匮乏,所以他的"法势合一"策略短期内受到的阻碍并不太多。我们可以推测,在现代管理活动中,这一策略肯定会受到来自组织内部的自由、民主、平等观念的严峻挑

---

① 《韩非子·难一》。
② 《韩非子·八经》。

战。但我们必须认识到，如果缺少了"势"的强大支持，韩非精心设计出的"法"也无法得以贯彻实施；但他对管理权威的独特剖析，以及对其加以维护、利用的自觉意识，即使在今天也依然值得关注。

3. 尚术

韩非提出：拥有了"势"的统治者，还要将"法"与"术"很好地糅合起来。与"法"静态和公开的特性不同，"术"是动态的和隐秘的，甚至可能藏有诡诈的成分。韩非是先秦时期"术"思想的集大成者，是"术"论的重要奠基人。具体而言，"术"就是指驾驭群臣、掌握政权、推行法令的策略和手段，主要是察觉、防止犯上作乱，维护君主地位。

二、秦汉时期的管理思想

秦朝结束了战国长期诸侯割据和战乱的局面，统一了中国，形成了一个统一的中央大帝国，进而统一了文字、货币和度量衡，实行了以法家为指导思想的皇权专制制度。由于秦朝实行了严酷的政治体系，最终导致了其在统治短短几十年后的覆灭。汉朝是继秦朝短期统治之后在中国历史上出现的统一的、长期的封建王朝。汉朝统治者采取"黄老之术"而实施的"休养生息"的政策，从一定程度上改变了长期战争所造成的百业萧条的局面，并在国家的法制、文化和经济管理方面开创了一个新的时代，这些制度体系和管理思想都为"文景之治"奠定了基础。使国家经济繁荣，国力强盛、人民安乐，呈现出一派太平盛世的景象。

（一）秦始皇的极权管理思想

秦汉时期是中国管理思想发展的重要阶段，秦朝是中国历史上第一个大一统的封建王朝，秦始皇统一中国后，以法家为治国指导思想，开始实行权力高度集中的专制主义，以巩固自己的绝对统治地位。在政治上集中所有的权力于皇帝一人之手，皇位由子孙世袭。在中央政府中，秦始皇设立三公九卿，使政府建制更加健全化和职能化。并在全国推行郡县制，在全国建立了一套中央、郡、县、乡、亭多级组织的行政体系，从而形成了一个组织严密、政令畅通、权力高度集中的管理体系。在经济上，秦朝确立了土地私有制，完成了由领主所有制向地主所有制的转化。针对统一前六国的币制、度量衡、文字等不相同的情况，秦始皇统一了全国的货币、度量衡及文字。在文化上，为了维护思想上的统一性，秦始皇开始大力镇压以儒家为首的各个学派，并且将除官府保存的秦国史料和医药、农业等方面的专业书以外的书籍全部焚毁，同时还残忍地坑杀了儒生四百余人。这就是历史上有名的"焚书坑儒"。

秦始皇的集权管理思想巩固了封建国家的统治，有利于封建经济基础的建立，

其所采取的各项管理措施,涉及政治、经济、军事、文化、社会等方面均为中国秦后历代王朝所沿袭。但是秦始皇在政治方面实行皇帝独裁、中央集权的封建统治,在经济方面实行沉重的赋税政策,在文化上实行残酷的思想专制,最终导致了王朝的短命。

(二)汉高祖的无为而治管理思想

汉高祖刘邦即位之初,面临的是一个经历了长期战争的残破局面,长期的暴政统治和战乱使得百业俱废,哀鸿遍野,全国人口大约只剩下三分之一。面对这种局面,汉初统治者不得不采取黄老之术,将无为而治的思想作为自己的政策指导思想,使得人民得以休养生息。在政府官僚机构方面,为了保持政权的稳定,汉初的各级行政机构基本上保持了秦朝旧制,沿袭了中央集权的封建制度。但是刘邦认为秦朝灭亡的原因之一是因为没有分封宗室,因此他除了设置郡县制度以外,还大封诸侯王,这些诸侯王在各自的封地权力很大,为日后的叛乱埋下了祸根。在社会经济方面,汉初政府实行轻徭薄赋的税收政策,废除了秦朝沉重的赋税、徭役政策,对新开垦的田地最初几年给以完全免税的政策。为了增加农业劳动力,汉高祖颁布诏书,宣布因贫穷而自卖为人奴隶者,"皆免为庶人",恢复平民的身份;另外汉初政府还大量裁减军队,分给复员的官兵较好的田园住宅,作为恢复农业生产的重要力量,这些举措对于发展农业生产和增加政府税收有很大的促进作用。在法制方面,汉初政府由萧何定律令,韩信定军法,叔孙通定朝仪。通过废除秦朝的严刑峻法和推行新的基本法则,汉初社会得以在短时间内安定下来,为政府开展各项恢复和建设事业提供了前提条件。

(三)汉武帝的经济管理思想

汉武帝刘彻是我国封建时代较有作为的一位政治家,亦是在我国宏观经济管理思想方面做出杰出贡献的一位管理专家。其在政的 54 年中,在国家经济、政治、文化管理中采取了一系列措施,维护了社会安定,促进了生产的发展。

1. 实行盐铁专卖,增加政府收入。汉高祖时期,增加重租税以抑制商贾活动,但冶铁煮盐之利仍为商人所垄断。到了文景时期,盐铁获利日益丰厚。到武帝时期,由于连年抗击匈奴,耗费极大,致使国库空虚,于是武帝决定实行盐铁专卖,使政府在此一项上收入颇丰。

2. 开征财产税,统一货币制度。元狩四年,汉武帝决定开征财产税,规定凡不属官吏、三老和边境骑士者,有马车一辆,必须出"一算"即一百二十文钱,商贾加倍,有船长五丈以上的纳税一算。商人按营业额、高利贷者按贷款额,每二缗纳税一算。纳税数额由个人自报,隐瞒不报或自报不实者,一经查出即没收钱财,并发往边疆劳役一年。汉初由于地方割据势力抬头,各地纷纷自行铸币。公元前 113

年,汉武帝下令将铸币权集中到中央,禁止郡国铸币。

3. 创立均输平准,由国家获取商业收入。均输平准之法在西汉之前早已施行。到汉代,由于经济复苏,商业渐渐繁荣,但全部被商人操纵,他们往往乘机抬高物价大发其财。武帝为了加强对商业利润的控制,由政府设官直接经营运输和商业。具体做法是:把郡国应上缴贡物连同运输所抵冲的财政上缴额,按照当地正常市价,折合为一定数量的当地土特产上缴给中央派驻各地的均输官,均输官则将这些物品像以往商人那样运往需要这些物资的其他地区去销售,将所卖得的钱上交京师。

此外,在文化上汉武帝采用了董仲舒"罢黜百家,独尊儒术"的建议,使得儒家学说成为绵延中国整个封建王朝的正统意识形态。这一时期,汉代在继承了秦代高度集权的政治管理和军事的基础上还开始控制全国的经济命脉,形成了全国的经济调控系统,继续实行"休养生息"的安民养民的政策,使国力逐步强大。

三、唐宋元时期的管理思想

唐朝是我国古代几千年封建史上政治、经济、思想、文化的鼎盛时期,当时的国力位列世界的前列。唐朝完善了隋朝的科举制度,开创了科举取士的先列,成为现代世界文官制度的早期形式。而由唐太宗的治国思想、经济制度和管理思想开启的"贞观之治"的局面,为唐代几百年的统治奠定了基础。宋元时期管理思想属于中国古代管理思想的承接时期。这一时期尽管社会经济继续向前发展,但是社会矛盾日益尖锐。统治阶级中的部分人士从维护和巩固其统治的角度出发,主张采取一定的改革措施来缓和各种社会矛盾,这时期的管理思想承接并发展了中国的传统主流管理思想。北宋王安石推行的变法措施中所反映出来的管理思想就是一个杰出的代表;而元朝耶律楚材的"以儒治国"思想则有利于缓和民族矛盾、巩固统一的封建政权。

(一)唐太宗的管理思想

唐太宗重视国家的管理,他的管理思想也非常丰富。首先,他对隋朝行政机构和官员职位设置都进行了改革。隋朝末年的战争状态使得行政区划十分混乱,唐太宗即位后,改天下为十道,其下再分为二百七十九州,使得行政区划相对合理和清晰。在任用官员方面,唐朝宰相采用了委员制,也就是把相权分别操掌于几个部门,由许多人来共同负责,从而改变了自东汉以来相权操掌于皇帝之手的局面。唐太宗素以勇于纳谏著称,他积极鼓励臣子提出错误,唐太宗不仅不予处罚,而且还给以嘉奖,因此,大臣们大多敢于发表不同意见。唐太宗还十分重视法律建设,从即位起,就开始组织专门人才编撰法律。在公元637年正式颁布的唐律有十二篇,

共五百条,该律内容比较完整,条目比较简要,体式比较完整,司法机关职权范围比较清楚,办案人员的职责也比较明确。唐太宗在经济管理方面推行均田制和租庸调制,根据不同的情况授予农民一定的土地,其中又分为世业田和口分田两种,前者占十分之二,永远归本人所有,后者则占到十分之八,但是农民没有所有权,死后要收归政府。凡是受用的男丁,必须缴纳租赋和服徭役,不服役者可以实物代役,这就是租庸调。唐太宗还认为不可过分剥削百姓,否则会导致政权不稳,"天子者,有道则人推而为主。无道则人弃而不用,诚可畏也。"正是在这一思想的指导下,他才会力戒奢侈,节省开支,对农民实行轻徭薄赋,使人民得以休养生息。唐太宗非常重视人才的培养、选拔和任用。为了选拔人才,连十岁以下的童子中的人才也在考虑的范围之内。在用人问题上,唐太宗还提出"用人如器,各取所长"的见解,要求用人所长,充分发挥每个人的特点,形成一个效能很高的人才群体结构。

唐太宗李世民是我国历史上很有作为的一位君主,他在位期间任用贤能,励精图治,使唐政权逐渐巩固,社会趋向安定,物质财富逐渐富足,人民安居乐业,开创了为后人所称道的"贞观之治"。

(二)王安石变法

王安石是北宋著名的政治家、改革家和文学家。这一时期尽管社会经济继续向前发展,但是社会矛盾日益尖锐。特别是小地主和封建国家之间的矛盾日益尖锐,加上庞大的政府机构支出和军费以及外族的赔付,政府财政窘迫难支。统治阶段中的部分人士从维护和巩固其统治的角度出发,主张采取一定的改革措施来缓和各种社会矛盾,王安石当政时在宋神宗的支持下推行变法改革,新法大部分属于经济举措,他以理财和抑制兼并作为实施的手段,以增加政府的财政收入为改革的目标,力图改革当时政府的积弱现象,他的管理思想也基本体现在新法的措施中。

1. 在经济政策方面,摧抑兼并是王安石全部经济思想的核心,他认为如果政府不能掌握控制经济活动的能力,人人就都可以进行兼并,从而危及到封建统治。他把摧抑豪强兼并看成是国家的重要职能。他提出的摧抑兼并的主要方法就是让权贵和普通百姓一样也要负担规定的租税,从财政政策思想看,它体现了租税负担均平和普遍的原则,具有一定的积极意义。

2. 在政治改革方面,王安石打破旧的用人习俗,大胆提拔一批思想敏锐、有改革政治热情、地位并不显赫的中下级官员。不拘一格选人才的做法为改革事业提供了人才保证。同时,王安石还对现有的官员队伍进行了整顿,官员的升迁要以实际的政绩作为标准,对于无能之辈坚决撤换。对于反对改革的官员则调动其职务。为了节省开支,王安石在改革中对行政建制也作了调整,撤销了许多州县建制,不仅使政府的财政支出减少,也大大减轻了人民的负担。王安石变法最大的失败在

于用人,就如司马光所言,变法之初用君子之人,而变法之后却用老成之人;君子乃德才兼备,你叫他辞职,他不会有所留恋;而老成之人,是必为兼顾自身利益,保住官职,左右逢源,变法的制度必遭阻碍。结果也正如司马光所料,这些老成之人反而陷害王安石,令其头痛不已!最终导致变法的失败。

(三)耶律楚材的管理思想

耶律楚材是契丹族人,他是公元13世纪时辅助蒙古统治者进行改革的先驱者,是统一的元朝政权的奠定者。他提倡采用汉族制度,以儒治国。蒙古族入主中原时,本身还处在奴隶制的发展阶段,企图把游牧的生产方式搬到农业产区来,甚至有人主张对汉人实行残酷的屠城政策,耶律楚材向元太宗献策,认为可以在马上得天下,但是不可以在马上治天下,要想长治久安,就必须向汉人学习,元太宗采纳了其建议,任用儒者,采用汉法,从而促进了社会的进步。在经济方面,耶律楚材主张采取赋税制度。他奏请成立十路课税所,每路课税所设置正、副课税使二员,任用汉族儒生担任,蒙古族任用汉人知识分子始于此。同时在全国实行清查户口,编制户籍的工作,并要求列入国家编户的人口应承担国家赋役。政治方面,耶律楚材按照儒家礼法为蒙古政权"立仪制",建立上下有序的封建朝廷仪制是元朝蒙古族统治的一个进步,使得蒙古族政权从此有了典章可循。文化方面,耶律楚材在元初率先实行科举取士,选中者免其赋役,并予任官,其中不少如张文谦、董文用等都成为元朝名臣。此外,他在保护、选拔、任用知识分子方面,也有不少贡献,他使金朝灭亡前后知识分子的悲惨境遇有所改变。

四、明清时期的管理思想

明朝虽然出现了现代资本主义萌芽,但是由于封建专制和地主阶级势力的强大,使中国的现代资本主义市场经济模式迟迟未能形成,这一时期较为著名的是丘浚的经济管理思想。明末清初是我国历史上又一个大动荡时期,社会矛盾和民族矛盾相互交织,尖锐异常。这一时期出现了黄宗羲和王夫之等思想家,他们对明朝灭亡的教训进行了总结和反思,他们在继承中国古代历史上朴素唯物主义传统的基础上提倡与宋明理学不同的实学思潮,他们的管理思想也有一定的特色。

(一)丘浚的经济管理思想

丘浚(1420~1495年)也作邱浚,字仲深,出生在海南岛琼山,是我国明代中叶的理学名臣,明朝弘治年间,官至少保兼太子太保、户部尚书、文渊阁大学士,也即相当于宰相的地位。丘浚的经济管理思想集中体现于《大学衍义补》一书中。此书是南宋真德秀《大学衍义》一书中"治国平天下"一纲的补充。但它不是一部宣扬理学思想的书,而是一部关于经世致用之书。"各得其分,各遂其愿"是丘浚在经济主

张方面的总纲,是他考虑一切经济问题的出发点。丘浚明确指出他的《大学衍义补》和真德秀《大学衍义》的区别:"前书《大学衍义》主于理,而此则主于事。"①其主要的经济管理思想主要包括土地抑并管理、货币管理、商品贸易和对外贸易管理等。

1. 土地抑并管理

为了缓和当时土地兼并的矛盾,他对限制土地兼并提出了一个总的原则:"不追咎其既往,而惟限制其将来。"②在这个原则下,他提出了一个包括以下几方面内容的"配丁田法"方案:第一,以特定的年度为起点实行限田。在此年度以前,私人所占有的田产不触动,"虽多至百顷,官府亦不问";从这一年度开始,一丁只许占田一顷。第二,限田开始后,丁多田少的户,还允许买田,但只限于买足全家平均每丁一顷的限额,而不允许买进更多土地;丁田已经相适应的户,则不许再买,否则国家没收其买进的土地;限田年度开始前已超过限额的人户,更不许增买土地,如再增买,则不仅没收其新买的土地,对原来的超限土地也要加以削减、追夺。第三,对官僚地主实行"优免之法",按官品高低不同程度地减免其徭役,但只能减免徭役而不能减免赋税。丘浚认为:如果实行了他这个方案,就可"既不夺民所有",又可起到限制兼并的作用,"行之数十年,官有限制,富者不复买田;兴废无常,而富室不无鬻产",就可使"民产日均"③。

2. 货币管理

在货币理论方面,丘浚提出了一种货币本位制,他主张流通的货币必须是足值的货币,货币本身必须有价值并须和相交换的商品"当值",铸造货币必须"造一钱,费一钱"④,否则就是"罔利之计",就是"欺天下之人,以收天下之财"⑤。丘浚虽然在理论上否定纸币行使的可能,在实际上却并不反对行使纸币,而认为在一定的条件下行使一定数量的纸币是有可能的。他提出了一个纸币和白银、铜钱互相配合同时流通的"三币"方案。这一方案的大致内容是:以银为上币,钞(纸币)为中币,而钱为下币。白银作为权衡铜钱和纸币价值的基础,并用于大额交易(十两以上),日常交易则不用白银而用铜钱和纸币,白银一分相当于铜钱十文或纸币一贯,三种货币按这种比价流通,不论市场上商品价格如何变化,三种货币的比价"一定而永不易"。这种比价,不是通过纸币和铜钱同白银的自由兑换来维持,而是通过限制钞和钱的流通数量来维持:"钱多,则出钞以收钱;钞多,则出钱以收钞。"⑥在这个方案中,规定了对纸币和铜钱的发行数量都加以限制,以保持它们和白银之间的法

---

① 《大学衍义补序》。
②③④⑤ 《大学衍义补序·制民之产》。
⑥ 《大学衍义补序·铜楮之币上》。

定比价,这就使白银多少具有主币的意义,而纸币和铜钱实际上则成了白银的价值符号,而白银一分则具有了价格标准的职能。这样白银不仅可作为巨额支付之用,而且承担了稳定铜钱和纸币购买力的功能。拿丘浚的三币方案和后来西方资本主义条件下形成的货币制度相比,丘浚的方案自然是显得十分模糊不清的。但是,丘浚能在 15 世纪的中国封建社会中得出这样的认识,提出这样的货币方案,确实是一件异乎寻常的事。

3. 商品贸易和对外贸易管理

丘浚虽然在理论上是传统的贱商思想的维护者,但是他却很重视工商业问题,对工商业问题论述的面相当广。他在工商业问题上的基本主张是:反对由封建国家经营或控制工商业,要求尽量采取私人经营的方式。他主张废除盐茶专买制度,改为在国家监督、管理之下实行私人生产、私人运销的制度,食盐一概"任民自煮",但生产食盐的灶户事先要向官府申请,由官府发给证明,并使用官府的"牢盆"(煮盐工具)进行生产。官府在发给证明时,每引收取一定数量的"举火钱"(生产税)。灶户在履行上述法定手续后,就可煮盐自卖。凡未经官府许可而私自煮盐的,则予以取缔。食盐的运销概由商人自愿经营,商人直接向灶户买盐,但必须向官府申报数量,完纳盐税,由官府发给"钞引"(规定销售数量的执照),商人凭钞引到官府指定的销区售卖。在发给钞引时,每引收钱一百文,作为手续费。

丘浚在主张扩大国内商品流通的同时,还要求开放对外贸易。他反对当时明封建政权实行的海禁,丘浚对开放对外贸易的主张提了两个理由:第一,经营对外贸易盈利很高,"利之所在,民不畏死"[1],由于中国商品在国外有需求,虽有严刑重罚但因利益所在避免不了走私之患,要禁止对外贸易是禁止不了的。第二,从对外贸易所征收的关税,可以增加国家的财政收入,是"足国用之一端";而且,这种税收"不扰中国之民,而得外邦之助"[2],比那些增加国内人民负担,妨碍国内生产、流通事业发展的苛捐杂税要好得多。并建议恢复"市舶司"(沿海主管对外贸易和征收关税的机构),凡要求出海经营对外贸易的商人,事先须向市舶司呈报出海贸易所使用的船只情况、收贩货物的种类数量、贸易经行的路线以及回国的时间、运回国内的货物等,由市舶司派人检查并按一定百分比征税,然后许其运入国内售卖。

(二)黄宗羲的管理思想

黄宗羲是浙江余姚人,其父黄尊素是东林党人,少年时他即领导复社成员开展反宦官专权的斗争,明朝灭亡后他组织反清斗争,英勇不屈。公元 1656 年他退居故乡,著述讲学。他的管理思想针对当时的现实情况有感而发,主要内容有以下几

---

[1][2]《大学衍义补序·市籴之令》。

点：

1. 黄宗羲提出了限制君权，反对独裁统治的行政管理思想。在他看来，皇帝个人独裁和君权的无限扩张是政治腐败的重要根源。为此，他认为应该恢复宰相制度，宰相是对君权的一个约束。

2. 他提出了工商皆本的经济管理思想。在中国几千年的封建社会中，重农抑商是基本政策。他认为，本末之分不应以农业和工商业来划分，而应按某种行业是否有利于社会财富的增长来划分。凡有利于社会财富增长的生产和流通行业，均是本业；反之，损耗浪费社会财富的行业则是末业。

3. 黄宗羲主张对土地制度进行改革，以解决农民的土地问题。而解决土地问题的方法是"复井田"，明代的卫所屯田制度符合井田制的思想。黄宗羲的复井田就是以卫所屯田的方法为样板设计出来的。具体设想是，没有田的人家，以官田授予五十亩，对占田少于五十亩的，以官田补足到五十亩，超过这一标准的，则不予夺取。这一想法出发点是好的，但是当时的实际情况是，如果不夺取地主贵族的田地，仅对已有的官田进行分配是不够的。因此，这一方案其实是行不通的。

(三)王夫之的管理思想

王夫之是湖南衡阳人，少年时即聪明过人，但其一生却经历坎坷。清军入关后，他召集义军开展抗清斗争，未果。失败后隐居山区潜心著述，他的著作大部分也就是在这一时期完成的，王夫之的管理思想主要体现在经济方面。

1. 关于土地管理问题。王夫之不仅否定所谓授田之制的存在，对于传统的"普天之下，莫非王土"的说法也给予了无情的批判，他不止一次地宣称土地是自然物，只有自己开垦土地的人才是土地的所有者。他还主张通过租税制度的改革来影响土地兼并问题：一是改革按亩而赋为按口而赋，这样会鼓励农民守住田地，不再依附于豪强地主；二是对自耕土地和佃耕土地分征等差赋税，企图通过财政杠杆来保护自耕农的利益，并减少大土地所有者对土地兼并的兴趣。

2. 在王夫之的思想中，同时存在着传统的旧观点和未来新信仰的矛盾，这在他的贸易观点中表现得尤其突出。尽管他受到旧的抑商观点的束缚，但是对于正在成长中的市民社会的崇拜商业资本的新观点也具有同等强烈的信仰。他认为当时即使在很偏远的小乡镇，也有大商人为其疏通有无，为农民提供各种生活资料。在反对封建官僚地主集团的斗争中，王夫之则坚决保卫商业资本的利益，但是，这并不妨碍他主张多向商人征收捐税，他认为只有使得工商游食之民均负担租税，才不会让赋税全部落到土地所有者身上。

3. 在财政管理思想方面，他首先赞成以货币作为租税征收的主要工具。他认为除政府所需要的谷物不必折收现金外，其余的赋税都可以以货币缴纳，这样会更有利于百姓。他第一次从理论上系统地替货币税做了辩护，扼要地说明了货币税对实物税的优越性。

第二节　中国近代管理思想

从 1840 年的鸦片战争到 1911 年辛亥革命的这段历史被称为中国的近代史。当西方国家已经完成了工业革命和资产阶级民主革命时，中国仍处于封建主义的专制社会。长期的封建专制导致了中国社会生产力的萎缩和经济发展的停滞不前，反映出中国近代管理思想上封建思想的根深蒂固和顽固不化。在西方列强靠着洋枪洋炮打开中国大门的时候，中国开始呈现许多新的思想主张和变革人物，从魏源、林则徐等地主阶级改革派的变革经济思想到"洋务派"代表人物李鸿章、张之洞等人掀起的"洋务运动"；从为变法维新运动而奋起斗争的资产阶级改良派代表人物康有为、梁启超等人到以孙中山先生为代表的资产阶级革命派的管理思想。其中一些民族资本家（如张謇、周学熙等）也开始崛起。从整体来说，这段时间也是中国历史上管理思想比较丰富的时间之一。这里限于篇幅仅介绍魏源、康有为、张之洞、张謇、孙中山等人的管理思想。

一、魏源的管理思想

魏源（1794～1857 年），字默深，湖南邵阳人。魏源是具有强烈资产阶级倾向的地主阶层改革家。他在长期的观察和研究中，逐步形成了自己的经济观、社会观，提出了"师夷长技以制夷"的口号；并在此基础上提出了许多治国安民的具体主张，包括以下几个方面：

（一）变革观
他认为，改革的目的是便民、利民。改革要从实际出发，而不能生搬硬套。

（二）务实观
学问必施于政事，而学施于政事的原因就是富民强国。

（三）富民观
民富则国强，民困则国亡。

（四）本末观
他对"重本轻末"进行了重要修正。尽管农业是立国之本，工商业是富国之末，但是在新条件下只有更应该注重工商业的发展，才能富强国家。中国历朝历代都是重农轻商，对科技的发明，认为是"奇技淫巧"。

（五）消费观

崇俭只能在统治阶级的上层权贵和社会的下属贫民中提倡，而对于中产阶级则应适当鼓励其消费。

（六）人才观

只有德才兼备者才能称为人才。

二、康有为的管理思想

康有为（1858～1927），广东南海人，出身于书香门第，自幼接受中国传统教育，继承了忧国忧民的士子情怀。其管理思想基本体现在其变法主张中。

康有为认为，在全面变法中，政治改革是根本，而政治改革的目标就是实行君主立宪制度，只有实行了这一制度，其他各方面的变法措施才能逐次推行使中国国富民强，也才有可能达到他所期望的理想的大同境界。对于如何改革官制，他先是推崇设立议院，由民众推举产生议郎（即议员）组成议会，凡是国家大事都交付议会，由议员议行。但是后来他又主张开制度局。康有为主张设立的议会带有权力机构的色彩，而制度局较议会咨询的意味更浓。

康有为的经济管理思想以"富国"为先，其含义不仅限于增加封建财政收入，还有改进国计民生之意，故具体化为"富国"和"养民"两类发展资本主义经济的纲领，前者包括钞法、开矿、铸银、邮政、铁路、机器轮舟等六项，也就是说要求发展近代货币信用制度和举办近代交通和采矿企业，而后者则包括农、劝工、惠商、恤商四项。康有为的经济管理思想虽然没有什么特别的创见，但是他能将前人和同时代人的进步经济观点加以吸收和综合。

三、张之洞的管理思想

张之洞（1837～1909），河北南皮人，为近代洋务派的代表人物之一。他的管理思想以经济内容居多，也涉及文化教育问题。在社会经济发展问题上，他一方面强调农工商共同发展的必要性，另一方面则把工业放在特别突出的位置。对于如何管理工业，他提出四条管理对策：

（1）在生产项目的选择上，他主张生产出口产品和仿制进口商品。

（2）在企业管理形式上，他主张"官督商办"和"官商合办"。在经营上必须实施利权分离。即在具体权限划分上，企业的资本利息盈亏等事归商所管，而企业与法律、地方和其他企业的关系等问题，则由官统筹裁断。

（3）为了解决工业发展中的资金短缺问题，主张借外债。

（4）允许外国在华设厂经营。

此外,他肯定农业的根本地位,主张采用先进科技发展农业。关于商业,他则主张独立自主地对外开展贸易。

四、张謇的管理思想

张謇(1853~1926年),江苏南通人,张謇兄弟五人,他排行第四,故南通民间称他为"四先生"。光绪二十年恩科状元、立宪派领袖,张謇是中国近代著名的实业家、教育家,他的"父实业、母教育"的主张和实践具有深刻的历史意义,他一生创办了20多个企业,370多所学校,成立了我国第一所师范学校,它的建设标志着中国师范教育专设机关的开端。为我国近代民族工业的兴起、为教育事业的发展做出了宝贵贡献。毛泽东在谈到中国民族工业时曾说:"轻工业不能忘记张謇。"

张謇是中国第一代成功的民族资本家,其经营管理思想非常丰富。张謇经济思想的一个最重要特征就是以"棉铁主义"为中心的振兴实业思想。他把实业理解为包括农工商各部门在内的整个国民经济,更为明确地把大工业看作国民经济的中心。棉铁主义的主要内容是以棉、铁两种工业为起点和中心,有步骤地建立和发展各种工业部门以至国民经济的各个部门,以全面地振兴实业。在创办和经营近代企业的实践过程中,他形成了一系列具体的管理见解,其中不乏创新观点和理论价值。

(1)他主张在企业发展时要充分重视利润的累积,因此他看重利润向再生产投资的转化,公积金就是这种转化的途径之一。

(2)在具体的生产管理方面,张謇充分意识到了成本管理的重要性。要降低成本可采取包括成本计算制、节约开支、采用先进的机器设备和生产技术等方法。

(3)重视人才的培养,对于企业管理来说,最重要的人才是具有现代意识的企业家。

(4)在企业经营形式上,他主张商办,而不赞成官办。他抨击了清末官办企业的种种弊端,要求严格控制官办企业数量,同时主张对民办企业实行政策奖励补助。

(5)为了提高劳动效率,他还十分重视对职工的劳动纪律管理。主张把劳动考核作为奖罚的依据。

五、孙中山的管理思想

孙中山(1866~1925)是资产阶级革命派的代表人物,中国近代民主革命的伟大先行。他以民权主义为特征的政治管理思想是在革命实践中形成的,并随革命的形势而不断发展。他认为民权主义是政治革命的根本,中国人民在推翻满清政

府的同时还要进行政治革命,推翻君主专制。1912 年中华民国成立而中国封建社会的本质却依然没有改变,孙中山不得不与军阀继续斗争,一直到 1924 年他得到了中国共产党和苏联的帮助,与此同时,推动理论渐趋成熟,由旧三民主义发展成新三民主义。20 世纪 20 年代,孙中山不仅着手对国民党进行改组,还对三民主义进行了重新诠释。关于民权主义,他提出了"五权分立"的原则,体现了对孟德斯鸠"三权分立"学说的发展。

孙中山的经济管理思想主要体现在耕者有其田和节制资本的主张上。前者要求土地价格由地主自行申报,政府按照这一价格征收百分之一的地价税,并有权按照这一价格随时购买,土地随着社会经济发展而上涨的价格部分则为国民所共享;后者是要求耕者有其私有田地。他主张节制私人资本和发展国家资本。节制私人资本的方法包括采用所得税制、工人失业救济等;发展国家资本是以国家的力量建立私人不能兴建的大型企业,同时防止私人资本垄断的危害。

第三节　中国现当代管理思想

从 1911 年的辛亥革命到现在近百年的历史中,中国现当代管理思想既不是在中国传统管理思想基础上自然生长出来的,也不是单纯从西方管理的思潮里引进得来的,而是在极其复杂的历史背景下形成的。在这个历史时期,从"五四运动"到抗日战争,至解放战争的胜利,官僚资本和民族资本企业占据了主导地位,对中国现当代管理思想的发展起到了巨大的作用。自新中国成立以后,我国经济逐步得到了恢复,在当时我们没有社会主义建设的经验,因此主要吸收了苏联的一些管理模式、部分吸收西方和中国传统管理思想而建立起了一整套管理制度和方法。"文革"十年的浩劫使中国的管理实践停滞不前。在改革开放后历经 30 年的发展,我国经济逐步腾飞,经济总量已跃升全球第四位,中国的经济发展成就巨大,中国企业尤其是民营企业的不断发展壮大,为中国企业管理的理论和实践提供了宝贵的经验。与中国古代和近代相比,中国现当代管理思想和理论空前繁荣,这主要是因为经济的发展和管理实践的极大丰富。在这个阶段,马列主义、毛泽东思想、邓小平理论"三个代表"和"以人为本"的科学发展观,对管理思想的学习和研究具有重要的理论价值和指导意义。本节我们将从治国、治生、治家和治身四个角度来简要介绍中国现当代管理思想。

一、中国现当代的治国思想

关于国家管理的思想,我国从古至今已有不少丰富、深刻的阐述。1949 年新

中国成立以来,中国历代国家领导人更是提出了一系列富有创造性的国家管理理念和思想。

(一)以正确处理人民内部矛盾为主要内容的管理思想

中华人民共和国成立后,迫切需要新的国家管理思想来指导我国的社会主义建设。以正确处理人民内部矛盾为主要内容的管理思想适合了这种需要。"在社会主义社会中,基本的矛盾仍然是生产关系和生产力之间的矛盾、上层建筑与经济基础之间的矛盾。不过社会主义社会的这些矛盾,同旧社会的生产关系和生产力的矛盾、上层建筑和经济基础的矛盾,具有根本不同的性质和情况罢了。"为此,要尽快发展生产力,正确解决人民内部矛盾问题。"在我国现在的条件下,所谓人民内部的矛盾,包括工人之间、农民之间、知识分子之间及其三者之间的矛盾,工人阶级和其他劳动人民同民族资产阶级之间的矛盾等等。[①] 人民内部的矛盾是在人民利益根本一致的基础上的矛盾,其性质不是对抗性的。解决人民内部矛盾的方法是"团结—批评—团结","就是从团结的愿望出发,经过批评或者斗争使矛盾得到解决,从而在新的基础上达到新的团结"。[②]

(二)以发展经济为中心的管理思想

1978 年中国共产党十一届三中全会是新中国成立以来中国历史上具有深远意义的伟大转折。这次全会彻底否定"两个凡是"的错误方针,实现了思想路线、政治路线、组织路线和重大历史是非问题上的拨乱反正和党的工作重点的转移,并提出了改革开放的重要任务。从此,中国逐步实现了从以阶级斗争为纲到以经济建设为中心的历史性转移,确立了一心一意搞现代化建设的政治路线。为了保证经济建设这个中心不受任何干扰,此后中央又相继做出了一系列重大决策。比如,中国共产党第十三次全国代表大会制定"一个中心,两个基本点"的基本路线,并强调这条路线要"一百年始终不能动摇"。之后,又提出了"三个有利于标准",认为要用这些标准去判断改革开放的是非得失,从而摆脱了人们长期存在的姓"资"姓"社"问题的困惑。再如,提出社会主义本质和根本任务是解放生产力,发展生产力,消灭剥削,消除两极分化,最终达到共同富裕。此后,中央继续坚持解放思想、实事求是的思想路线,并在全面总结建设有中国特色社会主义的经验的基础上,提出了中国共产党在社会主义初级阶段经济、政治、文化的基本纲领以及经济体制改革的目标是建立和发展社会主义市场经济体制。多年的经济改革开放实践,深化和拓展了对社会主义市场经济的认识,极大地丰富和发展了中国国家管理思想。

---

① 《关于正确处理人民内部矛盾的问题》,《毛泽东选集(第五卷)》,人民出版社 1977 年版,第 364 页。
② 《论十大关系》,《毛泽东选集(第五卷)》,人民出版社 1977 年版,第 369 页。

(三)以构建和谐社会为主要目标的管理思想

在中国儒家思想传统中,历来强调"德治"的思想。而以德治国方略的提出,不仅是当代社会主义法制建设的内在要求和时代要求,也是对中国古代儒家德治思想的继承和创新。中国共产党"十六大"把"社会更加和谐"作为全面建设小康社会的目标之一,其后的十六届四中全会又把"提高构建社会主义和谐社会的能力"作为中国共产党执政能力的一个重要方面明确提出,表明构建社会主义和谐社会被提到了前所未有的高度,成为我们国家新的战略追求,成为我国社会主义现代化建设的新的战略任务和奋斗目标。构建和谐社会的总要求是民主法治、公平正义、诚信友爱、充满活力、安定有序、人与自然和谐相处。在构建和谐社会中,必须遵循以下原则:必须坚持以人为本,必须坚持科学发展,必须坚持改革开放,必须坚持民主法治,必须坚持正确处理改革发展稳定的关系,必须坚持在中国共产党的领导下全社会共同建设①。从国家民族发展的角度看,和谐应当是整体和谐、全面和谐而不是局部的、片面的和谐。每个公民自我身心的和谐、人与人之间的和谐、人与社会的和谐、人与自然的和谐、不同利益阶层之间的和谐等等,都是和谐社会的具体体现和基本特征。

二、中国现当代的治生思想

在我国古代,治生一般仅仅是指获得和积累私人财富的学问,是一种以个人和家庭为本位的经济管理思想。而到现当代,治生的概念已经扩展到企业管理。从历史的视角来回顾中国现当代治生思想,可以划分为以下三个阶段:

(一)1911~1949年,官僚资本和民营民族资本企业发展时期

官僚资本企业起源于洋务运动时期,主要有官办、官督商办和官商合办三种形式。在辛亥革命以后,一些官僚军阀控制的"国营"企业接受帝国主义者的监督,企业的经营权被帝国主义者所控制。这些企业多数推行欧美资本主义的企业管理方法。抗日战争胜利后,官僚资本的发展达到最高峰,形成了以蒋介石、宋子文、孔祥熙、陈立夫四大家族为核心的官僚资本集团,在他们当权的20多年里,集中了约200亿美元的巨大财产,垄断了全国经济命脉。到1947年四大家族控制的工矿业资本额占全国工矿业资本总额的70%~80%。这一时期的企业管理的方式,有了较大的进步。首先,他们更多地采取了资本主义色彩的雇佣劳动管理方式,制定了较为严格的选用人才的标准和实施办法,吸收和培养了比较熟悉近代企业管理方

---

① 2006年10月中共十六届六中全会报告《中共中央关于构建社会主义和谐社会若干重大问题的决定》。

法的知识分子参加企业工作;其次,成立企管协会,经常商讨改进管理办法,建立集中统一的生产指挥系统,订有财务管理与仓储保管制度;最后,出现了工会,在较大的官僚资本企业中派出稽查组,并秘密收买工头和工贼当特务,使企业的人事管理、劳动管理带有思想统制和行动统制的色彩。

中国民族资本主义出现在19世纪70年代,随着外国资本主义的刺激和中国资本主义萌芽的出现,部分商人、地主和官僚开始投资于新式工业,逐渐形成了中国的民族资本。第一次世界大战期间,西方列强忙于战争,同时由于工业品价格的上涨和爱国反帝运动的推动,中国民族工业发展进入了"黄金时代"。但是到了抗日战争期间,沿海民族工业因迁移、战争破坏和日本侵略者的掠夺,损失极其严重,后方民族工业也因官僚资本的压制和通货膨胀的影响而陷于停滞。民族资本企业的处境十分悲惨,陷于破产境地。它们为了在帝国主义和官僚资本主义双重压迫下生存和发展,在经营管理上开始采用科学管理方式。其中,主要的方法包括:第一,加强了供销管理。一方面大量购储廉价原料,以摆脱外国资本的控制;另一方面通过设立批发部和分销店,扩大销售网点,并加强广告和宣传活动,提高销量。第二,通过引进国外先进技术设备,安排合理的生产工艺,不断改善生产组织,努力降低消耗,建立质量检验制度。第三,在资金运用上,投资联号企业或创办附属企业,充实企业经营资金,与金融资本结合,便于动用银行资本,并开展各种形式的企业联营,同时加强了人才培养。

这一时期有代表性的企业包括范旭东创办的久大精盐公司和永业制碱公司、陈光甫成立的上海商业储蓄银行、荣敬宗和荣德生兄弟创办的申新纱厂和茂新面粉厂、张元济的商务印书馆、穆藕初的上海厚生纱厂、卢作孚的民生船运公司、吴蕴初的上海天厨味精厂等企业。值得一提的是号称"棉花天王"的穆藕初,他不仅是第一个到美国学习棉花种植、棉纺、织布甚至办厂及有效管理等知识的留学生,而且也是第一个翻译泰勒《科学管理原理》的中国人,且他的中文版比欧洲版出得还早。在具体经营管理的基础上,他对泰勒的科学管理进行了中国式的改良,提出了纪律化、标准化、专门化、简单化和艺术化的五点原则。这些创新对中国企业改良的进步具有革命性的意义,穆氏的三家工厂成为当时国内设备最领先、管理最先进的棉纺织企业。

中国的民族资本企业大多集中于大城市,集中于轻工业,不可能形成独立的工业体系,又由于在技术、设备、原料及资金等方面依赖帝国主义,造成了它的先天不足。民族资本企业采用了大机器生产和较科学的管理方式,尽力摆脱封建主义与帝国主义的束缚,建立了许多有中国特色的企业管理制度和方法,形成了中国企业科学管理思想的萌芽。

（二）1949～1978 年，私营企业向国有企业过渡发展时期

新中国成立后很长的一段时间，我国经济体制是向苏联学习的。1956 年初，通过全行业"公私合营"的模式，兼并了当时所有的私营企业，企业的所有制形式基本上转为国有性质。这个时期的企业管理引进了苏联的整套企业管理制度和方法，普遍建立了生产计划管理，健全和完善了企业的管理机构，使我国国营企业的管理工作基本走上了科学管理的轨道。为了克服学习苏联过程中的缺点，在引进、吸收与创新的基础上，结合本土企业管理的实践经验，总结出了"鞍钢宪法"的管理模式，即"两参一改三结合"（两参即工人参加管理，干部参加劳动；一改即改革不合理的规章制度；三结合即技术人员、工人、干部三结合）。其是一项具有普遍愿意的经验，并在全国得到了推广。这一系列的改革，促进了企业生产，提高了当时的企业管理水平，对探索中国现代管理模式，起到了重要积极的作用。

从 1966 年开始的"文革十年"，是我国政治动乱、经济倒退的十年，也是企业管理大混乱的十年。在这个期间，全盘否定了新中国成立十几年来在实践中总结出的一套行之有效的企业管理制度和方法，以"阶级斗争"代替了企业管理，否定了企业管理的"两重性"，企业管理制度被废弃，管理机构被撤销合并，绝大多数管理人员被下放到车间劳动。而一些"政治"挂帅，不懂生产和管理的人被派到工作岗位，完全无视客观规律瞎指挥，使我国的企业管理工作遭到严重的破坏，整个国民经济到了崩溃的边缘。[①]

（三）1978～2008 年，国有企业、民营企业和外资企业并向发展时期

改革开放的 30 年，不仅是中国经济腾飞的 30 年，也是中国企业发展的 30 年。这 30 年中国实现了全方位的开放，中国人的生活、学习、工作、思想观念等各个方面都有了很大的改变和进步。30 年来，中国的国有企业、民营企业、外资企业三股力量在中国市场此消彼长、相互博弈，它们的利益切割以及所形成的产业、资本格局，构成了中国经济成长的所有表象。中国的一批批企业也由小变大、由大到超大，有的还走出了国门到国外市场中进行博弈，有的更是进入了世界 500 强。因此 30 年的改革开放也是中国企业管理的一部变革史。回顾这 30 年，它是从启蒙时代、模仿时代到创新时代的过程。

1. 启蒙时代（1978～1991 年），这个阶段的企业主要是以提高生产效率和产品质量为核心导向。在提高产品质量管理方面，有邯郸钢铁厂厂长刘汉章提出的"模拟市场"和"成本否决"为指导思想的"邯钢经验"、浙江海盐衬衫厂步鑫生"打破大锅饭"的思想（1983～1984 年）、石家庄第一塑料厂张兴让"满负荷"工作法（1985

---

① 周三多、陈传明、鲁明泓编著：《管理学——原理与方法》，复旦大学出版社 2003 年版。

年)、青岛海尔的"全方位优化管理法"即"OEC"的管理方式、石家庄造纸厂马胜利承包责任制(1987年)等;在管理方法和技术上部分学习借鉴了当时日本企业的全面质量管理法。采用上述管理模式,部分企业取得了成功,如1990年海尔获得了"国家质量管理奖",四川长虹成为当时全国最大的彩电制造企业。

2. 模仿时代(1992～2000年),这个阶段的企业是以抢占大众市场为核心导向的。当时许多跨国公司开始全面进入中国,中国开始学习西方国外的管理经验,一些"海归"也把很多外国的先进经验带进中国。这个时候随着市场的开放,大多数企业更关心的是如何把产品卖出去,因此营销理论成了这个阶段的管理理论核心。4P以及各种营销理论的出现、渠道的重视和发展,也成就了很多企业,很多企业也从此走上发展壮大之路。这个时期较为典型的企业管理模式,包括健力宝集团李经纬的中国式品牌营销模式、广东太阳神集团(1987～1998年)"广告轰炸＋人海战术"营销模式、郑州亚细亚商场服务品牌化管理模式(1990～1997年)、红桃K药业的塔基营销模式(1996年)、华为基本法(1996年)、摩托罗拉中国创始人赖炳荣的"外企本土化战略"(1996年)等。

3. 创新时代(1997～2008年),这个阶段的企业是以顾客价值为中心和全面社会责任管理为核心导向。随着中国加入WTO以后,市场全面放开,市场竞争环境更加残酷,企业除了保证产品质量和营销以外,更需要关注消费者的需求和特点,从而需要产品创新,而这些创新的管理都是要以客户为中心的,因此也称之为以客户为中心的管理时代。那么要真正以客户为中心,就需要与中国本土的文化相结合,与中国的特色相结合,并根据这些特点进行企业的管理,中国管理模式就是这样在创新机制中形成的。其中较为典型的企业管理模式包括:华为建立与国际接轨的基于IT的管理体系(2002年)、青岛海尔"人单合一"的国际化管理模式、格力电器董明珠的"自建渠道模式"(2004年)、阿里巴巴马云的"网上信用管理模式"(2004年)、IBM董事会主席兼首席执行官彭明盛提出"全球化整合"战略(2006年)等。在此期间,复旦大学苏东水教授提出的"三为"——"以人为本、以德为先、人为为人"的东方管理学思想(1997年),是中国改革开放30年来由中国管理学者提出的较为系统的本土管理思想体系。

综观中国30年来的企业管理,实际上经历了西方三百年工业化管理的历程,现在许多企业一方面在继续保持着对西方先进企业的管理理念、方法和经验的学习,另一方面开始认真思考、总结中国企业30多年来的成功经验和管理特色。他们不甘于照搬国外做法,逐步将眼光转向具有五千年历史文化的中国管理智慧,并结合自身特色,探索创造适合本企业、本国特点的管理经验和管理模式。这些管理经验和模式不仅为刚刚处于雏形的中国管理思想提供理论基础,

也必将在为本土企业发挥巨大作用的同时,为世界管理体系以及世界的企业管理做出更大的贡献。

三、中国现当代的治家思想

中国传统文化历来强调治家。在"修身、齐家、治国、平天下"的逻辑中,治家被视为治国平天下的基础。中国人也历来讲究"家和万事兴"。从颜氏家训、朱子家训、曾国藩家书,再到现代的傅雷家书,人们可以看到历代中国人在家庭教育、家庭治理方面已经积累了大量的智慧。最为世人熟悉的《曾国藩家书》汇集了曾国藩本人对治家、修身、学习、理财、交友、用人和旅行等的看法,堪称家训典范。而晚近翻译家傅雷给留学海外的儿子傅聪的近百封家书,是家训与审美的完美结合。据悉,《傅雷家书》曾再版 5 次,重印 19 次,累计发行量逾百万册。

进入现代以来,中国家庭结构发生重大变化,原来四世同屋、子孙满堂的情况越来越少,更多的是核心家庭,即我们常说的三口之家。家庭结构的简化,一方面减少了家庭治理的难度,但也正因为家庭结构的简化而产生的独生子女成长问题也越发引起人们的关注。独生子女加上中国城市经济发展迅速、物质生活水平提高,使得许多家庭培养子女的方式得以改变。中国与外面的联系更直接了,孩子所得到的资源也更丰富。在这样的形势下成长起来的孩子,接触面或许比上一代人更宽广,日后更懂得世界的趋势。然而,也正因为太注重个性的发展,太多资源的汇集,这些孩子成为家庭的霸主,不懂得奉献、孝敬,经受逆境的能力太弱。如何促进独生子女的道德、智力、心理、体能等全面发展,已经成为全社会都应当关心的中国重大课题。现在,人们越来越发现治家与领导、经营管理紧密相关。我国正处在改革开放和发展社会主义市场经济的历史性变革中,社会情况发生了很大变化,现实生活中形形色色、五花八门的东西对领导干部的诱惑越来越大,通过家庭进行诱惑也是其中一条重要的途径。为此,领导干部讲政治、讲正气,必须坚持从严治家。我们的干部,必须为人民用好权,更好地为国家服务,而绝不能用这个权力来为自己牟取私利。"家财"越多越有可能滋长懒惰心理,扼杀创造精神。这对社会、对家庭都不利。

四、中国现当代的治身思想

中国儒家非常强调修身,并认为是管理他人、服务社会的起点。孔子的弟子曾子提出从天子到一般百姓,都要以修身为本。吾日三省吾身:替别人办事是否尽忠?与朋友交往是否诚实?老师所传学业是否复习了?孔子把修身之道具体化为九个方面,称之为"九思",即看要考虑看明白、听要考虑听清楚、脸色要考虑温和、

仪态要考虑庄重、说话要考虑忠实、做事要考虑认真、有疑问要考虑请教、发怒要考虑是否有后患、看到可得的东西要考虑是否该得。孔子还提出在不同的阶段要重点注重的问题。比如在年少之时,重点在戒色;成人之时,重点在戒斗;老年之时,重点在戒得。这些古代的治身思想在今天仍然是具有非常重要的意义的,就如改革开放之初提出的以提高个人素养为基础的"五讲四美、三热爱"。而在企业领导人的自我修炼方面,就目前环境下而言,中国领导人的治身之道得注意以下几点:

1. 修身之道,主要是要以乐为本、以诚为基、以谦为益;

2. 待人之道,主要包括与人为善、以礼相待、以和为贵;

3. 成事之道,主要包括以勤为先、以俭为美、以志为纲。

【本章小结】

1. 中国管理学是研究中国本土的古代、近代和现代管理思想和实践,探索中国管理实践中普遍适用的规律、原理和方法的现代学科。它是以中华优秀管理文化为核心,以"三学"为理论基础,以东方管理学的"三为"、"四治"、"五行"、"三和"为主线,系统梳理、提炼我国古代、近代和现代经济管理实践的经验与教训,力图归纳出具有中国特色的、全球视野的现代管理模式的一门综合性学科。

2. 东方管理学的理论基础包括三个:中国管理、西方管理和华商管理。

3. 中国管理学源远流长,它滋养了东方管理学的诞生。在几千年的历史长流中,中国管理学形成了众多流派,如《易经》的阴阳学说、道家的无为学说、儒家的仁爱学说、佛家的慈善学说、兵家的用人学说、法家的崇法学说,这些流派都是东方管理学诞生的理论基础。

4. 中国近代管理思想是从 1840 年的鸦片战争到 1911 年辛亥革命的这段时期。长期的封建专制导致了中国社会生产力的萎缩和经济发展的停滞不前,反映出中国近代管理思想上封建思想的根深蒂固和顽固不化。在西方列强靠着洋枪洋炮打开中国大门的时候,中国开始呈现许多新的思想主张和变革人物,从魏源、林则徐等地主阶级改革派的变革经济思想到"洋务派"代表人物李鸿章、张之洞等人掀起的"洋务运动";从为变法维新运动而奋起斗争的资产阶级改良派代表人物康有为、梁启超等人到以孙中山先生为代表的资产阶级革命派的管理思想。其中一些民族资本家(如张謇、周学熙等)也开始崛起。

5. 中国现当代管理思想既不是在中国传统管理思想基础上自然生长出来的,也不是单纯从西方管理的思潮里引进得来的,而是在极其复杂的历史背景下形成的。与中国古代和近代相比,中国现当代管理思想和理论空前的繁荣,这主要是因

为经济的发展和管理实践的极大丰富。

复习思考题：

1. 什么是中国管理学？
2. 中国传统管理思想主要包括哪些方面？哪些方面是需要修正的？
3. 中国近代管理思想主要包括哪些方面？
4. 从治国、治生、治家和治身四个角度简述中国现代管理思想的主要内容。
5. 研讨中国改革开放 30 年来的管理思想和理论实践。

【案例分析】

同方公司①的文化与价值的统一②

在多年发展历程中，同方以"科教兴国"为己任，秉承"自强不息、厚德载物"的清华文化精髓，密切依托清华大学世界一流技术平台，以"科技服务社会"为企业宗旨，以"创建世界一流高科技企业"为企业目标，紧紧围绕"技术＋资本"、"合作＋发展"、"品牌化＋国际化"的公司战略，立足于信息、能源环境两大产业，走出了一条高科技企业发展之路。截至 2007 年末，公司资产总额超过 174 亿元，市值近 300 亿元。2007 年度实现营业收入 146 亿元，上市以来公司营业收入年均增长率近 50％。公司入选"中国科技 100 强"、"世界品牌 500 强"，历年被评为"中国电子信息百强"、"守信企业"。

作为一家脱胎于清华大学的高科技上市公司，其把企业文化和校园文化结合起来，形成了自己独特的文化氛围和企业的核心价值观，这种核心价值观映射到企业的经营宗旨、管理模式、发展模式、员工意识甚至企业标识、建筑风格上，造就了清华同方的新型现代企业文化："承担、探索、超越"的做事准则；"忠诚、责任和价值等同"的做人准则。

1. 同方文化源起清华文化，近百年风雨沧桑沉淀了清华大学"自强不息、厚德载物"这一宽厚博大的文化底蕴，创造了一流高校的优良传统，为清华大学的科教事业与校办产业发展奠定了坚实的基础。从深层次探讨，"自强不息，厚德载物"不仅是清华文化的集中体现，也是我国传统文化的重要内涵。它体现了一种健全的

---

① 原清华方股份有限公司。

② 改编于李亚主编：《民营企业企业文化》，中国方正出版社 2004 年版，第 196～201 页。

人格,因此,似乎与企业追求利润的原则"格格不入"的清华文化,竟不约而同地体现在由清华人创办与经营的企业中,特别是清华大学衍生出的企业,在企业文化上,尤其呈现出清华文化的独特性格。

2. 做事准则:承担、探索、超越。所谓"承担",同方强调的是"承担责任,认准目标,认真负责做好每一件事情"。从整体来讲,清华同方作为一家具有高校背景的高科技企业,肩负着重要的社会责任,同时也承担着广大投资者寄予的厚望;从个体来讲,同方的每一位员工,为着一个共同的目标,都肩负着各自的职责。因此,要实现企业的价值、个人的价值,首先必须要承担起责任。

所谓"探索",同方强调的是"创新"的精神和针对企业发展及共同目标的不断的变革。同方的目标是创建一个世界一流的企业。要达到这个目标,需要全公司上下都保持这样一种不断探索、不断创新的变革精神。从公司总体战略,到每一个员工在自己岗位上的作为,都要在"大事业"的胸怀下精益求精,永争第一。

所谓"超越",同方强调的是"不断超越自我,永远改正错误,打破成功的束缚"。超越是企业和员工不断提升自己的过程,是在总结和认识一个发展阶段的基础上继续向前。只有勇于承担责任、勇于不断探索,才能实现超越。在不断的超越对手、超越自身的过程中,才能真正摸索出我国高科技企业向世界一流发展的途径。

3. 做人准则:忠诚、责任与价值等同。同方需要不同层次、不同素质的人,就像一架机器,只有不同位置的不同零件之间的完美结合才能组成一台高效运作的机器。这种完美的结合就要求员工有高度的责任心、事业心和螺丝钉精神。

忠诚是指对事业的忠诚,强调个人对企业的忠诚,企业对社会的忠诚。在企业与人之间、企业与企业之间、企业与社会之间都需要培养这一信念。

清华同方总裁陆致成说过,在一个企业中,针对个人而言,对企业做到忠诚、责任与价值等同,这是一个非常严肃的话题,我们在企业里始终强调的就是责任。他说,在别人都不信任你的时候,你干什么都不行。要恢复人们对你个人的信任、对企业的信任,就必须强调对企业、对事业的忠诚。

对于责任与价值等同,同方人有一个清楚的诠释,即你承担多大的责任,你就有多大的价值。个人在企业中的价值取决于他对企业所承担的责任,企业在社会中的价值取决于它对社会所承担的责任。不承担责任,就没有价值。同方在企业里必须树立这样一种文化认同。

同方非常强调责任意识,认为一个人的责任心、事业心最重要。在同方的文化中,无论是个人还是企业,其所承担的责任越大,其自身的价值也越大。这不仅适用于企业内部的工作关系,而且适用于企业所涉及的一切领域,包括对股民、对政府、对商业合作伙伴乃至整个社会。

"承担、探索、超越，忠诚、责任与价值等同"的企业文化理念是同方企业之魂，其维系并不断发展壮大着这个企业。

案例讨论题：

1. 同方的"承担、探索、超越，忠诚、责任与价值等同"的企业文化理念蕴涵了哪些东方管理的思想？

2. 结合案例讨论企业如何运用东方管理思想建立企业文化体系。

第四章　西方管理学

　　西方管理思想源于古希腊文化传统,它在近代资本主义的条件下演变为具有一定科学形态的管理理论。追寻西方管理历程,有助于我们了解管理的进步历史,吸纳先进的管理文化和思想。管理历程通常是以各时期有影响力的管理学术派别作为划分依据的,从 20 世纪初泰勒《科学管理原理》开始发展到科学化的理论体系,西方管理对现代人类的经济社会发展产生了重大影响。到现阶段,西方管理学理论的形成包括了古典管理理论、行为管理理论、现代管理理论、管理理论新发展四个阶段。

第一节　古典管理理论

　　在 19 世纪末 20 世纪初,科学技术得到了巨大的发展,当时突出的矛盾就是管理水平落后于技术水平,致使许多生产潜力得不到发挥。这种情况引发了一些具有科学知识和管理经验的管理人员的试验和研究,提出了一系列科学的管理制度和管理方法,完成了从经验管理向科学管理的转变,为古典管理理论的产生和发展奠定了基础。古典管理理论主要由科学管理理论、管理程序理论、行为组织理论三个方面组成。

一、科学管理理论

　　古典管理理论的杰出代表人物就是美国管理学家弗雷德里克·温斯洛·泰罗。19 世纪末、20 世纪初,他在美国米德维尔钢铁厂工作期间,针对当时管理落后、劳动生产率低的问题,经过大量试验,提出了一整套的科学管理方法和管理制度。其中主要包括:定额管理制、差别计件工资制、工人培训制、职能工长制以及操作标准化、工具标准化等。1911 年,泰罗在上述研究基础上,写成并出版了《科学管理原理》一书。现在一般认为,这部著作的出版是管理理论或管理科学正式产生的标志。因此,这在西方管理理论发展史上具有划时代的意义,泰罗也由此被誉为

"科学管理之父"。

二、管理程序理论

古典管理理论的另一位代表人物是法国管理学家亨利·法约尔。法约尔在《工业管理和一般管理》一书中,首次区分了经营和管理的概念;系统地提出并阐明了管理的计划、组织、指挥、协调和控制等五项职能;强调了进行管理教育和建立管理理论的必要性,明确提出了"一个大型企业高级人员最必需的能力是管理能力",而"管理能力可以也应该像技术能力一样,首先在学校里,然后在车间里得到"。其次,法约尔还根据自己长期担任矿业公司总经理的工作经验,从一般角度,提出了管理的十四条原则,从一般管理原理角度对管理理论进行了系统的研究。

三、行政组织理论

古典管理理论的另一个重要组成部分,就是由德国管理学家马克斯·韦伯(Max Weber)提出的行政组织理论。马克斯·韦伯最主要的代表作是 1947 年出版的《社会与经济组织的理论》。韦伯与泰罗、法约尔等人是同时代人,所不同的是,他不是从企业管理角度而是从行政管理角度对管理理论进行了一系列研究。韦伯所提出的行政组织理论开辟了管理理论研究的新领域,为后来的行政管理研究奠定了理论基础,为此他被西方誉为"组织理论之父"。

四、其他

在泰罗、法约尔、韦伯等人从不同方面创立了古典管理理论之后,西方许多学者对古典管理理论进行了深入的研究和广泛传播,其中英国管理学者林德尔·厄威克(Lydall Urwick)和美国管理学者卢瑟·吉利特(Luther Gulick)在对古典管理理论进行综合和系统化方面做出了重要贡献。

厄威克和吉利特通过对古典管理理论的综合,提出了管理的八条原则和七项职能。其中八条原则是:(一)为组织机构配备合适的人员;(二)只有一个最高主管或一人管理原则;(三)统一指挥;(四)专业参谋和一般参谋;(五)工作的部门化原则;(六)授权原则;(七)责权相符原则;(八)控制幅度原则。七项职能是:(一)计划;(二)组织;(三)人事;(四)指挥;(五)协调;(六)报告;(七)预算。古典管理理论的贡献,如果用泰罗的科学管理原理来代表的话,其主要内容包括:

1. 用科学即系统化的知识来代替凭经验的方法;

2. 在集体活动中取得协调一致以代替不一致;

3. 实现人们的彼此合作以代替混乱的个人主义;

4. 为最大的产出量而劳动,而不是限制产出量;

5. 尽最大的可能培养工人,从而使他们自己和他们的公司都取得最大的成就。

古典管理理论在研究对象方面的局限性表现在仅注重对工作与组织的研究而忽略了对人与生产及营运过程的研究。由于管理要素中最重要、最关键的是人,因此,管理理论研究中往往涉及对人的性质或类型的假设。古典管理理论对人的假设是"经济人",即其只追求物质利益,而忽略了人的社会属性,即社会人的特点。研究方法方面的局限性主要表现在只运用了观察、实验等研究法,而尚未使用心理学、社会学等科学原理与方法。

第二节　行为管理理论

20 世纪 20 年代以后,随着美国经济危机的加剧和工人觉悟与需求层次的提高,过去泰罗等人提出的以"经济人"假设为依据的古典管理理论和由此而制定的以"物质奖励与惩罚"为基础的管理制度,已表现出很大的局限性。以新的"社会人"假设为依据的行为科学理论便应运而生。行为科学理论包括对人际关系理论、个体行为理论、团体行为理论、组织行为理论等不同方面和不同层次的研究。

一、行为科学理论的要点

(一)人际关系理论

主要是指由美国哈佛大学教授乔治·埃尔顿·梅奥等人从 1924 年到 1932 年通过著名的霍桑试验所提出的理论。其要点是:

1. 人是社会人,因此不能单纯从技术物质条件考虑问题,还必须从心理方面来鼓励工人提高劳动生产率。

2. 企业中不但存在着正式组织,而且还存在着非正式组织。因此,在企业管理中,不但要发挥正式组织的作用,而且要注意发挥非正式组织的作用。

3. 新的领导能力在于提高职工的满足度。职工的满足度在很大程度上是由职工的社会地位决定的,相对金钱和物质刺激来说,它在提高企业劳动生产率中起第一位的作用。

梅奥等人的这些观点,为后来的行为科学理论的形成和发展奠定了理论基础。梅奥的代表作是 1933 年出版的《工业文明中的社会问题》一书。

(二)个体行为理论

最有代表性的就是由亚伯拉罕·马斯洛等人提出的人类需要层次理论和道格

拉斯·麦格雷戈（Douglas Mcgregor）等人提出的关于人性的 X 理论和 Y 理论。这两种理论总的来说，就是研究如何通过不断满足人的需要，调动人的积极性来提高劳动生产率的问题。马斯洛的代表作有 1954 年出版的《动机与人格》等（马斯洛的五个需求层次：生理需求、安全需求、社交需求、受到尊重的需求、自我实现的需求）。

（三）团体行为理论

主要是研究如何协调两个以上的人所组成的团体内的行为以及不断增强团体合力的理论。它主要包括团体动力理论、信息交流理论和有关团体成员之间相互关系理论。其中最有代表性的是行为科学家卡特·勒温（Kurt Lewin）提出的团体力学理论。这一理论对团体要素、团体"力场"、团体目标、团体结构、团体领导方式、团体规模等问题进行了深入的研究并提出了许多有价值的观点。

（四）组织行为理论

在组织行为理论的研究中，西方学者重点对领导行为进行了研究，提出了关于领导者的品质、领导方式等方面的理论，探讨了领导者如何处理好对人的关心和对生产的关心的关系问题。其中以美国行为科学家罗伯特·布莱克和简·莫顿所撰写的《新管理方格》一书最为著名，该书于 1964 年出版。

此外，行为科学还包括为满足人的不同层次需要的各种激励理论。其中主要有弗雷德里克·赫茨伯格（Frederick Herzberg）的激励因素—保健因素理论、詹姆士·阿特金森（Thomas Atkinson）和大卫·麦克利兰（David McClelland）的成就动机理论、维克多·弗洛姆（Victor Vroom）的期望几率模式理论、波特—劳勒（Lyman Porter-Edward Lawler）的期望几率理论、亚当斯（Stacey Adams）的公平理论、T. 凯利（T. L. Kelley）的归因理论、斯金纳（B. F. Skinner）等人的强化理论等等。

二、行为科学理论的贡献

行为科学理论的贡献包括对人际关系理论的贡献、对个体行为理论的贡献、对团体行为理论的贡献和对组织行为理论的贡献四大方面。

人际关系理论的主要贡献在于，它说明了：（1）人不仅是经济人，而且还是社会人；（2）要通过提高职工的满足度来鼓舞职工的士气；（3）要正确对待非正式组织，发挥其正面的作用。

个体行为理论的主要贡献在于，它说明了：（1）要正确了解组织成员的真实需要；（2）要掌握调动组织成员积极性的各种需求因素，如马斯洛的需求层次因素、赫茨伯格的保健因素和激励因素、亚当斯的公平因素与波特和劳勒的综合因素等；

(3)对不同的人要采用不同的管理方式,如要依据麦格雷戈提出的 X 理论与 Y 理论对不同的人采用相应的管理方式。

团体行为理论的主要贡献是:(1)在管理实践中要正确地发挥团体压力与从众行为的作用;(2)在管理实践中要注意提高团体的士气;(3)在管理实践中要正确利用建设性冲突,尽量避免和防止破坏性冲突的发生。

组织行为理论的重要贡献是:(1)领导者要实施有效领导必须不断提高自身素质;(2)领导者不仅要关心工作,更要关心人;(3)组织的变革与发展要适应环境变化的需要。

三、行为科学理论的局限性

行为科学理论在研究对象方面的局限性是仅关注对人与组织管理的研究工作管理的研究与对生产及营运过程管理的研究;行为科学理论在对人的假设方面的局限性在于,强调了"社会人"、"自我实现人"、"复杂人"的概念,却忽略了"经济人"这一假设的合理部分;行为科学理论在研究方法方面的局限性在于,虽然运用了心理实验方法,但尚未能运用信息论、控制论与系统论等原理及方法;研究成果也局限在如何对人与组织的管理上。

第三节 现代管理理论

第二次世界大战以后,西方管理理论发展到现代阶段。之所以称为现代,不仅有时间的涵义,还因为有以下特征:其一,在这一时期的管理理论研究中,充分运用了现代自然科学和社会科学的研究成果,如系统论、控制论、信息论等,使管理思想、管理观念进一步现代化;其二,电子计算机、现代通信设备等高科技成果广泛运用于管理中,使管理方法、管理手段进一步现代化;其三,管理理论向综合和软化发展,使管理决策和管理组织进一步现代化。

西方管理理论发展到现代阶段,形成了许多学派。1961 年,美国管理学家哈罗德·孔茨在美国《管理杂志》上发表了一篇名为《管理理论丛林》的文章。他把西方管理理论划分为 6 个学派。1980 年,他又在一篇题为《再论管理理论丛林》的论文中指出,管理理论学派已不是过去的 6 个或 7 个,而是发展到了 11 个。这 11 个学派分别代表了不同的管理思想。

一、管理过程学派

管理过程学派以孔茨等人为代表,他们把管理看作是在组织中通过别人或同

别人一起完成工作的过程;认为应该分析这一过程,从理论上加以概括,确定一些基础性的原理,并由此形成一种管理理论;有了管理理论,就可以通过研究,通过对原理的实验,通过传授管理过程中包含的基本原则,改进管理的实践。

二、人际关系行为学派

人际关系行为学派以麦格雷戈等人为代表,这一学派是从 20 世纪 60 年代的人类行为学派演变来的。这个学派认为,既然管理是通过别人或同别人一起去完成工作,那么,对管理学的研究就必须围绕人际关系这个核心来进行。这个学派把有关的社会科学原有的或新近提出的理论、方法和技术用来研究人与人之间和人群内部的各种现象,从个人的品性动态一直到文化关系,无所不及。这个学派注重管理中"人"的因素,认为在人们为实现其目标而结成团体一起工作时,他们应该互相了解。

三、社会系统学派

社会系统学派以切斯特·巴纳德等人为代表,这个学派对管理学做出过许多值得注意的贡献。把组织中人们的相互关系看成是一种协作的系统。组织中的个人目标和组织目标可以用效力和效率这两个原则连接起来,组织的共同目标必须用各部门的具体目标来予以阐明。它把权力和责任授予各个部门,使各个部门相互联系而共同为组织目标的实现做出贡献的观点,对后来的目标管理理论的形成帮助很大。

四、管理科学学派

管理科学学派,也即数量管理学派,以乔治·金布尔等人为代表。这个学派的人士有时颇为自负地给自己取上一个"管理科学家"的美名。这类人的一个永恒的信念是,只要管理或组织或计划或决策是一个逻辑过程,就能用数学符号和运算关系来予以表示。这个学派的主要方法就是模型。借助于模型可以把问题通过它的基本关系和选定目标表示出来。由于数学方法大量应用于最优化问题,可以说,它同决策理论有着很密切的关系。当然,编制数学模型绝不限于决策问题。

五、决策理论学派

决策理论学派以西蒙等人为代表。这一学派的人数正在增加,而且都是些学者。他们的基本观点是,由于决策是管理的主要任务,因而应集中研究决策问题。他们认为,管理是以决策为特征的,所以管理理论应围绕决策这个核心来建立。

六、系统管理学派

系统管理学派以弗里蒙特·卡斯特等人为代表。近年来,许多管理学家都强调管理学研究与分析中的系统方法。他们认为,系统方法是形成、表述和理解管理思想最有效的手段。所谓系统,实质上就是由相互联系或相互依存的一组事物或其组合所形成的复杂统一体。这些事物可以像汽车发动机上的零件那样是实物,也可以像人体诸组成部分那样是生物的,还可以像完整综合起来的管理概念、原则、理论和方法那样是理论上的。尽管我们给理论规定出界限,以便更清楚地观察和分析它们,但是所有的系统(也许只有宇宙除外)都同它们的环境在相互起作用,因而都受到其环境的影响。

七、经验主义学派

经验主义学派以彼得·德鲁克等人为代表。这个学派通过分析经验(常常就是案例)来研究管理。其依据是,管理学者和实际管理工作者通过研究各色各样的成功和失败的管理案例,就能理解管理问题,自然地学会有效地进行管理。这个学派有时也想得出一般性的结论,但往往只不过是把它当成一种向实际管理工作者和管理学者传授经验的手段。典型的情况是,他们把管理学或管理"策略"看成是对案例进行分析研究的手段。

八、经理角色学派

经理角色学派以明茨伯格等人为代表。这是最新的一个学派,同时受到管理学者和实际管理者的重视,其推广得力于亨利·明茨伯格。这个学派主要通过观察经理的实际活动来明确经理角色的内容。对经理(从总经理到领班)实际工作进行研究的人早就有,但把这种研究发展成为一个众所周知的学派的却是明茨伯格。明茨伯格系统地研究了不同组织中 5 位总经理的活动,得出结论说,总经理们并不按人们通常认为的那种职能分工行事,即不只从事计划、组织、协调和控制工作,而是还进行许多别的工作。

九、社会—技术系统学派

社会—技术系统学派以 E. L. 特里斯特等人为代表。这一学派的创始人是特里司特及其在英国塔维斯托克研究所中的同事。他们通过对英国煤矿中长壁采煤法生产问题的研究,发现只分析企业中的社会方面是不够的,还必须注意其技术方面。他们发现,企业中的技术系统(如机器设备和采掘方法)对社会系统有很大的

影响。个人态度和群体行为都受到人们在其中工作的技术系统的重大影响。因此,他们认为,必须把企业中的社会系统同技术系统结合起来考虑,而管理者的一项主要任务就是要确保这两个系统相互协调。

十、群体行为学派

群体行为学派以克里斯·阿吉里斯等为代表。这一学派是从人类行为学派中分化出来的,因此同人际关系学派关系密切,它以社会学、人类学和社会心理学为基础,而不以个人心理学为基础。它着重研究各种群体行为方式。从小群体的文化和行为方式,到大群体的行为特点,都在它的研究之列。它也常被叫做"组织行为学"。"组织"一词在这里可以表示公司、政府机构、医院或其他任何一种事业中一组群体关系的体系和类型;有时则按切斯特·巴纳德的用法,用来表示人们间的协作关系。而所谓正式组织则指一种有着自觉的,精心筹划的共同目的的组织。克里斯·阿吉里斯甚至用"组织"一词来概括"集体事业中所有参加者的所有行为"。

十一、权变理论学派

权变理论学派以弗雷德·卢桑斯等人为代表。这个学派强调,管理者的实际工作取决于所处的环境条件。权变管理同情境管理的意思差不多,常常通用。但有的学者还是认为应该加以区别,情境管理只是说管理者实际上做些什么取决于既定情境,而权变管理则意味着环境变化同管理对策之间存在着一种积极的相互关系。

第四节　管理理论新发展

20世纪80年代以来,西方管理理论的新发展主要表现在以下七个方面:比较管理理论的发展;企业文化理论的发展;非理性主义思潮;学习型组织;虚拟企业、动态协作团队和知识联盟;知识型企业;知识管理理论。其中的主线是有关企业文化、以人为本与知识管理理论的发展。

一、比较管理理论的发展

20世纪70年代末、80年代初,第二次世界大战中的战败国日本、联邦德国等的迅速崛起,引起许多管理学家研究它们的管理经验并与本国相对照。另外,80年代后,跨国公司的海外公司急剧增加,引起对不同国家的有效管理方式的比较研

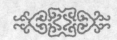

究;再加上80年代社会主义国家实行改革开放政策,也促进了对比较管理理论的研究。80年代以后,比较管理理论的发展,除了在比较管理学的研究对象、比较方法等方面的研究有新的进展以外,在管理理论方面的新认识主要有以下三方面:

(1)通过比较管理学的研究,普遍认识到一国文化传统对于管理方式的形成和运用具有很大影响,从而在寻求管理的普遍规律以及管理方式、方法的移植方面向前迈进了一步。

(2)通过比较管理学的研究,更加认识到管理中"软因素"的重要性。所谓软因素,简单地说就是强调管理中的人的因素,特别是强调人的精神因素和主观能动因素。1981年,美国斯坦福大学教授查里·帕斯卡尔(R. T. Pascale)和哈佛大学教授安东尼·阿索斯(Athos)在《日本的管理艺术》一书中,概括了日本的经验,提出了管理的七个变量,即"7S"管理模式。所谓"7S",即制度(System)、策略(Strategy)、结构(Structure)、作风(Style)、共有价值观(Shared Value)、人员(Staff)、技巧(Skill),他们把前三个变量称为"硬S",把后四个变量称为"软S",并通过对日本松下公司和美国国际电话电报公司进行比较研究后,认为日本的成功之处,就在于他们更重视"软S"。

(3)通过比较研究认识到小企业的优越性。按照过去规模经济的观点,大规模批量生产具有成本低、效率高的特点,因此认为企业规模还是大一些好。近些年,由于科学技术发展和大众的需求日新月异,企业间在产品质量、品种、更新换代方面的竞争日趋激烈,通过对大小企业优缺点的比较研究,又有一种认为"小更好"的倾向。这主要是由于企业小、层次少、决策快、效率高,具有船小好调头、应变能力强的特点。在这种思想指导下,目前西方一些企业,特别是一些国际性大企业,开始划小或建立独立经营单位,在大公司仍有一定统一性的前提下,采取小而灵活的组织形式。

二、企业文化理论的发展

企业文化热是20世纪80年代以后西方管理理论发展的一个重要特点。从国际竞争角度观察,西方管理学家在对日本的比较研究中,认为管理的差异主要在于文化。为了更好地吸收国外管理经验,提高本国管理水平,不断在国际竞争中取胜,必然要重视对企业文化的研究。80年代,在西方管理理论研究中,关于企业文化的论著很多,主要包括以下几方面内容。

(1)关于企业文化的内涵、外延及构成要素的论述。认为企业文化主要是由企业的最高目标或宗旨、共同价值观、作风与传统习惯、行为规范与规章制度等构成的。它是一种以价值观为核心的对全体职工进行企业意识教育的微观文化体系。

（2）关于企业文化形成与发展的论述。企业文化是随着企业的建立和发展，通过全体职工的集体实践而形成的。影响企业文化形成的因素主要有企业任务、外部环境、民族习惯、历史传统等。

（3）关于企业文化建设重要性的论述。企业文化的研究者和提倡者普遍认为，企业文化是现代企业的生存与发展、成功与失败的关键。

三、非理性主义思潮

20世纪80年代初，美国一些管理学家，特别是名噪全球的《追求卓越》一书的作者彼得斯等人，在研究日美两国的企业管理状况后，分析批判了过去管理理论的缺陷，认为过去的管理理论，包括以泰罗为代表的古典管理理论，过分拘泥于以理性主义为基石的科学管理。只热衷于规章制度、数学模型和普遍原则等的研究，实际上是一种见物不见人甚至是与人为敌的管理。因此，他们认为过去的管理模式已不适应时代的要求，必须进行一场"管理革命"，使管理"回到基点"，即以人为核心，做好那些人人皆知的工作，从而"发掘出一种新的以活生生的人为重点的带有感情色彩的管理模式"。彼得斯等人的这些观点，代表了当代西方管理理论发展中的一种非理性主义思潮。

非理性主义倾向的鼓吹者在批评传统理论的同时，提倡对管理实务进行研究。他们在研究中，不求理论体系完整、逻辑推理严谨，而是采用较松散的体系，运用大量实例阐述自己对管理的见解，其中许多"经验之谈"，直接出自企业经理之口。例如，《追求卓越》一书，其副标题就是"美国杰出企业的成功经验"。书中重点分析了美国43家企业的经验，并把这些经验归纳为八条作为全书的基本框架。

进入20世纪90年代以后，信息产业、高科技产业在经济发展中占有越来越重要的地位，经济一体化、全球化的趋势越来越明显，知识经济初见端倪。在这种情况下，西方管理理论围绕知识经济的管理与知识资本问题提出了一些新的观点。

四、学习型组织

这是美国麻省理工学院教授彼得·圣吉（Peter M. Senge）在1990年出版的《第五项修炼》一书中提出的观点。该书认为："在过去，低廉的天然资源是一个国家经济发展的关键。传统的管理系统也是被用来开发这些资源的。然而，这样的时代正离我们而去，发挥人们的创造力现在已成为管理努力的重心。"

为此该书提出："未来惟一持久的优势是有能力比你的竞争对手学习得更快，未来真正出色的企业，将是能够设法使各阶层人员全心投入，并有能力不断学习的学习型组织。"

该书提出,在学习型组织中要进行五项修炼。这五项修炼是:

(一)自我超越

即能够不断实现人们内心深处最想实现的愿望,不断创造和超越,这是一种真正的终身学习。

(二)改善心智模式

即不断适应内外变化,改变自己的思维定势以及由这种思维定势决定的思想、心理、行为方式。

(三)建立共同愿景

使组织具有全体成员共有的价值观、目标和使命,设法让共同愿景把大家凝聚在一起。

(四)团体学习

即从"深度会谈"开始,在群体中通过思想的自由交流,分享集体智慧,不仅取得整体的出色成果,也使个别成员得到更快的成长。

(五)系统思考

即树立系统观念,善于运用完整的知识体系和工具。从整体上认识、分析和解决问题,能有效地把握事物的变化,不断开创新局面。

五、虚拟企业、动态协作团队和知识联盟

1991年美国管理学家查尔斯·M. 萨维奇(C. M. Savage)出版了《第五代管理》一书。1996年作者对该书进行了修改再版,明确提出"通过建立虚拟企业、动态协作团队和知识联盟来共同创造财富"的观点。书中指出:"在过去的一千年中,我们通过利用土地、劳动力和资本养育了自己,创造了财富。"但"生态运动已经警示我们:这些资源比想象的要有限得多。我们的废弃物不仅破坏了景观,而且微粒垃圾和化学毒素已经引发了癌症和其他健康问题"。因此,"土地、劳动力和资本已不足以创建美好的未来。除此之外,我们需要新的资源"。为此,作者提出了这样的问题:"难道知识和获取知识合在一起就是土地、劳动力和资本之外的第四个财富之源?"

从上述认识出发,该书提出要"通过建立虚拟企业、动态协作团队和知识网络来创造财富"。所谓虚拟企业,就是不仅把公司成员,而且把供应商、公司顾客以及顾客的顾客都看成是一个共同体,倾听他们的意见,充分调动内外各种资源。建立虚拟企业,要更多地依靠人员的知识与才干,而不是他们的职能。

通过分析,该书还提出,未来管理模式要在以下五个方面发生转变,即:

1. 从工业时代到知识时代的转变;

2. 从例行程序到复杂性程序的转变；

3. 从序列活动到并行活动的转变；

4. 从工业时代的概念性原则到知识时代的概念性原则的转变；

5. 管理在结构、控制、权力、交流等方面将发生变化。

六、知识型企业

1998 年，美国著名经济学家达尔·尼夫(Dale Neef)主编并出版了《知识经济》(The Knowledge Economy)一书。该书对知识经济及知识经济管理进行了比较全面的阐述。其中一个重要观点，就是提出："下一波经济增长将来自知识型企业。"作者首先解释知识型企业将生产"知识型"或"智能型"产品。所谓智能型产品，主要表现在它们能够过滤和表达信息，让使用者更有效地做出反应。"它们是互动的，越使用它们越具有智能，可按顾客要求制作"。作者认为：以向顾客提供信息为基础的企业将胜于那些没有这么做的企业，知道如何把信息转变成知识的企业将会成为最成功的企业。作者提出，所谓知识型企业，一般具备以下六个特征：

1. 你越使用知识型产品和服务，它们越具有智能；

2. 你越使用知识型产品和服务，你就越聪明；

3. 知识型产品和服务可随环境变化而做出调整；

4. 知识型企业可按顾客要求提供产品和服务；

5. 知识型产品和服务具有相对较短的生命周期；

6. 知识型企业能对顾客需求适时采取行动。

作者还指出，灵活性、适应性、反应力和快速革新能力正日益被看作是知识经济中最佳的组织结构的要素。

七、知识管理理论

1996 年，以发达国家为主要成员方的经济合作和发展组织(OECD)，在题名为《科学技术和产业发展》的报告中正式使用"知识经济"(Knowledge-based Economy，以知识为基础的经济)这一概念。它被定义为："建立在知识和信息的生产、分配和使用之上的经济。"知识经济是与农业经济、工业经济相对应的一个范畴。它实际上是一种以知识为基础的经济增长方式。在知识经济时代，知识是企业最重要的资源，企业最有价值的资产已不再是物质资本，而是知识资本。因此，知识管理或知识经济管理理论主要是说明如何对知识资本进行管理。

托马斯·A. 斯图尔特(Thomas A. Stewart)是美国《财富杂志》编辑，他在1997 年指出，知识资本是指能够为企业带来利润、有价值的知识。它的价值可以

用企业资产的市场价值与账面价值之间的差额来衡量。拥有大量知识资本正是微软这种知识企业在股票市场上持续被看好的真正原因。

(一)知识资本的构成关系

知识资本是由人力资本、结构性资本和顾客资本这三者构成的。人力资本是指企业员工所拥有的各种技能与知识,它们是企业知识资本的重要基础。这种知识资本是以潜在形式存在的,往往容易被忽略。结构性资本是指企业的组织结构、制度规范、组织文化等。而顾客资本则是指市场营销渠道、顾客忠诚、企业信誉等经营性资产。在知识资本的理论中,企业的目标是要通过知识资本的积累与营运,即人力资本、结构性资本、顾客资本这三者的相互作用,来推动企业知识资本的增值与实现的。如微软公司、英特尔公司的价值就在于其员工所拥有的知识和其员工及企业所拥有的开发新产品并在市场上进行推广的能力。

对知识资本的管理,就是要有效地实现知识的创造、传递、利用和保护,这已成为知识企业获得并保持自己竞争力的战略手段。在对企业知识资本的管理过程中,要以人力资源或人力资本为前提和出发点,以结构性资本为保障和支持,促进个人知识的创造并鼓励将个人未编码知识转化为企业的编码知识,即知识资产。企业要对其中重要的知识资产实行法律保护,即将其作为知识产权来保证企业能获取开发这类知识的收益。

(二)知识资本的管理

依据知识资本的理论,企业应在下列四个方面加强对知识资本的管理。

1. 促进企业人力资本的创新活动。这种创新转化为知识资产后,即成为企业的财产,而在得到法律保护后则成为知识产权。

2. 结构性的经营资本与创新活动结合,促成创新成果的商品化,使其迅速走向市场。

3. 提高企业利用与增值其各种知识产权的能力。

4. 努力在员工、顾客忠诚和包含在企业文化、制度和流程中的集体知识方面发现和培育知识资本。

企业对知识资本的管理应在人力资本、结构性资本和顾客资本这三个环节上体现出来,应注重创造性思维的培养与利用。在信息时代应重视企业的沟通网络、组织网络的建设,营造适当的环境来保证企业具有创造性。另外,人力资源的价值实现必须有结构性资本和顾客资本的支持与匹配。

(三)知识密集型组织的建立

值得注意的是,知识经济对企业管理方式的重大影响之一是要求企业建立知识密集型组织。从历史角度看,以蒸汽机为标志的动力革命使世界进入了工业经

济时代。工业经济时代企业组织管理的特点是要善于利用大工厂、大机器与流水线作业产生的规模经济效益。与之相适应,在管理方式上强调要建立大型组织,强调对大型组织部门人流与物流的严密控制,强调对大型组织各部门资本运作的预算管理。而以电脑、互联网为标志的信息革命使世界进入了知识经济时代。知识经济时代企业组织管理的特点是:要善于利用知识创新与知识资本带来的优势,与之相适应,在管理方式上强调要建立小型组织,以利于成员之间开展思想交流与知识创新活动。建立知识密集型组织的方式如下:

1. 组织机构小型化。因为大型组织不利于组织成员开展思想交流活动。

2. 提倡并经常开展有关工作设想的对话活动。新思想与新知识的出现往往源于组织成员间的对话交流。因此,现在经理在办公室出现时,员工交换工作意见的对话应该继续下去。

3. 要善于发现在组织内部能经常提出新思想与新观念的知识创新明星,让他们担任组织的领导人,来推进知识创新工作。

4. 合理录用与配备具有不同知识结构的人。如诺基亚公司通过调查发现它拥有的具有某一领域深度知识的员工占其员工总数的 60%,具有各种领域普通知识的员工占其员工总数的 20%,具有某一领域普通知识的员工占其员工总数的20%。为了促进知识创新活动的开展,诺基亚公司通过调整,使具有某一领域深度知识的员工占其员工总数的 20%,有各种领域普通知识的员工则要占其员工总数的 60%,具有某一领域普通知识的员工占其员工总数的 20%。这样做,既利于知识在深度综合的基础上创新,又利于创新知识的普及运用。

正如管理学大师德鲁克所指出的:“管理是以文化为转移的,并且受其社会的价值观、传统与习俗的支配。”同样地,西方管理实践和理论也反映了西方社会的价值观、传统与习俗。因为,西方管理理论是与近现代大工业生产及科学技术的发展紧密联系在一起的,直接为现代市场经济服务的,因而有其合理的成分。例如,善于运用科学技术的最新成果,在试验和逻辑分析的基础上进行严格的控制和严密的管理,注意引进竞争机制,提高整个管理活动的效率,不断根据管理实践的结果来变革管理模式和创新管理理论,重视发挥个人的能力和专长,充分利用法律和契约在管理中的作用等。

无论从理论还是实践的层面,我们都不可否认西方管理学思想应用于中国企业管理实践所存在的局限性。东西方的文化背景、社会制度、经济运行体制、社会保障制度、员工心理都存在巨大差别,企业运行的内外部环境都有很大不同,把西方管理学理论照搬过来运用于中国企业管理实践,自然就会出现“水土不服”的问题。因此,如何把优秀的西方管理学理论和有中国特色的企业管理实践相结合,就

成为当代中国管理学家和企业家的一项重要任务。

【本章小结】

1. 西方管理理论依据它们不同的研究对象、不同的研究假设、不同的研究方法与不同的研究成果可以概括为以下四个发展阶段：古典管理理论、行为科学理论、现代管理理论、管理理论的新发展。

2. 西方管理理论发展到现代阶段，形成了主要的 11 个学派：

(1)以孔茨等人为代表的管理过程学派；

(2)以麦格雷戈等人为代表的人性行为学派；

(3)以切斯特·巴纳德等人为代表的社会系统学派；

(4)以乔治·金布尔等人为代表的管理科学学派，也即数量管理学派；

(5)以西蒙等人为代表的决策理论学派；

(6)以弗里蒙特·卡斯特等人为代表的系统管理学派；

(7)以彼得·德鲁克等人为代表的经验主义学派；

(8)以明茨伯格等人为代表的经理角色学派；

(9)以 E. L. 特里斯特等人为代表的社会—技术系统学派；

(10)以布里奇曼等人为代表的经营管理学派；

(11)以弗雷德·卢桑斯等人为代表的权变理论学派。

3. 20 世纪 80 年代以来，西方管理理论的新发展主要表现在以下七个方面：

(1)比较管理理论的发展；

(2)企业文化理论的发展；

(3)非理性主义思潮；

(4)学习型组织；

(5)虚拟企业、动态协作团队和知识联盟；

(6)知识型企业；

(7)知识管理理论。

复习思考题：

1. 论述西方管理学理论中古典管理理论、行为管理理论、现代管理理论和管理理论新发展四个阶段的代表人物、主要观点与局限性。

2. 比较儒家的性善伦和性恶论与西方管理中的 X 理论和 Y 理论的异同？

3. 为什么说管理实践是一门艺术，管理理论是一门科学？

【案例分析】

坦泰尼克号的沉没——通用汽车的破产①

"对我们国家有利的事情，就对通用汽车有利，反之亦然。"1953 年，当艾森豪威尔提名通用汽车总裁威尔逊担任美国国防部长时，在一次参议院听证会上，提出了这个观点。但如今，艾森豪威尔的格言应该完全颠倒来读：对通用不利的事情，对美国纳税人是有利的。通用汽车日日亏损，政府扔下去的上百亿救济金，"咚"的一声就没了影儿。

众所周知，"通用汽车"（General Motors）之所以叫通用，就是意味着满足各个收入阶层的用车需求。

通用汽车最初是作为一家控股公司成立收购了奥兹莫比（Oldsmobile）、凯迪拉克（Cadillac）和奥克兰（Oakland）三大品牌，奥克兰后来改称庞蒂亚克（Pontiac），雪弗莱（Chevrolet）最终也被收入囊中——雪弗莱是普通人买得起的车，庞蒂亚克和奥兹莫比则为中档，别克是高档品牌，而凯迪拉克则是豪华轿车。这些不同档次的汽车品牌组合成了一架"成功阶梯"，让美国人随着自己人生地位的提高依次选购通用不同档次品牌。之后通用著名的管理奇才斯隆在 20 世纪 20～30 年代打造的分权管理的多品牌战略体系，成功将通用定格为全球最大的汽车公司。

在百年间，通用汽车在全世界的版图上陆续兼并吸纳了数十个大小品牌，几乎成为行业发展标准。在不断的新陈代谢中，通用的多品牌战略已进化到可自生、可内循环的生命体，而不是将各个品牌换各种方式排列这么简单，但机能越复杂，出错的概率越高，一些小毛病还有可能蓄积变体成足以侵蚀母体的能量。

通用汽车在 1985 年斥资数十亿美元创立了全新品牌土星（Saturn）。到了 20 世纪 90 年代中期，又增加了两个品牌——瑞典的小众汽车制造商萨博（Saab）和笨重的军用车辆制造商悍马（Hummer）。收购萨博花费了 30 亿美元，但却没有从中赚到 1 美分。相反，萨博严重地冲击了通用的新品牌土星汽车，未能令其成长为全球知名品牌。而花了 20 亿美元购买的悍马是个油老虎，完全不适应时代需求，如今被贱卖给中国厂商，最多不值 5 亿美元。资源不足成为多品牌战略的顽疾。2003 年至 2006 年期间，土星、萨博和悍马平均年税前亏损总额为 11 亿美元。为了削减成本，通用汽车的各品牌汽车开始显得大同小异，混淆了不同品牌间的界限，让顾客难以将雪佛兰轿车与庞蒂亚克和别克轿车区分开。由于难以为所有品

---

① 改编于唐韵：《通用汽车 CEO 韩德胜从零出发》，摘自《周末画报》2009 年 6 月 13 日，改版第 547 期。

牌开发出足够的新车型,在投入巨资开发奥兹莫比新车型的同时,通用汽车让土星自生自灭。以至于很多年后,也不得不置雪佛兰于不顾。

　　通用向来以生产过多的高能耗 SUV 车型备受诟病。最先推出 Explorer SUV 的是福特,但当时通用汽车并未重视这款车型。而当认识到 20 世纪 90 年代消费者热衷于 SUV 后,通用汽车又反应过度,以牺牲轿车开发为代价,将过多时间和资金用于 SUV 和皮卡。尽管 SUV 和皮卡确实符合美国家庭人口众多的特点,但通用汽车并没有把更多的钱用在如何提高燃油经济性上,而是放在使政府维护低廉油价上,这导致的后果是油价暴涨后,通用汽车的 SUV 和皮卡竞争力直线下降。而放弃了 EV1 电动车项目,通用将美国在清洁能源汽车制造方面所占据的优势的机会拱手让出,让丰田 Prius 混合动力车后来居上。20 年前,美国消费者对日本车不屑一顾,可如今日本车在美国市场的份额超过 40％,不能不令人深思。①

　　跟踪报道通用汽车长达三十年的《财富》杂志资深记者 Alex Taylor 则认为,隐患其实早在 20 世纪 60 年代就已经埋下了。"自 20 世纪 60 年代以来,通用汽车就一直在吃老本,市场占有率不断降低,未曾给投资者手中的股票带来任何增值。"

　　公司巨大其往往被自身的重量压垮。不断的兼并整合让通用汽车拥有全球数量最多的汽车品牌,并将触角伸向了全球,也让公司体系庞大,市场反应迟钝,决策缓慢的缺点慢慢暴露;退休员工人数和养老金不断上升;公司领导层决策多次失误……终于,金融危机成为压倒骆驼的最后一根稻草。

　　案例讨论题:
　　1. 运用管理学的原理分析美国通用汽车破产的原因是什么?
　　2. 通用汽车的破产给中国企业带来什么启示?

---

① 谢祖墀:《通用为什么倒下了》,中国管理传播网,2009-07-17。

第五章　华商管理学

"有水的地方就有华人,有华人的地方就有华商。"华商管理融合了中华优秀文化、西方文化和华商所在地文化。因此,研究华商管理学,离不开东方管理文化。现代管理学之父德鲁克认为,对于传统文化,可以利用它而不要改变它。在人类社会发展的过程中,不论什么民族,也不论在什么时候,人们总是不断地吸取传统文化中的有利因素,并融入自己的自主性和创造性。我们在研究华商管理学时,也同样要把优秀的传统管理文化作为一个重要的理论来源,继承和发扬光大其精华。本章将从华商的创业与发展、华商管理的文化渊源、华商经营与创新及新华商的形成和发展趋势等方面进行探讨。

第一节　华商创业

华商管理是中国传统管理文化与西方管理文化以及华商足迹所至的所在国管理文化相融合的成功典范。海外华商取得成功的根本原因,就是在多元文化环境中的适应性与创造性。东西方文化具有巨大的互补性,而两者的融合使海外华商具备了独特的经营智慧,从本质上来看这是一种融合创新。在东西方智慧的交汇点上,海外华人企业家们自觉地博取两种经营智慧的长处,并创造、提炼、萃取出一种全新的管理范式,促生了一大批精于经营管理同时具有强烈社会责任感的海外华商巨富。中国管理最迫切需要具备的素质就是适应多元化结构的管理智慧,因此华商管理的理论与实践是东方管理学的重要渊源之一,对华商管理的研究构成了东方管理学的一个重要组成部分。

一、华商涵义

从广义上看,华商是指具有中华民族血缘与文缘关系,兼具西方管理特色的商业群体。狭义的"华商"是指"华侨"和"华人"密切相关的一个概念。所谓"华侨"是指中国在海外定居谋生并保持中国籍侨民的总称;所谓"华侨"是指中国在海外定居谋生。所谓"华人"(Ethnic Chinese)又称外籍华人或华族,是指已取得外国国籍

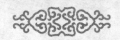

的原华侨及其后裔。

"华商"是一个历史范畴,在不同的历史时期具有不同的涵义,并且有一个不断变化和演进的过程。最初,华商是指从事海外贸易的中国商人。其后,演变为华侨商人或工商企业家。第二次世界大战后,"华商"的涵义就进一步演变为华人工商企业家,这一用法一直延续至今。

华商首先是华人。"华人"的概念没有很明确的外延,一般用三种标准加以界定,即国籍、血统和文化。一是国籍标准。华人移民外国,一般不能马上取得所在国国籍,许多人保留了中国国籍。二是血统标准。具有华人血统是"华人"应有之义。三是文化标准。海外华人作为炎黄子孙,自然都带有中华文化的天赋。根据上面的叙述,海外华人是指在海外有中国国籍的人(通常称为"华侨")和在海外有纯华人血统的人,以及在海外有部分华人血统、具有中华文化价值观,并愿意承认为华人的人。第二次世界大战以后,海外华人的人数增长很快,分布很广,到底有多少海外华人,并没有确切的统计。有的学者估计亚洲有16 143 008人(不包括港澳台),美洲有2 317 845人,欧洲有675 083人,大洋洲有343 255人,非洲有99 346人,合计19 578 537人。多数学者估计现在海外华人华侨有3 000万人。

海外华人和华侨中的企业投资者或经营者即为华商。目前,对华商的界定也有分歧。大体上说,"华商"这一概念有三种涵义:一是广义的华商,指具有中国文化传统的华商企业投资者和经营者,包括中国内地、港澳台和海外华人华侨的企业投资者和经营者;二是狭义的华商,指具有中国文化传统的中国海外移民及其后裔中的企业投资者与经营者,不包括中国内地和港澳台的投资者和经营者;三是介于上述两者之间的,指具有中国文化传统的港澳台同胞和海外华人华侨的企业投资者和经营者,不包括中国内地企业的投资者和经营者,但包括在中国内地创办"三资企业"的港澳台和海外华人华侨。我们界定的涵义是第三种。

华商虽然处于不同的国家与地区,但他们在成长过程中都具有相似的经历和文化环境,具有以下六个特征:

1. 华商大多数都是中国内地沿海地区的移民及其后裔,移民特征和少数族裔特性深刻地影响着社会经济各层面包括企业经营管理。移民海外的华人华侨在多数国家或地区成为少数民族。

2. 华商具有中华文化传统的价值观,尤其是岭南和闽南区域文化的影响。岭南和闽南区域文化是历史上中原文化南迁的产物,受游牧民族文化与北方民族大融合的影响较小,传统色彩更浓;同时,与内地大陆文化相比,岭南和闽南区域文化又具有较大的海洋性特征。

3. 华裔受西方文化和居住所在地文化的影响较大。华商比较集中的港澳台

与东南亚地区,多数经历了相当长的殖民地或半殖民地的历史,如菲律宾、印度尼西亚、新加坡等曾经先后沦为殖民地,马来西亚曾经沦为半殖民地,东西方文化交融是这些地区突出的文化景观,包括企业及其经营管理方法的交融。

4. 华商所具有的传统文化在现代化进程中率先进行扬弃。港澳台与东南亚地区都在 20 世纪中期以后相继开始经济起飞,现代化进程中传统因素的调适与变动,传统文化中适应现代化进程的部分得到保留和发扬,不适应现代化进程的部分得到调整或抛弃,从而带来包括企业经营管理方法在内的多方面的深刻变化。

5. 华商的文化价值观具有代际差异。华人移民到海外,在文化价值观方面要受居留地文化的影响,并随着时间的推移而逐步增加,这就使华商的文化价值观具有代际差异。就以移民为载体的中华文化在海外的发展趋势而言,我们可明显看到两次蜕变。第一次蜕变是从侨民文化到华人文化。在东南亚,这一过程已基本完成,在发达国家华人群体中,这一过程正在进行。侨民文化的价值取向是"落叶归根",华人文化的价值取向是"落叶生根",其文化成长的营养更多取自当地而非故土。第二次蜕变是从华人(族群)文化融入或融合于当地(民族)文化。在东南亚,这一过程正在进行。由于血缘、文化具有相对稳定性,因此,这一过程将持续相当长时间。

6. 华商的文化价值观具有区域差异。华人移民的分布很广泛,具有"有阳光的地方就有华人"的说法。分布在不同地区的华人,受居留地文化的影响是不同的。由于世界各地华人群体规模实力、内聚力、社会地位各不相同,其外部发展条件也大相径庭,华人文化的成长、变异程度也不一致。

二、华商历史

华商企业所创造的奇迹让世人有目共睹,至今依然充满活力。最初的华商经济实际上就是指东南亚地区的华侨经济,以下就以东南亚地区为例,研究华商的创业史。

(一)第二次世界大战前的艰苦创业——早期华商资本的形成

华商资金的积累和经营规模随着历史的发展而不断扩大。但是,作为真正意义上的华商资本的形成,从东南亚地区来看,则出现在 19 世纪后半期。第一次世界大战爆发后,欧洲资本无力东顾,使其对东南亚的投资大为减少,但同时对那些与战争有关的原料和商品的需求却大为增加。因此,那些与战争密切关联的东南亚华侨所经营的行业得以迅速发展。也正是从这一时期开始,华侨金融业随着华侨经济的发展而进入了一个蓬勃发展的新阶段。从第一次世界大战后到 1929 年世界经济危机爆发前,华侨经济在东南亚出现了一段繁荣时期。随后爆发的第二

次世界大战,使东南亚华侨经济雪上加霜,受到了空前的打击和破坏。

(二)第二次世界大战后华商的迅速崛起——华商向集团化、多元化、国际化发展

第二次世界大战后,随着东南亚各国相继独立,它们相继进入了建设民族独立国家、发展民族经济的新的历史阶段。东南亚国家大力推进工业化进程,使得东南亚地区成为第二次世界大战后,尤其是 20 世纪 60 年代以来在世界上经济发展最快的地区之一,这无疑为聚居在东南亚各国的华商的兴起和发展提供了难得的机遇。

1. 规模集团化

华商经济从一开始就是在家庭或家族、同族经营的基础上发展起来的,家庭经营曾是过去华商经营事业的主要形式。近年来,随着华商企业的大规模化、国际化,华商企业集团虽然逐渐采取了现代资本主义股份公司的形式,但仍保留着浓厚的家族或同族经营色彩。如泰国的卜蜂集团,该集团目前为全世界最大的动物饲料生产营销集团,年产销 1 500 万吨,分布全球 24 个国家,在全球拥有 170 座饲料厂,每周生产雏鸡 2 500 万只,目前是全球第二大肉鸡一条龙生产集团。位居新加坡四大银行集团之首的大华银行集团,从 1974 年起便跻身世界 500 家最大银行之列。现今,该集团在东南亚、中国台湾、中国香港、日本、美国、韩国、澳洲、越南及中国内地等 18 个国家和地区设立了 500 多家分行和办事处,是新加坡四大商业银行拥有分支机构最多的银行。

2. 产业多元化

促使华人产业结构在第二次世界大战后发生变化的因素,除了华侨华人在第二次世界大战前资金积累第二代华人的教育水平的提高之外,还有两个原因:"一是一些国家对华侨华人在商业中的经济活动采取种种限制政策,迫使华人在这些行业的资本不得不转投到其他部门;二是一些国家政府采取了鼓励工业投资的政策。这样,华人资本构成从原来以商业为主转变为包括制造业、金融业等行业的多元化的产业结构。如马来西亚的郭氏兄弟集团,该集团拥有规模庞大的经营部门和企业群体,涉及工业、种植业、酒店、贸易、房地产、航运、金融保险、广播电视等部门行业,资本遍及十多个国家和地区,是东南亚地区最大的华商企业集团之一。从华商企业集团多元化经营的总趋势来看,具有混合性特征的企业集团越来越多。

3. 投资国际化

第二次世界大战后华商企业跨国投资遍及全球,主要集中在传统的东盟五国及中国内地、中国香港、中国台湾等地。投资的类型既有原有行业的地域性延伸,也有跨行业的投资。投资涉及的行业已经十分广泛,主要集中在金融、制造业、商业、房地产业等。从整体上看,东南亚华商企业的跨国并购活动仍以传统第三产业

为主,在制造业行业也主要是以传统的原材料加工工业为主。如丰隆集团是由郭芳枫兄弟合营的丰隆公司发展起来的郭氏家族企业,后来分成两支,分别在新加坡和马来西亚发展,估计家族财富超过 100 亿美元。丰隆集团的核心企业——丰隆控股公司的股东中就有创业的四兄弟家族 30 人,而马来西亚丰隆公司的情况也完全一样。丰隆集团的海外投资主要通过收购国外企业、直接投资设厂以及经营合资项目等方式来进行,经营范围涉及金融、房地产、酒店、保险、制造业、贸易等,海外投资已遍及中国香港、马来西亚、中国台湾、菲律宾、印尼、新西兰、中国内地等地。可见,丰隆集团的投资也呈现国际化格局。

(三)东南亚金融危机后的产业调整——经济全球化背景下的华商方略

随着全球经济一体化步伐的加快,华商参与世界经济的方略已发生重大变化。其主要表现是:1997 年 7 月爆发的东南亚金融危机,对于亚洲经济和世界经济都是一个极大的冲击,华商经济也不可避免地遭受沉重打击,尤其是在华商经济中占有重要地位的金融业、房地产和进出口业更是首当其冲,倒闭企业、破产者难以计数,华商经济损失惨重(见表 5-1)。但是,华商企业也不是完全处于被动状态。为克服危机造成的困境,一些企业集团在危机爆发后不久就采取了对策,并利用危机带来的机遇寻求发展;在金融危机过后,为了解决经营遭到重创、资产严重缩水和面临着生存危机等问题,华商企业集团积极调整海外投资策略,改变企业管理方式,在建立新型的现代企业制度上做了不少的尝试,使华商经济获得了新的发展。

表 5-1　　　　　　　　　　华人大富豪资产减少状况　　　　　　　　单位:亿美元、%

	所在国家或地区	资产额		减少额	减少率
		1997 年 5 月	1998 年 3 月		
蔡道行	印尼	72.7	20.3	52.3	72.0
李兆基	中国香港	146.6	101.2	45.4	31.0
郭炳湘	中国香港	123.1	82.3	40.8	33.1
郭令明	新加坡	57.8	28.5	29.3	50.8
郭鹤年	马来西亚	7.01	42.4	28.2	39.9
黄奕聪	印尼	54.3	27.0	27.3	50.2
黄廷芳	新加坡	69.9	48.3	21.6	30.9
李嘉诚	中国香港	109.8	89.2	20.6	18.8

资料来源:朱炎、郭梁:《金融危机冲击下的亚洲华商企业集团》,《世界华商经济年鉴》1998/1999,世界知识出版社 1999 年版,第 267 页。根据"Forbes Global",April 6,1998 制作。

1. 调整企业经营结构,加强核心事业

金融危机后,华商企业为了解决经营遭到重创、资产严重缩水和面临着生存危机问题,采取出售非主营或成长瓶颈的资产,充实到核心行业或将经营核心转到更具盈利潜力的行业。调整、纠正多元化的经营战略,将企业归拢到最具竞争优势的核心业务。如马来西亚金狮集团(Lion)先后出售了亚洲商业金融和马英保险,减少在商业、食品、不动产、化工及汽车等非主流业务的投资比例,强化钢铁、车辆和轮胎等核心业务投资,也有些华商企业将主业由传统行业转移到科技含量较高的行业,寻求新的利润增长点。如马来西亚云顶集团减少对赌博、娱乐休闲业的投资,积极向电力、石油天然气勘采、邮船业等行业转移。印尼金光集团属下的中国香港中策集团正筹划发展电子商务和物流服务中心,还入股在美国上市的太平洋商业网络公司,现公司中约40%业务属于高科技。

2. 接受增资,实行企业经营重建

为了重建陷入经营困难的企业,部分华商企业通过接受国内外的增资,进行资产重组,甚至为了避免企业破产,不惜出让控股权和经营权,以此来渡过危机。这在金融业表现最为突出。一些东南亚华商银行金融机构已完成增资任务,提高了银行资本充足率。以泰国为例,在泰国十家华商控股的商业银行中,有的被国有化,几十年的心血付诸东流,如郑午楼家族的京华银行、苏旭明家族的泰国第一银行等;有的被迫将控制权交与外方以求生存,如兴业银行的54.5%股份被新加坡发展银行收购、亚洲银行的75%股份被荷兰的ABN银行收购。

3. 建立现代企业制度,形成抵御风险的内部机制

目前,华商企业正处于在管理模式改革的过渡期。以家族模式建立商业王国的老一代华商期望通过第二代、第三代接受现代管理的高等教育进而推动企业管理模式的进步,同时企业所有权亦可牢牢掌握在家族人的手中。华商企业在管理模式上的改革,表现出种种非家族化的趋向。一是管理制度化,如采用公司制、引进人才等,广招族外贤才,突破发展"瓶颈"。培养接班人,使家族企业与专业化管理有机结合;二是开展国际经营,摆脱纯粹的家族式管理,向社会化的企业过渡;三是两权分离,实现家族管理的所有权与经营权分离,放松控制权,发展下属分支机构;四是铸造企业精神,将创业者的优良传统制度化,形成长远的企业精神,使其价值观和创业精神内化为一代又一代员工的自觉行动。

4. 利用机遇,寻求新的发展

金融危机固然对华商企业发展产生了强烈的冲击,但从另一个角度看,也同时带来了一些发展机遇,有些华商企业就充分地利用这一机遇,采取适当措施促进企业的新发展。马来西亚郭氏兄弟集团重组了其区域酒店经营网络,1999年6月,

集团属下的香格里拉(亚洲)公司全面收购在新加坡、马来西亚和泰国上市的3家香格里拉酒店的股权,重组和精简系内业务和架构,使郭氏兄弟集团的酒店业务几乎全由香格里拉(亚洲)公司持有,由此该公司已成为拥有36家酒店的区域大型酒店集团。

由于中国台湾企业在金融危机中受害比较轻,因而在利用危机所带来的机遇、寻求新的发展方面就更为积极也更具有效果。如统一(President)、万泰(Want-ai)、新光(Sinkong)、和信(Koo's)、东帝士(Tuntex)和中华开发(China Development)等台湾地区六大企业集团共同出资5亿新台币,设立了专门收购东南亚上市企业的投资公司。

总而言之,经过1997年亚洲金融危机冲击,一批新的华商企业通过调整产业结构、经营机构、经营战略和管理方式,重整旗鼓,日益崛起,已进入转型升级发展阶段。

三、华商文化渊源

(一)中国传统文化

生活在海外的华商,不论是第一代,还是第二、第三代,都或多或少地受到中国文化的影响。他们表现出一些与其他族裔商人不同的、带有浓厚中国文化色彩的特征,主要包括:

1. 以"仁"为本。"仁"是孔子思想的核心内容之一。儒家在其学说中,向人们提出了著名的"仁、义、礼、智、信",并将这"五常"作为社会人际关系的道德规范。秉承中国优良文化传统的海外华商,都能把"仁"字奉为自己人生处世的信条,以"仁"待人,以"仁"处事。

2. 以"和"为贵。"和"即调和、和谐与协调。马来西亚"种植大王"李莱生还经常光着膀子,汗流浃背地和工人一起干活,并进行倾心交谈,拉近了劳资间的距离。这样一来,企业的下情能够及时地上达,上下沟通的管道畅通无阻,问题一出现就能及时地得到解决,矛盾产生后也能很快得到化解,从而避免因问题的积压和矛盾的激化,最终导致劳资对立和冲突的难堪局面。

3. 以"俭"为美。"俭",即"节约"、"节省"。"船王"包玉刚在企业管理中,就特别重视控制成本和费用开支。他的原则是"应省则省"。所以,他一直要下属的船长们精打细算,不让他们多耗费公司的一分钱。为此,他亲自和技术人员及船长一起,共同研究如何降低燃料油消耗,怎样减少人员的费用。

4. 以"信"为上。儒家学说的"五常"中,"信"字也被恭列进去,这说明我们这个民族是很重视信誉的。在华商企业中人际信誉甚至能够取代法律强制的作用。

华商所处东南亚各地,法律体系尚不健全,市场规范尚未发育,而华商在这种环境下已习以为常,他们在资金运用、企业管理、风险回避等方面已自成一套手段,行之有效。遇到商业纠纷,除非万不得已,一般是不会对簿公堂的,因为那样不仅会耗时费力,而且将使商业秘密、交易运作统统公之于众。他们常常"私了",由华人社团与侨领出面斡旋仲裁,息事宁人,以免在关系圈有失面子。强调人情而轻于合同,注重情感而疏于法制,人际信誉能够取代法律强制的作用。

(二)所在国文化

华商在继承中华传统文化的同时,还逐渐融入了所在国的文化。有的华商为了避免与当地居民的文化冲突,加入了当地的国籍和选择了当地的宗教。如在印尼、马来西亚、菲律宾,不少华人就加入了伊斯兰教或天主教。所在国文化对华商管理影响的一个重要结果是使华商管理更具兼容性、适应性。而事实也证明,在经济上取得显著成就的,正是那些适应所在国文化,主动融入所在国主流文化的华商。

第二节 华商经营和创新

从华商的发展历史,我们可以发现,华商初期创业身处异国他乡,由于缺乏资本、信息、技术及成熟的管理经验,华商企业大多实行家族制的经营管理模式,来降低创业成本,并通过彼此非契约性(以亲缘为纽带)的凝聚力和创造力,从家庭作坊和店铺起步,逐步发展形成企业组织形态,并通过以"五缘"为纽带的社会网络和商业网络来扩大经营规模,形成了一个独具特色的网络系统——华商网络。

一、家族制企业

(一)家族制企业的界定

"家族制企业"本身是由"家族"(社会组织)和"企业"(经济组织)合二为一的,但它并不是一个在法律意义上可以界定的社会组织,也不是一个仅仅从经济学和管理学的角度就可以界定清楚的企业组织,学者们对家族企业的定义并没有一致的看法。我们认为,家族制企业是指家族成员拥有全部或大部分企业所有权的企业,其所有者之间具有血缘亲缘关系且拥有相当部分企业产权并能适当控制其经营权或能够对经营权实施有效影响的企业。

中国人历来都十分重视家族血缘的关系。绝大多数杰出的华商企业家对企业内部的家族般的人际关系予以极大的重视,并在管理实践中培养出一种使企业成

员把企业看得如同家族一样的伦理规范。海外华商的企业,大部分都是一些家族型企业,带有浓厚的家族血缘色彩。这种由家族成员共同创办起来的家族企业管理核心——董事会和总经理,必然都要由本家族的成员共同组成。而且,家族的主要成员往往身兼两职,既是董事,又是经理。华商在企业的人事安排上,也是以与家族血缘和地缘关系的亲疏远近为准绳,来进行选择和取舍的。

(二)家族制企业的缺陷

华商家族企业犹如一个大家庭,纵向井然,横向融合有序,人人都生活在这张关系网中,克勤克俭,严于自律。在家族主义的影响下,家长权威颇高。在家长权威的笼罩下,企业的经营者容易表现出专权与教诲相结合的家长式领导作风。家族制作为一种管理模式,是特定经济环境和特定时代的产物,它在企业创业阶段,优点表现得特别明显,随着企业规模的扩大,家族制管理的方式显露出了较多的弊端。

1. 缺乏民主管理机制,独裁决策,以人治代替法治。由于在这种家族制企业中,都有一个由创始人家庭或个人构成的核心,存在所有权和经营权不分的特点,企业的产销和经营管理由企业主以及与企业主有亲属关系的"自己人"控制。在企业由小到大的艰苦创业过程中,逐渐养成了创始人说一不二的独断专权作风,其拥有至高无上的决策权威及权力具有独占性和片面性,不容旁人否认,创业者靠这种权威来号召、感染、指挥组织员工工作。因而,尽管目前华商已拥有成千上万家企业,但人们很少能像记住可口可乐、东芝、索尼、IBM那样记得几家华商企业,反倒对企业的拥有者李嘉诚、林绍良、王永庆等耳熟能详。企业虽为家庭所有,但它毕竟不是一个单纯的家庭组织,而是一个社会经济组织,组织的行为就必须要有一个客观的公正标准,才能使组织的秩序得以规范。独裁的决策纵然能随机应变,但它难以避免其决策的非科学性而带来的巨大损失。

2. 公司利益与家族利益相冲突。过度的家族制视企业为家族的一部分,往往倾向于将企业当作家族的附属品。而家族是个狭隘的团体观念,一旦家族成员的价值判断与效忠的对象成为其家族利益而不是整个公司,即两者之间发生矛盾,产生冲突时,个人常常以自己和家族的利益为最高的考虑。遇到企业危机时首先考虑的往往是家族的利益,而不是企业的存亡。由于家族成员位居要职,也为他们损害公司利益来满足私利开了绿灯。甚至当家族某些业务经营不利时,挟巨款而逃,以保全个人和家庭的利益。所以,家族制管理导致的"企业家族化"现象成为了华人企业的最大缺点。

3. 滥用亲情,排斥人才,压抑个性,阻碍创新。往往家族企业中,既不管家族成员的能力如何,也不管他们对经营企业是否感兴趣,都位居要职,掌管着企业各

部门的权利,不仅使非家族优秀人才很难进入公司管理层,而且往往导致企业走下坡路,甚至破产。如美国华人企业家王安一直对其亲手创办的王安公司保持着控制权,1985 年他将公司的主要控制权转给儿子王列。但王列并没有王安的声望与能力,与公司的高层管理人员不和。在王安死后不久,王安公司不断走下坡路,不得不于 1992 年 8 月向政府申请破产。

二、华商网络化经营

华商网络是指"海外华商在非政治的、形态不拘的联系中,凭借"五缘"文化纽带,基于经济利益而形成的泛商业网"。它是以海外华人商人群体为特定主体,以家族、族群、地区、行业、社团等为基础,以"五缘"为重要纽带,以共同利益关系主要是共同经济利益关系为核心,以泛商业性为特征的网络系统。"五缘"包括亲缘、地缘、文缘、商缘、神缘。所谓亲缘,就是宗族亲戚关系;所谓地缘,就是邻里乡党关系;所谓文缘,就是文化关系,通过它可组合起有共同文化渊源、有切磋与交流的需要和愿望的人群;所谓商缘,就是因物品(如土、特、名、优等)的交易而发生的关系;所谓神缘,就是共奉之神祇宗教关系。

华商网络是由华商的社会网络和华商的商业网络构成的;而华商的社会网络和商业网络又分别有不同的构成内容。所谓华商的社会网络是指华商的社会性关系网络系统,它是以中华民族文化认同为纽带的人际关系网络;从构成内容上看,包括个人性、家族亲族性、地域性、方言性、族群性等关系网络。从功能上看,可分为政治性、经济性、文化性等关系网络。所谓华商的商业网络是指华商企业之间的经济关系网络系统,它是以共同的经济利益为核心的商业贸易金融网络。从组织形式看,华商的商业网络包括华商企业之间、企业内部之间、企业与行业公会之间、行业公会之间的关系网络等等;从企业经营运作过程看,华商的商业网络包括华商企业的生产网络、营销网络、资金网络、信息网络、技术网络和人力资源网络等等。正是这些纵横交错的商业网络帮助海外华商及时引进技术,直接参与上游产品销售;拓展营销渠道;迅速融通资金;有效避开政策限制,分散风险;沟通信息,建立资源共享的信息网络等等。比如,新加坡中华总商会 1995 年推出了"世界华商电脑网络",通过国际网络将成千上万的华商资料信息,有计划地传递给世界各地用户,可以在瞬息间把世界各地的华商联系起来。

20 世纪后半期,华商网络得到很大发展。五六十年代以来,传统的华商网络仍然延续,并突破地域性、帮派性、行业性而得到发展。七八十年代以后,华商国际化经营加强,东南亚各国华商企业大举展开跨国经营,欧美等地华人数量日增,经济力量开始壮大,中国本土的改革开放也吸引着华商资本前来寻求合作。地域性、

行业性的华商网络随之走向国际化,这是华商网络进一步发展的最突出成果。华人社团走向国际联合,形成世界性的同乡、同宗联谊会,种类繁多。各国华人社团进一步走向整合,至 90 年代初大体完成。

华商网络的功能是一个有着多层次、多方位的系统,对于华商企业的发掌壮大,华商所在国经济、区域经济和世界经济的发展;对于华商政治意识的整合;对于海外华人族群之间的互动、沟通以及对于华人传统文化认同感的强化等都有着重要的意义。也正因为华商网络的重要性,李光耀在 1993 年于中国香港举行的第二届世界华商大会上就特别强调:"如果我们不利用华族网络,扩大和掌握这些机会,那将是很愚蠢的。"

三、华商企业的治理机制

中国传统文化所形成的独特的家族文化对海外华商产生了重要的影响,随着工业化浪潮的兴起、经济全球化的加速和西方文化影响的加深,华商的家族观念和家族伦理发生了较大的变化。自 20 世纪 80 年代以来,华商企业的治理机制正在不断地变革中。越来越多的华商企业采取了公司制和股份制形式,实行人才机制社会化,引进家族外人才来管理企业,使企业向现代公司制度方向发展。

(一)华商企业的制度变革

从历史上看,企业一般经历"家族公司——家族控股——外部股份分散化公司——法人持股公司"等四个阶段。从家族公司到法人持股公司这样的企业制度变革是一个历史的必然趋势。现在,海外华人企业制度大多已进入第二个阶段,即家族控股阶段。今后,海外华商企业特别需要在以下两个方面进行制度变革:一是实行资本大众化,采用股份有限公司的组织形式。不仅可以突破传统家族经营方式下企业资金来源渠道狭窄的障碍,而且可为企业的经营和发展积累大量的资金;二是追求经营管理现代化,吸收并保持第一流的非家族人才参与经营管理,而家族成员在企业中担任高级职务的人只有称职和胜任的才能继续留用。只有走这种制度化道路,才能促进家族式企业快速、健康和可持续发展。

(二)用人机制的管理变革

华商企业在用人机制方面从更多地注重关系、能力和信任度,来分配企业中的重要岗位,这种情况很不利于企业的创新和发展。现代企业发展不仅受到技术专业化和管理专业化的挑战,而且将受到市场变化的影响,仅仅依靠家族成员的知识结构、能力水平也很难保证企业的持续发展。因而,海外华商企业用人机制转移已成为一种历史的必然,即由家族式管理转化为专业化管理,由任人唯亲转向唯才是举,由创业人及其子孙的独裁式管理转化为组织管理和科学管理,有效构建现代企

业组织流程体系，人才激励、约束、竞争与发展机制，形成"能进能出、能上能下、能升能降"的高绩效文化氛围，最终完成所有权和经营权的分离，实现企业内的公司治理。

（三）代际传承

华商家族企业的代际传承问题主要表现在三个方面：

首先是传承的规划。一个企业的持续发展必须具备企业的战略规划，而家族企业传承规划则是战略规划的基础。在传承规划中家产的分配方式又是最重要的一点，因为华商家族企业一般都沿用传统的"家产均分制"，企业作为一种家产每个儿子都有份，所以对于企业传承者必须要明确传承的规划，对于企业的发展至关重要。

其次是继承人的选拔和培养。现今对继承人的选拔，有两种方式：一种是赛马式，其意是利用管理发展的过程中从许多候选人中选择适当的人选；另一种是培养式，在选定心目中的人选后加以培养训练。最成功的传承系统应着重在权利及知识经验的转移，特别要注重继承人的权威塑造和文化认同。

最后是传承的方式和时机。从家族企业历史发展看，代际的权力传承主要有三种方式：第一，垂帘听政；第二，撒手不管；第三，扶上马走一程。相比较第三种方式是较为成功的，因为继任者可以在父辈的帮助下，逐步建立威信和吸取经验，更有利于企业的经营管理和发展。所以家族企业不仅要传承权利，更重要的是要能够传承企业主的企业家能力、企业的文化资本和社会的网络资本，以此让继承者建立企业的威信，达到顺利交接的目的。在继承企业的时机方面，最好选择企业稳定的时期和创业企业家精力最旺盛时期，因为新老交替要有一定的融合期，平稳时期进行交接有利于规避风险。那么企业在什么时间考虑传承和接班人的问题？笔者认为，应当提前十年。在我国几乎所有成功企业的基本特点，就是对优秀的企业家的个人素质和创业能力的强烈依赖，而不是依靠某种体制结构和所特有的优越性。而这一企业家才能的不可替代性将成为企业换代能继任成长的严重桎梏。给接班人锻炼的机会，创业者该隐退就隐退，让企业的潜在的接班人尽可能早地参与到企业的经营管理之中，通过实践和竞争使继任者的身份明朗化，逐步凝聚成企业外环境和企业内成员认同的新权威。一个企业，如果出现"临终遗言"式的"床前交班"，这个企业今后的成长是危险的。

第三节　新华商

"新华商"的概念是加拿大籍华人企业家王辉耀先生在 1999 年所著的《我在东

西方的奋斗——从 MBA 到外交官、新华商》一书中提出的。其从华商广义的角度认为,新华商是指 20 世纪末期开始在海外和中国本土逐渐成长壮大起来的新一代商人,包括了回国创业的一大批留学生企业家,也包括了在国内受过良好教育,在国内商业市场创出一片天地的年轻企业家,同时还包括一大批民营企业家、私营企业家、"三资"企业主管、外企首席代表、国有大中型企业的一批年轻的而知识文化素质高的新型企业家等。除了企业家和创业型人才之外,新华商还可以涵盖更为广泛的商业领域中的人才,包括职业经理人以及法律、金融、财务、管理、咨询、网络、公关、房地产、第三产业等多方面的人才都可以纳入新华商这个阶层;他们大多受过正规教育,掌握外国语,有现代化意识,有国际化观念,懂得科技与信息;他们于世纪交替之际走上世界经济大舞台,是一代既有西方先进科学技术知识又受到东方传统文化观念影响的先锋战士,这一代新华商将会对 21 世纪的亚洲经济发展产生不可估量的影响。

一、新华商的形成

从本书研究的角度,新华商主要是指 21 世纪前后以高科技创业及金融服务业为主流的新经济活动中涌现出来的一大批海外华人企业家,及近二十多年来一批出生在中国本土,在海外留学、移民中产生出来的新生代的华商,如美国 Yahoo 前 CEO 杨致远、美国亚信公司董事长刘耀伦、中国香港电讯盈科主席李泽楷、搜狐 CEO 张朝阳、亚信科技中国公司董事长丁健、百度董事长李彦宏等人。这些人生动地诠释了知识经济的力量,也打造了年轻一代新华商的创业传奇。新华商目前的来源可大致划分为三类:

第一类是海外老华商的下一代。下一代的新华商代表人物,如李嘉诚之子电讯盈科主席李泽楷,长实副主席李泽钜,包玉刚的女婿吴光正,霍英东的儿子霍震霆,曾宪梓的儿子曾智明,郑裕彤的儿子郑家纯、郑家诚等,这些人都有很好的家庭背景。

第二类是在海外依靠自己奋斗新成长起来的新一代商人,如在 Nasdaq 上市的 Yahoo 原 CEO 杨致远、Board Vision 公司创始人陈丕宏、Google 中国区原总裁李开复等。

第三类是近年较有影响的一类,是近 20 年来一批出生在中国本土,在海外留学、移民中产生出来的华商,如田溯宁、张朝阳、丁健、吴鹰、李亦非等。这批新华商的数目相当大,能量也不小。仅仅是在金融、财务和风险投资领域,就活跃着一大批这样的新华商,如美银美林中国区主席刘二飞、J. P. 摩根的副总裁邓喜红、华平(亚洲)公司总经理孙强、美国 IDG 公司高级副总裁熊晓鸽、摩根·斯坦利前中国区首席代表汪潮涌等均为留学归国的学子。海外归来的新华商不仅活跃在金融投

资界，也活跃在其他各行各业，包括前诺基亚（中国）高级副总裁刘持金、微软（中国）区原总裁高群耀、美通公司总裁王维嘉等。

二、新华商的特征

无论是港澳台还是欧美、东南亚的老华商或老一代海外企业家，他们的经商理念体现的是重伦理、崇道德、讲仁义，总之他们用自己的成功证明了东方文化的魅力和儒家学说的现代价值。相对而言，和大部分的老华商不一样，新华商具有许多不可比拟的优势，新华商正在改变着传统的华商形象，他们具有其鲜明的特征。

（一）知识化程度高

这批新生代华人所受的教育程度普遍提高，具有丰富的知识结构，具有驾驭知识经济时代的本领。北美地区的华人以人才济济而引人注目，在新经济浪潮中诞生的新华商，既保留了东方传统，又大多受过现代教育，在经营理念上属于中西合璧，具有全球视野。新华商在文化知识方面有着很好的准备。因此，他们相对集中在服务贸易和高科技等新兴产业领域，像许多网站、信息产业企业和高水准的咨询公司都出自他们之手。

（二）国际化视野

这代新华商具有国际的背景，了解中西文化，熟悉国际间经济活动的特点和习惯，能站在国际的大局势下看问题。他们四海为家，频繁地穿梭于世界各地，在理想与现实间寻找自己的位置。由于熟悉中西文化背景，他们常常左右逢源地游走在世界商业舞台上，其自身有的素质和活动能量让人刮目相看。

（三）前瞻性商务意识

这代新华商具有现代商务意识，熟悉市场商务运作。新华商们从事的是高科技前沿或商务咨询这些领域，高瞻远瞩，引领潮流。近年来，以信息技术、生物技术等为主导的新经济席卷全球。华资高科技产业也遍及电子及电器制造工业、生物科技及制造工业、稀有金属冶炼等经济领域。据统计，在美国硅谷的 7 000 多家企业中，总裁有 17％是华人。如前所述，从硅谷的杨致远、陈丕宏、段晓雷，到香港的李泽楷，年轻一代新华商的创业传奇，生动地诠释了新经济的力量。

（四）冒险精神

20 世纪 80 年代，海外华人的生存状态大为改观，他们获得第一桶金的方式已不再是按传统的方法，而是靠知识、技术和敢于冒风险的精神。在这类创业中成功者很多，如杨致远、李彦宏等人，都是以自身的技术专长，结合风险资本成功上市，以此获得了长足的发展。在成功的背后表现出他们具有的冒险精神。

(五)多技能性

新华商的成功优势之一是动手能力很强。这些新生代人具有很强的学习能力。他们聪明睿智,极富创新意识,工作快节奏、高效率,他们中的多数人都有自己的专业和专长,不仅精通外语,而且有很强的实际操作技能。他们常常是手拎笔记本电脑,打着飞机的士,在全国乃至世界范围内寻找商机和合作伙伴。

三、新华商的发展趋势

如果说老华商曾经为中国的改革开放提供了必要的资金、技术和管理经验,那么在经历了30多年的改革开放之后的今天,新华商精英在各行各业中正在成批涌现,他们会逐渐成为中国市场经济发展的领军力量,会给经济、政治和文化等各个领域带来巨大的影响,会给中国的经济带来新的活力,推动着中国新经济的发展,也将成为连接中国与世界经济的桥梁。

(一)新华商是华商经济的传接者

我们现在正进入知识经济的时代,需要新华商嫁接进新的经济、新的技术、新的理念;新华商所涉及的领域包括了 IT、金融、传媒这些高利润的新兴行业,这些年轻的 CEO 凭着高学历,以及硅谷、华尔街的工作经历,高端进入。并带来了新的理念、新的思路、新的企业文化。

(二)新华商充当了创业大潮中的中坚力量

在新华商的创业大潮中,各行各业已涌现出了一批优秀的人才和企业,包括了 IT 创业和传统企业。

(三)新华商是中国经济与世界经济接轨的桥梁

在海外的经历,使他们具备了国际交往能力,在商战中具有攻击力的竞争意识和冒险精神,学到了国际先进的管理理念,能沟通不同的文化的差异,并具备高度的责任感和敬业精神。

(四)新华商将带来更多的资金、技术和人才

新华商不仅能带来新的技术,更能带来技术人才,并且通过风险投资及资本市场的运作,取得公司发展的巨额资金。

可以预见,新华商们是中国与世界经济接轨的催化剂,是坚固的桥梁和纽带,是新经济的推动者和传统经济的结合者。新华商的商务舞台已不再是拘泥于一地,而是跨越省际国界,跨越整个东西方。新华商们将成为新的创业大军,是知识经济时代和信息时代的耕耘者和传播者,他们会提升中国企业的进步,推动中国企业的革命,会带来新思维、新观念和新价值。总之,新华商们正在成为或终将成为中国现在和未来企业的领袖。

【本章小结】

1. 华商管理是中国传统管理文化与西方管理义化以及华商足迹所至的土著管理文化相融合的成功典范。华商管理中蕴含着浓厚的中国传统文化色彩,这是华商企业之所以能在海外激烈的商战中取胜,不断地发展壮大的主要原因。所在国文化对华商管理影响的一个重要结果是使华商管理更具兼容性、适应性,从而使华商在异域他乡不断得以发展。

2. 中国传统文化所形成的独特的家族文化对海外华商产生了重要的影响,随着工业化浪潮的兴起、全球经济一体化的加速和西方文化影响的加深,华商的家族观念和家族伦理发生了较大的变化。自 20 世纪 80 年代以来,华商企业的治理机制正在不断变革中。越来越多的华商企业采取了公司制和股份制形式,实行人才机制社会化,引进家族外人才来管理企业,使企业向现代公司制度方向发展。

3. 在全球经济一体化趋势下,华人企业的经营范围势必超出原有的关系网,这就必然要求现代华商将视角转向整个世界,适应现代企业重视法律契约的一般规则,建立现代企业制度,通过电子网络整合人际网络,由任人唯亲转向唯才是举。

4. 新华商主要是指近年来以高科技创业和金融服务为主流的新经济活动中涌现出来的一大批海外华人企业家,这些人依靠自身的学识、能力和经验,生动地诠释了新经济的力量,也打造了年轻一代华人“知本家”及新华商的创业传奇。

复习思考题:

1. 什么是华商管理? 比较中国管理、西方管理和华商管理的特点。
2. 研讨华商在应对 1998 年亚洲金融危机和 2008 年全球金融危机的策略。
3. 比较华商与新华商的特征和发展趋势。

【案例分析】

李锦记集团 120 年的传承发展①

无论是家族企业还是非家族企业,企业文化可以说是企业永续经营的基石。成功的家族企业文化更注重的是企业的价值观。就如已有 120 年历史的中国香港家族企业李锦记集团,他们从 1888 年珠海的一个村庄创立蚝油生产的小作坊起,

---

① 苏宗伟:《华人家族企业永续经营之道》,《研究与发展管理》2008 年 7 月刊。

到如今已经成长为产品行销 80 多个国家和地区的著名企业,其蚝油在美国占有80％的市场份额,而在日本占有率排第一。李锦记集团的持续发展就是通过接受传统文化教育、制定严格的"家族宪法"和家族委员会等沟通机制,提出了"永远创业、思利及人和家族利益而非企业利益至上"的家族企业文化理念,让家族的接力棒顺利地从第三代交到了第四代手中。

(1)永远创业就是不断地创新,即在产品上创新、包装上创新、市场上创新、管理理念上创新。李锦记走到今天,主要得益于"永远创业"的理念和做法。已经 70多岁的李锦记董事长李文达认为,我们知道,在变化的世界上,没有能够"守得住"的东西。唯有永远创业,才能保持健康持续地发展。在产品创新方面,李锦记的调味品完全针对世界各国、各地区人口的口味设计,从蚝油、酱油到各种酱料,其产品多达几百种,让人叹为观止。为"不断创新"做了最好注解。

(2)"思利及人"是李锦记文化核心中的核心,即高度信任管理层和员工,充分授权,从而建立高度信任的氛围。以员工为本,关注员工的"爽"指数,从而留得住人才。"爽",也就是让公司员工觉得愉快、心情舒畅,定时查看员工"爽"的指数,他们认为一个员工如果"爽"的指数太低,他就会离开公司。

(3)家族利益至上就是要保障家族和企业持续发展的需要,注重家族成员的和谐。所谓家和万事兴,在他们看来,公司只是家族的一部分,关注家族怎么延续更为重要。事实上,"分家"在李锦记的历史中也曾经存在。为了不再重蹈"分家"的覆辙,四年前,李锦记建立了一个沟通的平台——家族委员会。家族委员会每 3 个月开一次会议,每次会议持续 4 天。在家族委员会上不谈经营,而主要研究的是家族宪法、家族价值观以及第三代、第四代和第五代培训内容。让第五代了解家族使命、家族生意、家族成员的思想和方法,无形中产生着凝聚力,对第五代起到潜移默化的作用。除了家族委员会,李锦记还制定了严格的"家族宪法",其中对接班人有三条特别的规定:不要晚结婚、不准离婚、不准有婚外情。尤其是后两条,是作为进行参政议政的必要条件。具体讲就是,如果有人离婚或有婚外情,那将自动退出董事会。关于第五代的接班问题,在"家族宪法"中也作了明确规定:欢迎他们进入家族企业工作;第五代家族成员要先在家族外的公司工作 3 至 5 年,才能进入家族企业;应聘的程序和入职后的考核必须和非家族成员相同。如果做得不好,一样开除。现在,第四代家长已经开始和第五代就这个问题进行沟通了。

案例讨论题:
1. 试述中国传统文化对李锦记集团发展的作用。
2. 李锦记集团的发展体现了华商管理的哪些特征?

三为篇

东方管理学的精髓是"以人为本,以德为先,人为为人"。它是对中国管理、西方管理以及华商管理等理论与实践融合、提炼、萃取的结果,是东方管理文化的本质特征,是贯穿东方管理学的主线,也是东方管理学派的宗旨。研究东方管理学需深入理解"三为理论"的具体内涵。

第六章 以人为本——人本管理

　　"以人为本"是强调高度重视人在管理系统中的作用,一切以人为核心,实现人的全面、自由、普遍的发展。所谓人本管理,它是一种把"人"作为管理活动的核心和企业最重要的资源,把组织全体员工作为管理的主体,围绕着怎样充分利用和开发组织的人力资源,服务于组织内外的利益相关者,从而实现组织目标和组织成员个人目标的管理理论和管理实践活动的总称。

第一节　什么是以人为本

　　"以人为本"强调的是人本管理,将人界定为主体人,主体人的最大特征就是能充分发挥自己的主观能动性,将道德在管理中的作用提高到一定的层次。

一、以人为贵,利民为市

　　"以人为本"是当今媒体中使用频率极高的一个词,这说明很多人都认识到了在 21 世纪中作为知识载体的人的重要作用。在中国,"以人为本"一词最初出自《管子·霸言》:"夫霸王之所始也,以人为本。本理则国固,本乱则国危。"这里所说的"以人为本",是指建立霸业的一种重要手段。虽然管仲最早提出"以人为本"的"人本观",但其进步性是比不上孟子"民为贵,社稷次之,君为轻"的"民贵观"的,因为管子的"人本"是工具论的,而孟子的"民贵"已经有了价值论的含义。

　　"以人为本"包含着两层含义:将人视为管理的首要因素,一切管理工作都围绕着如何调动人的积极性、主动性和创造性来展开,这是它的表层内涵;第二,通过给人们提供充分施展才华的空间,不断地运用挑战来锻炼人的智力、体力乃至意志品质,并在此全面发展的基础上,努力实现摆脱自然束缚的自由发展,提高人的生命存在质量。

　　我们认为,"以人为本"是以现实人为本,即不是以个人为本,而是以社会为本位的"以人为本",是以广大的人民群众根本利益为本。以人为本,包括理想层面是

以解放全人类为目标,实现人的自由发展,使每个人得到全面发展;现实层面就是要坚持立党为公,执政为民,为人民服务的宗旨;企业层面就是要坚持以人为中心的管理,实现"主体人"、"自我管理"的目标。要贯彻"以人为本",就必须在各类组织、各个层面实施以人为本的管理——人本管理。

二、人为主体,相互服务

在管理学中讲"以人为本",不能不提人性假设问题。在西方管理学中,早期有泰罗的"经济人"假设和梅奥的"社会人"假设,后来有比较辩证的麦格雷戈的 X—Y 理论。现代人力资本理论的开创者、1979 年诺贝尔奖获得者舒尔茨认为:人力资本体现在人身上,是人的能力素质的总和;人力资本的投资收益率要远远高于物资资本的投资收益率。综观这些假设和理论,虽然也重视人,并没有超越管仲那种站在统治者(管理者)立场来"以人为本"并以此实现霸业的工具论。所以直到 20 世纪 80 年代,西方管理学根本上还是以物为本的。

现代东方管理强调"以人为本"的本质是把人作为管理活动的目的而非工具,这首先要求消解传统意义上管理者与被管理者的对立。为此,我们提出了东方管理的"主体人"假设。"主体人"假设认为:简单的善与恶不是评判人性的合理标准,人不仅是其自身的生命主体、道德主体、精神主体,也是管理主体,组织中每个人的个性和人格是独立、完整和平等的,人在组织中有分工的差别和职位的差别,但在管理中都一律平等地处于主体地位,不存在谁依附谁、谁掌控谁的关系。在主体人理论中,人不再是管理的工具和手段,人和人之间也不再是管理和被管理的关系,而是为了实现组织的目标所进行的平等的互相协同、互相支持、互相服务、互相配合的关系。

三、天人合一,管理目标

人本管理的目标是天人合一。早西周初期,周人即通过"德"的观念,在天与人之间建立了联系,开始萌发天人合一的思想。孔子继承了周代思想家的思想,提出人是万物之灵:"故人者,天地之心也。"[①]孟子主张"尽心、知性"而"知天",以人心昭显天命,使天命和人性达到完美的统一,即达到天人合一,就能战胜一切事物。荀子提出:人"最为天下贵"。明确提出"天人合一"的概念范畴,是宋朝的张载。"天人合一"是张载哲学思想的主要概念之一,也是宋明理学中的重要概念。他在《正蒙·乾称》和《横渠易说·系辞上》中第一次明确地提出了"天人合一"的命题:

---

① 《礼记·礼运》。

"儒者因明致诚,因诚致明,故天人合一,致学而可以成圣,得天而未始遗人。"这是以"天人合一"为人生追求的最高精神境界。认为儒者致学成圣就是要达到这种"一天人,合内外"的精神境界。也可以说,这种境界就是"诚",达于"诚"的进德修养过程就是"明"。

1996 年,在法国巴黎召开的第三届世界管理大会上,苏东水教授提交了论文《东方管理文化的探索》,在文章中第一次提出东方管理思想的基本精神是"人乃天"、"事人如天"。在改革开放以前的几十年间,实施计划经济模式和以阶级斗争为纲的政治路线在一定程度上破坏了中国一脉相承的管理思想,尤其是过分强调集体主义,抹杀了个人的独立价值,"人乃天"、"事人如天"、"以人为本"、"天人合一"的基本精神被有意无意地遗弃。20 世纪 80 年代时,曾经有不少学者反思这个问题,但他们倚重的理论主要是西欧文艺复兴以来发展起来的"人文主义"、"人本主义"。西方的"人本主义"、"人文主义"本身很有进步意义,但后来在资本主义经济不断膨胀的过程中逐渐蜕变成了"个人主义"和"人类中心主义",西方发达国家的社会危机以及工业文明对环境的破坏都可以说明这一点。所以,不加区别地借用"人文主义"、"人本主义"和其他学说,并没有使得中国真正走上"以人为本"的发展道路。相反,改革开放的前十几年,我们的经济建设和企业管理倒是在许多方面重复西方国家的错误。

第二节　人本管理的理念

一、民惟邦本,君舟民水

人本精神是中国文化的精髓之一,是儒家管理思想最鲜明的特色。《尚书·五子之歌》中就有"民可近,不可下,民惟邦本,本固邦宁";《春秋·谷梁传》也提到:"民者,君之本也。"充分肯定了人民大众是君王的治国之本。儒家主张"天生万物,唯人为贵"。孟子提出:"民为贵,社稷次之,君为轻。"[1]人民百姓才是国家的根本,根本稳定,国家才能安宁。孟子的思想充分显示他很重视人对国家社稷的巨大作用,人是立国之本。荀子则提出"君者,舟也;庶民者,水也。水则载舟,水则覆舟"的至理名言。他以"舟"和"水"来分别形容"君""民"关系,没有水,舟就无从浮起、行驶,然而,如果水中掀起万丈巨浪,亦会把舟掀翻。这里的寓意是:如果得到民众的支持,君王的天下才有保证;失去民众的支持,君王的天下随时会被推翻。所以

---

① 《孟子·尽心下》。

说民为国家的基础,没有民也就没有国家。"君舟民水"的比喻对后世君王的政治统治影响极大。

道家管理的宗旨是"为无为,则无不治",通过"无为"达"无不为"之高效,取"无不治"之结果。道学的基础和逻辑结构是以人为本,道家管理的核心在于"固本"。何为"本"? 本者,民也,人也。"民者,万世之本","民为政本"。毫无疑问,人民是管理的根本。我们说抓工作要抓根本,看问题要看本质,做事情要有本事,不论干什么都要有本领等,都是以人为本的引申之义。可见,管理好人是组织取胜或成功的关键。

二、遵道得道,为人之术

道作为治理天下的大本,能够具体解决人与自然、社会、心灵的冲突。在这一原理下,老子明确提出了道家学说的人本管理原则。

(一)尊道原则

天地万物皆由冥冥之中的道支配,道是绝对的、永恒的,是不可改变和亵渎的,只可以体会、尊重、顺应。否则就不能"知常",施之现实用于管理就会招致祸害。"道者,万物之奥"①。这就是说道是极深奥、极尊贵的。庄子这样说:"夫道,有情、有信、无为、无形;可传而不可受,可得而不可见。自本、自根,未有天地,自古以固存。神鬼、神帝,生天生地。在太极之上,而不为高;在六极之下,而不为深;先天地生,而不为久,长于上古,而不为老。"②道如此高深莫测,久远难定,必须信之尊之顺之。怎样尊道呢? 老子回答:"人法地,地法天,天法道,道法自然。"从"道法自然"可以推出管理要符合人的自然本性的结论,尊道和尊人在道学管理原则中是统一的。

(二)得道原则

要掌握并运用道,既要做到对天地万物的吉凶祸福的转化有一个清醒而又彻底的认识,还要使自己的精神修养与道契合。如何才能达到这种精神境界从而得道呢? 老子回答:必须做到虚、静、一、守,"致虚极,守静笃,万物并作,吾以观复。夫物芸芸,各复归其根。归根曰静,是谓复命。复命曰常,知常曰明。不知常,妄作,凶"。③ 先使自己虚,由虚致静,由静认知规律——"一",坚决按照规律去做就是守。虚、静、守、一和无为、好静、无事、无欲是一致的。从个别来看,无为——自化、好静——自正、无事——自富、无欲——自朴,从整体上看,全部得道过程正是

---

① 《道德经》。
② 《庄子·大宗师》。
③ 《道德经》第十六篇。

从无为到无不为的循环演变。

(三)御道原则

道学管理既是理论的结晶,也是实践的智慧。得道的目的在于应用——御道而行,实施到现实中去。统治者必须顺应百姓,服务人民,才能利己安民。管理者在实践中还要懂得"将欲夺之,必因与之"的取予之道,"夫惟不争,故天下莫能与之争"的不争之理,"无私,故能以天而私之"的为人之术。

三、上善若水,造福万物

"上善若水",是道家管理的学说。老子说:"水善利万物而不争,处众人之所恶,故几于道。"水造福人间万物而又不争不悔,能接纳百川不分混浊污垢而自身清洁,这几乎就是"道"了。的确,人们所知的宇宙间又有何物能似水那样至柔、至刚、至净、至爱、能容、能大呢? 管理者是否应该学习水那种效法自然之道的胸襟和气度呢?

水确有许多美德,正如老子所说:"居善地,心善渊,与善仁,言善信,正善治,事善能,动善时。"而且"夫惟不争,故无忧"。孔子赞美水以"逝者如斯夫"的前进,永恒的"不分昼夜"勇迈古今的精神。佛家赞美水性至洁,"大海不容死尸",说明水不为外物所污染的本质。道家则劝人效法自然,学习水之道,要善于自处,居下地而不卑微;要善于修心养性,包容一切而深沉;要善于助人,给予而不索取;要涨落有则,言而守信;要公平公正,正直稳衡;像水一样能够协调融和;像水一样把握机会,适时而动。

管理者既要研究理论,又要勤于实践;既要有领导的果敢魄力,同时应必备方略艺术。这就是道家管理所要求的。观水悟道,是有益处的;有了一定的收获或遇到什么曲折的时候,再反过来以道观水,那将会更有启示。水能载舟也能覆舟。水柔弱至极,但咆哮泛滥起来,谁能阻挡? 激水之疾,可以漂石。所以,在管理上,强和弱、得和失、利和弊、曲和直都是可以转化的。水越处下势,就越能大,水满则溢。所以,管理者要永远保持虚怀若谷、谦虚谨慎、不骄不躁、善于学习的精神,能容才能长久,不断地吐故纳新、改革进取、开拓创新,才能立于不败之地。水"反者道之动"[①],千里之堤,可以溃于蚁穴。所以,管理者要摆脱单纯的线性思维偏见,采取多维思考问题可能效益更高。管理者还应具有敏锐的洞察力和预见性,居安思危、未雨绸缪、防微杜渐。水"善利万物"。所以,管理者要永远记住造福谋利于社会的宗旨,视百姓为父母,待人民为上帝,"以人为本",才是真正把握道家管理的真谛。

---

① 《道德经》。

　　道家的管理艺术是非常精妙的,真正把握起来并非易事,只有不断地努力修炼。汉文帝是老老实实地实行老子的哲学来治国的,他奠定了两汉 400 年天下的基础。康熙善于艺术地运用黄老之道,取得了超过汉文帝的成就。一个十多岁的少年,处在内有权臣、外有强藩的情况下,能除害兴邦,内收人才,外开疆土,都自然而然地合于老子的"冲而用之或不盈"、"挫其锐,解其纷"的管理艺术,深得老子的妙用。因此,学习运用道家管理艺术不仅是必需的,也是肯定可以获得成功的。

　　历史见证,融合东西方管理学的人本管理原则,可为全球经理人与管理者的基本原则,若水永恒于世。

第三节　以人为本的运用

一、阴阳平衡,互相促进

　　《周易》强调平衡、和睦、互补,平衡即阴阳平衡,无论阴阳哪一方过盛,都会带来动荡。和睦实质上是指在社会组织中,人心与人情应当建立在共同意愿的基础上,互相补充,互相促进,既表现出人的主观积极作用,又不违背自然法则,即重视人的价值观念。以人为本的社会组织观念,早在3 000多年之前就在我国开始形成。

　　20 世纪 70 年代,深受中国传统文化影响的日本,经济迅速崛起,引起当时世界各国关注。当世界认识了日本以后,不约而同地发现日本企业非常重视人的价值观念,如团队协作精神、家庭意识、安稳心态的年龄工资与终身雇用的软件因素,其实它的核心是强调人的作用。

二、公平公正,平等相待

　　东方管理学中以人为本的准则,其具体实施的基础之一就是公正原则。当员工感觉到受到不公正待遇时,通常会对该组织丧失信任和信心。公正原则首先要求管理者公平公正地对待员工,因为员工是企业或组织的根本,给员工以公正待遇是管理中首先要注意的问题。与东方管理文化相对应,西方管理学中也注重公正原则。法约尔提出的"管理的 14 项一般原则"中就有一条"公平原则":在贯彻公道原则的基础上,根据实际情况对职工的劳动表现进行"善意"的评价。公正原则是保证组织内部平衡、激励和约束员工并存的机制。

　　青岛海信提出了每位员工发展的平等性,也就是强调员工的发展机遇是平等

的。这其实就是在强调公正公平的原则,必须摈弃私人的恩恩怨怨,不能讲究亲亲尊尊的裙带关系。公平公正原则其实就是在企业内部管理制度方面,建立起严格的管理制度,建立规范的用人制度,强调唯才是用,推荐贤人能人。通过业绩考核评定员工的优劣,才能给予员工提升和嘉奖或处罚和淘汰。这样才能真正做到公正公平的原则。

三、爱民富民,安定人心

孔子人本思想的基本内涵就是"仁"。那么什么是"仁"?"樊迟问仁。子曰:爱人"①。这里的"爱人",是指爱一切人,是不分阶级层次的,包括对下层人民的爱。孔子的仁爱思想是对人的发现,是人道主义思想的初步萌芽。孔子认为人是天下万物中最为重要的。孔子的爱人的前提是把所有人都当作平等的人来看待。如一次马厩失火,孔子问:"'伤人乎?'不问马。"②孔子还说:"鸟兽不可与同群,吾非斯人之徒与,而谁与?"③就是说,人与人在同一个社会相处,就必须互相尊重、互相关心、互相爱护、互相信任。孔子的"仁爱"之道还包括了忠恕之道。"仁爱"之道是用自己拥有的去帮助别人,忠是指"己欲立而立人,己欲达而达人"④;相反,"恕"则是指"己所不欲,勿施于人"⑤。忠恕体现了孔子与人交往时所遵循的一种尊重和理解原则。

在爱民的基础上,孔子又提出"富而教之"的思想。"子适卫,冉有仆。子曰:'庶矣哉!'冉有曰:'既庶矣,又何加焉?'曰:'富之。'曰:'既富矣,又何加焉?'曰:'教之'"⑥。孟子也提出让民致富的主张。而荀子则是我国古代第一个系统论证富国富民的思想家。荀子解释道:"足国之道,节用裕民……裕民则民富,民富则田肥以易,田肥以易则出实百倍。……如是则富国矣。"⑦就是说使国家富裕的方法,就是节约费用,使人民富裕起来。人民富裕了,国家也自然就富裕了。在富民的基础上,荀子又提出"不富无以养民"⑧的思想,可见,富民是养民的基础。在他们所生活的那个时代,能提出爱民、富民、教民的思想,确实是相当难能可贵的。

把富民思想运用到现代企业管理中,有着深刻的意义。现代企业间的竞争就

---

①⑤　《论语·颜渊》。
②　《论语·乡党》。
③　《论语·微子》。
④　《论语·雍也》。
⑥　《论语·子路》。
⑦　《荀子·富国》。
⑧　《荀子·大略》。

是人才的竞争,在竞争异常激烈的今天,人才流动的速度是非常快的,尤其是具有真才实学的人才。每个企业在拥有了人才以后都想设法留住人才,但事实是并非每个企业都能留住人才。许多国有企业要马儿跑得快,又要马儿不吃草,结果造成人才的严重流失。从国有企业中流动出来的人才都流到哪里去了呢?很多优秀的人才都流到了外资和合资企业中去了,他们看中的就是外资或合资企业的高额收入和良好的人才培训机制。要想真正留住人才就应该把儒家的爱民、富民、教民思想运用到企业管理中。作为企业领导,首先应该具备爱护员工的思想,一切以员工为出发点,让员工富起来,让他们拥有公司的一部分股权,把他们的利益和公司的利益紧紧地结合在一起,给他们创造各种各样的培训机会,这样就可以安定人心,减少人才的过分流失。

【本章小结】

1. "以人为本"是以现实人为本,不是以个体为本,而是以社会为本位的"以人为本",是以广大的人民群众根本利益为本。以人为本,包括理想层面是以解放全人类为目标,实现人的自由发展,使每个人得到全面发展;现实层面就是要坚持立党为公,执政为民,为人民服务的宗旨;企业层面就是要坚持以人为中心的管理,实现"主体人"、"自我管理"的目标。

2. 要贯彻"以人为本"的思想就必须实施人本管理。人本管理是一种把"人"作为管理活动的核心和企业最重要的资源,把组织全体员工作为管理的主体,围绕着怎样充分利用和开发组织的人力资源,服务于组织内外的利益相关者,从而实现组织目标和组织成员个人目标的管理理论和管理实践活动的总称。

3. 人本管理的最高目标是天人合一。

4. 人本管理的理念主要有:民惟邦本、遵道得道、上善若水。

5. 人本管理的运用主要体现在阴阳平衡、公平公正、爱民富民。

复习思考题:

1. 什么是以人为本?"人本管理"理念有什么具体的体现?

2. 比较主体人、经济人、社会人和复杂人的异同?

3. 如何理解"人本管理的最高目标是天人合一"这句话?

【案例分析】

娃哈哈集团以人为本安员工①

娃哈哈集团总裁宗庆后认为,作为一家现代企业及企业的管理者,在倡导"以人为本"、实施"理性化＋人性化"的人力资源管理与开发的今天,员工是企业主人的真正内涵应该是:

首先,要充分尊重员工,充分认识到以人性需求五层次的中高层次的满足,作为开发激励员工潜能的出发点和归宿的重要性,员工与企业之间是一个相互尊重、互相忠诚、互相信任、共同合作、取得双赢的伙伴关系。

其次,员工与企业双方都要谋求发展,没有付出,何来收获,但光靠主动奉献只能维持一时,不能保证长远。企业应该是一架靠制度和体系构架起来的良性运转的高精密的机器,每个部分(即员工)都应职责明确,各尽其职,唇齿相依,协调流畅地按流程运作。每个员工通过不断地学习与改进都能充分得到集体的承认、肯定、信任与赞赏,以身为所在企业的一员而自豪,在企业这个大家庭中快乐工作。

娃哈哈集团自创办以来,一直崇尚"以人为本"的管理理念,把管理的重心放在员工身上,做到"员工第一",凡事优先考虑员工利益,处处为员工打算和着想。娃哈哈集团的管理层认为,在市场观念上自然应该是"消费者第一",但在企业经营管理上,则必须做到"员工第一",两者并不矛盾,因为市场行为的全过程自始至终都体现着全体员工参与的主导作用;"消费者第一"的好坏优劣,其结果是要受企业效益和每位员工的利益影响的。在这种思想的主导下,企业千方百计去激发员工的进取心和爱厂爱岗的热情,给大家营造出非常快乐而舒心的工作环境,进而产生最佳的工作成果。

案例思考题:

1. 如何理解娃哈哈集团"以人为本"的管理理念?

2. 结合案例谈谈"以人为本"如何在企业中具体落实?

---

① 改编于高超:《娃哈哈方法》,中国工人出版社 2004 年版,第 264～265 页。

第七章 以德为先——人德管理

中国在世界上被誉为文明古国、礼仪之邦,这都与以儒家思想为主干的中国文化,尤其是与其伦理道德学说有密切关系。以孔子为代表的儒家思想,对形成中华民族的民族意识、民族心理、民族精神、民族文化、民族素质、民族品格道德伦理等,起着重要的作用,有的在当今乃至未来仍有重要价值。"以德为先"是中国管理思想的逻辑起点,是中华民族优秀的道德传统。对管理者来说是"修己"即自我管理,而"安人"是管理者通过自己的道德修养的提高,使民众在其道德威望的影响下自然地达到管理的良好状态。同时,处理人际关系也通过人的道德伦理来加以调节。

第一节 什么是以德为先

以德为先的概念是强调道德伦理的作用,要求作为管理者的个人需要"修身养性",加强道德修养,提高自身素质,规范自身的言行,以身作则。即管理者先"修己"做出道德示范,在无形中影响被管理者的行为,从而达到"安人",并实现共同发展的目的。而作为被管理者,员工要以德为立身之本,以"诚、信、仁"立足于社会。在家庭内,要敬父母,爱子女,夫妻和;在家庭外,具备爱社会、爱国家、利他人的精神。以共同建立一个和睦相处、繁荣发展的理想社会。

一、以德为先要爱人修己

中国儒家伦理道德观的一个基本内容是爱人修己,一个有道德、有品格、有德行的人,首先必须爱人重人,而爱人重人则必须严格律己修己。孔子认为,不爱人者不成其为人,更不能成为仁人。由此出发,孔子力倡爱人。"樊迟问仁。"孔子回答:"爱人。"爱人是为人、成人的主要关键和第一要义,爱人则必须修己行道,亲仁爱众,不达独善其身,达则兼善天下。爱人与修己是中国儒家道德观的双轮、两翼,故中国历代儒家学者对此极为重视。

孔子所言爱人,注重实际行动、实际效果,反对言而不行,言行不一。孔子明确

要求学生要做到："入则孝,出则悌,谨而信,泛爱众,而亲仁。行有余力,则以学文。"①作为一个人、仁人的起码要求是爱众人以亲仁,否则不为人,更不为仁人。爱人是一个由近及远、推己及人的过程。儒家主张"爱有差等"。在各种人际关系中,首要的是亲子关系。因为人人都是父母所生,是父母生命的延续,所以要"亲亲为大"。很难想象一个连自己父母都不爱的人而能爱他人。孔子的这个思想是非常有道理的。"仁"的推广扩大而用于政治,则是爱众人、行仁政,这是为仁者的标准。

孔子指出,爱人必须修己,他深知一个有志向、有道德、有操守的人,才能爱人、爱众、济民。据此,孔子提出了修养论,强调修养的重要性。他说:"德之不修,学之不讲,闻义不能徙,不善不能改,是吾忧也。"②修养的目标是"道",即人们的行为规范和道德准则;根据是"德",即人们的内心情感和道德信念;依靠是"仁",即处理的人与人之间的伦常关系;内容是"艺",礼、乐、射、御、书、术的六艺;方法是学习、践履——闻善则学之,闻不善则改之,孔子主张守道与修德并重,学习与践履并举。只有这样,才能成为修己以安人、利人的君子;否则,便为小人。

以后的历代儒家学者,对孔子的爱人修己、博施济众、兼善天下的伦理道德学说,多有发挥。孟子终生所愿在学习孔子,极力弘扬亲亲爱人、推己及人的仁爱思想,告诫统治者要爱民亲民,尊民重民,以民为贵,与民同乐,博施于民,仁民爱物,所以要行仁道,施仁政,做仁君,不做民贼。这显然是对孔子的爱人思想的阐扬。

二、以德为先要明辨义利

义利的问题,是儒家伦理道德观的一个重要问题。义和利主要是指道德行为和物质利益而言;同时亦包含动机与效果之义。利有公利与私利之分,儒家学者历来注意义利之辨,力倡公利,反对私利。

义和利作为一对伦理道德哲学的范畴,最初是由孔子提出来的。他说:"君子以义为上,君子有勇而无义为乱,小人有勇而无义为盗。"③义为人的道德行为的最高标准,合义者积极为之,不合乎义者则不为之。孔子主张"见义勇为",为义而为者是君子,为利而争者是小人。因此,孔子将义和利对举,作为划分君子与小人的标准。他说:"君子喻于义,小人喻于利。"④力倡"见利思义",而"罕言利"。

孟子比孔子更强调义的重要性。孟子认为,一个人的言论、行动,必须以义为

---

① 《论语·学而》。
② 《论语·述而》。
③ 《论语·阳货》。
④ 《论语·里仁》。

标准,义者而言、而行,否则不言、不行。所以说:"大人者,言不必信,行不必果,惟义所在。"一切行为都以义为出发点和归宿地,则为大人、君子;反之为小人。孟子亦把行义与求利作为划分君子与人的道德标准。一个道德品格高尚的人,只居求仁、行由义,做到这点,就具备了仁人君子之德。因此,孟子重视义利之辨,尚义而轻利。以义相处,则会使国与国、家与家、人与人,彼此和睦相处,和谐共生,相济互补,天下太平。

荀子在继承了孔子、孟子的义利观的同时,阐发了自己的义利观,综合了先秦各家的义利观。荀子认识到,欲之求是人的本性之必然,是人的生命所必需,没有欲利之养,人就不成其为人,然而只求欲利,不道义,就会发生争夺,引起混乱,所以必须"以义制利","先义后利",这样方可利两有。凡人既有欲利,又好义,故应当兼顾义和利。但兼顾义利,并非是义利并重、同等,而是以义为重,先义后利,以义制利,以义胜利。

三、以德为先要分清理欲

理和欲作为道德理性与感性欲望、社会规范与个人需求、群体利益与个人利益的论述,自先秦以降,历代儒者一直在探讨、求索,以求合理解决两者的关系。

孔子常讲欲的问题,他的以礼节欲说,实有其发端意义:"七十从心所欲,不逾矩。"①孔子认为,如果做到"克、伐、怨、欲不行","可以为难矣",不"可以为仁矣"。就是说,能做到这几条,虽然是难能可贵的,但是还不够仁人的标准。仁人的标准是"克己复礼"。以礼来规范自己的言论行动,克制自己的物质欲望,符合礼的道德标准,才为仁人。他承认:"富与贵,是人之所欲也。"②他自己则是"食不厌精","脍不厌细"的。但是仍应以道为上,"君子谋道不谋食。……君子忧道不忧贫"③。重道德礼义,轻物质欲望,以礼节欲而不灭欲,这就是孔子的理欲观。

孟子承认人的正当欲望的合理性。对名利富贵的追求,都是正当的、合理的、必需的。适度的追求,则为善德,不为恶行。欲望之所以是善的,是因为其出自人性,合乎人性,人性为善,故欲望为善。然而,人毕竟是有道德意识的人,不能为求欲而失义丧节,要持义守节,必要时则"舍生而取义"。孟子说:"生亦我所欲也,义亦我所欲也;两者不可得兼,舍生而取义者也。生亦我所欲,所欲有甚于生者,故不为苟得也;死亦我所恶,所恶有甚于死者,故患有所不辞也。……一箪食,一豆羹,

---

① 《论语·为政》。
② 《论语·里仁》。
③ 《论语·卫灵公》。

得之则生，弗得则死，呼尔而与之，行道之人弗受；蹴尔而与之，乞人不屑也。"①生命和道义都是人之所欲者，当两者不可得兼时，则要舍生取义。

第二节　人德管理的原则和功能

一、道德规范的原则

在中国 2 000 多年的社会国家管理实践中，以孔子为代表的儒家伦理积累了大量丰富的经验，它的一些主要道德原则和规范，在当前对调整我国社会经济政治及对建设中国当代政治经济体制具有重要的借鉴作用。

（一）仁、义原则

"仁"是孔子的思想核心，也是他的道德管理的根本。孔子的仁的思想内涵是十分广泛的，从自爱开始，推广到爱最亲近的父母兄弟，再推广到"泛众"。在孔子看来，只要实行仁爱，就能协调社会矛盾，使社会和谐发展，达到合乎"礼"的标准的社会，"一日克己复礼，天下归仁"。孟子把"仁"与"义"统一起来，认为"仁，人之安宅也；义，人之正路。安宅而不居，舍正路而不由，哀哉！"使孟子的"爱人"原则、仁义原则更有了明显的阶级性，并把它看作管理国家的最佳良方。

（二）惠民、富民原则

以民为本是儒家管理思想的优良传统。"修己"是自我管理的价值目标，也是为了"安百姓"，为此主张养民要惠。"惠"是"仁"的五个德目之一，恭、宽、信、敏、惠，要求"因民之利而利之"、"敛从其薄"，甚至要求"博施于民而能济众"。孔子反对残暴的剥削和压迫，反对"苛政猛于虎"的暴君。这些思想，对广大民众来说，显然是有一定好处的。孟子对"惠民"思想进一步作了发挥，提出了"仁政"，即"以不忍人之心，行不忍人之政"。首先必须实行"制民之产"，使老百姓富足，这样，老百姓就很容易走上从善的道路。他认为只有为政者给人民以实利，"推恩"于民，老百姓就会"中心悦而诚服也"。这就是"得其心"，"天下可运于掌"。孔孟之后，荀子明确提出了富国富民论。他说："上下俱富"、"兼足天下"；"下贫则上贫，下富则上富"，反对过重税赋，主张"以政裕民"。汉代刘向说："治国之道，爱民而已。"宋代程颐也说："为政之道，以顺民心为本，以厚民生为本，以安而不扰民为本。"所有这些思想，对当今管理都是很有启发的。

---

① 《孟子·告子上》。

(三)贵和、和谐原则

人类社会是很复杂的,有人与人、人与家庭、人与国家、人与社会的关系。儒家伦理提出了贵和、和谐原则来处理这些关系,使之协调发展。孔子大力提倡"和"。在他看来,对上"和",他要求人们做到忠、孝、尊、崇、恭、敬;对平级"和",他要求人们做到忠、恕、信、义、敦;对下"和",他要求为君、为臣者做到宽、厚、慈、惠。孔子之后,不同时代的不同思想家对"和"这个治国管理之道,从不同方面进行了发挥。孟子说:"天时不如地利,地利不如人和。"《中庸》说:"中也者,天下之大本也;和也者,天下之达道也。致中和,天地焉,万物育焉。"意思是说,中是天下最大的根本;和是天下最普遍的准则。达到了中和,天地就得其所、各归正位,万物就生育发展,欣欣向荣。历代政治家、思想家都极为重视用"和"来管理国家。在中国历史上,为了与各少数民族和睦相处,也以"和亲"、"和戎"、"和解"、"和议",建立"和约"、"和盟"。公元 7 世纪,唐代文成公主与吐蕃松赞干布的"和亲",就是汉藏民族友好往来的一例。

在今天,为了实现国家的民族团结、和平发展,为了与全世界爱好和平人民的友好往来,"和"为贵的思想,仍然有它重要的意义。当然,这种"和",应该同历史上与现实中一些无原则地调和社会矛盾和阶级矛盾的倾向严格区分,"和"的思想在社会历史发展中是有积极意义的。

二、德行教化功能

重视教化,特别是道德教育,是中国传统文化的一个优良传统。孔子十分重视道德教化。他主张"为政"必须以"教民"为先。"孟子更加明确地论述了道德教育对管理的重要性,他说:"善政不如善教之得民也。善政,民畏之;善教,民爱之。善政得民财,善教得民心。"良好的政治比不上良好的教育能获得民心。荀子等人也从不同方面丰富了教育特别是道德教育在管理国家中的作用。荀子说:"不教,无以理民性。"即不教育就不能整治人民的恶性。汉代贾谊说:"教者,政之本道者,教之本。有道然后教也。有教然后政治也。政治然后民劝之。民劝之然后国丰富也。"就是说,教育是政治的根本。政治道德的最高准则是教育的根本。有了政治道德的最高准则,后才从事教育;有了教育,然后国政才能得以治理;国政得以治理,然后人民能够相互劝告勉励为善;人民相互劝勉而为善,然后国家就能富足了。这些思想至今仍然对我们有很重要的启示。我们根据当前我国社会道德建设的实践,对儒家常讲的仁爱、中和、廉敬、礼让、勤俭等传统道德赋予新的意义,对提高我国国民道德水平,协调人际关系,稳定社会秩序,仍具有十分重要的意义。

三、实现"新三德"

"新三德",即官德、商德、民德,是苏东水教授在改革开放市场经济的浪潮中提出的。在社会主义市场经济的建设中,需要社会有新的道德规范与准则来规范社会行为主体的行为。

(一)官德——富民与富国的统一

官德包含了两层含义:一是指为官者的道德伦理和素养,必须树立清正廉洁、执政为民的形象,具有为人民服务的公仆意识。抓好官德,可以从"以德治吏,依法治吏"两方面着手,首先"以德治吏"对各级领导干部进行道德教化,用道德意识予以规范和软约束。在此基础上实行"以法治吏",用法律制度加以硬约束。就当前的官德状况来看,加强这种"他律"或硬约束尤为重要。正如邓小平深刻指出,制度与领导者个人相比,制度问题更带有根本性、全面性、稳定性和长期性。二是指实现个人富裕的同时增加社会利益的经济结构,强调的是富民与富国统一的道德准则。市场经济中富民与富国之间是利益机制相一致的关系,国民越富裕,其国家税收越充足,国家亦越富强。一个国家的富裕和强盛往往取决于国民的富裕程度、创造财富的能力和国民的市场经济的道德素质。

(二)商德——经济利己心与道德利他心的统一

市场经济既是一种利己经济,又是一种利他经济,两者统一于市场经济的运行之中。与此相适应的道德准则便是人的经济行为动机的利己心与利他心的统一,是物质文明与精神文明的统一。市场经济中人的经济行为的利己心与利他心统一的道德准则,是现代人的一种复杂的社会经济生活和精神状态的体现。利己心代表经济发展的原动力和价值增值源头,利他心则代表实现价值增值的手段,代表市场经济所需要的一切道德品质。如强烈的社会责任感、克勤克俭的作风、契约神圣的观念等。市场经济中人的经济行为的利己心与利他心统一的道德准则,最大价值在于对社会的协调发展和经济繁荣的促进作用。

(三)民德——竞争与合作的统一

在强调公民的道德规范的同时,更强调在成熟的市场经济中的竞争与合作,而"竞合"也是相辅相成、协调发展的。市场经济既是一种经济主体之间相互竞争、优胜劣汰的竞争经济,又是一种互利互惠、互通有无的合作经济,两者统一于市场经济的运行之中。现代市场经济需要经营者的竞争意识与合作意识并存的道德理念。市场是竞争的同义语,没有竞争就没有真正意义的市场。市场经济是建立在信用与合作基础上的,这就要求市场经济的参与者必须具有契约神圣、信誉第一和真诚合作的精神。在现今社会,我们固然需要"独立"、"自由"、"坚强"、"重视学识"

等个体价值观，但我们更需要"责任感"、"义务感"、"忠诚"、"奉献"、"宽容"、"服从"等社会价值，需要有公共道德的价值观念。

第三节　人德管理的运用

一、以德为先在治身中的运用

个人以德为先，首先要求作为管理者的个人"修身养性"，加强道德修养、提高自身素质，规范作为管理者的言行，以身作则。作为被管理者的员工要以德为立身之本，以"诚"、"信"、"仁"立足于社会。先秦儒家十分重视用德教礼治来提高被管理者的道德水平，并认为这是保障以德治国的重要因素。以德治身主要表现在私德和公德两个方面：

就私德而论，包含个人的品性和情操，有丰富的内容，但可以分作基本的与派生的两类：一类是基本的德性，包括仁慈、公道、诚实；另一类是派生的，与仁慈有关的为同情、友爱、关怀，与公道有关的则是正直、勇敢、直率，与诚实有关的则是忠诚、守信、厚道。

就公德而言，首先是家庭道德，包括婚姻道德。家庭道德是调解家庭人际关系的行为准则，家庭人际关系不外四种基本的类型，即夫妻关系、父子关系、长幼关系、老少关系。在诸多具体的家庭道德规范中，抽象出家庭道德的基本要素，可以概括为"爱"、"平等"与"互助"。"爱"是一种生存动力，在爱的基础上才能产生出和睦的家庭氛围，所谓"家和万事兴"；"平等"是指男女平等、夫妻平等，包括权利与义务平等、人格平等；"互助"是休戚与共，风雨同舟。其次是职业道德，即在职业中形成的调节员工与社会或员工相互间关系的行为准则。现代化社会职业分工非常精细，可以说各行各业都有特殊职业行为的道德准则。"敬业"、"勤业"与"乐业"，是贯穿在诸多具体职业道德中的共通道德。所谓"敬业"，是对自己从事的工作认真负责，尽心尽职，克己尽责；所谓"勤业"就是勤劳作业，勤奋学习，努力钻研，不断革新，提高效率；所谓"乐业"，就是把职业当作不仅是谋生的手段，也是乐生的方式，以为社会公众服务为快乐。最后是公共场所中的道德，是指公共场所（如公园、图书馆、体育场等）中人人必须遵循的有场所特点的行为规范。

二、以德为先在治企中的运用

进行企业经营道德建设，首先在企业内部要苦练"内功"，即加强内在素质训练，形成良好的企业精神与文化氛围；对外树立良好的商业信誉和道德形象。除了

一般的道德文明及修养,对企业来说,还得重点在质量道德、竞争道德与经营管理道德方面加强引导和教育。

质量道德是在市场经济条件下,生产部门、服务部门在具体经济行为或行政行为过程中,所实际形成的与生产质量、服务质量和工作质量等相关的道德要求。提高质量道德,首先,应该从提高从业人员的综合素质入手,培养合乎质量道德要求的行为习惯,提高人们对工作认真负责的敬业态度。其次,质量监督部门工作力度的加大,消费者质量监督意识、权利意识的增强对提高全社会的质量道德水准将起到重要作用。

竞争道德体现着企业间利益的对立统一关系。如果片面追求企业自身的经济利益,竞争就偏离了它应有的轨道,也失去了它的积极意义和社会道德价值。职业伦理学研究表明,一个真正有竞争意识的企业,不仅为今天的企业行为负道德责任,而且把道德责任延伸到未来,避免短期行为,树立责任感,这可以视为竞争道德的关键内容。一个真正有竞争意识的企业,会利用高层次的竞争道德去创造更多的利润。事实上,竞争道德正是企业根本利益与社会最大利益的统一。

经营管理道德是指经营主体在经营活动中应该履行的道德准则和规范,包括经营管理、经营决策、商业营销、商品宣传、广告、商品贮存等领域的道德问题,也包括生产和流通领域中其他专业经营人员的职业道德规范问题。

总而言之,质量道德、竞争道德、经营管理道德构成了企业经营道德的主体,也是社会主义市场经济道德、社会主义职业道德的核心内容。只有在发展社会主义的生产力,建立和发展社会主义市场经济体制的过程中,才能使企业经营道德的建设真正取得成效。

三、以德为先在治国中的运用

以德为先在管理国家中的重要职能与作用主要体现在以下几个方面:

(一)在管理国家中的运用

以德为先在国家管理上的运用,就是以德治国。法治是他律,德治是自律。道德的实施不是依靠强制性手段,道德诉诸人民的良心,通过启迪人们得到的觉悟,激励人的道德情感,强化仁的道德意志,增强仁的荣辱观念,培养和形成古人所说的羞恶之心,从而使人们在内心深处形成道德行为的内在动因,形成自治的动力,这样就会提高国家治理效率,降低国家治理成本。

(二)国际交往的管理

国际道德就是在国际生活中存在的,为大多数国家所普遍接受的,按自由、平等、公平、正义、人权等道德要素来规范国际关系行为的观念和原则。20 世纪 70

年代在国际政治学领域中发展起来的道德利益论,否定了传统国际道德理论中抽象的道德原则,重新将道德和利益结合起来。这种观点认为,在国际社会,本国利益做出适度的牺牲是各国很难接受的,但如果没有这种适度的牺牲,国际道德的建立是非常困难的。所以要实现国际间的和谐,其前提条件就是必须对本国的国家利益适度"自制",相对地去理解。既要承认其他国家有其合法的国家利益,又要适时地调整自己的国家利益;否则,国际冲突将永无休止,谁家利益都难以实现。这种观点对国际道德的进一步发展是有利的。

在目前的国际社会中,正如现实主义学派代表人物摩根索所说,由于国家利益的存在,必须防止两个极端:一是过高估计道德对于国际政治的影响,二是过低估计道德对于国际政治的影响。但无论怎样,21世纪,随着人类文明的进步和国际道德意识的觉醒,国际道德将在国际事务中发挥越来越大的力量。"以德为先,人为为人"的东方管理思想精华,将逐渐展现其迷人的魅力,在调节国际事务中拥有举足轻重的地位。

【本章小结】

1. 中国古代传统道德的现代价值,实际上就是对古代传统道德在现代社会中的积极意义的分析与评价。这既是一个认识问题,又是一个方法问题。我们既要站在时代需要的角度汲取传统道德中的有用内容,又要避免走上短视行为和实用主义的轨道。

2. 以德为先的思想最先源于《论语》中的仁德思想。"仁爱"作为中国传统道德的基本原则,是个涵盖内容非常广泛的范畴。它包括恭、宽、信、敏、惠、刚毅、木讷、温良、俭让、忠恕、诚信、爱人等内容。

3. 以德为先的要义包括:爱人修己、明辨以利、分清理欲。

4. 以德为先的基本功能有两条:道德规范功能与德行教化功能。

5. 现今社会"新三德"建设的主张包括官德、商德、民德。官德是富民与富国的统一;商德是经济利已心与道德利他心的统一;民德是竞争与合作的统一。

6. 在新时期,道德的新标准包括以下几点:有利于社会生产力的进步与发展;有利于人、自然、社会之间和谐发展;有利于爱国主义、集体主义、社会主义健康发展;有利于道德真善美综合发展。

7. 以德为先的运用贯穿各个层面,包括治身、治家、治生、治国等。

复习思考题：

1. 什么是"以德为先"？它包含哪些思想？
2. 在现时社会中如何实施"新三德"的思想理念？
3. 研讨法律和道德的关系。

【案例分析】

同仁堂的经营理念——"德、诚、信"①

中国上下五千年悠久的历史培育了许多老字号，可是能让我们记住的已为数不多，能经住历史变革和经济大潮考验至今仍蓬勃发展的老字号更是少之又少。然而，提起"同仁堂"，几乎所有的中国人都知道这是个拥有三百多年历史的老字号。是什么力量让同仁堂永葆青春、蓬勃发展呢？同仁堂的永续发展是以儒家的"仁德思想"作为企业文化之根，依靠先祖的"德、诚、信"理念，结合新时期的特点，形成以"至仁达信、锐意求索"为精神要义，以"弘扬中华国药、贡献人类健康"为宏旨的仁爱、诚信、奉献的企业价值观，为企业永续发展提供了充满活力的深厚文化根基。

1. 养生济世的经营宗旨——德。同仁堂创业之初崇尚"可以养生、可以济世者，惟医药为最"的择业思想，因此历代继业者都以"养生"、"济世"为己任。在北京大栅栏同仁堂药店的店堂中悬挂着一幅"同气同声福民济世，仁心仁术医国医人"的对联，这正是他们经营宗旨的完好体现。曾经有一段时间，在我国南方的一些城市流行甲肝，造成了特效板蓝根冲剂的需求量大增。有些企业趁机抬高特效板蓝根冲剂的价格，而且糖价也一路跟涨，同仁堂在成本提高的情况下仍保持原价出售，不借机发难民财，还加班生产，及时送货，尽量保证货源充足。同仁堂将德施于众，众人回报的是信任与称赞。这是企业最难得到的东西，一旦获得就可为企业带来源源不断的利益，其他企业只能望其兴叹。因为这是企业竞争必胜的利器，谁获得了消费者的信任谁就占据了市场，而且能长久稳定地成为竞争中的强者。

2. 精益求精的敬业精神——诚。1706 年，同仁堂药店的乐家第一代传人乐凤鸣在《乐氏世代祖传丸散膏丹下料配方》序言中写下"炮制虽繁必不敢省人工，品味虽贵必不敢减物力"，这成为同仁堂几百年来不变的制药原则。中药的生产过程非常复杂，同仁堂的中成药要经过上百道工序，每道工序都有严格的要求，通过"质量

---

① 改编于宋联可：《同仁堂："德诚信"令老字号永葆青春》，http://manage. org. cn 2007－12－11。

否决权"制度把关。在生产现场，随处可见"修合无人见，存心有天知"、"质量即生命，责任重泰山"、"一百道工序，一百个放心"等标语，时刻提醒员工保证质量。同仁堂对药料选用也非常讲究，"产非其地，采非其时"的药材坚决不用，如白芍用杭白芍，郁金用黄郁金，陈皮用新会的，蜂蜜用河北兴隆的，十六头人参不能用三十二头小参顶替，僵蚕不能用僵蛹代替。收购中不能保证质量的药料，同仁堂还自己培育。同仁堂人精益求精的敬业精神，是对质量更高层次的追求，力求在质量上更胜一筹。同仁堂以平常心态对待竞争战，以诚心对待事业、以诚心对待顾客。企业的诚心，一旦被顾客获知，将获得顾客对品牌的忠诚，这也无形地加强了同仁堂的企业核心竞争力。

3. 童叟无欺的职业道德——信。同仁堂做大生意，也不拒绝小买卖。有位广州顾客来电急要 5 千克铁落花，当时店内并没有这么多，它就向其他批发部紧急调货，当顾客接到只值 10 元钱的药时，不由感叹在大半个中国找不到的小买卖最终在同仁堂得以实现。同仁堂无论谁来药店，都一视同仁公平对待。店内有不少昂贵的高档药，也有廉价的狗皮膏和眼药水。有位山东老汉就曾在药店买到过 0.01元的药，以为弄错了，店内的师傅却笑着解释：一克天仙藤只值一分钱。取信于顾客，必会得到顾客的信赖，企业与顾客能形成非常良好的关系，有利于企业巩固自己的市场，并且良好的口碑是最好的广告。

同仁堂，以德、诚、信文化为企业的核心竞争力，打造了雄厚的实力，树立了老字号品牌，这是所有竞争者都无法超越的优势。今日的同仁堂，在德、诚、信思想的指引下，迎来了它发展的春天，是老字号的骄傲，更是老字号打造核心竞争力的典范。

案例思考题：
1. 同仁堂的经营理念体现了"以德为先"哪些思想？
2. 结合案例试论企业如何建立"商德"。

第八章 人为为人——人为管理

"人为为人"是东方管理学的本质属性,是创建"人为学"、东方管理学派"三为"理论的基础。"人为为人"强调的是人为管理,即管理者要实施有效管理,首先要很好地提升自身的行为修养,然后才能更好地"为人",使他人和自身都有所作为,为他人和为社会服务。

第一节 什么是人为为人

"人为为人"中"人为"是发挥人的积极性、能动性和创造性。其重视人的道德和行为的可塑性,从而为人们提供了发展的可能性;并从"为人"的角度为他人、为社会服务的理念。"人为为人"概念的提出者苏东水教授认为:"每个人首先要注重自身的行为修养,'正人必先正己',然后从'为人'的角度出发,来从事、控制和调整自身的行为,创造一种良好的人际关系和激励环境,使人们能够持久地在激发状态下工作,主观能动性得到充分发挥。""人为为人"从管理行为的主体、客体以及主体与客体的关系的角度揭示了古今中外一切管理行为的本质,要完整地了解东方管理思想,全面理解"人为为人"的丰富内涵是十分必要的。

一、人为为人的内涵

(一)"人为"与"为人"辩证关系

"人为"与"为人"相联系,它有广义的理解、狭义的理解及互动的理解三个层面:

1. 狭义的理解。从狭义的方面来说,"人为"是一种自我导向的个体心理行为。在强调个体内部指向的心理行为的同时,它强调主体人心理行为的可塑性。"人为"与"为人"相对应;"为人"则是指一种他人导向的服务行为。

2. 广义的理解。广义的"人为"则由"人为"(狭义的)、"为人"及"人为为人"三个环节构成。"为人"是他人导向的服务行为,是个体对外部对象的心理激励行为,在强调自身心理行为的可塑性的同时,客观上产生服务他人的效果。"人为为人"

则强调个体心理行为与外部对象心理激励的互动性。

3. 互动的理解。"人为"与"为人"是辩证统一、相互联系并且可以相互转化的。这种互动关系就构成了"人为为人"。"人为为人"的动态过程强调个体心理与行为的可塑性,以及实现个体与他人在心理与行为的和谐与统一,从而使个体心理行为的塑造能够在正确价值观指导下与外界环境发生良性互动,实现服务他人的目的。

(二)"人为为人"内在关系

"人为"与"为人"的辩证统一就是"人为为人"。从"人为"和"为人"的概念分析中不难看出,"人为"、"为人"是高度统一的集合体。"人为"与"为人"互相联系并且互相转化。具体说来,"人为为人"概括了管理过程中的三对矛盾的统一运动:(1)义与利的关系问题,我们主张以义取利;(2)激励与服务的关系问题,管理不仅是激励,更是服务;(3)"人为"与"为人"的关系问题,个体必须从利他的角度出发,来实现利己的目的。对任何管理者或被管理者,都有一个从个人行为逐步向服务他人转变的过程。"人为为人"事实上代表了一种高度的道德境界——有理性的利他行为。这样的人具有比较稳定的道德准则,其行为以是否服务于别人并提高整个组织的工作绩效为依据。

"人为为人"的个性模式表现为自我导向和他人导向的高度融合和有机统一。作为生活在复杂社会关系中的个体,既要按照自身的价值准则行事,不为外在的力量所左右,同时又能够迅速适应环境的变化,对所在群体或组织的需求做出迅速响应,而不是墨守成规。

二、"人为为人"与"以人为本"、"以德为先"的关系

(一)"以人为本"、"以德为先"是"人为为人"的前提

"以人为本"强调管理活动中人的极端重要性,任何管理行为的出发点是人,最终归宿也是提高人的生活质量,促进人类社会的发展进步。"以德为先"突出了德治和软约束的作用。只有法治是不够的,必须注重道德教化和道德约束的作用。"以人为本"限定了"人为为人"的基本前提,而"以德为先"规定了"人为为人"的立足点是一种基于关系型的管理行为。

(二)"人为为人"是东方管理思想的核心

东方管理的核心思想体现为"人为为人"。中国传统管理思想十分丰富,其鲜明特点表现为重视人及人与人之间的关系的和谐,强调仁爱,关注行为的导向示范作用,这正是"人为为人"的内核。其基本逻辑是:如果我们希望别人头脑清晰、行动敏捷,我们就要提供行为的榜样,并有足够的耐心和信任培育这种优良品质;如

果我们希望别人诚实、可靠、善良,我们就应该以这种方式对待别人。

"以人为本、以德为先、人为为人"之间的关系可用图8-1的方式表现。

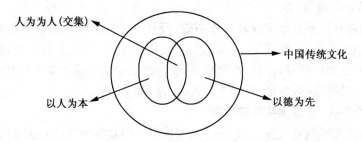

图8-1　"以人为本、以德为先、人为为人"关系

"以人为本"和"以德为先"的融合部分就是东方管理的核心——"人为为人"。要达到"人为为人",必须先做到"以人为本"和"以德为先",在此基础上进行人际互动,就是"人为为人"。

三、人为为人的现代价值

"人为为人"概括了古今中外一切管理行为的本质特征,它也是面向未来的开放的管理思想,在促进未来管理学理论体系的建立和当今知识经济时代管理实践的发展等诸多方面具有重要的意义。

(一)"人为为人"的理论价值

1. 促进中国特色管理理论体系的建立

中国古代有非常丰富的管理学思想,但缺乏明晰的架构,显得比较支离破碎。"人为为人"高度浓缩了东方管理思想的精髓,为我们理解东方管理思想提供了很好的参照体系。

2. 融会贯通东西方管理思想

"人为为人"是东方管理思想的核心,也是当代西方管理学的主要精神之一。"人为为人"概念的提出和发展,表明东西方管理学尽管形成的文化背景和社会经济特征不同,但对某些问题具有相似或相同的看法,管理学可以存在普遍定理。管理学的未来发展,不可能脱离东西方相互交流、相互影响这一重要途径。

3. 有助于管理学理论创新

创新是管理的永恒主题。"人为为人"凸现出管理活动中人的重要性,揭示了管理互动的根本方法,管理学理论研究必须关注人作为活动的主体和客体在管理实践中的角色和作用,探讨心理因素对管理活动的影响,探索除实证和演绎分析以

外的其他研究方法,例如内省研究在管理学理论创建中的作用,促进管理学理论的创新。

4. 确立管理的终极目标

管理的最终目标不是组织或者工作绩效,而是人。促进人的和谐共处和自由发展,减少并消除各种以"管理"为名义的限制人性的桎梏,解放人的个性,释放个体创造的潜能,全面提升管理的层次和境界,促进物质生活质量和生活满意度的提高,就是管理的最终目标,也是"人为为人"这一命题的必然涵义。

(二)"人为为人"对管理实践的启发

"人为为人"的实践意义在于,它并不是提供了一种具体的管理方法或技巧,以取得立竿见影的效果,而是建立了一个思考的架构,用来评价管理者的管理手段是否达到了要求。不存在适合于所有情境的万能管理方法,任何管理措施必须与具体环境结合起来,"人为为人"的应用同样要求如此。

1. 建设创造型企业文化

"人为为人"要求企业文化倡导认真倾听、积极思考、快速响应、不断革新的工作氛围,而不是所谓命令加训斥的严厉的工作环境。员工的自我意识被充分尊重,有更多的工作弹性,自我监控是控制的主要手段;管理者和被管理者的工作作风趋同,宽容并乐于接受新生事物;具有良好的沟通网络,信息传递速度加快,信息的作用得到充分发挥。

2. 倡导自我管理

自我管理的员工不再是某一个岗位上被动接受工作指令的"单元",而是能够自我判断、适度范围内自我决策的真正意义上的人。管理者从"人为为人"出发,必须以行动示范并给下属恰当授权;被管理者能够觉察到示范者的引导,结合自我工作任务积极参与管理。权力释放但不导致组织失控的原因在于具有共同的目标,因为自我管理不是"各顾各"的管理,而是相互协作、积极配合并有共同利益的管理。

3. 关心员工的心理健康

影响"人为为人"互动效果的一个重要因素是员工的心理健康状况。这里包含两层含义:一是没有心理疾病,二是具有合理的工作期望,能够理解组织的工作目标和工作方式。作为管理者,应该在满足员工物质要求的同时,关注更多的心理需求。要教会员工常见的心理保健方法,提高面对挫折时的应对能力;激发员工的成就动机,加大员工对工作的投入程度。

4. 应对知识经济对管理的挑战

"人为为人"的一个重要作用在于为知识经济时代的企业管理提供一系列管理的原则。随着全球经济一体化和我国加入 WTO,中国经济将不可避免地融入全

球新经济浪潮中。作为提升公司竞争力的强大武器——智力资本管理备受瞩目。管理知识员工的一个前提是公司的主管必须放弃过去那种经理人可以代替任何人决策,下属的任务只是执行的狭隘观点,必须"人为为人":(1)自我示范,激发员工新知识的产生和应用;(2)充分信任员工,给员工更大的工作发挥的空间;(3)管理比自己更有知识的员工,管理者应是"人为为人"者的角色,充分放权,为员工服务;(4)员工对知识的学习和共享也要"人为为人",倡导团队学习和集体讨论;(5)组织扁平化、模糊化,员工个人身份淡化,岗位交流成为新的时尚;(6)管理者能够与下属及时协商沟通,没有必要、在某些情况下也不可能代替下属考虑问题,要把思考的权力交还给别人。

第二节 人为为人的管理机制

"人为为人"管理思想在实践中的运用就是人为管理。为了加深对"人为为人"管理思想的理解,提高人为管理绩效,更好地提高效益和促进经济发展,有必要对人为管理的运作机制进行深入研究。人为管理实践运作的动因在于东方传统文化下人格特质的特点和人际互动;就运作形态来看,人为管理具有四个不同的表现层面和两种不同的互动方向。同时,人为管理绩效受到很多因素的影响,人为管理思想的运用必须与具体管理情境紧密结合起来。

一、人为为人的动因与特点

人为管理的动因指的是人为管理实践中"人为"与"为人"的产生及其相互作用的动力传导问题。具体来讲,动因问题要解决的是管理者为什么要"人为"以及"人为"何以导致"为人",从而形成两者之间的相互运动。这可以以中国传统文化为分析背景,从人格特质和人际互动两个角度进行探讨。

(一)人为管理的动因

1. 人格特质分析

人格特质具有多种涵义,这里不进行具体分析。这里讲的中国人的人格特质,是指在中国特有的社会文化背景之下,逐渐形成的中国人特有的思维特点、价值观念和行为方式。由于本书主要是考察"人为为人"的动因问题,所以,我们对人格特质分析的着眼点主要放在中国人处理自我与他人关系的行为方式上。

从文化传统来看,中国传统文化的一个明显特点就是讲究一个"仁"字。儒家主张"仁者爱人","己所不欲、勿施予人"。墨子主张兼爱互助,"天下兼相爱则治,交相恶则乱"。这种主张人人互助相爱的观点一直绵延不断,甚至到了现代,毛泽

东要求"一切革命队伍的人都要互相关心，互相爱护，互相帮助"。为集体利益而鞠躬尽瘁的人经常成为我们这个时代的楷模而备受尊重。

但是，这种人人相爱的观点在现实生活中的表现具有复杂多变的形式，为他人服务的利他行为与旁观者的冷漠行为同时并存，所以我们不能一概不加分析地认为中国人的人格特质具有利他或自私的倾向。研究表明①，个人与他人的关系不同，其交往行为亦不同。如果是情感性的关系，例如家庭成员之间，社会交往的原则表现为一种需求法则，即在别人需要某种资源时尽量提供。如果交往主体之间的关系是工具性或目的性的，例如，类似于企业这样一种组织的内部成员之间的关系，目前不是情感性关系，但将来有可能发展成为情感性的关系，成员之间交往行为的基础是工具性的，表现为一种交换的特点。

中国人在正式组织这样具有共同的目标，并且在有条件互相依赖的利益共同体里，为了实现组织目标，倾向于表现为一种情感互换型的行为方式。当然，这种情感互换的行为有其内在的逻辑假设，只是日常生活中没有被意识到。这种假设——人心相通，情同此心（或同情心、同理心）——构成了情感互换行为的前提。孔子的"性相近"、孟子的"人皆有不忍之心"、陆九渊的"人同此心"乃至民间的"天地良心"说的都是这个道理。心相通的现实意义，在于促成了情感互换行为的形成和发展。这种行为方式的原则是追求某种程度的回报性（其程度有高有低），情感基础是有条件地信任和喜欢别人，并具有一定的真诚性和相对稳定性。

正是这样一种行为特征，构成了东方管理文化"人为为人"的微观心理基础。"人为"倡导的"正人先正己"，首先注重自身的行为修养，其最终目的就是为了向"为人"的转化，以创造良好的人际关系环境，使别人的主观能动性得到充分发挥。有调查表明，在企业内职工最重视的是领导者的行为表现，在回答"在什么样的情况下工作积极性最高"的问题时，"领导能将心比心"和"受到领导的重视"分别占第一位和第五位。这从一个侧面表明，领导者"人为"的重要作用和"人为"向"为人"的转化，对被领导者"为人"的巨大促进作用。

服务业有一句著名的话："你希望员工怎样对待你的顾客，你就要怎样对待你的员工。"这句话非常简洁地说明了要想员工发自内心地对待客户，管理者要问自己是否发自内心地真诚对待自己的员工。

2. 人际互动分析

---

① 社会学和社会心理学曾做过很多中国人人际交往行为的研究，其中从交往性质出发探究交往特点的研究较为充分，限于本书论题，不对各种研究成果进行综述。需要指出的是，把交往行为划分为情感性、工具性和混合性的作法并非完美无缺，其受到部分学者以本土性、实证性为借口的诟病，但这并不妨碍这种结论对揭示人为管理动因的积极作用。

人际互动论的分析视角着重表明,"人为"与"为人"之间相互转换、不断递进、周而复始的运作形态的动因,在于人际交往中普遍存在的人际互动。

人际互动是个体社会化的必由之路,是各种组织存在和发展的重要方式,各个不同成员的角色和行为在不断的互动过程中得到认知、强化和执行。很难想象,一个现代企业的领导者可以在隔绝的状态下履行领导和管理的责任。互联网的普及改变了互动的方式和速度,提高了互动效率,但并没有改变人际互动的本质。基于人际互动这一最根本的动力机制,领导者的"为人"才能被被管理者感知,并且促成被管理者"人为为人"。

(二)人为管理的特点

人为管理的动因决定了人为管理的特点。

1. 延迟性(非同步性)

从情感互换行为出发理解人为管理的产生,首先必须要有一方"人为"行为的产生以作为互换行为的基础,其次通过"为人",影响和改变被管理者的行为,正因为此,"人为为人"不能成为"为人人为"。

2. 递增性

"人为为人"是一个蕴涵深厚情感的行为,这种情感的回报具有增量的特点,"受人滴水之恩,必当涌泉相报",从领导者的"人为"到被领导者的"人为"是不断递增的运动过程。

3. 循环往复性

人为管理实践的起点是从管理者的"人为"到"为人",再到被管理者的"人为"和"为人",从而管理者、被管理者"人为"、"为人"交互运动、不断上升,最后提高管理绩效。

二、人为为人的表现与方向

人为管理实践可以在组织内部成员之间进行,也可以在群体与个体之间进行。同时,人为管理按照管理者和被管理者互动的性质,表现为两种相反的互动方向。人为管理层次可以用图8-2表示。

A层次:人为管理实践中的管理者和被管理者都是个体。例如,某一个领导者对某一直接下属。

B层次:人为管理中的管理者是个体,而被管理者是群体。例如,某一部门负责人对受自己领导的全体部门成员。

C层次:管理者作为一个群体出现,而被管理者是一个个体。这种情况相对比较少见,但并非不存在,例如,某一领导层的人为管理行为对某一下属的影响。

个体	群体
A	B
C	D

图8—2　人为管理的不同表现层次

D层次:管理者和被管理者都作为群体出现。例如,高层领导群体对中层领导群体,中层领导群体对基层领导群体。

人为管理的这四种层次在不同组织中都不同程度地存在。应该强调的是,A层次是其他各个层次的基础,换言之,任何层次的人为管理行为的发生,首先是基于个体对个体的影响,离开个体对个体的影响,其他各个层次的人为管理行为便不会发生。

三、人为管理的互动方向

人为管理实践中的人际互动具有正向和负向两种方向(见图8—3)。

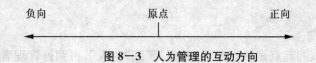

负向　　　　　　　　　原点　　　　　　　　　正向

图8—3　人为管理的互动方向

正向:管理者的"人为为人"导致被管理者的"人为为人"。

原点:管理者没有"人为为人"(无所作为),被管理者也没有"人为为人"。

负向:管理者的"人坏"(不好的作为)导致被管理者的"人坏"。

不难看出,这几种"人为为人"的互动方向在企业管理实践中屡见不鲜。应该指出的是,东方管理学派所大力倡导的是正向互动的"人为为人"。因此,在实践中应努力制止负向"人为为人"并促使其向正向的方向转化。

第三节　"人为为人"管理的运用

一、人为为人的目标

人为管理的目标就是管理实践所要追求的最高境界,这种境界对个体、群体和

社会的涵义是不同的。

（一）个体目标

管理活动中的每一个个体都是活生生的充满各种需要和欲望的人。就最高境界的目标来讲，应该是人际关系的和谐和心理健康。

人际关系在中国人的心目中具有很重要的地位。梁漱溟把凡事以关系为依赖的特征称为"关系本位"，杨国枢等人称之为"关系取向"。和谐融洽的关系不仅有利于其他工作目标的达成，更是中国人生活的中心议题和目标。良好的关系之所以成为人为管理的目标，是与关系在中国人生活中的重要作用分不开的。首先，人际关系在界定个体身份中有很大的作用，我们常听到别人自我介绍时会说自己是张三的学生或者朋友、同事、老乡、亲戚等等，这里的张三必定是对方了解的一个重要人物。建立在关系认知基础之上的人际认知，基本规定了双方之间关系的水平以及以后关系依赖性的程度。其次，不同类型的关系直接影响人际互动的方式，这一点中西方都一样，不过在中国社会表现更为明显。费孝通教授1948年所揭示的中国人人际关系表现为"差序格局"的特点，即以自我为中心，向外围不断扩散，就像一粒石子投入水中激起的波纹一样，越远则波纹越大越淡，关系越一般，到今天依然适用。例如，由血缘和亲情决定的家人关系，是注重责任而不讲回报或回报性很低的；除此之外的其他类型的关系，应该是一种有条件的依赖型的关系，要相互讲人情并期望回报。

这里需要指出，强调关系和谐并不是完全排斥不和或冲突，事实上，有限的可控的冲突对强化组织的核心观念是有好处的，国外有些企业讲究冲突管理，就是为了让员工更彻底地了解并认同组织观念，为共同目标而努力。冲突的诱发和消解只能是一种手段，目的是为了和谐。

心理健康也是人为管理的个体目标。心理健康指一种身心健康的完美状态，健康的个体能够精力旺盛地、敏捷地、不感觉过分疲劳地从事日常活动，保持乐观、蓬勃向上的精神风貌，适应紧张的生活，承受社会压力和挫折，积极安排自己的各种活动，使自己的心理、精神、情感融为一体，充满生机而且富有意义。

人为管理是注重发挥个体潜能的自我式管理，这种管理的结果不是使个体背负沉重的精神负担而忧虑重重，相反应该是个人心理健康水平的全面提高。具体表现为：(1)能够有效调节和控制情绪，及时处理紧张、愤怒、恐惧等不良情绪反应，培养乐观、积极的情绪。(2)有较强的意志品质，意志果断，自制力好，心理承受能力强。(3)具备积极交往的能力，乐于与人交往，在交往中能够保持独立而完整的人格，交往中的积极态度多于消极态度。(4)能够良好地适应环境，心理行为能够顺应社会文化的进步，追求自我实现和社会奉献的统一。(5)保持健全的人格，具

备积极进取的人生价值观。

（二）组织目标

核心能力是企业最宝贵的无形资产，开发企业核心能力的根本途径是智力资本的管理；而人为管理，是智力资本管理的有效手段。智力资本包括人力资本、结构资本和客户资本。人力资本管理要遵循人力资本价值的识别——人力资本价值的增值——人力资本价值的拥有的思路；结构资本管理的关键在于通过组织结构、组织行为以及组织文化三个方面，使企业智力资本不断增值；客户资本管理的重点是建立良好的客户关系，把传统的公司与顾客之间的交易关系改变为共同学习的关系。无论哪种形态的智力资本管理，都具有共同的理念，那就是以身作则，尊重员工，激励员工，与员工或客户建立良好的关系，促进组织学习，营造公司与员工或者客户共同成长、共同分享收益的良好关系，建立良好的企业文化。用一句形象的话，就是"把人当人看"。不难看出，这些观念与人为管理的核心理念是相同的。

（三）社会目标

企业社会责任的承担和履行是人为管理的社会目标。企业战略目标必须着眼于长远，在追求经济目标的同时追求社会目标，融洽与所在社区的关系，在公众心目中留下良好的印象，取得社会大众的支持，从而实现企业长期的利润。

人为管理的实践者必定是具备管理道德的人，他们深刻理解道德与管理价值的关系，能够正确处理好管理中的义利关系。管理者以自身道德标准和日常行为率先示范，建立合适的奖惩机制，就会对被管理者产生巨大的影响力，这样久而久之，就会形成支撑管理道德的很强的企业文化，组织价值观就会被全体成员所共享，反过来对管理的各个过程产生巨大的反作用。企业对社会责任的承诺是人为管理从企业内部管理过渡到处理企业与社会关系时的一个必然结果。对企业来讲，通过各种社会公益活动，处理好与企业利益利害相关的有关部门的关系，承担必要的社会义务，追求有利于社会长远发展的目标，树立良好的公众形象，必然会引起社会的回报，即企业对所在社区的"人为为人"引发社区对企业的"人为为人"。

二、人为为人的方式

人为管理如何在企业管理实践中实施？我们提出一般性的实施办法，这些办法不是具体行动的指南，而是如何行动的一些建议，企业管理者要结合自身情况思考具体的行动路线。

（一）行为示范，以身作则

"正人先正己"是人为管理的基本要义，作为管理者，在个人道德、工作态度、敬业精神、行为方式等方面必须要成为员工的榜样，说话才有比较大的影响力，才有

可能发挥榜样示范的作用;相反,如果表里不一,言论与作为相悖,则必然"上有所好,下必甚焉"。我们可以在中国国有企业管理实践中找到很多这方面的例子。行为示范和榜样激励同样适用于知识创新型企业的管理。高层管理者引导员工进行知识创新,要求一线员工掌握"是什么",自己必须发现"应该是什么";管理者要领先员工进行知识学习,创造有助于学习的开放式环境,自觉消除各种不利于学习的障碍。

(二)权力下放,下属参与

人为管理要求实际的而不是只在口号上尊重和调动员工的积极性和创造性,现代企业管理者必须放弃过去那种自己做决定,让别人去执行的"命令—支配型"的管理模式,要充分下放权力,吸引下属参与管理。对待知识型的员工,不能以维护自己虚假的权威为借口,剥夺别人思考的权力,要在企业建立一种服从知识同服从权威同样重要的舆论氛围。知识的创造发生在每个人的大脑中,外人是无法控制的,管理者必须设计很好的激励机制鼓励员工把知识贡献给企业。我们必须记住一个最简单的道理:员工智力资本投入的多少是以将来的回报为预期的,没有人会像傻瓜一样明知道自己的意见不受重视仍然喋喋不休。

(三)结构模糊,充分流动

企业组织结构不是铁板一块,要适当增加弹性,员工不是经理人的附属品。人为管理要求人的潜能的释放和发挥,在组织结构这一层面,要朝着结构界限和员工身份适当模糊、人员可以相对自由流动以及员工的知识可以交流和共享的方向努力。如果因为部门分割的原因使某个员工的知识或技能不能为公司整体利益服务,这样的组织结构不能为公司创造价值,就应该对其进行改造;如果是经理人员担心员工的流动会影响他控制的资源,并削弱他对下属的权威和影响力,这样的经理人完全可以被解雇。员工流动和重组是为了发挥智力资本的价值,建设具有高度凝聚力又能为企业创造价值的团队。这些团体中的个人除了做到信息共享外,还要能根据工作需要迅速完成任务,并且能为别人和整个团队的利益着想,可以看出,这正是"人为为人"管理思想的生动实践。

(四)识别特征,有效激励

人为管理强调激励的不可或缺性,成功的激励不仅是管理者要努力做到的,更是员工的希望。实施有效激励需要做好以下三个环节。第一个环节是要能够成功识别不同员工的知识和技能特征,这在知识经济时代尤为重要。按照詹姆斯·迈天的解释,按照技能的不同可以将员工划分为四类:第一类是具有独特价值的核心员工,这些人构成了企业的核心资产,必须想方设法留住他们,必要时可以通过股票期权或者职务晋升,让他们有作为公司重要成员的感觉。第二类是企业花费巨

大代价才能替换的员工,包括绩效良好的团队成员,拥有关键专业技术的人以及掌握关键客户资源的人。这类人应予以重奖,以鼓励他们继续留在企业。第三类是从事的工作可以由其他人代替的员工。这类员工应该让他们与外部同样技能的人进行竞争,工作优秀者适当奖励,工作较差的可以辞退处理。第四类指没有独特技能可以被迅速替换的员工,即各种一般体力劳动者、劳务工人等。这些人必须让他们时刻有危机感,工作只有非常出色才能得到物质鼓励。不难看出,企业激励的重点是第一类和第二类人,必须给他们足够的工作安全感,当公司精简机构时,裁减的只是他们的薪水而不是工作。第二个成功激励的环节是识别员工的需要。人由于知识技能、工作、成长环境和自我期望的不同,不同时间的需要是不一样的。管理者要具备这种识别的本领,"为人"的行为最好能够满足员工的主要需要。第三个环节是激励要及时。激励也是一种强化,无论正向还是负向,一定要在员工行为发生后的短时间内进行,时间越长,激励效果越差。

(五)服务客户,合作双赢

随着消费者力量的不断强大和消费者的日趋成熟,有的学者提出了基于企业—顾客认知互动过程的企业战略观念。客户是与企业共同创造价值的重要合作伙伴,是企业知识的源泉之一和组织学习的重要动力。研究表明,客户对企业的忠诚度是员工忠诚度的反映,如果员工能为自己的工作所激励,并能够从工作中获得满足,那么他们在日常工作中会更积极地影响顾客,转而影响顾客购买和重复购买的可能性。员工对公司的忠诚度同样地会促进顾客对公司的忠诚,所以培养顾客忠诚度的重要途径是促进员工对企业的忠诚。

三、"三为"思想的核心

"三为思想"是东方管理的核心内涵,三为思想的三个理念是解决人、社会和自然之间的三个矛盾,具体内容如下:

(1)将"合天人(天人合一)"的理念作为一种世界观和思维方式,解决人与自然的矛盾问题,谋求人与自然的和谐。"天人合一"是中国哲学的一个根本观念,认为人生的最高理想就是自觉地达到天人合一的境界,物我本属一体,内外原无分割。大部分哲学家认为天是人的根本,是人的理想、自然的规律,亦即自然的准衡。天与人本来是对立的两极,而在和谐精神的作用下,达到了合一的境界。这种哲学观念是有其历史根源的。人类早期生产力比较低下,作为社会根本的农业对天时稍有不顺,则会造成灾害和饥荒,所以追求和大自然的和谐,追求天人合一的境界就是自然而然的事了。而现代社会对资源的过度摄取也已经给人类带来了很多恶果,天人和谐的精神仍然具有积极的现实意义。

　　(2)将"同人我(人心合一)"的理念作为一种行为原则,解决人与人之间的矛盾问题,谋求人与人、人与组织、人与社会的和谐。讲究人际和谐和社会和谐一直就人类与生俱来的重要话题。孟子曾说过"天时不如地利,地利不如人和"的著名论断,即认为人和是事业成败的关键性因素。而中国最早的人际和谐主要强调的是家庭和谐,《尚书·尧典》中提出的以家庭为本位的五种人际和谐的关系,即"父义、母慈、兄友、弟恭、子孝",其文中所言"契! 百姓不亲,五品不逊,汝作司徒,敬敷五教",文中的"五品"就是指这五种人际关系,强调家庭之中要用和贵的思想来处理这五种关系,而家和万事兴的说法则是自古就有。所以总的来说,儒家特别强调通过各种人际关系的和谐来"致天下之和",以家庭和谐、邻里和谐、朋友和谐、师生和谐、君臣和谐、君民和谐来最终实现"和谐天下"。

　　(3)将"一内外(身心合一)"的理念作为一种修炼原则,解决个体的身心矛盾问题,谋求人自身身心的平衡和身心健康。这种身心的和谐是在追求物质享受与精神享受中实现的,否则,只有单方面的满足很难达到身心的和谐。人与动物的区别之一就是人具有社会性,也就是说人在有物质追求的同时,还具有精神追求。当然,人要在世界上生存,物质需求是必不可少的,但只要具备基本的物质条件,不至于受冻挨饿,人们便会安居乐业。相比之下,中国人更重视精神追求,追求心理的平衡与和谐。所谓"安贫乐道","知足常乐","革尽人欲,复尽天理","清心寡欲"等思想,就是要求人们单纯追求心理和谐而放弃肉体需要的具体体现,这些思想有其合理性的一面,但也并不完全可取。因为人活着,就必定会有物质方面的需求,否则便无以生存,更谈不到身心和谐。只有把对物质的追求和对精神的追求协调起来,使两者处于一个合适的度和量,这样才能达到身心和谐。

【本章小结】

　　1. 人为为人的内涵就是,每个人首先要注重自身的行为修养,"正人必先正己",然后从"为人"的角度出发,来从事、控制和调整自身的行为,创造一种良好的人际关系和激励环境,使人们能够持久地在激发状态下工作,主观能动性得到充分发挥。

　　2. "人为为人"概括了古今中外一切管理行为的本质特征,它也是面向未来的开放的管理思想,在促进未来管理学理论体系的建立和当今知识经济时代管理实践的发展等诸多方面具有重要的意义。

　　3. 从人际互动论的分析视角表明,"人为"与"为人"之间相互转换、不断递进、周而复始的运作形态的动因,在于人际交往中普遍存在的人际互动。

4. 人为管理绩效受到很多因素的影响,概括来说,主要包括以下几个方面:个体因素,包括领导风格、行为方式;结构因素,包括组织特点、工作目标、企业文化及产权制度等方面;环境因素。

5. 人为管理是注重发挥个体潜能的自我式管理,这种管理的结果不是使个体背负沉重的精神负担而忧虑重重,相反应该是个人心理健康水平的全面提高。

6. 人为管理在企业管理实践中的实施,要注意以下几点:行为示范,以身作则;权力下放,下属参与;结构模糊,充分流动;识别特征,有效激励;服务客户,合作双赢。

复习思考题:

1. 什么是"人为为人"? 人为价值论的涵义是什么?

2. 人为为人有哪几个管理层次? 如何在组织中发挥作用?

3. 研讨"以人为本、以德为先、人为为人"三者的关系以及在企业中的运用。

【案例分析】

潘燊昌"人为为人"的用人之道①

潘燊昌先生在保险界是非常出名的人物,特别是在中国香港和中国台湾。他1972 年进入美国国际集团(AIG)香港友邦保险公司,担任过 AIG 中国香港和马来西亚公司的高管;1975 年考取全香港第一张英国精算师执照,"三年考取英国精算师"成为轰动全港的纪录,"潘燊昌纪录"此后 25 年无人能破;从 AIG 离职后,历任ING 集团亚太区执行委员会成员、大中华区主管、台湾 ING 安泰人寿总裁、首创安泰和太平洋安泰副董事长等职务,现任中国太平洋人寿保险股份有限公司经营委员会主席。作为一个成功的企业领导者,他一直认为,利用西方的知识再加上我们东方自己的文化来管理企业和员工,是比较有效的。所以他糅合了中国传统文化中法家、儒家和道家的思想来管理从基层人员到高阶主管的公司员工,达到了很好的效果。

用法家的"有赏有罚"管理新进员工。对于新招进的基层员工,公司除了注重其专业能力和表现,还用法家的"赏罚"来主导人们的行为,采用法家精神,有赏有罚,所有规定都白纸黑字写下来,看新员工是不是准时上下班、懂不懂公司的做事

---

① 改编于苏宗伟:《东方精英大讲堂——领先与创新专辑》,复旦大学出版社 2007 年版。

方法,是否遵守公司的纪律和规定,否则新人就会养成坏习惯,公司迟早也会出乱子。同时,还将"奖赏"与人力资源投资结合起来,不仅单纯给予物质的奖励,而且还对员工的智力和能力增加投资,不仅丰满员工的口袋,而且丰富员工的脑袋。

用儒家的"忠恕之道"领导中层主管。对于中层主管,则更多地运用儒家的管理思想,从人性本善出发,以"以人为本"为中心理念,突出对人的重用。强调"忠"、"恕"之道,主张"己所不欲,勿施于人",个人利益不能凌驾于团体之上。潘燊昌认为,一个做中层主管的人,能够采用儒家"人性化"的管理,以身作则、以德服人,相信一定能赢得员工的心,也能让基层专业人才得到最好的发挥。所以,在公司的日常管理中,既要注重规则的制约,同时也注重道德的感化作用,通过以德报怨等多种形式,展示公司文化所提倡的宽容,强化公司的凝聚力。

用道家的"无为而治"实施公司的决策。对于公司决策层而言,似乎更多体现的是道家思想。对很多事情,决策者只能尽力而为,制胜的关键在于能否让公司的竞争优势和环境巧妙配合。潘燊昌强调顺势而为,有时可能领先一步,有时却可能慢一步,好像黑里有白、白里有黑,可能今年亏损,明年就翻身,很多事情的结果并非一定。因为正所谓"祸福相依",这和道家思想的奥妙之处不谋而合。他认为,在对各级管理人员充分信任的基础上,进行充分授权,使决策层真正能够做到"无为而治",从而能把精力集中于公司战略发展方向的把握等关键性问题上。这种"人为为人"的管理哲学和方式,可使企业平衡和谐地发展。

案例思考题:
1. 潘燊昌的管理理念体现了"人为为人"的哪些方式?
2. 结合案例谈谈企业如何建立"人为为人"的管理文化。

四治篇

　　四治体系是基于古今中外管理实践而提出的管理体系层次论。东方管理学的主要内容包括四个方面：治国家、治生学、治家学和治身学。它不仅涵盖了管理实践中的各个层面，而且也符合中国儒家"修身、齐家、治国、平天下"的推演逻辑。"四治"涵盖了宏观、中观与微观三个层面，其中治国就是在宏观层面上的管理，治生着重从中观的区域和行业经营展开，同时也包含了微观层面的企业运营管理，而治家与治身重在从微观层面探讨家庭管理与自我管理。

第九章　治国——国家管理

　　治国就是治理国家,侧重于国家层面的治理和管理,而国家的使命在于通过社会所赋予的公共权利,配置社会资源,平衡社会关系,缓和社会矛盾和冲突。所以,治国的根本在于牢固掌握政权,并使其发挥有效作用。政权的巩固和有效性,在很大的程度上取决于民众对政权的认同与拥护的程度,而民众对政权的拥护与认同,则取决于政权能否创造符合民众的根本利益要求。这两个逻辑决定了国家的确立与发展,必然要在两个基础上展开:一是人与社会的发展,二是国家与社会的秩序。这两个方面的基础存在着深刻的辩证和有机的统一。所以我们讲,治国的理念就是坚持以人为本,促进人的全面发展,这既是经济社会发展的目的,也是为了实现人的发展。世界著名学者重视中国古代政府如何管理国家的经验。2007 年诺贝尔经济学奖第一位得主——芝加哥大学的罗杰·迈尔杰说:我有兴趣了解儒教指导下的中国古代政府是如何运作的(2009 年 8 月 3 日文汇报)。本章将从治国目标、治国理念、治国法则等角度详细探索古今治国的策略。

第一节　治国目标

　　治国目标要以民生为基,以安定为重,以和谐发展为目的;治国的手段要以法治、德治的两种不可或缺的方法来管理国家。法治是安邦、强国之本,德治则是固本兴邦的必然选择。

一、富国安邦

　　富国安邦是治国思想的最崇高境界,其他的治国思想都是围绕这个中心从不同的侧面展开的。战国时的学者荀况认为:君主握有最高权力,但仅凭权力并不能使天下自行安定,必须实行正确的治国之道。有道才能兴邦,无道必然亡国。南宋学者叶适也认为,权势只能强迫人服从于一时,而道义才能令人心服口服。

　　孔子从仁爱的观点出发,想建立一个和谐的人与人之间互爱的社会,因而主张

"克己复礼",追求"安人、安百姓",使"老者安之,少者怀之,朋友信之"的这样一个理想社会。孟子把孔子的德治发展成为"仁政",不但主张要制民之产,使百姓"不饥不寒",使鳏寡孤独都有所养;还要"以不忍人之心,行不忍人之政",实行宽柔的政策;还主张与百姓同乐,在使百姓的基本生存条件得到保证的同时,还要使他们有精神上的愉悦。他认为,只有百姓不饥不寒,"与民同乐"的社会,才是理想的社会。荀子提倡"王道",也旨在建立一个有道德的、有法制的理想社会。

法家学派是在"必然之道"原则下建立国富兵强成霸王之业的治国目标。管仲是提出富国强兵目标并予以实施的首位法家人物。管仲在齐国推行了国富兵强之政策,即所谓"务本饬末则富"、"选士利器则霸"[①],亦即经济以农业为本、实战重人重物政策。商鞅提出富国就是要增加农业生产,要增加农业生产就是要人民力于耕,使民乐农而力农,社会贬抑商工。有曰:"利出于地,则民尽力;名出于战,则民致死。入使民尽力,则草不荒;出使民致死,则胜敌。胜敌而草不荒,富强之功可坐而致也"[②]。

二、安居乐业

富国安邦的微观基础是人民的安居乐业,即富民。我国古代有关"富民"的思想起源很早。早在先秦古籍《尚书》中就有关于"裕民"、"惠民"的记载。这些为周代统治者所大力宣扬的"裕民"、"惠民"政策,就是要求对民众的物质利益给予一定的关心和照顾。

春秋时期孔子提出了个人关于"富民论"的看法,他认为"小人怀土"、"小人怀惠"、"小人喻于利",是说处于社会下层的黎民百姓是最关心自己利益的,因此他要求统治者应"博施于民而能济众",给民以实际的经济利益,使民"足食"、"富之"。只有在民"富"、"足"的基础上,才能使民接受统治者的教化,为统治者所驱使。这便是孔子著名的"富而后教"思想。在国家财政方面,孔子反对统治者厚敛于民,认为苛政暴敛只能使民穷财尽,国家财源枯竭,从而最终危及统治者政权本身。有鉴于此,他提出"百姓足,君孰与不足?百姓不足,君孰与足?"的主张,要求统治者节用薄敛,取民有节,以利于民的富足。

孟子不仅率先提出"民贵君轻"之说,而且把富民视为实现治国王天下的一个最基本的条件。在他看来,不仅治国需要富民,而且实现统一天下的王业也需要富民。至于富民的方法,孟子提出"易其田畴,薄其税敛,民可使富也"。即包括发展

---

① 《管子·幼官》。
② 《商君书·算地》。

生产与减轻赋税两个方面。此外,他还提出"泽梁无禁",主张开放被贵族地主所占领的山泽资源,以有利于民众获取财富。

荀子博取众家之所长,成为先秦诸子中富民思想的集大成者。其富民思想主要体现在他所著的《荀子·富国篇》中。在这篇著作中,他从理论上阐述了富民的必要性和富国必先富民的意义,以及富民与富国的关系。他说:"仁人在上,百姓贵之如帝,亲之如父母,为之出死断亡而愉者,无他故焉,其所是焉诚美,其所得焉诚大,其所利焉诚多。"就是说统治者能否得到人民的拥戴,归根到底取决于人民得到实惠的多少。因此,统治者必须"以政裕民",把富民作为自己的基本国策。其次,他还认为是否实行富民政策,是关系到国家盛衰兴亡的大事。所谓"王者富民,霸者富士,仅存之国富大夫,亡国富筐箧、实府库"。在荀子看来,富士、富大夫、富国库都是不足取的,只有富民才能实现王业。因此,他谆谆告诫统治者,不要与民争利。他说:"裕民则民富,民富则田肥以易,田肥以易则出实百倍。"就是说,发展生产的目的是促进民富,而民富的结果,则能促进生产的更大发展,其结果"事成功立,上下俱富",即在富民的基础上,国家也随之富强起来。从这里可以看出,在富民问题上,荀子坚持富国必先富民,民不富,则国不强;只有将富民与富国有机地结合起来,国家才能富强。这是荀子对儒家富民思想所作的总结性阐述。

三、社会公正

公正即公平、正义与平等,作为社会道德范畴,其实质是协调社会和社会成员的权益关系,实现权益合理布局及分配,以保障人类的道德延续和推动社会的和谐发展。虽然古代中国社会有着十分明确的阶级划分和严格的等级规定,但是在追求社会公正方面也仍然有所成就,主要表现在古代中国社会保障事业的发展上。

在中国封建社会占统治地位的儒家思想和学说要求统治者要施行"仁政",要对鳏寡孤独残疾贫病之人予以救助。道教经典《道德经》一书中也有"施恩布德,世代荣昌"、"天道无亲,恒与善人"等劝人为善之言,宣扬人们要想生活美满,长生成仙,必须积德行善;否则,行凶作恶之人不仅自身会有灾祸,而且还殃及子孙。它劝导富有者要"矜孤恤寡,敬老怀幼"、"济人之急,救人之危",以此积累功德,祈福求善。这些思想深入民间,广泛流传,对古代民间社会保障事业的兴起产生了巨大影响。

第二节 治国理念

治国理念作为一个国家管理者基本世界观的具体体现,决定了他们在解决现

实世界中各种矛盾、各种问题时所采取的方法和手段。中华民族数千年来虽然经历了无数次的改朝换代和多种外来文化的渗透,创造出了数不胜数的治国良策和丰功伟绩,但就其所遵循的治国理念来看,那些成功的范例无一不深刻地反映出它所赖以生存的华夏文化渊源。

一、以民为本

"以民为本"乃治国的基础,源于《尚书》所说"民惟邦本",意思是只有民众才是国家的根本。通常,任何一个治国者上任时都会面临两大难题:一是要处理好人类发展与自然界发展的平衡;二是要使个人、阶层、阶级的发展和人类总体的发展相平衡,尤其是处理好治国者自己和天下百姓的关系。这也是考验治国者工作称职与否的基本标准。儒家提倡仁德,将"仁"的观念与政治实践相结合,就成为以"仁"的精神和思想来治理国家。

孔子主张推行"仁政",将"仁者爱人"用之于治国,就是要国家的管理者爱民,要以人为先,以民为本。《大戴礼记》中说:"孔子侍坐于哀公,哀公曰:'敢问人道谁为大?'孔子对曰:'人道政为大。古之为政,爱人为大。'"

孟子主张"王政",孟子所谓"王政"与孔子的"仁政"在本质上是相同的。孟子"王政"包括四项政纲:(1)选贤任能,要选聘德才兼备者组织一个廉洁高效的政府。(2)妥理财赋,要求统治者管理好国家财政。(3)施行仁政,即争取民心归附,施行仁政的首要政策是民生政策,以解决人民之衣食住等问题,使一般人民生活有保障,养生丧死无憾;其次则是社会政策,以解决社会上鳏寡孤独者的问题。(4)教民孝悌,即教化百姓,亲亲、敬长,只要人人能够孝爱双亲,尊敬师长,天下自会太平。通过这四项政纲建立大一统的太平盛世。

孟子认为人君治民之道,首先要推己及人,"老吾老,以及人之老;幼吾幼,以及人之幼。天下则运于掌。……故推恩足以保四海,不施恩无以保妻子。"就是要推己及人,由近及远,推恩于他人,亲亲而爱民,使老百姓得到惠泽,则天下归心。其次,乐民之乐,忧民之忧,为政者要与人民群众同甘共务,休戚与共,与人民同乐同忧,"乐民之乐者,民亦乐其乐;忧民之忧者,民亦忧其忧。乐以天下,忧以天下,然而不王者,未之有也。"再次,治田畴,薄税敛,省刑罚,补不足。抓好农业生产,减轻百姓赋税负担,对收成不好,缺衣乏食者要予以补助。仁君治国,以德化为重,德主刑辅,刑罚之用乃不得已而为之。

孟子认为欲得天下,必须得天下之人民;欲得天下之人民,必须得天下人民之心。得天下民心的方法是:多做人民所欲的事,不做人民所不欲的事,要顺乎民意。"得天下有道:得其民,斯得天下矣;得其民有道:得其心,斯得民矣;得其心有道:所

欲与之聚之，所恶勿施，尔也"①。

总之，"以民为本"就是要国家管理者在制定方针政策时，一切要以老百姓的根本利益为出发点，关心人民的疾苦，减轻人民的负担。为老百姓谋福利，为老百姓办实事，与老百姓同甘共苦，同忧同乐，这样才能赢得人民群众的信赖与拥护，正所谓得人心者得天下，民为邦之本，"以民为本"就是要统治者爱民、养民、富民。如此，国家就会兴旺发达，繁荣昌盛。

二、道法自然

道法自然的思想实际包含着三个层面的意思：一是指顺应自然界和人类社会的发展规律，正本清源，按照事物本来的运动发展规律去认识它、把握它、利用它；二是指按照管理活动本身所应该遵循的基本原则和规律办事，比如需要依靠组织结构来完成的任务就不能一个人蛮干；三是指依照人民大众的共同心理，顺势加以引导，使人民群众自觉地服从国家颁布的管理条例与法律。老子认为，"人法地，地法天，天法道，道法自然"②，也就是说，道的本性就是自然，一切事物不能违背自然，而要顺应自然。以这种天道自然观来指导治国实践，就是要"无为而治"。

在老子看来，不管是"以德治国"、"以智治国"，还是"以力治国"、"以法治国"皆不能违背人的自然本性。由"无为而治"出发提出"上得无为而无不为"的管理思想，即要求"体道"、"守道"的上得之人，对黎民百姓的管理应当师法自然之道，既不可违背自然规律而妄为，亦不可离开客观实际而强为，而应以"无为"而达到"无不为"的目的。老子和庄子反复强调，天道自然无为，人道应该遵从天道，顺应自然，实践无为。老子提出"为而不恃"、"为而不争"，庄子提出"功盖天下而似不自己，化贷万物而民弗恃"。老子提倡的"无为而治"并不是无所事事的懒汉似的管理方法，而是一种以最小的领导行为取得最大的管理效果的积极进取的管理方法。

吸收老子无为而治的思想，领导者在行使管理权时，既不能随心所欲地去"妄为"，亦不能脱离实际去"强为"，而要顺其自然，因势利导，严格按照客观规律办事，否则，就会遭到失败。利用规律即是顺应自然，创造良好和谐的环境，轻松愉快地工作，而不能逆自然法则，去创造规律，不要人为地去设置障碍，设置隔阂，对人对事不要有成见，不要居功自傲，不要太重名利，抛弃人为，顺应本性。做到这一点，就容易做到为人民服务，以人民的利益为利益。

在与自然和他人交往中，一个重要的度是不要反自然而为。从老子不争之德

---

① 《孟子·离娄上》。
② 《道德经》。

出发,从个人修养看,领导干部如能奉行不争之德,做到无名,当他们为国家和人民做出了贡献之后,仍然能在个人生活待遇和名誉地位上严格遵循"份外之物不可取,份内之物不可争"的道德准则,真正做到为国为民而不与人相争。这样既可缓解领导与群众的紧张关系,又可以营造和谐的人际环境,这对于廉政建设具有重大意义。

老子不争之德还包含着以和为贵的取向,与儒家和为贵的思想具有相通之处。现实生活中,充满了个人和个人,集团和集团,社群和社群,阶层与阶层的矛盾、对立和斗争。不争之德作为处理国家管理的一项原则,就是为了使斗争双方不两败俱伤,甚至同归于尽,而是通过互相协调,良性互动,化干戈为玉帛,来保持社会的稳定和发展,为人类和平相处提供了价值依据。

在现实中,道法自然还要求那些国家和政府的管理者,首先应该加强对客观规律的认识。了解了这些规律,才能辨明自然和社会发展的方向,才不会犯原则性、方向性的错误。其次,作为国家和政府的领导人,还必须通晓处理各种事务的基本程序,也就是说要知道一些管理的基本方法和技巧,否则就很可能事倍功半,自己还疲于应付。再次,国家和政府的领导人尤其要精通与人打交道的各种方式和方法,因为所有的领导意志最终都是要通过人去完成和实现的。下属工作积极性的高低,多数情况下要受到上级管理方式和方法的影响。其实,这也就是东方管理所以强调"人为为人"理念的重要原因。

三、德法兼容

东方管理学要求治国者首先要为政以德。孔子认为,只有自己行得正,才能去要求别人;政其实就是正,治国者端正了自己,那么百姓就服从于政令了。所以,即使已经担任要职的管理者,也不能放松对自己的要求,还是要不断地强化道德意识,并不断吸收借鉴新的知识和技能。"以德治国"要求治国者做到以下几点:

(一)克明峻德

出自《尚书·尧典》,意思是说,如果治国者能发扬光大高尚的道德,就可以做到帝王家族和睦,百官职守昭明,万国协调发展,天下民心和善。这一传统治国道德目标,在《礼记·礼运》中被描绘成"大道之行也,天下为公"的"大同"世界。为此,孔子要求治国从政者要遵守恭、敬、惠、义等道德准则,即"君子之道四焉:其行己也恭,其事上也敬,其养民也惠,其使民也义。"《左传》甚至提出更鲜明的论断:"德,国之基也。"

(二)立身惟正

孔子说:"政者,正也。子帅以正,孰敢不正?"韩非则精辟地指出:"修身洁白而

行公行正,居官无私,人臣之公义也。"陈宏谋编著的《从政遗规》记有:"当官之法,唯有三事:曰清,曰慎,曰勤。""为政当以公平正大行之,是非毁誉,皆所不恤。""正以处心,廉以律己,忠以事君,恭以事上,信以接物,宽以待下,敬以处事,居官之七要也。"这都是关于"立身惟正"的具体说明。

(三)明道善策

我国传统德治中很重视行政决策要符合道德要求。因为,"国无政,不用善,则自取谪于日月之灾,故政不可不慎也。务三而已:一曰择人,二曰因民,三曰从时。"《荀子·议兵》认为:"隆礼贵义者,其国治;简礼贱义者,其国乱。"《从政遗规·薛文清公要语》将"明道善策"的内涵概括为三要素,即"养民生,复民性,禁民非,治天下之三要。"

(四)举贤任能

孔子主张"举贤",他告诫鲁哀公说:"举直错诸枉,则民服;举枉错诸直,则民不服。"孟子提出"进贤论",在他看来,"尊贤使能,俊杰在位",就可"无敌于天下"。荀子更深刻地指出:"法不能独立,类不能自行;得其人则存,失其人则亡。"结论是:"贵贤,仁也。"唐太宗李世民晚年总结德治经验,撰写了《帝范》。其中《求贤》篇写道:"夫国之匡辅,必有忠良。任使得人,天下自治。""为政之要,惟在得人";"致安之本,惟在得人。"

(五)教而后刑

中华民族的数千年文明史告诉我们,治理国家时,只有法治与德治相结合,才能赢得民心,保持社会稳定,国家安宁。法治可以让人身服,德治则可以让人心服。高明的政治,总是把两者相结合,使宽猛刚柔配合得恰到好处,从而达到社会治理的目的。秦代以后出现的太平盛世,包括汉代的"文景之治",唐代的"开元盛世",清代的"康乾盛世",等等,在治国方面无不显示着法治与德治相结合的作用和价值。

我国实行依法治国与以德治国相结合的治国方略是对古今中外治国经验的科学总结,但在本质和内容上不同于过去的模式。社会主义中国实施的是以依法治国为主,以德治国为辅,两者相结合的治国方略。社会主义以德治国把治者与被治者合二为一,强调的是用社会主义的道德治国,是强调培养植根于中华民族五千年的优秀道德传统的基础上,又体现时代特征、融传统美德与现代美德为一体的现代道德,是建立在全体人民普遍认同和自觉遵守基础上的社会主义道德体系。社会主义中国实施依法治国与以德治国相结合的治国方略,既可以保证我国社会稳定和健康发展,也能更好地促进我国有中国特色社会主义事业的顺利进行。

第三节 治国法则

所谓治国法则就是指在具体管理国家事务的过程中所遵循的基本原则和基本方法。

一、强根固本

作为民众意愿代表的国家管理者，首要的任务就是解放和发展生产力，解决关系国计民生的重大问题，为经济的腾飞打基础、创造条件。

古人云："民以食为天"。国家和政府的管理者首先要把人民大众的温饱问题，当作头等大事来抓。尤其是在我们这样一个相对还不发达、处于由农业化向工业化社会转型的国家，解决十几亿人口的吃饭问题，一直是任何一届政府都无法回避的重中之重。《尚书·洪范》中提出的"八政"之首便是粮食，可见其重要性。

教育是强国的另一根本。"衣食足"只是保证了民众物质需要的满足，而人对于信仰和终极关怀的探求，则需要发展各种教育来满足。通常人们在财富积累到一定程度，就会产生懈怠情绪。而教育则能够帮助人们培养忧患意识，使之养成艰苦奋斗的习惯。

"忧患意识"要求明智的管理者随时提高警惕，善于发现并堵塞任何可能引发"大堤"崩溃的"蚁穴"。所以，"君子安而不忘危，存而不忘亡，治而不忘乱，是以身安而国家可保也"[①]。国内动荡发生的根源，大多数政治家、思想家都认为与当权者没有处理好他们和百姓的关系有关，这其中包括国内各民族之间的关系。除了国家内部可能发生的动荡以外，国家的管理者还必须时刻警惕外来势力的渗透和入侵。虽然立国不应该以穷兵黩武为本，但强兵卫国的意识不可丝毫放松，即使在和平年代也应如此。

强根固本要求治国者掌握一系列的治国技巧。在管理职能上，强调领导、决策、计划、控制等方面的技巧。比如对领导技巧的重视上，中国西汉盛世的产生就是作为治国者的汉武帝雄才大略充分实施的结果。在文化上，汉武帝采取"罢黜百家，独尊儒术"统一了思想；在经济上，采取盐铁专卖的政策，奠定了雄厚的经济基础；在军事上，三征匈奴，稳定了边防。这些都充分显示了领导技巧的重要性。在微观管理上，注重谋略、公关、选才、用才、修己、奖罚、沟通等技巧。例如，在战国时，秦强而六国弱，秦有并吞天下之心，六国在抵抗秦国进攻方面有着共同的利益。在这样的历史背景下，苏秦提出了"合纵六国，以慑强秦"的策略，这在当时保全六

---

① 《周易·系辞下》。

国利益上取得了很大成效,抑制了秦平定天下的进程,这就是治国谋略技巧的成功应用。

二、保民而王

中国2000年以前就有"治国保民"的思想。所谓"保民"思想指统治者在治理国家、管理民众时要能够体察民众的疾苦,要能够爱护、保养民众。它主要源于《尚书·康诰》中记载的周朝的开国统治者尤其是周公姬旦等人提出的"用保义民"、"用康保民"的思想。周公特别强调统治者首先必须要有一颗关心体察民众的心,要求统治者能够做到"恫瘝乃身,敬哉",即要求统治者必须做到设身处地,把民众的苦痛当成自己的苦痛一样来加以体谅;要能够"知稼穑之艰难"、"知小人之依",这里的"小人之依"用我们现代的话讲就是黎民百姓的疾苦艰难。在体谅和了解了百姓的疾苦艰难的基础上,统治者才能真正做到"怀保小民、惠鲜鳏寡"。周王朝的统治者为了能够做到保养民众,尤其是保障鳏寡老幼等弱势人群的生活,主要采取了以下六项政策措施:"一曰慈幼,二曰养老,三曰赈穷,四曰恤贫,五曰宽疾,六曰安富"。

中国传统"保民"思想特别强调统治者必须能够体恤民众、保养民众,尤其是要能够为那些缺乏劳动能力的人提供基本的生活保障,并以此作为一个王朝兴衰的关键。孟子把施行仁政提到极端重要的地位,认为:"三代之得天下也以仁,其失天下也,以不仁。国之所以废兴存亡者亦然。"管仲提出"兴德六策"和"九惠之教",即"养长老,慈孤幼,恤鳏(鳏)寡,问疾病,吊祸丧"、"衣冻寒,食饥渴,匡贫窭、振罢露,资乏绝","人国,四旬五行九惠之教:一曰老老,二曰慈幼,三曰恤孤,四曰养疾,五曰合独,六曰问疾,七曰通穷,八曰振困,九曰接绝。"

历史的实践证明,每当王朝的统治者积极采取保障民众基本生活的措施时,总能保持当时社会局势的稳定,为王朝的繁荣奠定基础。

三、集分适当

中国在战国时期初步形成封建君主专制中央集权制,以商鞅变法为代表的一系列变法行动,使其初步形成。秦汉时期进一步确立和巩固,推行郡县制、车同轨、书同文,西汉推行"推恩令"、实行严密的监察制度,巩固了中央集权,实现了专制主义的决策方式和中央集权政治制度的有机结合。自秦汉之后,历朝历代都按韩非子的"事在四方,要在中央"的原则设立政权机构,大多数政治家、思想家都拥护中央集权。隋文帝综合汉魏以来的官制,在中央确立了三省六部制。唐太宗时进一步明确划分三省职权,分工合作,相互监督,使封建官僚机构形成完整严密的体系。

宋太祖以"强干弱枝，内外相制"为宗旨，全面实行分权制，强化相互牵制，军权、行政权和司法权收归了中央。以分权达到过分集权也给北宋种下了积贫积弱的祸根。北宋灭亡后，过度强化中央集权的弊病，引起了一些有识之士的注意。北宋王朝虽然通过"尽收权柄，一总事权"，大大削弱了地方割据势力的影响，但也造成了严重的后遗症。靖康之变金兵突破边防后，各州县几乎没有抵抗能力，继而汴京告破，两帝被掳，北宋灭亡。元朝大一统局面形成后，元世祖实行行省制度，有效地统治了空前辽阔的疆域，使中央集权制有了新的发展。明初废丞相，设三司，置五军都督府，实行特务制度，都是为了强化君权。清朝沿用明制，增设军机处，使议政王大臣会议名存实亡，标志着我国封建君主专制主义中央集权制度发展到顶峰。

用现代的话说，集分适当就是指要处理好中央和地方的关系。就经济管理来说，集分适当就是强调"农商并重、集权分权、政体改革、战略、国家交往、集贤用贤、德成并重"。

四、开放创新

创新的本质，借用中国传统哲学中的一个范畴来说就是："生"。《周易·系辞下》云："天地之大德曰生"，而人类是靠自己的创新能力自立于天地之间，最有意义的人生莫过于不断创新的人生。所谓"生"，乃是说"世界"并非本来如此，亦非一直如此，而是生生不息、日新而月异。所谓"创新"，更具体地说，就是"无中生有"——从被抛弃、被忽略，被认为是"不可能"、"不必要"的"空白处"生出"有"来，独辟蹊径，别开生面，化腐朽为神奇。"无中生有"的前提是"有中生无"——超越已有的成果，不为权威的结论所束缚，不被流行的观点所湮没，不因眼前的困难而退缩。所以，我们也可以说，创新的本质就是"有无相生"。

自古以来，中国就是一个统一的大国，周边都是相对弱小的国家，因此，元朝以后的治国者考虑如何安抚往往要多于如何竞争，以致日益愚昧落后，最后国破受辱。历史证明，闭关锁国的政策祸国殃民，贻害无穷。其实，中国并非自古以来就夜郎自大，而且还曾经因为不断吸收借鉴外来文明优秀的东西，丰富和发展了华夏文明，创造了东方世界的辉煌。熟悉中国历史的人们都会发现，正是开放贸易和不断地向外来文明学习和借鉴，才支撑了华夏文明几千年源远流长的发展。正因如此，中国在"文化大革命"之后，迅速地推行改革开放政策，也才使得经济飞速发展有了坚实的政策保障。

【本章小结】

1. 治国思想作为一个国家管理者基本世界观的具体体现,决定了他们在解决现实世界中各种矛盾、各种问题时所采取的方法和手段。中华民族数千年来经历了无数次的改朝换代和多种外来文化的渗透,积累了丰富而深邃的治国理念,最具代表性的有:道法自然、济世兴邦、礼法并举、以民为本等。

2. 所谓治国法则就是指在具体管理国家事务的过程中所遵循的基本原则和基本方法。东方特色的治国法则主要有:为政以德、人治与法治相结合、强根固本、居安思危、保民而王、集分适当、开放创新等。

3. 东方管理非常重视治国之道,也就是在治理国家时所采用的途径和手段,由于有不同的治理国家的思想和原则,相应地产生了不同的治理手段和方式,如修己安人、无为而治、唯法为治、以德治国等。

复习思考题:

1. 什么是治国? 治理国家如何确定目标?

2. 治国中如何做到德法兼容?

3. 从中国的"洋务运动"和日本"明治维新"的结果,比较两国的治国理念。

【案例分析】

李世民"以人为本"创盛唐[①]

唐太宗李世民执政期间所开创的"贞观之治"的盛世,其主要的原因在于政治、经济管理方面采取了"以人为本、修养生息、重农养民"的方略,使社会经济日趋繁荣,人民安居乐业。

1. 重纳谏、善用人的行政管理思想

唐太宗的管理思想相当丰富,行政管理是其中突出的一个方面。在他的行政管理思想中,十分重视人才的作用。早在高祖时期就注意延揽各方才子,组成一个"智囊团",为他出谋划策。如杜如晦、房玄龄、虞世南等都在其中,时称"十八学士"。唐太宗经常和他们谈论天下大事,听取他们对于时局的看法。唐太宗把人才看作是治理国家的关键所在,他即位后,更是大办学校、大兴科举,大量培养和选拔

---

① 改编于苏东水编著:《中国管理通鉴(人物卷)》,浙江人民出版社 1996 年版,第 141~144 页。

人才。

在人才的使用上,李世民比较好地做到了任人唯贤,不论其出身、经历,亦不计亲疏恩仇,是否反对过自己。如唐朝大臣李靖,原为隋朝名将,曾因很早就识破李渊的造反企图,赶赴江都告发,但在滞留长安途中被李渊擒获并下令斩首。但李世民却十分敬重李靖的军事才能,不仅将他救下并加以重用,后辟为兵部尚书、尚书仆射,封卫国公。在李世民夺取皇位后,不计前嫌,量才授职,在许多重大问题上采纳他的意见,成为李世民的得力助手。

严于自律、善于纳谏是唐太宗李世民在实施行政管理中的又一个特点。李世民本人对于这一点有着十分清醒的认识,他多次对侍臣说:"自古人君莫不欲社稷永安,然而不可得者,只为不闻己过,或闻过而不能改也。"作为一个封建君主,李世民对于下级所提出的建议和规劝,是比较能够接受的。历史上流传的他和魏征之间的进谏与纳谏的许多故事充分说明了这一点。魏征在当谏议大夫的三年中,屡次直言进谏,亦曾弄得唐太宗下不了台,李世民为此也曾私下禁不住恼火,甚至想杀了他,但最终在长孙皇后的劝说下,仍虚心接受魏征的进谏,改正自己的不妥之处。对于大臣进谏对当政者的作用,李世民在魏征病故后曾有一段精辟的论述:"以铜为镜,可以正衣冠;以古为镜,可以知兴替;以人为镜,可以明得失。朕常得此三镜,以防已过。"[①]这说明他深切感受到兼听则明,偏听则暗。统治者一定要善于听取他人意见,才可以明白得失,妥善执政。

2."重农安民,轻徭薄赋"的经济管理思想

李世民即位之初,总结了隋朝亡国的教训,提出了"民为邦本"的思想。他认识到统治者必须依靠人民,才能巩固其统治基础,而要得到人民的支持和拥护,则必须使人民丰衣足食、安居乐业。他提出发展经济的几条原则:

(1)要去奢省费,须从本身做起。李世民认为:"为君之道,必须先存百姓。"农民反抗封建王朝的原因,主要是因为"赋役繁重,官吏贪求,饥寒切身"。所以他提出的对策是:"去奢省费,轻徭薄赋,选用廉史,使民衣食有余。"去奢省费,自然要从统治者本身做起。李世民在其执政期间,在魏征等人的劝告下,确实罢废了一些靡费,示人以俭。有一次他要去巡游南山,行装都已准备就绪,但后来又改变了主意,决定不去了。魏征问他何以临时改变主意,唐太宗坦率地说,你经常劝我励精图治,勤俭建国,不可懈怠,为此我才改变主意。

(2)轻徭薄赋,取之有度。在国家财政收入的安排上,李世民提出理财有制、取之有度的思想,具体表现在当时实行的租庸调制。武德七年(公元 624 年)正式制

---

① 《贞观政要·求谏篇》。

定均田制和租庸调制,租庸调制是在均田制基础上推行的。明清之际的王夫之在《读通鉴论》中认为租庸调"取民之制,酌情度理,适用宜民,斯为较得矣"。从租庸调制推行的实绩来看,减轻了对农民的负担,使得农业生产确实有了发展,民皆知耕田有利,于是无不勤于耕作,也使社会生活比较安定,人口大有增加。

唐太宗李世民正是在这一管理思想的指导下,他才会对农民实行轻徭薄赋,使人民得以休养生息,并立戒奢侈节省开支,形成了"贞观之治"的良好局面,他自己也因这一系列政绩而为后人所称道。

案例讨论题:

1. 唐太宗的治国方略中体现了哪些东方管理的治国理念?
2. 研讨"民主法治与开发创新"在治国中的意义。

第十章　治生——经营管理

治生，是经营家业、谋生计的意思。东方管理的治生论，是以"德本财末"道德观和"诚、信、义、仁"伦理思想为哲学核心，并以"积著之理"为中心，依循所发现的客观经济规律，以及由此所发展出来的预测、战略计划、市场营销、人事管理和质量管理等方面的方法和技巧。本章将重点讨论治生理念、治生策略以及治生行为。

第一节　治生理念

治生理念，主要反映东方管理文化中的生产经营管理思想与治生伦理。

一、勤俭致富

《尔雅·释诂》云："勤，劳也。"可见，勤与劳两个字在中国古代的实际意思是相通的。勤劳观念在中国古代文献中出现得较早。《尚书》就有"惟德之勤"、"克勤于邦"、"与民用勤"、"勤思劳体"等说法。中华民族素以刻苦耐劳著称于世。刻苦耐劳，正是勤劳的另一种表述而已。

综观中国古代关于勤劳的论述，其具体含义可概括为：

(一)民生在勤

《左传·宣公十二年》载："民生在勤，勤则不匮，是勤可以免饥寒也。"古人认为，人类要发展，就必须勤劳。战国时代，诸子百家之一的农家提出，人人都应参加劳动，靠自己的辛勤耕耘求生存求发展。墨子更是大力倡导勤劳的美德，他说："赖其力者生，不赖其力者不生。"这一句名言，鲜明地表达了自食其力的观点，强调了人的生存发展都要靠自己的辛勤劳作。

(二)吃苦耐劳

这是勤劳的具体表现。勤与劳相通，而在一定意义上，劳与苦相连。只有真正经受得住吃大苦、耐大劳考验的人，才算得上具有勤劳美德的人。

（三）自强不息

勤劳美德的动因是自强不息。自强不息是进德、修业、立人之本。《周易·乾文言》有句名言："天行健，君子以自强不息。"

中国传统道德不但重视勤劳，而且重视节俭。勤与俭是一个事物的两个方面，互为表里，相辅相成。勤的本质在于勤奋努力，艰苦劳动；俭的本质在于对劳动者的尊重，对资源和劳动成果的珍惜，对物用的精打细算。勤因俭而贵，俭因勤而诚。假若只勤不俭，就像漏器盛水，即使创造再多的财富，也难免终将一空；假若只俭不勤，就像流水断源，没有活水源头，最终也免不了干涸。综观华商的家庭出身，多半是生活窘迫的农民和小商人等下层劳动者。正是因为他们生活无着，所以才能抱着"白手起家"的志向，前往海外，开始充满荆棘的异国生涯。然而，他们两手空空，再加上人地生疏，因此，很难找到一份合适的工作。为了生存下来，他们首先干体力劳动，这就是华商三步曲的第一步。接下来，他们勒紧裤腰带存钱，只要有一点小资本，就开始做小本生意，这是华商三步曲的第二步。第三步，扩大经营，力求发展，也就是在事业有一定起色后，或开分店，以求遍地开花；或进行多种经营，达到规避风险。大多数华商就是这样走过来的。因此，"足下生财"生动地说明了华商的成功是靠自己的勤劳、靠自己的血汗才换来的。

二、以义取利

在道德观影响下所形成的东方管理治生伦理，可以概括为四个字，即"诚、信、义、仁"。诚，就是诚实经营；信，就是讲求信誉；义，就是以义为利，不违法乱纪；仁，就是有仁爱之心。

商业信誉在东方治生实践中，一直被视为企业安身立命的根本。在明清时中国的一些地方，维护自己的商业信誉甚至被作为家规来执行。徽商吴南坡说："人宁贸诈，吾宁贸信，终不以五尺童子而饰价为欺。久之，四方争趣坡公。每入市，视封识为坡公氏字，辄持去，不视精恶长短"[①]。也就是说，人们一看商品上的封条是吴南坡的字号，根本就不用看质量，绝对可以信赖。

治生还应该靠正当的手段，不乘人之危而牟利。清朝道光年间商人舒遵刚说，钱财就像是流动的泉水，靠欺诈致富，就好比自己堵塞了源头；而奢侈和吝啬都会使泉水枯竭。应该像圣人说的那样，正当致富，乐善好施，才是发财的正道。

被誉为"日本企业之父"的涩泽荣一，对此有深刻的体会，并因此创建了"《论语》＋算盘"的企业经营模式。在他看来，如果企业家的素质太差，尤其是思想道德

---

① 《明清徽商资料选编》，第279页。

素质跟不上,"徒然成为利益的饿鬼","一心倾向一时之利而行",则必将影响企业的发展。所以,企业家首先要端正义利、仁富的关系;其次,企业家还应摆正个人与社会、国家及民族的关系。他认为正确的经营理念应以谋求国家多数人致富为根本目的。

东方管理的治生也很讲求仁爱,想人之所想,急人之所急,扶危济困,周恤乡里,尽力而为,不计名利。仁德与现代企业管理相结合就是要以人为本,关心人,爱护人,尊重人,理解人,在企业内部,领导者要以仁爱之心关心员工、爱护员工;对于顾客,企业要不断推出货真价实、物美价廉的优质产品和服务,这就是"仁"的体现,而那些生产假冒伪劣产品、坑害顾客的不法奸商就是非常不仁;对于社会,企业要讲社会公德,要遵纪守法。要承担相应的社会责任,在谋取利润的同时,不损害社会公益。

总之,儒家仁德思想是许多优秀企业和企业家的道德追求和价值追求,一家成功企业最终应使股东、顾客、员工、社会四满意。

三、崇尚规律

在树立了正确的治生理念之后,治生之道其实就如同趋利避害、贱买贵卖那样简单。但是,贱买贵卖,并非人人都能做到,原因是要把握好一些经济规律,例如经济周期规律,商品价格取决于市场供求关系的规律,"务完物无息币"的规律等。

第二节 治生策略

治生策略,则是指生产经营管理实践中的原则。

一、把握市场

治生的目的,就是为了盈利赚钱。因此,贱买贵卖成为治生活动的基本宗旨。要完成这个目标,就要掌握"与时逐"的原则。这里的"时"就是市场行情变化的趋势和规律性,所以,经营者应该认识并利用这些趋势和规律,"乐观时变",把握贱买贵卖的最佳时机,才能盈利赚钱。

当某种商品在市场上供不应求,价格看涨时,因其畅销,容易获利,商人往往争相购存,而不愿轻易售出。然而,根据"贵上极则反贱"的规律,这种热门货价格高而且持续上涨的情况不会持久,必定会因供过于求而成为价格猛跌的冷门货。所以,"人弃我取,人取我与"原则,要求不去与人争购某种热门货,而去购存那些暂被冷落、价格较低的商品,储今日之饶,以待他时之乏。这其实反映了一种朴素的博

弈思想,而这种思想在中国古代并不少见。

同时,如果知道了阴阳相生、物极必反的道理,当别人不收购时,以高出他人的价格收购,这就是"予"人(农民)以"惠"。这样做实际上是将市场上大量的粮食据为己有,取得了今后经营的主动权。而且掌握货源多,从丰歉差价中得利也就多,"予"就变成了"取"。当消费者需要粮食时,就可以以公道的价格出售,这又是"予"人以"惠",但此时的价格与丰年的收购价有价差,即便"予人之惠",仍可取得相当高的利润,"予"又转为了"取"。

二、成市控制

经商应该长短结合,当前和未来结合,加强储备与加速周转相结合。只有薄利才可多销;只有加快商品资金的周转速度,方能最终厚得。古人经营的秘诀之一,也就是要货币不停地流转起来。

中国历史上有"治生祖"美誉的白圭,对自己的生活要求严格,却厚待手下众人。他节约个人消费是为了把财富尽量转化为商业资本,以获取更多的盈利;他待手下众人宽厚,以促使他们心甘情愿地为他的经营活动效力。

刘晏是中国封建时代的杰出理财家。他在改革漕粮转运的措施中,改陆运为水运,在改为水运的同时,又改直运为分段运。根据淮河以南水道汴河、黄河、渭河,即江、汴、河、渭等四段水力不同,先濬河道,各随便宜造船,以适应水力。以往由关东运粮到长安,采用陆运,运输迟缓,损耗浪费严重,改为水运既提高转运速度,又降低转运成本。

三、质量管理

古语云:"上种长石",就是要精心挑选良种供应农家,以增加谷物收成。推而广之,也就是要求对产品的投入物质量进行严格的控制。在经营过程中,质量管理往往是和诚信结合在一起的。他们充分认识到,商业盈利靠商品的质量和服务态度来取得,永葆信誉,才能成功。因此销售商品,绝不缺斤短两,货真价实,童叟无欺。如发现货质低劣,宁肯赔钱,也绝不抛售。[1]

四、开拓创新

中国古代商人在经商过程中,不乏开拓创新精神。以晋商为例,晋商的繁盛发展时期跨越明清两代,历时 500 余年。如果首尾相衔,将其创业期和收缩期加在一

---

[1] 摘自张正明著:《晋商兴衰史》,山西古籍出版社 1995 年版。

起计算,大约有 800 年左右。晋商的兴旺,是与晋商所赋有的开拓创新精神和科学的管理分不开的。晋商在发展过程中,既无外国的榜样可学,又无传统的模式可袭,全靠在实践中摸索、探求、开拓,在实践中建立并不断完善和发展全新的管理体制、管理机制与管理方法。其中,颇不乏匠心独运的创造。

如首创人身股制度,这实际上是中国式的股份制的雏形,特别是以劳力入股,将劳力与融资和设备置于同等地位,参与入股和分红,这在世界范围内也是独一无二的。它充分说明晋商对人的因素,特别是对人的内在积极性的调动和主观能动性的激发的高度重视。在商号或票号中,财东可以入资本股,总经理及其属下的所有管理人员和经营人员则可以入劳力股。大家都是企业的主人公和参与者,企业的兴衰与每一个员工息息相关,从而把人与企业捆成了一个整体,极有利于调动大家的责任心和积极性。至于每个人的具体股份份额,则是严格按照每个人的职务、责任、资历、能力、德操、贡献等具体情况进行评定和实施的。[①] 又如酌盈济虚、抽疲转快在票号经营中的作用,也是一个特殊的创造。通过这种管理方法,可以极为有效地平衡和调剂各地票号之间资金的互通有无,既保证了融资可以发挥最大的经济效益,又提高了各个票号的兑取信用;既支持和保证了经济发展对融资的实际需要,又开拓和激励了各个票号自身融资业务的发展。再如票号主动开辟新业务,资助寒儒塞士应考入仕;商号克服地缘劣势,主动与沿边、沿海、沿江的企业集团合作,从而实现借脚走路、借船出海的开放式发展战略;无论商号和票号都广设分店、分号,使商业和金融的血脉不仅遍布各地,而且流通自如;等等。晋商在其创造性的经营与大步幅的发展过程中,勇于开拓和严于管理不仅贯彻始终,而且两者也始终是一体化的。

第三节　治生行为

治生行为,是指从事生产经营管理的人所应具备的行为素质和技巧。

一、预测决策

首先,预测行情。找到了市场行情变化的规律后,经营者便应该密切注意市场行情的细微变化,把握有关信息,准确地加以预测,提前做好准备,方能出奇制胜,收到奇效。

陶朱公根据自己多年对气候变化和农业生产的关系的观察,曾提出过一套预

---

① 张正明著:《明清晋商及民风》,人民出版社 2003 年版。

测农业收成丰歉的办法。他认为，木星运行到"金"的方位，这是大丰收年；运行到"水"的方位，这年庄稼会被毁掉：运行到"木"的方位，这年会小丰收；运行到"火"的方位，这年将发生旱灾。他还提出"旱则资舟，水则资车"，就是要求经营者根据经济发展运动的规律进行预测，以便通过事先囤积商品、经营商业而获利。从市场供求关系规律来看，市场不论其大小，商品的供给有余有缺，供过于求，商品会跌价，供不应求，商品会涨价。

其次，战略计划。制定战略计划的目的，不仅可以为经营者指明行动方向，而且还可以为控制设立相应的标准。《孙子兵法》总结了中国古代军事战略的智慧，包含了对主观和客观、知己与知彼、物质与精神、局部和全局以及当前和长远等诸多矛盾关系的正确认识。按照"商场如战场"的认识，东方管理治生理论借用了许多《孙子兵法》的战略思想，从而使自己的理论体系丰富了许多。

最后，互通商情。我国十大商帮之一的晋商，便采取总号分号的经营方式，一般是五天一信、三日一函，互通各地商情，从而在长途贩运中收益甚丰。如晋商曹某在沈阳的富生俊商号，一次获悉当地因虫灾高粱减产后，大量收购包括陈粮在内的粮食，结果囤积至秋季粮价暴涨时卖出，大获其利。

二、组织用人

(一)识人

白圭在总结自己的治生经验教训的基础上，创立"治生之学"并设学授徒。他经营商业，就像伊尹、吕尚运用计谋，孙吴用兵打仗，商鞅推行变法一样。如果一个人没有随机应变的才智，没有决断事物的勇敢，没有有取有予的仁爱，没有坚强守业的毅力，想要学习本事，也是无法同他讲的。所以，在白圭看来，欲成为一个精明强干的经营者，应当具备以下几个基本条件：

1. 智足以权变。要在经营中"乐观时变"，就要善于从多方面预测行情的变化，准确地实施"人弃我取，人取我与"原则，经营策略应有灵活性。

2. 勇足以决断。在看准行情后，必须及时决策，当机立断，要像猛兽凶禽扑食一样毫不犹豫，不失时机地抓住有利行情来达到自己的目标。

3. 仁能以取予。要舍得付出本钱，花费代价，明白后取必得先予、以予为取的"取予之道"。这就要求经营者：一要具备取予适度的仁德；二要放下主人的架子，与作为助手的下属同甘共苦。应该说，只要经营管理者能够始终保持一颗仁爱之心，就不难体会中国古代经商者，经过多年经验的积累总结出来的"和气生财"所蕴含的深刻丰富的哲理。

4. 强能有所守。为了实现自己的经营目的，能百折不挠地干下去，既不为小

利所动,也不因一时的挫折和于己不利的行情变化而心灰意冷,甚至惊慌失措。要耐心等待,力戒轻举妄动。

(二)用人

1.劳动分工。我国最早有文字记载的、详尽的劳动生产分工的实践,是在《周礼》中。到春秋时代的管仲,则进一步主张以士、农、工、商四大类来划分全国居民,使其分业定居,终身从事一业,子孙世代相传,既便于管理,又有利于劳动技艺的提高。《淮南子·齐俗训》中也有"是故农与农言力,士与士言行,工与工言巧,商与商言数。是以士无遗行,农无废功,工无苦(粗劣)事,商无折货,各安其性,不得相干"的类似说法。这要比亚当·斯密的《国富论》早近两千年。

2.尊重人的需要和欲望。商鞅认为,从历史上来看,人民愚昧,用智慧便可以统一天下;民智开通以后,就得用强制力来统一天下了。时至今日,民智普通提高,人的本性也得到充分发展,饿了就要求饮食,累了就要求休息,艰苦了就要求安乐,地位低了就要求尊荣;在长短的量度中知道取长舍短,在轻重的称量里知道要重的不要轻的,而在利害的权衡中晓得求利而拒害,这也已成为当代人们的本性。虽然其中有些观点值得批判,但商鞅对于人性特点的描述对于经营者却极有帮助。这种思想与马斯洛的需求层次理论有所相像,但比后者早了几千年。

(三)待人

明清时的商人总结前人的经营之道,还特地为雇工订立了许多规矩。比如,顾客进店时,店员"必须挺身站立,礼貌端庄",并和颜悦色地与顾客打招呼。洽谈生意要"谦恭逊让","出口要沉重有斤两",要"如春天气象,惠风和畅,花鸟怡人",做到"人无笑脸莫开店"。做生意时,"须要花苗,言如胶漆,口甜似蜜,还要带三分奉承,彼反觉亲热,买卖相信。如最相熟者,还可说两句迎话,多大生意,无不妥矣"。顾客如果杀价低于成本,"必须笑容相待,推之以理,详之以情",不可"浮草大意,回他去了。"不论贫富奴隶,要一样应酬,不可藐视于人。只要有钱问我买货,就是乞丐、花子,都可交接",接洽生意,"虽要言谈,却不要太多,令人犯厌,须说得得当,你若多言,不在理路上,人反疑你是个骗子"。相反,"三言两语,将几句呆话说完,及至结局,没得对答",人家以为你不耐烦,生意肯定做不成[①]。以如此细致的店规,说东方管理治生理论过于空泛,恐怕是站不住脚的。

三、关系营销

古人常说:"酒香不怕巷子深。"有人说这是在强调了产品质量过硬,以诚实经

---

① (清)王秉元:《生意世事初阶》。

营赢得顾客外,忽视了广告宣传的效应,实际是非常保守的小农经营思想。中国古代的经营者其实一直有注重广告宣传的传统。据《战国策·燕策二》记载,苏秦曾讲述一个马贩子的故事。这个人一连在市场上站了三个早晨,也没有人来过问他的骏马,于是他求助于伯乐,说:"我有一匹骏马,想卖掉它,接连三个早晨立在市场上,没有人同我搭话,希望您绕着马看一看,离开后再回头看一看,请允许我给您一个早晨的费用。"伯乐于是就绕着马看了看,离开后又回头看了看,一个早晨马价竟上涨了十倍。现今流行的利用名人效应做广告,可谓与此如出一辙。

在现代市场经济社会中,企业的生存和发展完全依赖于市场,企业的存亡兴衰是由顾客决定的。顾客是企业的衣食父母,企业把顾客置于最重要的位置,将顾客比喻为上帝。企业需要不断地为顾客提供物美价廉的产品和优质满意的服务,从而获得合理利润,促进自身的发展,同时也推动经济繁荣、社会进步。

企业要想在市场中取胜,就需要时时刻刻以仁德之心来对待消费者,要处处为顾客着想,处处为顾客提供方便,要以真诚的态度、货真价实的产品和优质完善的服务,赢得顾客的信任、满意和放心,要为顾客创造价值。而所有这一切自始至终都是围绕着一个"仁"字,都不能离开这个"仁"字。就是要以仁德之心对待顾客,要与顾客将心比心。只有这样,一个企业的发展才不会偏离正确方向。

一个成功的企业在最大限度地追求利润和股东利益的同时,还要承担社会责任,兼顾商业道德、社会公德,使公司自身的发展与顾客价值、员工价值、社会价值相统一。要做到义利合一,当我们谈到经济利益时,不要忘记职业道德和社会公德。要见利思义,道德与经济利益兼顾,而绝不能唯利是图,见利忘义,这样就不会偏离企业的根本宗旨和正确方向。

【本章小结】

1. 东方管理的治生论,是以"德本财末"道德观和"诚、信、义、仁"伦理思想为哲学核心,并以"积著之理"为中心,依循所发现的客观经济规律,以及由此所发展出来的预测、战略计划、市场营销、人事管理和质量管理等方面的方法和技巧,从而指导生产经营活动。

2. 东方管理的治生之道,包括乐观时变,人弃我取,人取我予,先予后取,薄利多销,自奉节俭,时用知物,随机应变等思想和方法。

3. 东方治生思想的核心价值是以德治生、以义取利、以仁德观建立企业经营的核心理念。

复习思考题：

1. 什么是治生？它包括哪些方面内容？
2. 研讨"以义取利"在企业道德理论中的作用。
3. 东方管理学的治生思想与西方管理学的经营理念有什么区别？

【案例分析】

建立以信誉为先的盼盼集团①

优秀的业绩，来源于企业良好的信誉。盼盼集团有限公司系国内安全门行业龙头企业，有 600 多个经销处、5 000 多人组成的全国营销网络。盼盼产品覆盖全国，销量和市场占有率连续多年位居同行业前列，同时出口 30 多个国家和地区，并同 20 多个国家签订了代理协议，被誉为中国"门业之王"。长期以来，盼盼集团实行信誉制，以服务消费者为出发点，提高产品质量和改善售后服务，为企业建立良好的信誉，树立企业的整体形象，实现了消费者买着安心、用着放心的愿望，极大提高了产品的销量。1998 年盼盼防撬门被中国消费协会推荐为中国消费者最满意产品。

"信誉是开创企业生产经营新局面的重要保证"，盼盼集团总裁韩召善说，"产品质量是赢得信誉的决定性因素，假冒伪劣产品不可能有信誉"；"做生意如交朋友，要讲信誉不能骗人；没有信誉，打一次交道，下次人家就不找你了"。朴素的语言，深刻反映了盼盼集团的经营理念——建立良好的企业信誉。

理念必须付之行动，制定相应的制度。为了强化和提高产品质量信誉及服务信誉，盼盼集团制定了《盼盼集团信誉服务管理制度》（简称信誉制）。信誉制的核心内容为：

● 建立并实施生产、销售、安装、修理和退还一条龙服务体系。企业质检部门建立了产品附带档案制度，每樘门上都要明确地标有生产者的姓名、质量检验员的姓名，便于落实质量责任，明确售后服务的内容、集团维修点的联系方式等。在集团注册的经销处，必须负有免费送货上门、无偿安装和修理等责任和义务。严格执行质量奖惩制度，认真接受并及时处理消费者的投诉，做到使消费者满意。

● 产品保险制。盼盼集团与保险公司签订产品质量保险协议，对每樘防撬门集团缴纳 5 元保险费。协议规定：在保险期内，因产品质量发生被撬或明显盗窃

---

① 改编于李树林主编：《中国管理本土化》，科学技术文献出版社 2003 年版。

痕迹,致使消费者遭受财产损失的,由保险公司在3 000元限额内对损失负责赔偿。自此,盼盼集团已经向保险公司支付保险费200余万元,不过,自盼盼问世以来,各地至今未发生过一起索赔案。

●　在集团注册经销处建立客户信息反馈系统。在每个注册的经销处,设立咨询电话,并提供24小时服务义务等。如消费者使用产品时不能掌握使用方法或出现问题,经销处的专业人员在两个小时内赶赴现场予以解决。经销处负责接受和处理消费者的投诉,以及消费者对产品的设计、质量和服务的意见和建议,并要及时反馈到集团,建立了一条快速、畅通的信息反馈渠道。

●　实施措施。为了保证信誉制的实施,集团采取了三项有效措施:一是盼盼集团与注册的经销处签订售后服务协议,各经销处必须按协议规定办事。二是设置专职市场调查监督员,建立有效的信息反馈渠道,便于实施对注册经销处的监督管理以及市场、产品等调查。三是各注册经销处的门上必须标有本经销处电话号码、盼盼集团公司的电话号码、企业销售者协会的电话号码,便于消费者咨询和社会监督。

案例思考题:
1. 盼盼集团的经营理念体现了哪些治生策略?
2. 你认为每个成功品牌的建立需要具备哪些策略和原则?

第十一章　治家——家庭管理

　　治家作为一项管理活动,主体是人,客体是家。"修身、齐家、治国、平天下"为儒家的精华所在。如果说"治国平天下"是多数人事业发展达不到的层次,那么"修身"(个人素质培养)和"齐家"(家庭事务管理)则是每一个人都无法回避的问题。本章将重点探讨治家理念、家风建设和家业管理三部分内容。

第一节　治家理念

　　著名学者梁启超在《中国道德之大原》一文中指出,中国人从来不把自己当作孤立存在的自我,而是把自己当作家族血脉承续和国家兴衰的一分子,从家族这个原点出发,道德就不再仅仅是自我的修养,而是强调自己对于他人的责任。因此,中国人的道德系统是植根于个人对家庭和社会承担的责任,是贯穿过去、现在和将来的历史性的价值系统。[①] 概括梁启超的观点,也认为家庭管理不仅仅是一家一户的事,还关系到个人发展和国家兴亡,这是千百年来形成的国民品性所决定的,这正是东方治家思想的价值所在。

一、家庭和家族的内涵

(一)家与家庭的内涵

　　所谓"家"的意义在汉语里也是非常复杂的。"家"这个字,在古老的中国象形文字里,是在一个大屋顶底下,笼罩着一头猪,指有共同的经济生活——养猪——的人们所共同居住的处所,因此"家"的最基本意义是"居所",在此基础上产生了家庭和家族的意义。家庭是以婚姻和血缘关系为基础的社会单位,成员包括父母、配偶、子女等;在中国的奴隶社会,"家"专指卿大夫的采地食邑,那时"家住"、"家事"都是特指的,后来这一意义才逐渐淡化。在中国漫长的封建社会,以国为家、"家天下"的儒家

---

① 参见王德锋选编:《国性与民德——梁启超文选》,上海远东出版社1995年版。

"家国伦理"思想一直居于统治地位。"家天下"一词源于《礼记·礼运》，"今大道既隐，天下为家"，即帝王把国家当作自己一家的私产，世代相传。因此，在中国的文化背景下，"家"不仅有地理、物理的形态和社会文化意义，政治色彩或政治意义也非常强。当然，这并不是说中国的"家"没有经济意义，"治家"最初的含义就是持家、管理家庭生计的意思，而且对于操持某一特定行业的人或家庭，在汉语中也都冠以"家"的称谓，如渔家、酒家、店家等，即使对于不从事经营、仅仅自给自足的普通农户，家庭也是最基本的经济单位。这一切特征都反映在治家的理念与方法之中。

(二)家族与家族制度

在"小家"之上，还有家族的概念。家族则是家庭外延的扩张，是指以血统关系为基础而结成的社会单位，包括同一血统的几辈人。家族制度是指生产资料为家庭所有，法律、礼教以保护家庭为基础，一切由家长支配的制度。中国的绝大多数地区远离海洋，气候湿润而水土肥美，于是，经营农业成为社会基本的、首要的经济生产内容。在同一块土地上，世代繁衍，家庭规模便可能愈来愈大。在中国古代相当长一段时间里，理想的家庭是那种人丁兴旺、多代同堂的大家庭，曹雪芹在《红楼梦》里描述的宁国府、荣国府这类贵族之家，就是一个最典型的传统大家庭。

(三)现代家庭的模式

家庭作为一种社会经济细胞，曾经历过漫长的历时演化过程。现代家庭产生的基础是婚姻，按现代人的理解只有个体婚才是合法规范的婚姻。但其实在个体婚以前，婚姻的形态经历了血亲杂交、血缘婚姻、亚血缘婚姻、对偶婚姻等多种流变。比婚姻关系更早被明确的是血缘关系。自远古以来，人类便有深刻的血缘意识。人类起先用自己的记忆力，尔后又用文字的形式记录着血缘关系。最先被明确的是母子关系，其次是兄弟姐妹关系和舅甥关系。所以《吕氏春秋》中说："太古尝无君矣，其民众而群处，知母而不知父。"然后才是现在非常重要的父子关系。

现代社会，夫妻式家庭是最普遍的家庭模式。夫妇式家庭的感情色彩浓厚，这类家庭是建立在相互吸引和爱慕的基础之上的。它由较少的人所组成，相互间的联系密切。就扩大家庭而言，家庭成员之间的感情联系分散，也不那么强烈。由于社会习俗阻挠个人在其他地方得到安慰，因此，夫妇式家庭就是更加强调深厚的感情。这种感情色彩使得夫妇式家庭既亲密又脆弱。如果夫妻任何一方从家中得不到爱和安慰，那么双方也就很难继续相处。因此，在夫妇式家庭制度下，离婚率往往较高。

二、道德教化

儒家将孝德作为家庭道德教化的出发点，《孝经》讲："夫孝德之本也，教之所由

生也。"《孝经》在"民莫遣其亲"的亲情之中,教化人们"敬让不争","好恶知禁","谨身节用"。同时,《孝经》把这种孝道推广到国家的管理、治理方面,以尊君、忠君为天经地义,从而达到"以孝终天下"的目的。这种宣扬"孝"和"忠"的说教和思想,逐渐发展成为所谓的"名教",维护着千百年中国社会的统治秩序。建立在血亲基础之上的中国古代家庭,就这样奠定了以"孝"为本的道德教化,其家庭管理、教育等内部秩序都是围绕这一点展开的。

众所周知,古代中国是一个家族社会,尤其在社会中上层,家族规模庞大,且几代聚居,人际关系复杂,对家庭管理提出了很高的要求。在这种背景下,道德教化的意义格外明显。《红楼梦》中的王熙凤就是大家族管理的典型代表人物。在小说十三回到十五回中,王熙凤受托主持宁国府家务,并操办秦可卿的葬礼。为改变宁国府疲软散漫的无序的状况,她采取了类似泰罗管理模式的方法,具体措施有:①管——"依着我行"、"点卯理事",②卡——"俱有钟表"、"领牌回事",③压——"乱了算账"、"王法正治",④罚——"少了分赔"、"扣发月钱",⑤打——"清白处置"、"二十大板";在此后的情节中,这些管理措施变本加厉为,⑥诈——"挪用月钱"、"敲诈勒索",⑦抢——"明抢暗偷"、"贪财如命",⑧杀——"白刀进去"、"红刀出来"。事实证明,她的这些做法短期内见效显著,但完全忽略了道德教化的基本理念,不符合中国传统文化对家庭管理的要求,长期下来,虽然管理者苦心经营,但树敌太多,积怨太深,也无法挽回家族的败落,还背负了败家的罪名。

三、和睦为本

和睦幸福首先表现在家庭内部关系的协调和稳固。亲子之间的规范的基本内容是"孝"、"慈"。"孝"是就子女而言,"慈"是就父母而言。尊老爱幼是其核心思想,也是家庭管理的核心内容。子女尊敬父母长辈,满足他们合理的物质精神需求,父母既要供给幼子以衣食,更重要的是教育他们如何做人,成为有道德的人。"慈"、"孝"这一传统家庭管理理论对现代家庭来讲仍有一定的指导意义。夫妻之间规范的基本内容是"三从四德",剔除其中的消极因素,用现代的眼光看"三从四德"亦有可取之处:其一,夫道尚义,妻德尚贤。择夫贵其能立,娶妇贵其有德,是传统夫妻伦理基本内容之一;其二,夫妇之间要讲礼义互敬互爱。这些思想在维系家庭管理方面是有积极意义的。

"和睦为本"同时也强调小家庭以外邻里亲属之间的和睦相处。六亲和睦的家庭管理理念,是家庭幸福美满的基础,要做到家庭成员和邻里之间和睦相处,必须做到互相谦让,互敬互爱,这也是中国传统文化"和为贵"思想的体现。就现代家庭而言,平等观念之上的和睦相处也是家庭邻里幸福的必要前提。上文所讲到的王

熙凤治家失败的另一个原因,就是因为她没有认识到家庭管理目标的特殊性,背离了"和睦为本"的理念。

第二节　家业管理

虽然中国的治家思想和方法侧重于道德教化,但也并不排除家庭经济管理。汉语中,"治家"的提法最早见于《韩非子·解老》,其中说道:"治家,无用之物不能动其计,则资有余。"在这句话里,"治家"显然就是持家理财的意思。任何一个家庭,若要存在和繁衍、发展下去,必须对家业进行正确的经营管理,只有家业兴旺,家庭和睦的管理目标才能够有坚实的物质基础。

一、科学计划

计划是一种重要的管理职能,组织中的各项活动几乎都离不开计划,计划工作的质量也集中体现了组织管理水平的高低,这一规律对家业管理也适用。家庭计划贯穿在家庭生活的各个方面,直接影响到家庭的管理和正常秩序,对家庭稳定影响极大。

首先,强调家庭计划的目标性。家庭计划要以家庭的道德提高和稳定和睦为主要目标,中国俗语中的"家和万事兴"就是这个道理。因此,虽然家业管理主要是经济管理,但务必坚持"以人为本"。

其次,强调家庭计划的经济性原则,家庭计划注重财富的积累,勤俭节约,精打细算,既体现了家庭消费的现象,同时也是日常家庭计划的一个主要方面。

最后,强调家庭计划"远"、"近"结合,长期目标与近期计划紧密结合。中国战国时期秦国商人吕不韦"奇货可居"的事例,既反映了长期计划与短期计划在政治方面的灵活运用,也反映了在以家庭为基本生产单位的经济生活之中,在家庭计划中注意将节用与积蓄联系起来,强调丰收年不能忘记灾害年,时刻提防突如其来的灾祸发生。"未雨绸缪"便是这个道理。

二、勤俭持家

勤、俭是家业管理的两项基本要求。中国古人将"勤俭"两字视为"治生之道",为"发家致富之本",而懒惰与奢侈浪费则是败家祸国之首。勤俭持家,既是中华民族的优良传统,也是当前建设和谐社会所倡导的家庭美德的重要内容。

勤指勤快,要勤于劳动,反对懒惰。《朱子治家格言》第一句就是"黎明即起,洒扫庭除"。只有做到"勤",才能增加家庭收入,有道是"民生在勤,勤则不匮"。俭指

节俭，要生活俭朴，反对奢侈浪费。在现实生活中，就是要合理消费。在家庭消费中，量入而出，合理消费，无论从家庭的总支出，还是家庭成员的个人消费，以及家庭的日常消费和特殊消费，都有详细而深刻的认识。朱柏庐说："宜未雨而绸缪，毋临渴而掘井"①，就是说的在消费中的有效安排和计划性。曾国藩在写给兄弟的家书中也特别嘱咐："尔辈以后居家，需学陆梭山之法，每月用银若干两，限一成数，另封秤出。本月用毕，只准赢余，不准亏欠。"勤俭并重就是要开源节流。一方面重视对消费资金的积累，通过辛勤劳动，积少成多，集腋成裘；另一方面，同时反对铺张浪费，减少开支。

三、家庭理财

孔子曾经说过，"君子爱财，取之有道"。其实，君子爱财，更当治之有道。如果不善于理财，即使有金山银山，总有一天也会坐吃山空。因此，家庭理财成为改善家庭经济条件的一项重要手段。

（一）家庭理财的内涵与外延

孔子说："富与贵，是人之所欲也。"说到财富，古往今来，多少人为它的光芒四溢而晕眩。所以，孔圣人又说："不以其道得之，不处也。"这个"道"，不仅是一般人理解的合法之道，更是生财之道。

何谓理财？理财不是攒钱。通俗地讲，理财就是"生财、聚财、用财"之道。它应包括开源，即不断寻求合法赚钱门道，将个人资产不断升值；也包括节流，也就是科学地消费，不让个人资产无谓地流失。理财的精髓在于用财之道，赚取钱财并妥善运用钱财。

家庭理财的目的，一是增加收入。每个人的收入高低各不相同，理财首先在于开源，通过理财，增加或创造财富。二是减少支出。每个人支出的方式和习惯都不同，理财还要注意节流，通过理财，以最小支出获得最大的效用。三是提高生活质量。经济状况的逐渐改善，是提高生活质量和增加生活乐趣的基本保证。

（二）传统社会的家庭理财

以家庭或个人（私人）致富为基本内容的中国古代私人理财思想滥觞于春秋时期，初步形成于战国时期。到西汉中期（公元前1世纪）臻于成熟，其标志是司马迁的《史记》这一巨著的问世。《史记》尤其是其中的《货殖列传》蕴含着丰富的中国古代私人理财思想，是私人理财发展史上的一座重要里程碑。

先秦时中国就出现诸多优秀的理财家，其中吴越时期的范蠡就是代表人物之

---

① 《朱子治家格言》。

一。范蠡是越国的上将军,他很有理财头脑,其主要理财思想之一是"劝农桑,务积谷",还有是"农末兼营",最为广泛流传的就是"夏则资皮,冬则资絺,旱则资舟,水则资车,以待乏也"。范蠡把握天时变动的规律,讲求节令,超前预测,捕捉机遇,适应市场。所以其财富才能几次从"居无几何"到"致产千万",被人称为陶朱公。

(三)现代社会的家庭理财方式

现代社会,人们的经济意识越来越强烈,对家庭理财也越发重视。家庭理财可以从狭义和广义两个方面来理解。从狭义来看,家庭理财主要是指购买一些金融产品,进行一些投资,主要目的是家庭收入的保值增值。这可以通过购买股票、债券、基金、保险,投资于房地产、古董和各种收藏品进行。目前,很多银行都开始提供个性化的家庭理财服务,以满足客户的不同需求。从广义来看,家庭理财还涉及家庭支出的安排以及家庭新收入来源的开辟。现在家庭理财在工薪收入家庭已越来越普及,家庭理财就是要精打细算才能让有限的资金发挥最大的作用。选择最适合自己的　类理财方式关键是依据每个人的心理承受能力和可供投资资金的多少。一般来讲,理财方式可分为保守型、稳健型和冒险型三种(见表11-1)。

表 11-1　　　　　　　　　　　　理财方式比较

投资方式	收入	心理承受	投资风险	投资品种	投资期限	投资收益
保守型	低	低	低	国债、保险、储蓄	长期	低
稳健型	中	中	中	国债、保险、部分股票、汇市	中长期	中等
冒险型	高	高	高	股票、期货、黄金等	短中长期	高

1. 保守型理财方式。这适合家庭负担较重、可供投资的资金量较少、心理承受能力较低、年龄偏大的投资者。尽可能回避风险是保守型理财方式的首要目标。因此,可以考虑储蓄、国债、收藏这些风险性小的理财工具。如果你有某一方面的专业知识或是爱好,千万不要浪费,要充分展示你的才能,选择最适合你的理财方式。

2. 稳健型理财方式。这适合拥有一定量的投资资金、有一定的心理承受能力、生活也比较稳健的投资者。可以考虑以中度风险的金融商品为主,如投资收藏、保险、债券等;或开办自己的低投资、高回报率的企业,也可以涉足股市、汇市这些高风险、高收益的投资领域。

3. 冒险型理财方式。这适合拥有雄厚资金的投资者,特别是具有一定经济实力的年轻人,他们没有太多的负担和牵连,相对承受风险的能力大一些,这就可以把大多数资金投入到高风险高收益的项目上,这要熟悉期货、黄金、不动产等高风

险的商品,并积极参与投资且设立有效的止损点。

第三节 家国和谐

中国的家庭管理并不是一个封闭的系统,而只是国家管理或社会管理的一个层次。孟子说:"天下之本在国,国之本在家。"①家庭管理的好坏直接关系到国家的统治秩序及社会的发展。儒家伦理思想强调要把家庭的重要性与国家的兴衰联系起来,并提出了一个总纲领,即"修身、齐家、治国、平天下"。由此,"欲治其同者,先齐其家","家齐而后国治"便成为中国传统家庭管理的指导原则。但现实中,这三者的关系更加复杂,往往是相互影响、相辅相成的。所以,在中国传统管理思想中,家庭内部的关系和秩序始终被人们所重视,这涉及家庭伦理、家庭教育等问题,同时积累了许多独到的经验和方法。

一、家庭伦理

早在两千多年以前,《周易》已经比较深入地探讨过家庭管理和家庭伦理问题,从此奠定了中国家庭管理学伦理导向的基调。《周易》中直接或间接讨论了婚姻关系、长幼关系、教育学习、家计理财等多方面的内容。尤其是《家人·彖》中关于家庭伦理宗法关系的阐述"家人,女正位乎内,男正位乎外。男女正,天地之大义也。家人有严君焉,父母之谓也。父父子子,兄兄弟弟,夫夫妇妇,而家道正。正家而天下定矣",不仅从经济学与管理学的意义上讲家庭分工,更注重不同家庭成员的社会学身份及在此基础上产生的权利和义务。

夫妻伦理是家庭伦理的第一个重要方面。"夫义妇听"的思想在儒家思想尚未走向专制的时代非常盛行,它要求古人以礼齐家时能做到夫妇有义。这时,在家庭角色分工中,还尚未着重强调女子单方面的义务。尽管它规定妇女的义务也非常苛刻而全面,但并不像宋朝之后疏于对男子进行家庭义务与伦理道德的训诫。夫妇有义首先是指夫妇有敬,它要求夫妇互敬互爱,古时夫妻关系处理得很好的男子会特别受到社会的尊重,甚至是举荐为官。不仅如此,在宋朝以前的一些时期,夫妻关系处理得很好的男子,也会受到社会的尊重和举荐为官。晋国的下军大夫冀缺就是靠这个品质而入仕的,他在地里干活时,妻子为他送饭,两个人相敬如宾,晋国大夫路过看到,就把他举荐给晋文公,理由是"敬必有德,德以治民"。

家庭伦理的第二个方面是亲子之间的伦理。前文中讲到晚辈对长辈须尽"孝"

① 《孟子·离娄上》。

的义务,从另一个方面讲,长辈对晚辈亦须尽"爱"、"教"的义务,所谓"子不教,父之过"。在父母抚养子女的权利中,包括教育矫正子女任性的权利,即教育、培养子女的权利。其中也包括适当的惩罚权力。惩罚的目的不是为了公正本身,而是对任性的行为予以警告,纠正他们的错误,训练他们的意志。这种惩罚必须是道德性的,即不能以自身为目的,把子女当工具,而只能以教育为目的。让子女服务、管束子女,是为了子女本身的成长和幸福。管束是为了子女,还是为了自己,这是父母对子女的伦理精神的分界、是现代平等伦理与封建不平等伦理的一个质的区别。

兄弟之伦是家庭伦理的第三个重要部分。《颜氏家训》中对兄弟关系也有很好的阐发。儒家伦理是建立在宗法家庭之上的。在宗法大家庭中,兄弟关系之重要仅次于父子。《颜氏家训》说:"夫有人民而后有夫妇,有夫妇而后有父子,有父子而后有兄弟,一家之亲,此三而已矣。自兹以往,至于九族,皆本于三亲焉,故于人伦为重者也,不可不笃。"兄弟是同辈之人,比亲子更容易沟通、交流,处理兄弟姐妹的关系,务必做到兄姐爱护弟妹、弟妹尊敬兄姐。正如《颜氏家训》中所说:"兄弟者,分形连气之人也。方其幼也,父母左提右挈,前襟后裾;食则同案,衣则传服,学则连业,游则共方;虽有悖乱之人,不能不相爱也。"在大家族中,兄弟关系处理得好坏还影响到子侄、妯娌、连襟间的关系。所以处理好兄弟姐妹之间的管理是家庭伦理建设的重要内容。

现代家庭伦理又被赋予新的内容,其中最重要的一个特征表现在民主、法律意识的增强。家长权威和家庭成员之间的单方向依附越来越少,家庭民主、家庭平等和法治化越来越深入人心,在维持家庭整体利益和家庭和睦目标的前提下,对家庭成员个人的人身权、财产权、隐私权越来越重视。这些趋势值得我们进一步研究探索。

二、家庭教育

儒家将"孝、德"作为家庭道德教化的出发点。建立在血亲基础之上的中国古代家庭以"孝"为本进行道德教化,其家庭管理、教育等内部秩序都是围绕这一点展开的。家庭教育就是教会子女如何为人处事、待人接物,做遵守礼教、守道敬业之人。在儒家看来,有道德、有理想的人才能成贤成圣,在此基础上才能实现齐家、治国、平天下的政治理想。教育子女,是父母长辈的责任,教育是否得当,直接影响子女的前途命运。搞好家庭教育,要重视家庭的家风和家庭文化氛围。一个和睦进取、家风良好的家庭都有几个共同特点:注意精神建设与智力投资,形成文化层次氛围和雅趣;注重家庭成员修养、风度、谈吐文明,避免粗俗、流气;鼓励家庭成员提高文化素质,培养某种专长爱好,交流体会、技能;力求形成纯厚、刻苦、正派、勤奋的家风;家长要求子女严格,自己也要以身作则,作出风范和表率。

家庭教育有很多表现形式,既有显性的教育影响,如父母有目的、有意识的言传身教、榜样示范等,也有隐性的教育影响,如包含在家庭文化、亲子关系、家庭互动之中的教育影响。它是个体所接受的最早的教育,也是人一生中接受的最长时间的教育。可以说,家庭教育是个人社会化的摇篮,是培养合格社会成员的重要起点,也是社会稳定和发展的重要环节。因此,家庭教育关系到下一代的健康成长,关系到家庭的幸福、社会的进步,它具有不可替代的重要性。

(一)家庭智育:启蒙教育

家庭是新生儿成长的摇篮,父母则是孩子天然的老师,是孩子启蒙的引路人。孩子从出生到成人,约有 2/3 的时间是在家庭里度过的,孩子小的时候,主要是在家庭中接受父母及其他长辈们的启蒙教育。父母的一言一行,每时每刻都在对孩子产生直接、间接、潜移默化的影响。父母如能师之以范、教之得法,就会产生良好的教育效果。也就是说,父母是儿女最好的老师。家庭智育的主要任务是家长通过引导孩子积极学习基础知识,并形成基本技能技巧,关心提高孩子的智力水平,着重培养其观察力、思维力和想象力,培养孩子学习兴趣和习惯,端正学习态度,掌握学习方法,不断扩大知识面,除此之外也是对学校智育任务的配合。

(二)家庭德育:终身教育

家庭教育包括"德、智、体、美、劳"这五个方面内容,其中,德育居于首位。古今中外,无一不是如此。所谓家庭德育,就是在家庭的场合下由父母(或其他年长者)对于子女(或其他年幼者)实施的思想品德教育活动,以使子女(或其他年幼者)树立正确的世界观、人生观,养成良好的行为习惯,成为有理想、有道德、有文化、有纪律的社会主义建设人才。在中国,人们常说的"家教"几乎约定俗成地专指道德教育。比如,我们指责某人"没有家教"或者"家教不严"时,一定是这个人在做人、讲礼貌规矩等方面出了问题,而绝不是因为他没有知识或者不会审美。

目前,由于受诸多因素的影响,很多家长存在着重知识教育、轻思想教育的倾向,甚至在智育过程中向孩子灌输"读书做官"、"读书找好工作"的思想,公开向孩子宣扬只要学习成绩好,其他方面可以随便的观点,殊不知在不知不觉之中养成了儿童的许多不良品德和错误的思想观点,渐渐地影响到知识、技能的学习,阻碍其智力发展,有些孩子甚至误入歧途。如果说家庭智育主要发生在个体成长的早期阶段的话,那么家庭德育则是贯穿个体整个一生的。在儿童阶段,父母应该注重孩子的人生哲理、人生态度、价值观念等方面的教育,这也是个体道德成长过程中最为重要的阶段。然而,道德的养成并非一朝一夕的,需要家庭的长期监督和培养。

(三)家教宗旨:人为为人

现代家庭教育,需要以"人为为人"的思想作指导原则。在进行家庭教育实践

中,首先,要以人为本。家庭教育要尊重孩子,倾听孩子的心声,注重孩子的参与权;其次,要建立学习型家庭。家庭中的每个成员,不管是父母还是孩子,要不断进取,不断学习;再次,要关注孩子个性的培养,强调生存交往能力是人获得成功的关键,同时也要注重孩子多种能力的发展;最后,要注重和谐家庭关系的建设,唯有建立一种平等民主、开放互动的家庭人际关系,家庭教育才能取得预期成效。

家庭是每一个人生活的第一个环境,是人们接受教育最长久的场所。家庭教育是人性全面发展的启蒙基地。科学的家庭教育应该以德育为核心,注重孩子的智力发展,帮助孩子树立正确的世界观、人生观,实现其人生的价值。

三、家书家训

几千年的文明传承,使得中华民族积累了许多行之有效的培养良好家风的经验和做法。其中,家书、家训就是弘扬家德、改善家教的独到的方式。

《朱子治家格言》为清人朱柏庐所写,以寥寥数百字精辟地总结了古代治家之道,问世后即成为书香世家和官宦商家端正家风、振作家声的范例,堪称古代家训的经典;古代家训的另一经典是北齐颜之推编撰的《颜氏家训》,它以翔实的举例,生动的说理,分教子、治家、风操、名实等十二个类目将人生道理一一道来,绵密细长,丝丝入扣。

晚清名将曾国藩虽然在政治舞台上叱咤风云,却深谙"居官不过偶然之事,居家乃是长久之计"的道理,其留下的家书家训论文论学,修身修德,或长或短,情真意切,亦极为感人。因其"教子之道",曾家代有人才,子辈中有外交家曾纪泽及算学家曾纪鸿,孙辈有诗学家曾广钧,曾孙辈则有教育家曾宝荪。一个著名家族的兴盛绵延不能不说有家书的惠泽贯穿其中。

文学翻译家傅雷先生在儿子傅聪留学海外的过程中,先后写了近百封家书给他,教导他立身行事、爱国成才,把中华民族的优秀道德融入了对儿子的谆谆教诲中。其声殷殷,其意绵绵,其情拳拳。由这些信件汇集而成的《傅雷家书》曾先后再版5次,重印19次,累计发行超过100万册。数字虽不能说明太多,但时间足以证明一切:《傅雷家书》自问世以来已畅销18年。打开《傅雷家书》,就是走近一位父亲,聆听他"充满父爱的苦心孤诣、呕心沥血的教诲。"

在现代社会,家书、家训的价值正在被重新重视起来。虽然家人之间的联系方式越来越发达丰富,但书信仍然是最正式、最能够传达感情的,而且越来越多的人选择更方便快捷的电子邮件来传递家书。在创建和谐社区与和睦家庭的工作中,许多基层组织都发挥了家训的教育感化和引导约束的作用。据有关媒体报道,上海市青浦区赵巷镇,就在全镇开展家训治家的公民道德建设,全镇几乎家家户户都

挂有"家训词"。大家纷纷根据自家的需要,精心撰写了内容丰富、教育性强的"家训词"。如今像"吃得苦中苦,方为人上人"、"敬老爱幼,亲邻和睦,遵纪守法,勤俭持家"、"舍小为大天地宽"、"和气生财,福满人间"等一批批催人奋进、深含教育意义的家训词,构成了一道公民道德建设美丽的风景线。"家训上墙"活动,使人们在耳濡目染、潜移默化中不断接受道德的熏陶,经常进行自我教育,不断提升道德素养,对提高全镇的文明程度,起到了积极的推动作用,收到了明显的成效。①

【本章小结】

1. 家庭既是社会单位,又是经济单位,在中国它还被赋予政治色彩,所以家庭管理与其他组织的管理相比具有很大的特殊性。

2. 中国特色的治家理念主要有家国一体、道德教化、和睦为本等。

3. 作为一个社会单位,治家主要是家风建设在中国传统管理思想中,家庭内部的关系和秩序始终被人们所重视,这涉及家庭伦理、家庭教育等问题。中国人民在这方面积累了许多独到的经验和方法,其中又以家书、家训最具代表性。

4. 作为一个经济单位,治家主要是家业管理,在这方面一般家庭只涉及家庭计划和勤俭持家等内容,而更大的家业——家族企业则须区别所有权和经营权的不同关系并分别进行探讨。

复习思考题:

1. 什么是治家?治家理念包含了哪些方面的内容?

2. 如何来理解"家和万事兴"的作用和意义。

3. 研讨"三为"思想在家庭教育中的运用。

【案例分析】

曾国藩"孝悌勤俭"治家兴业②

曾国藩是晚清时期一个封建社会的官僚,他一生的成功圆满,都得益于他做人做事的法则和人生的智慧,这种智慧不仅体现了他的修身、治学、创业、为政、治军

---

① 参见 2004 年 5 月 10 日《解放日报》的"今日市郊"栏目。
② 改编于隋晓明、赵文明:《曾国藩人生智慧全集》,中国市场出版社 2006 年版。

等思想,而且展示了他"孝悌勤俭"持家兴业的理念中。

1. 孝悌和家

曾国藩是把家作为人生的根据地来看待的,认为进可以治国,退可以安身,是必须治理好的。

曾国藩的孝道,体现在对长辈尊重。尽管他终生居家时日颇短,但其一颗殷殷孝子之心却昭然可表。曾国藩但凡给父母的家书总有一个格式,开头总是"男国藩跪禀父亲母亲膝下",或"男国藩跪禀父亲母亲万福金安",结尾则多用"男谨禀"或"男谨呈"等。虽然这是一种格式用语,但也足见远在千里之外的儿子孝心殷切、至孝至诚了。当然,曾国藩不会只说不做。一次,曾国藩从京城寄银两周济亲戚族人,并在给家里的信中说,不要说这些馈赠是他的主意,而要说是父母和祖父的主张,这样才符合恩出于上的情理。曾国藩的父亲收到信后,认为这是很好的美德,所以完全按照曾国藩所开的单子馈赠了亲友。

曾国藩一生时时不忘教导诸弟。曾国藩全家兄弟姐妹共九人,他是曾家的长房长子又早有所成,因此在家里的地位可想而知。曾国藩对待兄弟的态度,自是竭力地以德去爱护,而不是用宽恕来姑息放纵他们。他常说:"兄弟和,虽穷氓小户必兴;兄弟不和,虽世家宦族必败。"所以,他最怕的就是兄弟们各执己见,在家中斤斤计较,互不服气,反而忘记了迫在眉睫的外来灾难。当他在籍为父母守丧时,有时还把无名之火发到弟弟们身上,但后来对此非常懊悔。在镇压太平天国的过程中,兄弟们都齐上阵,有两位弟弟死在疆场。这令曾国藩十分伤心。到了晚年,他对存下的两个弟弟总是关怀备至,呵护有加。对于弟弟的缺失,也是更多地采取委婉的批评方式了。

2. 勤俭兴业

曾国藩有这样一个信念,即居家之道,不可多有余财。他在一封家信中,详细分析了其中的道理:看历史上国和家的兴旺,都是由于能够克勤克俭带来的;历史上国和家的衰败,都是由于不能克勤克俭带来的。……我当初带兵时,下决心不损公肥私,现在看来是基本上做到了。但我也不希望子孙过于贫困,以致被迫低声下气地去求人。只是希望你们能够勤俭节约,善于持家而已。所以,他要求家中的用度一定要有计划。他说:至于家中的用度,绝对不能没有计划。崇尚奢侈,漫无节制,这是败家的气象。一定要爱惜物力,不要丢了寒士的家风。不要怕"寒碜"这两个字,不要怕"吝啬"这两个字;不要贪图"大方"这两个字,不要贪图"豪爽"这两个字。

做父母的,没有不希望儿女过得比自己好的,也都想给儿女们能留些什么。有的留钱,有的留权,有的留名。曾国藩是一个十分有远见的人,他认为做父母的,要

想儿女真正有出息，就不应该给儿女留下太多的钱财。他说：儿女如果有出息，那么不靠我的宦囊，也能自己挣饭吃；如果没有出息，那么多积一钱，他就会多造一孽，以后淫逸作恶，一定会大大玷污我家的名声。所以我立定此志，绝不肯以做官发财，也绝不肯留银给后人。在给两个儿子的信中，他告诫说：银钱田产，最容易助长人的骄气，我家中断不可积钱，也断不可买田，你们兄弟努力读书，绝不怕没有饭吃。

曾国藩在教育别人的同时，自己首先以身作则，身体力行。他一生中最感人之处就在于说了能做，说了便做，不说也做，言传身教，在各方面为家人起着带头作用。曾国藩一生节俭，他去世的时候，也确实没有给后代留下什么财产，但他给后代留下了一笔宝贵的精神遗产。曾家后来人才辈出，与此有很大的关系。

尊老爱幼、勤朴节俭是中华民族的传统美德，是我国人民世代相传的家庭教育信条。也是永不过时的时尚，现在仍对我们具有重要的启示意义。

案例讨论题：
1. 曾国藩的治家理念有什么值得我们借鉴的地方？
2. 结合案例谈谈"孝悌思想"的现代意义。

第十二章　治身——自我管理

　　治身,是一种体验之学,更是一种个人的修养功夫。其体现为在一定环境下经过不断努力、不断积功累行的过程,是对自己私欲的克服,也是对自身的身体、心灵、精神、情感、智慧水平的改善。其关键是必须通过主体人的自我认识、自我判断、自我选择和自我努力来实现。一个人要主宰自己的命运,就必须自觉、有意识地经过自我思考和选择,确定自己的人生价值和方向。本章主要内容包括治身之道、待人之道及成功之道三个方面。

第一节　治身之道

　　就如企业必须要有经营理念一样,作为个人的自我管理也需要一种理念和范式,以此来达成自我管理的目标。

一、治身理念

(一)治身概念

　　中国传统思想本质上是一种"体验之学",不仅体现为一种特色的思维方式,更是一种个人的修养功夫论。自然与人同时气化产物,因此具有同一性,自然与人在内在本质上是感应的。"身"需要"修治",其根本原因在于身体是生理的,是感性欲望的集合。人皆有欲望,欲望则是扎根在身体上。

　　儒家认为人身"综摄了意识的主体、形气的主体、自然的主体与文化的主体,这四体绵密地编制于身体主体之上"(杨儒宾,1993)。道家认为,人有"精、气、神"三宝;杜维明认为,伦理化儒学的中心课题是人格的完成,它是以身、心、灵、神的不同层次的修养,以及修身、齐家、治国、平天下的不同层次实现为环节的。

　　在"身"的组成要素中,"气"与"精"被视为盈满天地间的物质性材料,同时,气

与"精"也是构成人身的基本东西,"人有气、有生、有知,亦且有义,故最为天下贵。"[①]"气"则由更细微的物质能量"精"化生,"凡物之精,此'化'则为生。下生五谷,上为列星……精也者,气之精者也。"[②]自然与人同是气化产物,因此具有同一性,自然与人在内在的本质上是感应的(杨儒宾,1993)。"心"是人身的主体,支配欲望和认识等,"心者,形之君也,而神明之主也。"[③]"心"通过对形气的宰治,实现对人的身体性与物质性的超越,"心"进而升华至一种自然意识或绝对理性之境界。因此,身体被视为精神修养所体现之场所,人能够从自己身上寻得个人终极的根基(本性),并与超越的道(天)合一。

(二)治身境界

治身是一个具备礼义之德的渐进过程,其中所经历的境界也是一个由低到高的发展过程,古人有"圣人"与"君子"之分。

"圣人"是中国传统治身的过程中,人们追求的最高层次的理想人格。孔子把圣人视为儒家理想中的最高人格,圣人的人格特征包括两方面:

1. 内在心性修养达到了最高境界,其道德品质足以为人楷模,教化百姓。

2. 在经世济民、治国平天下方面建立了丰功伟绩,其历史作用足以名垂千古,百世共仰。

由于圣人是最高的人格境界,常人还是难以企及。"君子"往往成为人们所追求的人格境界。"君子"要达到"智、仁、勇"三德。要想达到这个境界,就必须加强自我修养。特别是"仁",左边"人"字旁,右边"二"字,就是两个人,意思就是想到自己,想到别人。可能对于我们来讲,"圣人"和"君子"都是太高的境界,而做一个"好人"还是可以的。国学大师季羡林先生给出"好人"的定义,即如果考虑别人比考虑自己更多是"君子",那么考虑别人与考虑自己一样多就算是"好人"了。"好人"应该是成功人士(商界人士)的道德底线。

(三)五德理念

中国古代兵圣孙武曰:"将者,智、信、仁、勇、严也。"梅尧臣注曰:"智能发谋,信能赏罚,仁能附众,勇敢果断,严能立威。"故曹公曰:"将宜五德备之。""五德"皆具是谓德才兼备。只有五德具备,才能成为大将,成为一名成功的领导者。中国古代兵家对于为将者的素质提出了"五德"的要求,"五德"模式翻译为今天的含义为:

"智"即知识、信息、智慧、才能,领导者要多谋善断、随机应变、善于分析和决策;"信"即以诚信待人,言必行,行必果,说到做到;"仁"是仁者爱人,尊重、关爱、爱

---

① 《荀子·王制篇》。
② 《管子·内业》。
③ 《荀子·解蔽》。

护、体贴部属，以仁爱对待顾客和社会；"勇"要求领导者要勇于创新，敢于进取，具有冒险精神；"严"就是要有严肃认真的态度，"令已以文，齐之以武，是消必取"，要制定严格的规章制度，严格管理，领导者还要严于律己。

正如日本的经营之神松下幸之助所说："领导者要率先做他人的榜样，应该站在众人的前面"；三洋公司社长井植薰也曾说过，要想造就他人，先造就自己，处于领导地位的总经理和董事们首先要严于律己，敢于并且善于塑造自己。

领导者对组织、对社会有重大的示范效应，直接影响着一个组织、一个社会的风气，作用很大。松下幸之助认为，经营者要以身作则地处理事情，本身要最早上班，并工作到最晚，做大家的模范，这比什么都重要。与其为了顾虑员工的想法而伤脑筋，倒不如自己一心一意地工作，只要你自己尽全力专注地工作，这种认真的态度必能感动周围的人，使他们自动帮忙或积极工作。不论企业的规模如何，经营者以身作则的作风是最重要的。

二、自我管理

修身的本质便是自我管理。一个优秀的管理者首先要具备管理自己的能力，然后才能更好地去管理他人。

(一)自正正他

领导者要真诚守信，有自身高的标准和道德修养才能影响他人。《大学》把治身的重要性描绘得更加淋漓尽致，明确提出："自天子以至于庶人，一是皆以修身为本。"又认为："欲治其国，先齐其家；欲齐其家者，先修其身；欲修其身，先正其心。……心正而后身修，身修而后家齐，家齐而后国治，国治而后天下平。"一个领导者，必须首先是一个自正的人。自正才能正他，自觉才能觉他，才能成为教练型的领导者。自我管理对于一个商人来说，永远是一门重要的必修课，因为其中包含了一个商人成功的要诀。李嘉诚给自己规划的日常管理的八个要点是：

1. 勤是一切事业的基础。要勤劳工作，对企业负责，对股东负责。

2. 对自己要节俭，对他人则要慷慨。处理一切事情以他人利益为出发点。

3. 始终保持创新意识，用自己的眼光关注世界，而不是随波逐流。

4. 坚守诺言，建立良好的信誉。一个人良好的信誉是走向成功不可缺少的前提条件。

5. 决策任何一件事情的时候都应该开阔胸襟，统筹全局。一旦决策之后，则要义无反顾，始终贯彻一个决定。

6. 给下属树立高效率的榜样。集中讨论具体事情之前，应预早几天通知有关人员准备资料，以便对答时精简确当，从而提高工作效率。

7. 政策的实施要沉稳持重。在企业内部打下一个良好的基础,注重培养企业管理人员的应变能力。决定一件事情之前,想好一切应变办法,而不去冒险妄进。

8. 要了解下属的希望。除了生活,应给予员工好的前途。一切以员工的利益为重,特别在年老的时候,公司应该给予员工绝对的保障,从而使员工对集团有归属感,以增强企业的凝聚力。

这八个要点,堪称李嘉诚的成功秘诀。

(二)修己安人

以"修己"作为出发点,进而推广到"安人"。"修己",所谓"内圣"之道,指人的主体的心性修养;"安人",所谓"外王"之道,齐家、治国平天下,从修己到推己及人,成己成物,成行成业,由"内圣"转向"外王"。修己与安人两者是必要非充分的条件关系。一个人首先必须"修己",只有修己才可能安人。反过来讲,要想"安人"必须"修己",不"修己"就难以"安人",既要"安人"又不"修己"是办不到的。反之,"修己"并不见得一定能够安人,并非只要"修己"就一定能够"安人"。

一个企业的兴衰存亡的关键在于它的领导者,一个优秀的领导者能够带领企业应对挑战,不断变革,把握胜机,可谓取胜之道在于领导,领导者的作用是十分重要的。领导者欲"正人",有效地领导部属,首先要"正己",管理好自己,以身作则;欲"安人",首先要"修己",要全面提高自身的素质和修养,只有这样,才可能赢得别人的信任和信赖,进而影响他人。领导者自身的素质包括具备丰富的知识、经验和良好的品质素养以及多谋善断的智慧和高人一等的预见能力,这将成为决定领导者成功与失败的关键。

(三)通达之乐

通达之乐指无论在顺境还是逆境,一个有修养的德者始终能保持淡泊名利、宁静致远、乐观豁达的处世哲学。"道不行,乘桴浮于海"。人的选择是多种多样的,不一定非要一竿子插到底,学会选择和适当的变化,也是一种聪明之举。孔子周游列国,输出他的理想和道德,但世人当时并不接受他的学说。搞政治不行,那就做个乡村小教师吧!于是回到家乡广收弟子,同样是传播自己的学说。在家闲居时总是仪态舒展自如,神色和颜悦色,过着无忧无虑的个人生活,完全不像我们所想象的那样愁眉苦脸、严肃庄重。这是因为他虽然忧国忧民忧天下,但却不忧个人生活,在个人生活上抱着以平淡为乐的旷达态度,所以能始终保持爽朗的胸襟、愉悦的心情。说到底,孔子是因为深深懂得调整自己的心态和精神。因为"人能弘道",人走到哪里,道就在哪里。孔子总是洒脱的,看淡成败,那就是从外王又回到内圣,把心灵的快乐放在第一位。孔子周游列国无所成就,但在死后他的学说被弟子广泛传播,成为一代的先哲。

　　邓小平也是一位通达之乐的践行者。他淡泊从容,宠辱不惊,以豁达的心胸和大智慧安享 93 岁高寿,这在全世界的伟人中并不多见。邓小平政治生涯中的坎坷和艰难曲折,集中体现在他那富有传奇色彩的"三落三起"中。邓小平一生中除政治上"三落三起"外,个人生活与家庭成员也屡遭不幸,但他在逆境中从不怨天尤人,始终保持乐观通达的心境。他说:"如果天天发愁,日子怎么过?"他就是如此乐观的老人,几度沉浮,老而弥坚。周恩来曾经对人谈论过邓小平的领导风格,说他"举重若轻",就是说,邓小平在领导风格上有一种迅速摆脱细枝末节的纠缠、直指战略目标的大气。在过去的政治生涯中,无论遇到什么样的艰难险阻,邓小平都能从容镇定地驾驭局势,引导党的事业在曲折中前进;同时也以乐观的态度经受了"三落三起"的严峻考验,多次在人生磨难中找到了新的希望。邓小平的"三起三落",体现出他始终保持乐观豁达的心境。

三、力行重德

(一)道德践行

　　"行"指道德践行,孔子重视道德实践,道德践履。孔子说:"君子名之必可言也,言之必可行也。"①"君子耻其言而过其行。""君子欲讷于言而敏于行。"要求人们在现实生活中重视道德践行,去践行"仁"道。荀子认为,一切道德知识最终都要落实在行动上,他说:"行之,明也;明之,为圣人;圣人也者,本仁义,当是非,齐言行,不失毫厘,无他道焉,已乎行之矣。""知之而不行,虽敦必困。"②

　　儒家重视"躬行实践",认为不能自身力行、以身作则,道德将会落空,朱熹针对"学者多阙于践履"之弊,提倡:"学之之博,未若知之之要;知之之要,未若行之之实。"③王阳明明确提出"知行合一"的主张,认为"知是行的主意,行是知的工夫;知是行之始,行是知之成","真知即所以为行,不行不足以谓之知"。④

(二)志在天下

　　儒家提倡"明道、稽政、志在天下"的经世之学,儒家思想具有强烈的经世济民的社会责任感和参与意识。孟子曾说:"如欲平治天下,当今之世,舍我其谁也?"宋代范仲淹的"居庙堂之高,则忧其民,处江湖之远,则忧其君"、"先天下之忧而忧,后天下之乐而乐"成为被历代名士所称颂的千古名句。明末东林学派以"救世"为己任,"风声,雨声,读书声,声声入耳;家事、国事、天下事、事事关心"。清代顾炎武提

①　《论语·子路》。
②　《荀子·儒效》。
③　《朱子语类》卷十三。
④　《传习录》。

出"天下兴亡,匹夫有责"的名言,都反映出历代儒家仁人志士强烈的忧患意识和积极济世济民的社会责任感。

(三)重在气节

儒家注重气节和献身精神,为了实现自己的"仁"的理想和"经世"志向,不惜献出宝贵的生命,孔子要求"智者不惑,仁者不忧,勇者不惧",要求仁人志士"无求生以害仁,有杀身以成仁"。孟子也大力提倡坚守气节,他说:"富贵不能淫,贫贱不能移,威武不能屈,此之大丈夫。"孟子还主张"舍生取义",认为人的生命诚然可贵,但绝不能为了苟生而放弃自己的原则和尊严。

第二节 待人之道

人们通常说,做事先做人,要做人也就是要从待人接物开始。那么何谓做人呢? 人生是个舞台,在这个舞台上,人要扮演各种各样的角色,处理各种各样的关系。比如,要处理自己和自然界之间的关系,自我和他人之间的关系,自己思想和行为的关系。会做人就是要把这些关系处理好了。总之,做人的过程其实就是一个修身的过程。

一、以礼相待

(一)谦虚

谦虚是一种不以自己的功德、才能、地位而自满、自夸、自傲,不自以为是,肯向他人学习的品德。它建立在正确对待自己并尊重他人的基础之上,是基于善无止境、功无止境的认识而采取的一种正确的态度。《尚书·大禹谟》中有一句道德名言:"满招损,谦受益。"意思是说,自满于已获得的成绩,将会招来损失和灾害;谦逊并时时感到了自己的不足,就能因此而得益。被人们称颂为"力学之父"的牛顿发现了万有引力定律,对于自己的成功,他谦虚地说:"如果我见的比笛卡儿要远一点,那是因为我站在巨人的肩上的缘故。"他还对人说:"我只像一个海滨玩耍的小孩子,有时很高兴地拾着一颗光滑美丽的石子儿,真理的大海还是没有被发现。"

历代思想家对谦虚之德多有议论。认为,宇宙无穷而个人渺小,与茫茫宇宙相比较,个人的一切,如学问、技能、事功、德业等都是微不足道和不值得夸耀的。明白了这个道理,人就能摆正自己的位置。在《论语》中,孔子说:"三人行,必有我师焉,择其善者而从之,其不善者而改之。"意思就是:三个人在一起,其中必有某人在某方面是值得我学习的,那他就可当我的老师。我选取他的优点来学习,对他的缺点和不足,我会引以为戒,有则改之。孔子曾经说过:"君子不以言举人,不以言废

人。"君子不因为某人的话说得好就推举他,也不因为某人不好就否定他的一切言论。这是因为"有德者必有言,有言者不必有德。仁者必有勇,勇者不必有仁"。话说得好的人不一定品德高尚,所以要听其言、观其行。由此可见,一个领导者若真心求贤,就必须有诚意,以宽广的胸怀接纳人才,而这一切,是以谦虚和信任为前提的。

(二)学习

《论语》开篇就讲:"学而时习之,不亦乐乎?"孔子本人终身"学而不厌,诲人不倦"。他认为"智者利仁","智者不惑"。他主张通过"博学于文"来获得知识,他承认自己具备丰富的知识是"好古敏以求之"得来的。孔子"发愤忘食,乐以忘忧,不知老之将至",他是终身学习的楷模。孟子把智列为"四德"之一,认为:"是非之心,智也。"不学习,就没有判断是非的能力。荀子讲:"君子曰:学不可以已。青,取之于蓝,而青于蓝;冰,水为之,而寒于水。……故木受绳则直,金就砺则利,君子博学而日参省乎己,则知明而行无过己矣。"[①]所以,我们讲只有学习才能有是非观,才能判明是非。只有不懈学习,才能不断自省,进而使自我境界不断提升。品德的修养和提高必须通过不断的学习来促进,即所谓"学到老用到老"。

(三)守礼

我们都讲中国是个"礼仪之邦"。在中国的传统文化和思想中,为人谦虚、戒骄勿躁是追求个人修身养性、为人处事之道的一个非常重要的组成部分。礼作为规范人行为的一种规则,要求礼经由人的身体加以实践。礼在规定人的行动原则时,也起着化民成德的作用。礼的概念和范畴非常之大,从广义来说,人在社会生活中的一切行为都可能用礼来规范。而"以礼相待"则更强调人际交往中的守礼,这个礼指礼貌、礼节。儒家要求人们在人际交往中讲究礼貌、礼敬和礼让,对自己要注意仪容,克服不良习气,建立良好的品行,对他人应举止得体,按照礼的要求来尊敬他人,恭敬礼让。孔子在《季氏》中强调"不学礼,无以立",反复强调无礼不行,无礼不立,认为人际交往中是否守礼是一个人道德修养的试金石。

以礼相待最基本的要求就是要注重自己的仪容仪表和语气态度,克服不良习气,杜绝野蛮、愚昧和粗鄙,讲究文明礼貌。而这种文明礼貌中所蕴涵的基本精神和要求就是恭敬礼让。我们讲用以礼相待来处理人际关系,这其中恭敬是我们所需要的道德精神状态和态度,而礼让则是在这种态度下所采取的一种行为方式。人与人在交往的过程中,由于利益和价值观的不同,冲突和矛盾是不可避免的,而在不关系到大是大非、大善大恶的根本原则的前提下,礼让是我们用以礼相待来处

---

① 《荀子·劝学》。

理矛盾冲突的一个原则。礼让待人就是在人际交往中的礼的前提下,一种主动谦让、舍己为人的美德,是儒家克己利人精神的一种体现。当然这种退让并不是无原则的退让,而是在坚持礼的基础上合理的退让,而且这种退让只能是在利益上的退让,而不能是道德上的退让。

二、与人为善

与人为善,宽人严己,一直是中华民族的传统美德,也是我们用来处理人际关系的一个重要的基本原则。孟子言"爱人者人恒爱之,敬人者人恒敬之",只要我们能善待他人,也就必然能得到别人的尊敬和回报。所以在自身修养中必须培养一种宽厚博大的胸怀,强调人与人之间在保留大是非前提下的相互同情和理解,建立人与人之间良好的关系,这样才能构建一个和谐社会。

(一)与人为善,与己为善

中国佛教的因果论认为"种善因得善果",以此来劝人向善。佛家的因果轮回自不必去讨论其是非对错,而这种与人为善即与己为善的思想却是非常具有现实意义的。《论语》有言"宽则得众",与人为善、宽以待人是一种营造良好人际关系的不二法门。生活中我们经常能看到经常帮助朋友的人一旦碰到困难的时候,受过他帮助的朋友纷纷施以援手帮助其摆脱困境;反之,平常那些只关心自己利益,对朋友漠不关心的人在碰到困境的时候也同样是门可罗雀。墨子认为,人人都有共同的善良的道德品质,在人际交往中,不要消极被动地去等待别人施爱和行善,而应当主动积极地去与人为善。我若爱人,人必爱我;我若利人,人必利我。

民间流传着这样一个故事,清朝时期,宰相张廷玉老家与一位姓叶的侍郎家是邻居。有一次,两家都要起房造屋,为争地皮发生了争执。张老夫人便修书一封要张宰相出面干预。这位宰相到底见识不凡,看罢来信,立即做诗劝导老夫人:"千里家书只为墙,再让三尺又何妨? 万里长城今犹在,不见当年秦始皇。"张母见书明理,立即把墙主动退后三尺。叶家见此情景,深感惭愧,也马上把墙让后三尺。这样,张叶两家的院墙之间,就形成了六尺宽的巷道,成了有名的"六尺巷"。张廷玉失去的是祖传的几分宅基地,换来的却是邻里的和睦及自己与人为善的美名。

(二)盲目行善,反致恶果

然而,我们说与人为善也不是盲目地、无原则地行善,在行善的同时还要保持自己明辨是非善恶的能力。古人说的仁、义、礼、智、信中的"智"的核心功能即明辨是非善恶,树立正确的道德观念。人们在道德行为的选择过程中,要明确哪些事情可为而哪些不可为,这样才能在与人为善的基础上做出正确的道德决断。是非善恶虽然在观念上易于区分,但在纷繁复杂的现实社会中却往往很难分辨清楚,善与

恶有相对性的一面,同样是善和恶,也有大小高低之分。这就需要深刻理解蕴涵于与人为善的大前提下的行善原则。明末著名思想家王夫之在《读通鉴论》中曾经写道:"推其所以然,辨其不尽然之实,均于善而醇疵分,均于恶而轻重别。"这就是说,必须把握事情的实质,能够分析不同条件下善的大小轻重以及可能的后果,这样才能避免善心反遭恶报的尴尬境地。希腊寓言中的农夫和蛇的故事以及中国传统寓言故事中的东郭与狼的故事都异曲同工地说明了与人为善中的"智"的原则问题,只有把握了这个原则才能更好地与人为善。

(三)崇人之德,扬人之善

与人为善的另一个重要原则就是要崇人之德、扬人之善,即对别人所做的善事要加以崇仰。《荀子·不苟》中说:"崇人之德、扬人之善,非谄谀也。"崇仰别人德高尚品德和善行并不是对别人的谄谀,正如《晏子春秋》中所言:"不夺人之功,不蔽人之能。"而崇人之德、扬人之善另一层含义则是对别人所犯的错误和道德上的一些缺点不要大肆宣扬,唯恐天下不知,而是给别人以改正的机会。多褒扬并宣传他人的与人为善的事迹,多记住别人的好处,而少在一些小事上对人耿耿于怀,这样才能创造出一种大家都与人为善的良好氛围。历史上各个学派对此都有自己的论述,但观点大同小异。《孔子家语·颜回》中写道:"不忘久德,不思久怨。"《礼记·坊记》中说:"善则称人,过则称已,则民不争。"《战国策》写道:"不蔽人之善,不言人之恶。"《汉书》中说:"记人之功,忘人之过。"这些古典论著中虽然说法不一,但共同的思想都是要崇人之善,蔽人之恶。崇人之德、扬人之善的第三层含义是对自己的善行应该淡然处之。清朝申居郧的《西岩赘语》中说的"君子不矜已善,而乐扬人善"即是这个意思。这种思想与受恩必报、施恩勿念有着异曲同工之妙。

三、以和为贵

如果说与人为善是人际交往的思想基础,以礼相待则是人际交往的具体行为准则,而和则是人际交往中的最高价值。和谐相处,保持群体中良好和谐的人际关系,这就是《论语·学而》中所说的"礼之用,和为贵。先王之道,斯为美"。"和"代表了道德的根本价值取向和作用,是一切伦理道德的精髓。道德和合则人与人之间可以建立和谐的人际关系。而前文所述在人际交往中遵循与人为善和以礼相待的原则,其最终目标就是要以群体利益之上的原则协调好各种人际关系,建立一个和谐的社会。

和谐精神渗透在中国传统文化的各个领域,几乎无所不在。概括起来,和谐精神的内涵可以归结为三个方面,即身心和谐、人际和谐和天人和谐。个人的身心和谐是一切和谐的基础,而将此精神拓展到待人接物和处事中去,则强调的是一种人

与人之间的和谐,即儒家所强调的和贵精神;而古人更是将这种和谐精神拓展到人与自然之间,强调一种人与自然之间的和谐统一与共存,这些精神在今天仍然具有很大的价值。

(1)和谐精神强调的第一层内涵是用和贵的精神来构建自身身心的和谐。"孔颜乐处"则是儒家对身心和谐的经典描述,其主要出自《论语》的两处描述:一是《论语·述而》中孔子自道:"饭疏食,饮水,曲肱而枕之,乐亦在其中矣。不义而富且贵,于我如浮云。"另一处是《论语·雍也》中孔子称赞颜回说:"贤哉,回也!一箪食,一瓢饮,在陋巷,人不堪其忧,回也不改其乐。"儒家认为人生的快乐,无非是对道义的追求,所谓"安贫乐道"是也。对道的追求达到一定程度,即实现人生境界的升华,届时就会感到人生在世,一切都是可乐之事。与此相比,芸芸众生常常把一己之忧乐系于外在条件的变化以及别人对待自己的态度上,患得患失,所以与之相伴的就只能是忧愁了。正如孔子所说:"君子坦荡荡,小人常戚戚。"当然身心和谐对道德的追求不能排除人们对物质的追求,只有在道德统率下的物质追求,才能做到身心和谐,以一个平和的心态来做人,这是构建一切和谐的前提和基础。

(2)和谐精神第二层内涵就是组织内部的人际和谐。人总是存在于一定的组织之中,一个家庭、一个企业要想兴旺,就一定需要构建一种和谐的内部人际关系。正如孟子所说的"天时不如地利,地利不如人和"。孟子作了如下的解释:比如有一座小城,每边长仅三里,它的外城也不过七里。敌人围攻它,而不能取胜。在长期的围攻中,一定存在合乎天时的战机,却不能获胜,这就是说占天时的不及占地利的。又比如,另一守城者,城墙不是不高,护城河不是不深,兵器、甲胄不是不锐利、不坚固,粮食不是不多,然而敌人一来,便弃城逃走,这就是说占地利的不及得人和的。只有用一种以和为贵的思想去在组织内构建一种和谐的人际关系,使得全体组织成员能够同心同德、齐心协力地为组织目标而去奋斗,组织的事业才会兴旺。

(3)和谐精神的第三层内涵就是要利用以和为贵的思想构建组织外部的天人和谐。无论是个人、家庭还是企业,要取得发展,良好的外部人际关系是必不可少的,有一句传统的俗话叫"四海之内皆兄弟也"描述了这种理想的人际关系状况。只有真诚待人,与人为善,以礼相待,并以一种以和为贵的思想来与人相处,与其他企业相处,形成组织良好的外部环境,才能促进组织和其成员的发展。同时企业不能因为一时的只顾及利益,而破坏自然环境,应该有可持续发展的意识,承担应用的社会责任。

构建和谐的最高层次的目标就是儒家所说的天下不同,实现整个社会的和谐以及人与自然的和谐。《礼记·礼运》中提出:"大道之行也,天下为公。选贤与能,讲信修睦。故人不独亲其亲,不独子其子。使老有所终,壮有所用,幼有所长,鳏、

寡、孤、独、废疾者皆有所养。男有分、女有归。货恶其弃于地位，不必藏于己；力恶其不出于身也，不必为己。是故，谋闭而不兴，盗窃乱贼而不作，故外户而不闭。是谓大同。"这是儒家的理想社会蓝图，表达了儒家对美好社会的憧憬、向往和追求。而当今我们国家所强调的构建和谐社会的治国理念正是这种和贵思想下最高层次和谐的具体体现。随着社会的高度发展和对资源的过度索取，人与自然之间的矛盾越来越突出，而利用和贵思想来处理人与自然之间和谐相处也显得日益重要。

第三节　成功之道

一、以勤为先

以勤为先，是指把勤奋视为走向成功的基本抓手和重要路径，主张勤于劳动，反对懒惰和不劳而获。我国民间常说一句话，"穷不过三代，富不过三代"，其原因大概在于穷后方知勤奋，富裕后往往是坐享其成。

勤奋是无价之宝：读书人勤奋读书，可以金榜题名；农民勤奋耕种，可以多收粮食；妇女勤奋纺织，棉布丝就会充足；工商业勤奋经营，财产就会不断增加。可以说，人生的名利和成就都会来自于勤奋，天下没有免费的午餐。明清两代广为流传的《增广贤文》告诫人们，"一年之计在于春，一日之计在于晨，一家之计在于和，一生之计在于勤"。在儒家勤奋理念的影响下，不仅中国民众崇敬勤于治水的大禹，也想出了愚公移山、精卫填海的精神去教化世人，皇帝每年初春举行春耕的仪式，也是要倡导辛勤耕作。

中华民族是勤劳的民族，这一点不仅可以从我国灿烂辉煌的历史得到印证，也可以从近代以来在世界各地闯荡谋生的华人身上得到印证。无论在什么地方，无论环境多么恶劣，也无论地位多么卑微，华人都会用自己的勤奋努力赢得一片天地，也博得了当地人民的尊敬。在中国传统文化中，勤劳确实被当作最大的美德之一，也被认为是立身处世、走向成功的重要路径。

二、以德为美

任何人的成功都离不开个人的价值观，而我国儒商的成功就是在自己的经营实践中，贯彻儒家文化的价值观，将儒家思想作为自己行为做事的准则和理念。儒商信奉儒家思想文化，注重道德和兼具经营才干的现代商人。儒商追求个人道德修养的不断完善，进而经世济民，为国家、为民族建功立业，造福社会。儒商的价值观表现为：信德、和德、仁德。

(一)信德,恪守诚信的原则

做人要以诚信为本,企业经营也要以诚信为本。诚就是要真诚,信就是要守信用。诚信,乃基业常青之本。

儒商将"诚信"看成企业管理的生命,在经营中讲信用,守合同,生产货真物实、物美价廉的产品,从而赢得顾客信赖,一旦丧失信誉,企业注定要失败。诚信是儒家提倡的重要的道德信条是处理人际关系的正确准则,诚实不欺,谓之信。孔子提倡"以信交友","与朋友交,言而有信"。做人要以诚信为本,企业经营也要以诚信为本。诚就是要有一颗真诚的心,对待员工如此,对待消费者亦如此,要将心比心;信就是要守信用,诚实守信是企业的生命。人们常说"信誉是企业的生命"等等,这些格言蕴含着深刻的哲理,一个成功的商人在其经营活动中,往往把诚信置于首位。

晚清大商人胡雪岩创办的胡庆余堂之所以声名卓著,就在于它"诚信为本,取信于民"的商业道德。课堂的营业厅有两块巨匾:一块面向顾客,上书"真不二价"四个大字;另一块面向柜台,上有胡雪岩亲笔书写的"戒欺"。这两块匾充分表明了胡庆余堂诚实守信的经营宗旨,由于该店在经营上始终重视诚信,以至后来广受顾客的信赖,成为驰名的百年老店。日本企业之父涩泽荣一先生认为"信是万事的根本","如果不能坚守信这一个字,我们实业界的基础也无法巩固"。所谓商业道德,"其中最重要莫过于信"。日本管理学家土光敏夫在《经营管理之道》一书中强调:"维护公司的信誉,比照顾公司人员的面子更重要。"

(二)和德,以和为贵的原则

"和"强调在管理中的地位和作用,即通过协调管理中的各种矛盾因素,以达到最佳的和谐管理状态。个人要提高品德修养,相互团结合作,发挥团队精神。此外,和德还有一层重要含义,就是现代企业与企业之间竞争的和德思想,要合作性竞争,在竞争中,相互学习,相互促进,争取双赢,甚至多赢,而不是超过那种你死我活的恶性竞争,不是那种损人利己,损人不利己乃至害人害己的竞争,在竞争中合作,在合作中竞争,企业间通过和谐和竞争,为顾客创造价值,为社会创造价值。

人和是影响一个组织效率的主要因素。在企业中,人和解决得好,本身就能提高生产力,减少人力资源浪费;解决不好,人际关系复杂,甚至勾心斗角,相互拆台,给系统内输入再多知识、技术也必是事倍功半。那么,再好的企业文化也不过是表面文章。因此,我们在企业管理中要注重培养和德,每个人都要提高自身德品德修养,相互团结合作,发挥团队精神。儒家强调"和"的观念,孔子说"和为贵",这三字表意通俗,内涵深刻,其中蕴含着深髓的哲理和高超的人生智慧,"以和为贵"是一

种人生观、价值观、整体观、大局观。孔子主张"君子周而不比"①，孟子说"群而不党"，"四海之内，皆兄弟也"②。值得注意的是，孔子提出"和为贵"，他赞成"君子和而不同"，极力反对"小人同而不和"，只知随同附和，而丧失原则立场的"乡愿"。

日本公司曾具有极高的效率、极强的市场竞争力。日本国自明治维新以来，从一个国土狭小、资源贫乏和穷困落后的东方小国迅速成长为亚洲强国乃至今日的世界强国，都与日本国民精神中具有很强的向心力、凝聚力有关（当然还包括其他重要因素），而团队精神后面的文化根源就是中国儒家的"和"文化。所以，日本企业十分重视"和"，员工对公司具有极强的归属感和忠诚意识，往往是上下同欲，同心协力，具有很强的团队精神。松下电器的创始人松下幸之助先生曾说："一群人在一起做事情，最重要的是同心协力，由50人组成的团结团体，比1 000个聚集的乌合之众力量要大得多，成就也大得多。"

（三）仁德，仁者爱人的原则

"仁德"强调管理者要有仁义之心，高尚的品德修养，兼顾员工与企业的利益。建立企业整体协调的对待自然万物的理念和价值观。企业是靠人来进行经营，无论是身负重任的经营者，还是职工、客户以及各个方面的关系户都是人，可以说，经营就是处理各方面人与人的关系，就是人们相互依存地为人类的共同幸福而进行的活动。所以，正确的经营理念必须立足于对人类的共同幸福而进行的活动，必须着眼于对人的正确看法之上，必须扎根于符合社会发展规律和自然规律的人生观、社会观和世界观，由此才能产生正确的经营理念。

企业的使命和在"仁德"管理下建立正确的经营理念是一致的。松下认为利润不是企业的最终目的。企业的最基本的使命是把物美价廉的产品充分地供应给社会。企业经营不是私事，而是公事，其工作和事业都是具有社会性的，属于公共的范畴。企业经营归根到底是为了共同幸福进行活动，因此，必须深刻认识人的本质，从事仁德管理，并且根据这种认识去从事工作。这是松下企业经营哲学的基点。松下认为，企业经营的秘诀，不过是顺应"天地自然的规律"去工作而已，经营顺应自然规律的表现就是生产优质产品，兼顾企业与员工的利益，收取合理的利润。这是松下企业经营哲学的基点。松下认为，企业经营成功的关键在于：

（1）强化企业命运共同体建设。松下公司是日本第一家有公司歌曲和价值准则的企业。每天早晨8点钟，公司所有的员工朗诵本公司的"纲领，信条，七大精神"，并在一起唱公司歌曲。一名高级管理人员说，松下公司好像将我们全体员工

①《论语·为政》。
②《孟子·公孙丑下》。

融为了一体。

（2）在进行总体企业文化培育的前提下，把培养人才作为重点，强调将普通人培训为有才能的人。松下幸之助有一段名言"松下电器公司是制造人才的地方，兼而制造电器产品。"他认为，事业是人为的，而人才的培育更是当务之急。也就是说，如果不培育人才，就不能有成功的事业。

（3）在感情兴趣共同的情况下，培养共同的感情基础。注重经营性的、丰富的企业文化建设，使员工有新鲜感，这样更易于职工自觉接受公司文化。

三、以志为纲

受儒家"谦让"和道家"无为"影响，中国传统文化中的确含有与世无争的思想，甚至到了近代演变成鲁迅笔下的阿Q精神，形成了"随大流，不吃亏"的从众文化。不可否认，这确实是我国传统文化中不足的一面，明哲保身，不思进取；但与此同时，儒家文化也有较强的进取精神，强调"国亡而不知，不智；知而不争，不忠；忠而不死，不廉"的救死存亡①，有"无求生以害仁，有杀身以成仁"②的舍身求义，有"人无志，非人也"③的向上意识，还有"吾十有五而志于学"的励学传统，更有"三军可以多帅，匹夫不可以夺志"的刚毅，所有这些也在一定程度上构成了中国传统文化主流的一部分，单说中国传统文化中缺乏进取意识的明显有失偏颇。为此，有学者将"自强不息"或者说"刚健"作为中国传统文化精华的主要内容，是中国人积极的人生态度的最集中理论概括和价值提炼。或许可以这样说，以儒家文化为主体的中华文化强调仁、义、礼、智、信的安身立命之本，"地势坤，君子以厚德载物"构建了有序的社会；与此同时，中华文化还凸显了人的主体地位，坚信"天生我才必有用"，"天行健，君子以自强不息"则构成了中华精神的另一面。自强不息、厚德载物相辅相成，共同构成了中华文化的主流。也正是这种积极进取、刚健有为的思想，造就了中华民族自强不息的品格。

古人以立志为成人成事之本，是人生道路上的航标。虽然有志不一定都能够变为现实，但没有志向也难以成功。"人须立志，志立则功就，天下古今之人，未有无志而建功。"④即使是读书做学问也不例外。"大凡为学，先须立志，志大而大，志小而小。有有志而不遂者也，未有无志而有成者也。立志之道，先须辨别何者是上

---

① 《说苑·立节》。
② 《论语·卫灵公》。
③ 嵇康：《家诫》。
④ 《明太祖实录》卷三三。

等人所为,何者是下等人所为,我所愿学者,是何等样人,我所不屑为者,是何等样人。"①在管理学界有一个著名的实验:将一只青蛙放进热水中,青蛙受到热水刺激后会迅速地逃离热水;如果把青蛙放进温水中,然后再慢慢加热,直到把水煮开,青蛙也不会再跳出来。青蛙是在没有压力的情况下失去了求生的目标,直至被烫死。其实,每个人都是有惰性的,在缺乏目标的情况下,往往每天重复着"明日复明日"的周而复始的简单生活,直至岁月蹉跎。正是在此意义上说,志是促进自己努力向前的内在动力源,这在缺乏外在压力的环境中尤其重要。正是在这种背景下,自然的奥秘与人类的事务合而为一,对天体运行及其性质的探讨兴趣,被对伦理的、社会因果关系的关注所压倒、取代。所以我们讲一个人必须有抱负和理想,不然就会碌碌无为。

【本章小结】

1. 东方管理思想非常重视治身,强调人的自身修养和行为示范,以达到服务社会、服务于人的宗旨。

2. 治身是一个具备礼义之德的渐进过程,其中所经历的境界也是一个由低到高的发展过程,有"圣人"与"君子"之分。

3. 治身需以德修身、自我管理、力行重德。

4. 修己与安人,是由己及人,由此及彼,由内向外的推展过程。修身是齐家治国平天下的基础和前提,首先要"修己"然后以之齐家,以之治国,以之平天下。作为领导者要想管理好组织,首先要管理好自己,要想正人,先正自己,只有这样,才可能赢得别人的依赖,进而影响他人。

5. 领导者治身要行"五德",即智、信、仁、勇、严。

复习思考题:

1. 什么是治身? 如何提升自我管理?

2. 和谐精神的内涵可以归结为哪三个方面? 它们的主要内容是什么?

3. 研讨个人的成功应注重哪些方面的提升和培养。

---

① 张履祥:《初学备忘》卷上。

【案例分析】

奥巴马"修己安人"的成功之道①

　　奥巴马的生父是首批进入夏威夷大学的非洲学生,这位来自肯尼亚的留学生吸引了他的母亲——一个美丽的白人少女。相识数月后,母亲未婚先孕,于是,两人结婚,因为亲友们反对他们在一起,所以他们结婚时根本没通知亲友。但他出生两年后,生父却离开了他们,带着另一个女子回到祖国。母亲做了她那个年代大部分女子都不会做的事情——嫁给一个非洲男人,生下他的孩子并且离婚。尽管母亲以后的生活非常艰难,但她义无反顾。他后来说,母亲的性格实在是敢爱敢恨。

　　离婚后,他母亲带着他艰难地生活着。后来,他母亲认识了继父——一个来自印尼的留学生,于是母亲带着他到印尼生活。在雅加达郊区,道路上到处是坑,通货膨胀严重,学校里的小伙伴把有着黝黑皮肤、满头鬈发,再加上一副肥胖身材的他喊做"黑鬼"。他跑回家问母亲要钱买香皂,想洗掉皮肤的黑色,但母亲告诉他,做黑人一点也不需要自卑。

　　后来,他被送回夏威夷,在外祖母的监护下成长。他头脑聪明,考上了当地最好的学校。这所学校里白人小孩占多数,只有 3 个黑人小孩。这次,他又对自己的肤色产生了怀疑。为了让自己自信一些,他向同学吹嘘说父亲是非洲王子,他自然也是王室后裔。奇怪的是,同学们居然相信了他的鬼话。他开始神气活现地和人交往,自信又自卑,看似快活实则痛苦迷茫,这就是他当时的心理写照。很快,叛逆期来了。十几岁的他成了一个瘾君子,他和任何一个绝望的黑人青年一样,不知道生命的意义何在。家境是贫穷的,肤色是被人嘲笑的,前途是黯淡的,成功的道路曲折得连路都找不着。他过了一段荒唐的日子,做了很多愚蠢的事,比如逃学、吸毒、泡妞等,成了一个不折不扣的"坏小子"。没人知道该拿他怎么办,许多老师都预言:美国所有州的监狱都随时向他敞开!

　　这时,母亲为了考取博士学位,主动到印尼进行人类学工作。他很奇怪母亲的行为,母亲却告诉他,做人要有追求,做自己喜欢做的事情,并且要有益于他人,这样才能获得真正的快乐。母亲时常灌输他做人的价值观:"宽容、平等、帮助社会中弱势群体。"②使他一下子就"顿悟"了。他重拾已经丢失好久的梦想——虽然我是个黑人,但我要赢得别人的尊重。于是,他认同了自己美国黑人的身份,努力学习,

---

① 改编于刘祖光:《"冒版王子"的幸运女神》,《读者》2008 年第 24 期。
② 巴拉克·奥巴马著,罗选民、王璟译:《无畏的希望》,法律出版社 2009 年版。

在考取哥伦比亚大学的同时,还效仿母亲到社区里做义工。他发现,帮助别人真的能获得快乐,尤其是帮助那些弱势的人,更能让自己获得成就感和愉悦感。所以,大学毕业后,他只在华尔街做了两年的高薪工作,便义无反顾地到芝加哥黑人社区从事社区服务工作,虽然薪水很低,但他做得很快乐。他所做的也都是小事,社区的道路、照明、房屋修缮,劳资关系协调,等等,琐碎且庸常,但他事无巨细都做得很认真。凭此良好的记录,他考上了哈佛大学法学院,攻读法学博士学位。像母亲一样,他开始为了让更多人幸福而忘我地工作。

然而,母亲却在这时因卵巢癌去世了。去世前几年,她完成了长达1 000页的博士论文,论文对印尼农民的分析详细切实,让他读起来心潮澎湃。他在处理母亲后事时发现,在印尼,母亲和周围人有着极佳的关系。母亲没有留给他任何遗言和任何遗产,但他却认为,母亲的精神——自信、执着、敢爱敢言以及极佳的人缘,是多少金钱也代替不了的宝藏。

凭借母亲留给他的精神,他迅速在政坛崛起。他曾经在社区工作的经历,不仅帮他进入哈佛,还帮他打败多名有钱有势的对手,竞选为参议员。他没想到的是,当他决定竞选美国总统时,这段经历又一次帮助了他。

他自己都没想到,当年自封的非洲冒牌王子后裔,有一天居然有可能成为美国总统。他想到当初自己沉沦时母亲说的话。她说,奥巴马,我觉得你父亲是最帅最聪明的黑人,现在,你代替了他。

从一个"黑小子""坏小子"到美国总统,奥巴马的成长历程可谓一部活生生的励志片,主演是他,导演却是他的母亲。可以说,许多人都和奥巴马一样,有过自卑和叛逆,有过彷徨和迷茫,然而奥巴马很幸运,他从母亲身上学到了人生的真谛:对社会的贡献才是衡量一个人生命价值的真正尺度。

这个例子也是一个典型的"人为为人"思想的体现,奥巴马在母亲精神的激励下,不断地提升自己,从学习到做人,即在"人为"的自我导向的激励行为中产生动力,从而以服务他人和社会为己任,即在"为人"的他人导向的服务行为中获取人生的价值观,最终成就了自己。

奥巴马的成功正是儒家思想"修身,齐家,治国,平天下"的真实写照。

案例讨论题:
1. 从奥巴马的成长经历体现了哪些治身之道?
2. 结合案例谈谈个人如何自我管理。

五行篇

　　"五行管理"是苏东水教授在多年探讨人的有效心理行为过程中提出的新概念。"五行"管理是指对管理过程中运行的五种行为,即人道行为、人心行为、人缘行为、人谋行为以及人才行为进行管理。这五种行为相互联系,构成了一个完整的系统,形成了一门现代管理新学科。"五行管理"是"三为"、"四治"理论在实践环节中的具体表现,并分别与现代西方管理学体系中的管理哲学、管理心理、管理沟通、战略管理以及人力资源管理等相对应。应说明的是,这种对应关系仅仅是指它们所研究的对象类似,从学科的内涵以及其所采用的概念体系来看,它们之间是不同的。

第十三章 人道行为——管理哲学

人道行为,即管理哲学,所谓"人道"是指人、人的价值、伦理道德、人的认识(包括自然、社会、人生、思维规律)以及历史观点等,包括客体、主体以及主体对客体的认知。关于人道的学问可称为人生哲学,即关于人生意义、人生理想、人类生活的基本准则的学说,也就是道德学说。

第一节 "道"的内涵

在汉语中,"道"字有 40 余项解释,大致可以分为五类:一是与道路、路程相关的用法,二是有"无"的涵义,三是"本原",四是规律、方法、技术等,五是特指某种中国思想文化体系,出自《老子》(即《道德经》)。

一、"道"之本质

"道"作为中国古代哲学中的最重要的范畴之一,始于《老子》,"道,可道也,非恒道也。名,可名也,非恒名也。无名,万物之始也。有名,万物之母也。故恒无欲也,以观其妙;恒有欲也,以观其所徼。两者同出,异名同谓。玄之又玄,众妙之门"①。可见,老子说的道不是"常道"或"可道之道",而是那种揭示事物之间必然联系的本质东西,是一种无形的、不变的、不可名的恒道。在中国古代,诸子百家都将自己的理论和方法称之为"道",儒家、墨家、道家、阴阳家以及佛教等,都曾自命或称作"道教"。

老子还把"道"说成是"无"。"天下万物生于有,有生于无"②。在老子看来,"无"比"有"更根本,"无"是天下万物的最后根源,因此这里的"无"也就是他所说的"道"。因为"道"是"无",所以它是人根本无法感触到的,它没有任何物质的内容和

---

① 转引自马炳文编撰:《道德经》,第一章。
② 转引自马炳文编撰:《道德经》,第四十章。

属性,只是一种纯粹的思维抽象。老子形容"道"的特点是"其上不皦,其下不昧,绳绳不可名,复归于无物。是谓无状之状,无物之象"①。就是说,一切具体的东西,光线照射到的上部明亮,照不到的下部则黑暗,而"道"是无状之状,无物之象。道是看不见,听不见,也摸不到的,"视而不见名曰夷,听之不闻名曰希,搏之不得名曰微"②。老子极力把"道"和具体的事物区别开,是要强调指出"道"完全是人的感官不能感触到的虚无缥缈的东西。这样的"道"等于"无",没有任何物质属性和形象,超越于物质世界之上,成为物质世界的源泉,它本身当然不是物质实体,而只能是一种抽象的精神性的东西。

老子所说的"道"不是物质实体,而是产生整个物质世界的总根源,即本源,是绝对精神之类的东西。在他看来,"道"是第一性的,而世界万物是从"道"派生出来的,因此是第二性的。他把"道"叫做"万物之宗",还说:"吾不知谁之子,象帝之先。"③也就是说,"道"是宇宙万物的宗主,没有别的产生它的东西了。"道"是最原始的,存在于物质世界之前,正是由于"道"的存在,万物才得以产生。"道"产生万物的过程是"道生一,一生二,二生三,三生万物"④。这里的"一"可以解释为元气,也就是指原初的物质。原初的物质是从"道"产生出来,然后又进一步产生出宇宙万物来。

"道"是道家哲学的最高范畴,构成了其哲学体系的核心。老子吸收了"道"作为规律的涵义,加以唯心主义的解释,使之神秘化,把它说成为宇宙万物的创造主和最后源泉。老子所说的"道"又是超时空的绝对,它先于天地而生,"寂兮寥兮,独立不改,周行而不殆"⑤。也就是说,"道"是无声无形的,它不停地循环运行,却是独立而永远不会改变的。老子认为,"天地尚不能久"⑥一切具体的事物都不是永久性的,包括天地在内,"道乃久"⑦,"道"却是永久的。万物都会消灭,而"道"依然存在。总的来说,物质世界的一切是转瞬即逝的,而产生出物质世界的那个"道"则常住不变。

老子提出天道自然无为的思想,他说"道法自然"⑧,又说,"道常无为而无不为"⑨。自然、无为是说"道"生育万物是无意志、无目的、自然而然的。"道"没有意

---

①② 转引自马炳文编撰:《道德经》,第十四章。
③ 转引自马炳文编撰:《道德经》,第四章。
④ 转引自马炳文编撰:《道德经》,第四十二章。
⑤ 转引自马炳文编撰:《道德经》,第二十五章。
⑥ 转引自马炳文编撰:《道德经》,第二十三章。
⑦ 转引自马炳文编撰:《道德经》,第十六章。
⑧ 转引自马炳文编撰:《道德经》,第二十五章。
⑨ 转引自马炳文编撰:《道德经》,第三十七章。

志,因而它无所求,无所私,无所争。"生而不有,为而不恃,长而不宰"。① 就是说,"道"生养了万物,但是不据为己有,也不以为是自己的功劳,也不去宰制它们。"道"正因为是自然无为的,所以它才有巨大的化育万物的力量。"以其终不自为大,故能成其大"②。老子的天道自然无为的思想,为后来的唯物主义哲学家加以批判改造后成为反对宗教目的理论武器,但老子的自然无为思想在其唯心主义体系中是消极的。

自从老子把"道"作为其哲学的最高范畴以来,经历了一个从产生到发展再到消亡的过程。虽然今天"道"一字仍然被广泛使用,但其现代涵义除了作为道路之外,已经被人们引申为"规律"、"准则"、"法则"等,而人道一般被解释为人伦道德,泛指人类的准则、法则等。

二、"道"与"人道"

在中国古代哲学史上,"道"这一哲学范畴被分成天道和人道两个系统。最早将"道"分成天道和人道的是春秋时期郑国的子产。《春秋左传》(公元前 524 年)记载:"天道远,人道迩,非所及也。"把天道和人道区别开来,一个是指自然现象,另一个是指人事现象,可以引申为我们今天所说的客体和主体。孟子曾说:"诚者,天之道也;思诚者,人之道也。"③《周易·说卦传》讲天、地、人三道:"易之为书也,广大悉备,有天道焉,有人道焉,有地道焉。"由于天道与地道都是指客观事或物,属于客体范围,所以可将地道合于天道,这或许是后来仅有天道和人道的原因。佛教也讲天道和人道,但它们是作为佛教所说的六道之一来说的。④

按照今天我们对中国古代的天道和人道的理解,天道应是指世界的存在及其存在的形式;人道则是指人、人的价值、伦理道德、人的认识(包括自然、社会、人生、思维规律)以及历史观点等,包括客体、主体以及主体对客体的认知⑤。由天道和人道诸要素组成了"道"的系统,即一个具有多层次、多结构的整体系统。天道蕴含"道"的客体方面,即自然观、宇宙观;人道蕴含"道"的主体方面,或称人生观、伦理观、历史观。中国古代有以天(道)与人(道)相合,有以天(道)与人(道)相分,也有以天(道)与人(道)交相胜、还相用,即既对立又统一等对天道与人道关系的不同的

---

① 转引自马炳文编撰:《道德经》,第十章。
② 转引自马炳文编撰:《道德经》,第三十四章。
③ 《孟子·离娄上》。
④ 佛教认为,人是在"六道"之中轮回,这"六道"是指天道(佛教的"天"与"神"同义)、人道、阿修罗道、畜生道、饿鬼道、地狱道。上三道被称为"三善道",而下三道则被称为"三恶道"。这里"道"的内涵是指道路之道。
⑤ 张立文:《中国哲学范畴发展史(天道篇)》,中国人民大学出版社 1988 年版,第 4 页。

说法。

中国古代没有哲学称谓。在先秦时代，一切思想学派统称为"学"。到了宋代，有"义理之学"的名称。义理之学包括关于"道体"（"天道"）、"人道"（人伦道德）以及"为学之方"（治学方法）的学说。其中关于人道的学说可专称为伦理学，即关于"人伦"之理的学问，也就是说，研究人与人之间的关系。

从这一涵义推之，关于人道的学问可称为人生哲学，即关于人生意义、人生理想、人类生活的基本准则的学说，也就是道德学说。在中国古代，"道"与"德"本来是两个概念。孔子曾说，"志于道，据于德，依于仁，游于艺"①。道是行为应遵循的原则，德是实行原则而有所德，也就是道的实际体现。后来作为一个完整的名词来看，道德成为行为原则及其具体运用的总称。需要指出的是，道家所谓的道德，其涵义与儒家不同。《老子》以"道"为天地的本原，为万物存在的最高依据，以"德"为天地万物所具有的本性。

中国古代伦理思想有一个显著的倾向，即肯定人在天地之间的重要地位。儒家的《易传》以天、地、人为三才，道家的《老子》以道、天、地、人为"四大"。《孝经》引述孔子的话："天地之性为贵"。《礼记·礼运》中有："故人者，天地之心也，五行之端也，食味、别声、被色而生者也。"董仲舒说："天地人，万物之本也。天生之，地养之，人成之。天生之以孝悌，地养之以衣食，人成之以礼乐。"②《礼运》以人为天地之心，张载则提出"为天地立心"之说，认为天地本来无心，人对于天地的认识就是天地的自我认识，天地在人身上达到了自我认识。虽然这些说法有所不同，但都肯定了人在宇宙间的重要意义，可谓是人类中心论。

第二节　人道管理思想

道家思想源于实践，更可应用于实践。体现在管理当中，"天道"意味着管理实践必须遵循规律，"人道"则要求在管理过程中必须尊重个人的价值。显然，"人道"相比"天道"属于一个更高层次的管理哲学范畴。西方目前兴起的人本主义经济学正与"人道"管理思想相吻合。

一、管理之道

管理的人道原则可划分为广义和狭义两种意义。广义的人道原则是指"把人

---

① 《论语·述而》。
② 董仲舒：《春秋繁露·立元神》。

当人看"。它具有两个方面的根本特征:"一方面人道主义是视人本身为最高价值的思想体系,这是人道主义'事实如何'方面的根本特征;另一方面,人道主义是主张将一切人都当作人来善待的思想体系,这是人道主义'应该如何'方面的根本特征。总而言之,人道主义便是视人本身为最高价值从而主张善待一切人、爱一切人、把一切都当作人来看待的思想体系;简言之,便是视人本身为最高价值从而主张把人当人看的思想体系。"①狭义的人道原则是指"使人成为人",它把人本身的发展、完善、自我实现看作是最高价值,从而把人本身的发展、完善、自我实现奉为道德原则的思想体系;简言之,便是视人本身的自我实现为最高价值从而把使人成为人奉为道德原则的思想体系。"②这从本质上揭示了人道原则的基本内涵。

管理在本质上是对人的管理。管理的这一特性决定了人道原则在管理活动中的地位。人道原则是当代管理的必然趋势,就发达国家经历的演变过程来看,管理活动经历了非人道向人道转化的过程。资本原始积累时期所表现出来的那种摧残人、掠夺人的血腥管理方式,随着几百年来人道主义的发展、科学技术的进步、政治生活领域的民主建设,已失去了存在的基础。现代管理学家已将视野转向人,向着人道化管理的方向迈进。人道原则作为管理活动的一项一般伦理原则,包括下面几个相互关联的规定。

(一)肯定人的价值,将人视为一切管理活动的最高目的

人道原则认为,人是宇宙间的最高价值,人是世界的主体,世间的一切活动都是为了人的利益,人仅仅是因为人,就具有自身共同的价值尺度:人自身。人类的一切管理活动,无论是调整人与自然的关系,还是调整人与人的关系,都是为了人自身的生存和发展,为了人与人类的利益。人首先是最终也是人的活动的目的。另外,人为了实现自己的价值与利益,必须通过自己的努力,从这个意义上讲,人同时又是手段。人是手段的规定仅仅表明人的价值和利益实现只能靠自己去争取,舍此别无他途。作为目的的人与作为手段的人虽然都是现实的人,但人是目的与人是手段是两个不同层次的问题。人是目的是更为根本的问题。因此,人道原则认为,衡量一个社会、制度、管理、文化的优劣和进步与否的根本尺度,即是人及其利益。人是目的,表明了人类任何组织的管理活动都应以造福人类为宗旨。③

(二)坚持"为了人而管理"的管理目标

管理作为一种人文活动,必须使人们认同管理,在管理中感到愉悦,把管理不仅看成是组织和社会发展的需要,而且看成是自我发展的需要。从管理理论发展

---

① 王海明:《公正、平等、人道》,北京大学出版社 2000 年版,第 126 页。
② 王海明:《公正、平等、人道》,北京大学出版社 2000 年版,第 130 页。
③ 高兆明:《管理伦理导论》,复旦大学出版社 1989 年版,第 79 页。

与实践来看,当代管理理论已经经历了泰罗的科学管理、梅奥的行为科学理论、管理科学理论三个阶段。现在是管理理论的第四个阶段,即企业文化理论。企业文化作为当代最先进的管理理论,也正在发生重大的嬗变,这就是企业管理与伦理的结合,这一结合被称为管理史上的一场革命。

管理与伦理的结合不是要为管理活动提供伦理辩护,其深刻性在于启示人们必须树立一种全新的管理价值理念,即要使管理深深植根于有利于人的全面发展的目标之中。传统管理理论着重于生产过程的分析和组织控制研究。以物为中心,把人仅仅视为能带来利润的"工具人"、"经济人",片面强调金钱的刺激作用,忽视了人的社会需求和自我实现的需要,是一种以制度为中心的刚性管理方法。现代管理理论(企业文化理论)把管理活动纳入"以人为中心"的轨道上来,在经营管理中重视人、相信人,以此原则开展管理活动,这是一种以人为中心的柔性管理方法。人是生产力中最活跃的因素,是管理活动中最富有潜力的资源和最为宝贵的财富。现代管理应立足于人力资源的开发,尊重人的意愿,尊重人们的创造,充分释放人们的智慧和热情,不断提高人们的素质和士气。如果说,以物为中心到以人为中心是管理史上的一次重大飞跃,那么从以人为中心到为了人而管理则是人道原则对管理活动提出的新的合理要求。"为了人而管理"或者说"以人为最终目的的管理"的思想,是指管理无论是作为一种制度行为,还是作为一种人文活动,都应当是为了人的创造性、积极性的充分发挥,都要有利于人的全面发展,而不是要压抑人、限制人。人道原则在管理中的运用,必将推进管理向更高层次发展。

(三)树立"以人为本"的管理理念

管理目标是管理活动所要追寻的对象和所要达到的境地。管理目标是关于物的目标,即管理以经济利益为内容目标,具体地说就是追求效益的最大化。任何管理都必须追求效益最大化,否则管理便没有存在的必要。因而,管理在进行决策、计划、组织、指挥、控制、激励、协调等活动中,都应为实现尽可能地创造一切条件,通过优质产品和优质服务造福人民、造福社会。管理活动的物质价值即在于通过取得效益的最大化对民众的幸福和社会的发展做出贡献。然而,关于人的目标比关于物的目标更为根本。这种将关于人的目标作为根本目标来追求的管理目标就是以人为本的管理目标和管理理念。这种以人为本的管理理念为管理处理各种关系提供了根本原则,从而成为构建管理的道德准则、塑造理论的根本价值导向;这种管理理念在管理道德活动中既是激励机制的基本方向,也是约束机制的根本依据。

二、效法自然

管理之道即人道,道家管理学说归根到底是关怀人的生命的理论,道家管理最

高智慧和原则就是"效法自然"。

自然是什么？如何效法？在道家看来，自然就是万物发生、发展的实质，它不是有意识地、人为地产生的，也不依人们的意志而存在，而是自然而然的演变过程。效法自然，就是认识、遵循客观规律，利用规律为我所用。所以效法自然不是无知盲从，不是随心所欲，也不是什么玄而又玄、可望而不可即的东西。效法自然给予我们最重要的启迪就是看事物要寻求其本源和内在运动规律，既反对无所事事、放任自流，也反对贸然行事，搞"大呼隆"；否则就会带来无谓的遗憾和损失。

三、无为而治

"为无为，则无不治"，即通过"无为"可达"无不为"之高效，取"无不治"之结果。

无为真就是不作为吗？显然不是。无为而治有三层意思。第一，无为不是无所作为，而是有所为，有所不为；第二，无为是"无"在作为，"无"在道家那里是无形无象、潜在的本质规律，规律不以人们的意志为转移且在有所作为；第三，无为要求人们不要妄为而要善于抓住本质，从根本上解决问题，标本兼治，治本为主，从无为到无不为。

对于管理者而言，要采取无为而治，则首先要成为一个"有道之人"。管理者学道用道，必须要记住"曲则全，枉则直，洼则盈，敝则新，少则得，多则惑，是以圣人抱一为天下式"①。自古以来，有道的人——圣人，必是"抱一为天下式"，不可动摇，不能偏颇，应固守一个原则自处。什么是"一"？"一"者，道也。人生于世，做人做事，要有一个准则。做教授、做木匠、做医生、做农民或做公务员等等，职业不尽相同，就是在相同的职业中扮演的角色也不尽相同；但是，人格仍然是一样的。人要认定一个人生的目标，确定自己要做什么，要扮演何种角色。

管理者做到了"抱一而为天下式"，还需要有一定的品格修养。老子要求"圣人"："不自见故明，不自是故彰，不自伐故有功，不自矜故长"。"不自见故明"就是说不可以自以为聪明，固执己见，否则就要犯主观主义的错误。不自见但要自知，人贵有自知之明。知道自己有弱点，就去学习提高自己，多向群众请教。兼听则明，兼收并蓄。多吸收他人智慧，自己的智慧更大。博采众长，集思广益，领导者的管理就更加有效。"不自是故彰"就是说不可以自以为是。"自我感觉良好"或"一贯正确"的领导者最终招来的只能是挫折和失败。不要自以为是，而要实事求是才能开彰大业。"不自伐故有功"。"自伐"就是自我表扬。爱听表扬的话，有了成绩爱表功，"表扬和自我表扬"是常人所为。但作为领导者千万不可"自伐"。"自伐"，

---

① 《道德经》第二十二章。

有功等于无功。领导者不以一点成绩而洋洋自得,应当更加努力去做"功在天下"、"功在国家"的事业,功高再加上谦虚才能望重。不自伐甚而闻过则喜,应当是领导者应有的风范。"不自矜故长"。"自矜"就是自尊心过重,过分的自尊心几同于清高傲慢。"谦虚使人进步,骄傲使人落后",自矜之人既不利他,也无益于己,怎么能够成长前进呢?自矜的领导者,必然伴随着浮躁浮夸,或好大喜功或文过饰非或不思进取,给事业带来不应有的损失。

第三节 人道管理的运用

一、赢取民心

获得被管理者的支持是成功管理的重要特征。那么,管理者怎样取得被管理者的民心呢?应当在实际管理的过程中,实施"合民情、利民富、促民强"的方略。

(一)合民情

合乎民情,首先要顺应被管理者之自然天性。"彼民有常性:织而衣,耕而食,是谓同德"[①]。古人早就知道,老百姓有享乐的需要、富贵的需要、安全的需要和传续的需要,管理者只有满足群众的这些起码的自然天性需要,才能获取民心;反之,织不衣、耕不食或者衣不织、食不耕又不能给社会做出贡献,老百姓怎么能满意呢?其次,要体察民情。现实的民情到底是什么样子,当政者要心中有数,关心人民生活、减轻人民疾苦,自然就会受到老百姓的拥戴。要体察民情,就必须获取第一手资料。深入群众调查研究,才能准确地、有预见性地制定出合乎民情的政策。最后,要有切实可行的措施。只是知民情、察民情还是不够的,要做到合民情还必须适时地实行具体的措施。管子在齐国治理国家事务时,用过"老老、慈幼、恤孤、养疾、合独、问病、通穷、振困、接绝"九种措施,使齐国上下同心同德,国泰民安。当然,现代管理与其不可同日而语,要更复杂得多,措施相应也更加复杂,但是合民情的理念是值得借鉴的。

(二)利民富

民情是指人民的情性、情绪、情感等,合民情就是要合乎人民的多方面、各层次的需要,主要是侧重管理中的精神因素。利民富则是着重经济角度,侧重于管理中的物质因素。当然,两者不可截然分开。利民富是道家一贯的主张。老子非常重视民生,希望百姓都能"甘其食,美其服,安其居,乐其俗",有人称老子之学为养生

---

① 《庄子·马蹄》。

之道也不无道理。管子发挥了道家学说,提出"凡治国之道,必先富民。民富则易治也,民贫则难治也。……是以善为国者,必先富民,然后治之"。的确,一般来说,人有恒产,才有恒心;仓廪实,衣食足,才知礼节荣辱。古往今来,治国管事,正反两方面经验教训都证明了利民富的重要性,领导者不得不察。

(三)促民强

仔细想来,姑且不论最终结局如何,人一来到世间,就开始了顽强拼搏、自强不息的过程。还在婴儿时,人就会呼喊挣扎,从爬到走。少年苦读修身,"十年寒窗"。青年择业、成家、立事,老来与疾病抗争,真是历尽坎坷。民强也是人的天性本能之一。人有争先、好胜、夺标、成就的要强欲望。古人云:"人存政举,人亡政息"。管理之事,贵在人才。因此,管理者应当促使人才的成长,造成人才辈出的局面。诸葛亮说过:"夫治国犹于治身,治身之道,务在养神;治国之道,务在举贤"。管理者既要培养人才,发现人才,拥有人才;还要善于识别人才,锻炼人才,用好人才。实力的竞争归根到底是人才的竞争,民强至要,必力促之,这也是人本管理的一大要义。

二、化解矛盾

《易经》指出:"一阴一阳之谓道"。用现在的话来讲,道就是矛盾的统一,道的管理就是运用规律来正确认识和解决矛盾。道家的管理智慧就体现在对组织内外一系列利害转化关系的洞察,在这种转化中去取得最大的效率和利益。

道为治理天下的大本,具体解决人与自然、人与人之间的矛盾应当以无为而自化,以好静而自正,以无事而自富,以无欲而自朴为原则,从而理乱求治,建立人与自然、与社会和谐的秩序,达到三者合一的管理最高境界。道的管理原则具有强烈的现实性,老子认为人与自然失调、人与社会失序、人自身失衡,就是由于"有为"、"好功"、"有事"、"有欲"造成的。"企者不立,跨者不行。自见者不明,自是者不彰,自伐者无功,自矜者不长。"对于管理者来说,"上诚好知而无道,则天下大乱矣",应当清静无为,顺事物自然本性而不用私意,天下方才真正可以治理好。

三、修心养性

管理者在管理实践过程中,也可以利用人道管理原则进行自我管理。自我管理在古代的说法叫"修心养性"。

(一)养身先养心

我国古代思想家认为,各种心理活动都支配人的活动。生理状态在一定程度上受心理状态的影响。《寓简》说:"夫人只知养形,不知养神;只知爱身,不知爱神。

殊不知形者载神之车也,神去人即死,车败马只奔也。"《艺文类聚》又说:"太上养神,其次养形。""养神"就是调养与保护心理。养神有方才能使人神志清明,意志平和,情绪稳定,心情愉快,气血调和,经络通畅。神志安宁,性情舒畅,则健康长寿。因此,心理不健康则身体也会发生病变。这点也已得到现代西方心理学家的实证研究的证实。研究表明,个体胃溃疡、心脏病等与个体的生活压力、情绪调节、生活态度以及个性等息息相关。

对于现代企业而言,员工的心理健康已经成为一个非常重要话题。企业完全有必要建立心理援助中心,帮助员工缓解心理压力,进行情绪调适,进而提升工作效率和积极性。

(二)养心须养身

"养身"就是调养与锻炼身体,例如四肢、肌肉、关节、筋腱等,使形体健壮。养生之本为养神,养生之末为养身。《素问·灵兰秘典论》说:"心者,君主之宫也,神明出焉。……故主明则下安,以此养生则寿。"然而,身心之间的关系是交互的。没有健康的体魄,要有良好的心态是很难的。为了保持心理健康,首先也要求个体进行体育锻炼,保持身体健康。

练气功强调要心、息、形兼统,也就是这个道理。练气功主要环节是由调心(意识锻炼)、调息(呼吸锻炼)、调身(姿势锻炼)所组成,三者是相互联系、相互制约、相辅相成的。调心在三者中起着主要的、主导的作用。三者在意识的主动控制下,发挥整体作用。练功的过程实际上就是通过心理过程来调整自己的生理过程。调心就是调整心理状态,在意识的主导下进行机体内部生理功能的自我锻炼和自我调整;调身则是松弛肌肉,摆好姿势,练功时放松身体有助于入静。

(三)养生重养德

个体修心养性的重点其实是在"养德"。儒家养生、道家养生都是如此。《中庸》说:"大德必得其寿。"孟子提出"收心"、"寡欲","富贵不能淫,贫贱不能移,威武不能屈"。老子则强调"恬淡虚无","少私寡欲"。《素问·上古天真论》说:"嗜欲不能劳其目,淫邪不能惑其心,愚知贤不肖,不惧于物,故合于道,所以能皆度百岁,而动作不衰者,以其德全不危也。"可见,要做一个有道德的人,才能身体健康,心理健康。道德的修炼为修心养性的核心。

【本章小结】

1."道"作为中国古代哲学中最重要的范畴之一,始于《老子》,是指那种揭示事物之间必然联系的本质东西,是一种无形的、不变的、不可名的恒道。"道"是一个

内涵极为丰富的哲学范畴,从先秦至现代围绕着它展开了丰富多彩的哲学论辩,在不断的论辩中,"道"经历了一个产生、发展、鼎盛到衰亡的过程,反映了中国思想家对世界本原和规律的认识的不断深化。

2. 管理的人道原则可以划分为广义和狭义两种意义。广义的人道原则是视人本身为最高价值从而主张把人当人看的思想体系;狭义的人道原则是视人本身的自我实现是最高价值从而把使人成为人奉为道德原则的思想体系。

3. 人道原则要求:第一,肯定人的价值,将人视为一切管理活动的最高目的;第二,坚持"为了人而管理"的管理目标;第三,树立"以人为本"的管理理念。

4. 在实践中,可以在赢取民心、化解矛盾等方面应用人道原则。要赢取民心,就要在实际管理中,实施"合民情、利民富、促民强"的方略;在化解矛盾方面,道的管理就是运用规律来正确认识和解决矛盾,洞察组织内外一系列利害转化关系,在这种转化中取得最大的效率和利益。

复习思考题:

1. 什么是"人道行为"? 人道行为在企业管理中如何运用?
2. 道的本质是什么? 道与人道的关系是什么?
3. 一个现代企业应遵循哪些人道的原则和要求?

【案例分析】

格兰仕以心换心成一家[①]

1992年,格兰仕陆续关掉轻纺工厂转向家电业,不仅令创业的老员工们感情上难以接受,还使文化程度不高的工人们担心自己的饭碗。但在转产过程中格兰仕并未选择全套年轻化、文凭化,一名工人都没有辞退,而是全部重新培训后上新岗。

这实在是太不寻常了,甚至不可思议——企业向家电行业转产,那些没什么文化的老员工留下来做什么? 国有企业还下岗呢,格兰仕这么做不是没事给自己找事吗?

的确,格兰仕这种做法看上去非常落伍,甚至有违现代企业的管理规则。但现代企业管理理论是在实践基础上总结出来的,它诞生于西方社会,先后创造经济奇

---

① 改编于邓德海等:《格兰仕商道》,广东经济出版社2006年版,第40~44页。

迹的日、韩和中国台湾业界,都不是原封不动照搬过来,如果这样做必定"水土不服"。日本企业在很长时间实行"雇员终身制";中国台湾企业没有这一说,但台企有句话众所周知"做企业就是做人,要讲情讲义"。

中国人并非无情种,恰恰相反,流淌在我们血液中的是"重情重义"。看看格兰仕就知道了,这是由格兰仕的创业和发展史决定的——转产时对于不炒员工的决定,总经理梁庆德讲了一番话:"我们的老员工为格兰仕工作十几年,立下汗马功劳,怎么能卸磨杀驴呢?这不合情理,不利于企业发展,做人做事要以心换心。"

"以心换心"赢得了员工的普遍支持和忠诚。正是这些没多少文化的老员工,以令人吃惊的速度生产出最初的微波炉。后来在1994年洪水巨灾面前,公司上下更是全力保卫厂区,拼命恢复生产。不抛弃老员工,也赢得了新一代的忠诚之心。在格兰仕微波炉打开市场后,很短时间内同类企业在市场上"遍地开花",纷纷开出高薪到格兰仕挖人,但格兰仕的员工始终不为所动。在这里,"格兰仕永远属于你"不是悬空的标语,公司成为员工实实在在的"家"。当年公司转产没有辞退一名员工,令企业上下从普通员工到高层都觉得这个"家"可靠、实在,有情有义,为了"家"愿意努力工作。从企业的角度来讲,也只有抱着持续发展的战略目标,像格兰仕这样做到"以人为本",员工才可能与企业同呼吸、共命运,以长期发展的思路来规划自己的职业生涯,而不是这山望着那山高,不停地跳槽。

案例讨论题:
1. 格兰仕企业转型"换产品不换人"体现了"人道行为"的什么理念?
2. 结合案例谈谈企业的社会责任。

第十四章 人心行为——管理心理

所谓的"人心行为",即管理心理,任何管理活动,只要涉及人,就必然与人的心理活动息息相关;任何管理过程最终的实现都必须通过心理认知环节。与财务管理和技术管理不同,心理管理主要以人的动机、个性、人际关系、情绪理念、领导风格、群体行为等为切入点,对组织成员的心理状态及组织的心理氛围进行管理,进而提高员工的工作积极性。在管理心理领域,有两大主题是不可回避的,那就是激励与挫折。本章主要从人心和人性角度,探讨管理心理行为中如何有效激励,如何摆脱挫折的困扰,以良好的心态重新获得挑战。

第一节 心性之理

一、人心与人性

什么是"人心"? 其本意是指人的心脏。《说文解字》这样解释:"心,人心也。"在我国远古时代,由于科学发展水平和认识上的限制,人们将心脏视为一种思维工具,因而后又衍生出很多涵义,比如"内心"、"心灵"、"心智"、"意识"、"心绪"、"思虑"等等。现在我们已经知道,真正让我们具有思维能力的是大脑。人心指的是人的心理行为,它是大脑的一种机能,是对客观现实的一种主观反应。

人的心理行为包括感觉、知觉、记忆、思维、情绪、情感、意志等心理活动,也包括价值观、个性、兴趣、能力等让个体富有差异性的特征。尽管心理学直到1879年德国人冯特在莱比锡大学建立第一个心理学实验室才正式宣布独立为一个学科,但人们对心理的探索早就开始了。一方面,从人类社会形成的时候起,人们就有必要与他人进行沟通、交往,这样在生活中必然要去理解自己与他人的心理行为。当然这种心理学理解完全是一种常识性的理解,并没有形成一些系统性理论建构。另一方面,古代先贤从哲学角度,对人类的心理活动进行了系统的哲学建构。

比人心更进一步的概念是人性。人心仅限于对人的心理活动状态或心理特质

的描述,而人性则涉及对人的本质的看法。著名管理心理学家麦格雷戈指出,有关人性与人的行为的假设,决定了管理人员的工作方式。

对人性的认识,古今中外的贤哲都有许多高明的见解,这些见解虽然在时代、地域上有巨大的差异,但在思想深处都有一些惊人相似的方面。例如,中国古代的性恶论与当代西方的 X 理论,中国古代的性善论与当代西方的 Y 理论,中国古代的性有善有恶论与当代西方的复杂人假设等,其许多见解在本质上是相似的,甚至是相同的。

二、我国古代的人性论

从人的自然本性来分析,中国古代对人性的探讨可以归纳为性善论、性恶论、性无善无恶论、性有善有恶论四个派别。

(一)性善论

性善论就是认为所有的人生来都具有一些善良特点。性善论首先是由孟子提出来的,并具有典型性。孟子的性善论主要指人生来具有恻隐、羞恶、辞让、是非四个"善端"。而因为这些"善端",才能把人与动物区别开来。

性善论在管理上一般主张"施仁政",强调道德本位思想,提倡人治。希望管理者和被管理者共同遵奉仁、义、礼、智、信等规范。

(二)性恶论

荀子、韩非等人认为人的本性是丑恶的。荀子将争斗、不讲忠信、不讲文明礼貌,好利,好色等不良行为的原因都归结于人性本恶。韩非将人性本恶讲得更加淋漓尽致。韩非认为人的本性是丑恶的,即使是君臣、父子、夫妻之间的关系,也是相互利用的关系、讲究功利的关系,仁义礼智信都是骗人的谎言。

与性恶论主张相对应,性恶论者主张在管理活动中重视法治,提倡用严厉的奖惩来约束社会成员。

(三)性无善无恶论

告子、墨子提倡性无善无恶论。告子认为,性是天生的资质,就好比自然的杞柳,其本性是无所谓善与不善的。他又把性比作流水("湍水"),认为人没有善与不善的定性,正如同水没有东西流动的方向一样。墨子也认为,人的本性无所谓善与恶之别,完全是由于在环境与教育的影响下人们学习的结果所致。

(四)性有善有恶论

性有善有恶论这一人性观比较复杂,至少包含三方面的内容:一是就个体而言,其本性有善良有丑恶;二是就群体而言,有些人性善,有些人性恶,有些人性有善有恶;三是可以使人的本性向善,也可以使人的本性趋恶。先秦时就有人提出

"有性善有性不善"说。董仲舒的性三品说,认为从群体而言,性有善有恶。杨雄持"善恶混"说。张载将人性划分为气质之性与天地之性。他认为天地之性是纯善的,而气质之性是"善恶混"的。

性有善有恶论与西方的"复杂人"假设的思想相类似。

(五)对我国古代人性论的评价

综观我国古代哲学家对人性的争论,可以发现这些人的争论体现了两个理论路向:"生命性路向"和"天命性路向"。

荀子、告子等人属于"生命性路向"。他们认为,所谓人性就是人与生俱来的本能和欲望。荀子认为这些本能与欲望是罪恶的,因而坚持性恶论;而告子则认为这些本能是无所谓善恶的,因而坚持性无善无不善论。

孟子等为代表的儒家主流思想则属于"天命性路向"。他们认为,人性就是人区别于动物而有的特质,人的本性中有超越其身心有限性的永恒存在,即所谓的"天道"、"义理"、"天命"。正如孟子所言:"恻隐之心,人皆有之;羞恶之心,人皆有之;恭敬之心,人皆有之;是非之心,人皆有之。恻隐之心,仁也;羞恶之心,义也;恭敬之心,礼也;是非之心,智也。仁、义、礼、智,非由外铄我也,我固有之也,弗思耳矣。故曰:求则得之,舍则失之。"[1]

人的生命与天命、天道相通。天命就是人性。人要真正使自己的生活有意义,就必须通过内心修养来发掘这种超越他个人有限存在的内在本性,不要使其被屏蔽。由于人人内心都拥有这种善性,因而人人都可以通过发展自己的本性而成为圣人。

"天命性路向"人性观的内核就是天人合一的思想。天道与人心合一。正如陆九渊所言:"在天者为性,在人者为心。"[2]"人皆有是心,心皆具是理,心即理也。"[3]可见,天道、心性、义理均可通而为一。在儒家看来,人性中的这种德性来自天德,因而人皆有仁心。但人生命中也具有动物性,会有各种欲望和本能。因此,个体必须对欲望和本能进行节制,通过内心修炼,才能上达下开。所谓上达,即尽心、知性、知天,上达天德;所谓下开,即立己、成人、成物,下开外王之途。

与孟子的思想类似,道家和佛家的主流思想也大抵属于这一路向。只不过道家和佛家对本性的理解与儒家有所不同。儒家侧重德性,道家侧重道性,佛家则侧重佛性。在道家看来,道就是天地万物的根源,是每一事物缘起缘灭的内在基础。与儒家一样,道家也主张修炼,灭尽尘心,清静血气,从而显出本心,实现精神和肉

---

① 《孟子·告子上》。
② 《陆九渊集·语录》。
③ 《陆九渊集·书》。

体的双重解脱。佛家认为人性就是佛性,人人皆有佛性,因而只要注意修炼,人人皆可成佛。

可见,在中国传统心理学中,无论儒家、道家还是佛家,都强调从天人合一的角度去理解人性。个体与超越于个体而存在的天德、天道、佛性是融为一体的、互动的。比如儒家认为个体的心灵与道的内在相通,道家则强调人与自然之间的内在相通,佛家则强调个体的心理与菩提之道的内在相通。

第二节　人心激励

任何行为都有其内在发生的原因。古今中外许多人对人的行为的原因、中介机制、目的都有大量的论述。例如,中国古人讲"食色,性也",是说人有饮食、性欲等本能;韩非子等人认为"凡人之有为也,非名之则利之",即认为人的一切行为都是受名利驱使的。

一、西方的激励理论

从学科角度看,西方激励理论包括西方心理学激励理论、西方管理学激励理论和西方经济学激励理论等三个方面。

(一)西方心理学的激励理论

西方心理学路线的激励理论往往是与需要、动机联系在一起的。其大概可以分为以下几类:

1. 以心理学家詹姆斯(W. James)、麦独孤(William Mcdougall)、弗洛伊德(S. Freud)等为代表的本能论(instinct theory)。

2. 以赫尔(C. L. Hull)为代表的驱力论(Drive Theory)。

3. 以华生(John Broadus Watson)、巴甫洛夫(Ivan Petrovich Pavlov)等为代表的强化论(Reinforcement Theory)。

4. 以麦克利兰(D. C. McClelland)、阿特金森(J. W. Atkinson)等为代表的成就动机论(Achievement Motivation Theory)。

5. 以阿伯特·班杜拉(Albert Bandura)为代表的社会学习论(Social Learning Theory)。

(二)西方管理学的激励理论

管理学路线的激励理论是与现代管理理论的发展联系在一起的,尤其与现代人力资源管理的发展联系在一起。斯蒂尔斯和波特(Steers and Porter,1983)将管理学路线的激励模型归纳为三种:传统模型(Traditional Model)、人类关系模型

（Human Relations Model）和人力资源模型（Human Resource Model）。

（三）西方经济学的激励理论

经济学对现代激励理论的研究是与现代企业理论的发展联系在一起的。在新古典经济学的框架内，劳动力被作为一种可变投入要素，管理者的目标就是要尽力使成本最小化。诚然，强调技术特征（生产函数）是必要的，但是这并不能完全把握企业生产的实质。按照科斯（Coase,1937）的话来说，新古典经济学将企业内部视为一个黑箱的假设虽然具有"可控性"，但缺乏"现实性"。企业理论就是为使得经济假设更具有现实性而对新古典经济学进行突破的结果。科斯于1937年发表《企业的性质》一文，但是并没有引起多少人的注意。直到20世纪70年代，由于廉姆森（Williamson）、哈特（Hart）、阿尔钦（Alchian）、詹森（Jensen）、阿克洛夫（Aker-lof）等人的努力，现代企业理论才得以蓬勃发展。企业中的激励理论也得以迅速发展。从古至今，经济学路线的激励理论大致有以下几个流派：劳动力市场供求模型、契约经济学、委托代理理论、产权理论、人力资本理论。

综观西方激励理论的历史发展过程，可以发现西方学者在激励理论的研究中出现的一些问题，主要表现在忽视对激励主客体相互关系的考察、忽视自我激励的研究、忽视激励的动态演进研究、忽视道德激励研究及漠视文化因子的影响等。

二、"人为激励"理论

人为激励理论是东方管理学派在激励领域的最新研究成果。它是基于对西方激励理论研究的反思，融合我国传统文化精髓的一种新型激励模式。所谓"人为激励"，即人为科学视角的激励，它是指一个主客体的交互过程，即在一定的时空环境下，激励主体采用一定的手段激发激励客体的动机，使激励客体朝着一个目标前进，同时，激励客体也会主动采取一些手段来诱导激励主体的行为，使激励主体表现出激励客体想要的行为。可见，人为激励就是激励主客体通过交互作用从而朝着一个预期目标前进的过程。

对这个定义，我们要强调以下几点。

1. 激励主体与激励客体可能是分离性的，也可能是重叠性的。如果分离，在企业中就表现为不同个体（可能是垂直关系的上下级之间，也可能是水平关系的同事之间）；如果重叠，那就意味着个体对自身进行激励（即自我激励）。

2. 激励主体与客体的角色是动态的。个体可能是激励客体；但他完全有可能也在扮演激励主体的角色。激励主客体之间的关系是纠缠在一起的，不宜进行单向度理解。

3. 所谓一定时空环境，不仅指时间地点的变化会影响到激励的效果和演化过程,而且指激励主体群体与激励客体群体的行为也会影响到激励过程。

基于对激励主客体关系的考察,我们认为人为激励系统包括自我激励、他方激励以及相互激励三大层次系统。这三大系统依次与"人为"(狭义的)、"为人"以及"人为为人"对应(见图12-1)。自我激励是"人为",而他人激励是"为人"。"为人"的实质就是通过自己的"人为"去诱导他人进行"人为"。组织成员(包括垂直关系也包括水平关系)各自的自励(即"人为")与他励(即"为人")行为就构成了相互激励(即"人为为人")。可见,人为激励的逻辑前提是自我激励,他方激励、相互激励都得依赖自我激励才得以实现。企业中每位管理者或者员工"人为"、"为人"的结果,就会形成"人为为人"的最优激励局面。因此,"人为为人"相互激励构成了人为激励模式的本质特征。

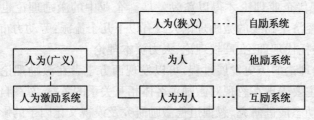

图12-1 人为激励系统的三大层次系统

人为激励理论强调交叉研究、自我激励以及人本激励,这正与西方现代激励理论发展的新趋势相吻合;人为激励理论强调的自我激励、道德激励、关系激励、动态激励正是西方激励理论一直以来所欠缺的;人为激励理论强调的融合中外古今,则可避免现在国内经济理论盲目西化的倾向,因而可以有效地指导中国企业的激励实践。因此,人为激励理论代表了未来激励理论发展的新方向,它开辟了激励理论研究的一种新传统。

第三节 人心挫折

一、何为挫折

以往管理心理学中只关注激励,殊不知挫折更是值得关注的一个问题。挫折有名词和动词的用法。名词意义上的挫折就是指人们在从事有目的的活动过程中遇到自感无法克服的障碍而产生的情绪状态,它实际上是人们在需要(或期望)不能满足时产生的一种内心体验;动词意义上的挫折就是指妨碍人的需要的满足,造

成心理创伤感的过程。我们这里采纳名词意义上的挫折涵义。人的需要是不断发展和变化的。个体的需要不可能不折不扣地完全得到满足,可能有些需要满足了,而另外一些需要却没有满足。当个体的主要需要没有得到满足时,就会产生不愉快的情绪反应。组织成员产生挫折的原因可以从员工自身因素和外部因素两个方面来分析。

(一)外部原因

1. 职业压力——工作的业绩造成的压力等等。现在,企业之间的竞争日趋激烈,企业的外部压力必然传导到组织内部,进而加大员工工作目标的压力。不仅如此,劳动力市场的激烈竞争也迫使个体必须为自己的职业生涯做好详细设计。职场生存、职业发展的诸重压力往往是让员工产生挫折感的重要原因之一。

2. 不公平分配——工资待遇的问题。员工努力工作的结果就是获取回报。回报究竟是起激励作用,还是起挫折作用,就取决于回报分配的公平与否。比如,一些企业的收入分配和职位升迁都强调论资排辈,那么那些能力强、对组织贡献大的年轻人往往就会有一种受挫感。

3. 组织文化——与领导和同事的人际关系,以及其是否适合企业文化。领导风格、组织气氛也有可能成为组织成员产生挫折感的外部原因之一。有些领导人作风粗暴,动不动责骂下属,这很容易挫伤下属的工作积极性。那些公司政治气氛比较浓厚的企业,也很容易挫伤那些有能力却不善于人际关系的员工的积极性。

(二)个体自身因素

当一种挫折行为产生时,有些人能够感受到挫折,而有的人不会感受到挫折或者虽然感受到了挫折,却不把它当一回事。在同样的条件下,有的人反应微弱,若无其事;有的人反应剧烈,痛苦万分;有的人愈挫愈勇。这些差异就是个体自身的因素造成的,主要有以下几种因素:

1. 组织员工的认识判断因素。对于一种挫折行为,如果个体认为无所谓时,便不会形成挫折感;相反,则容易产生挫折感。

2. 抱负水平。面对同样的工作业绩,那些期望值高、成就欲望强的人可能会大为不满,感到不足;而对那些期望值比较低的个体而言,也许已经大喜过望,心满意足了。

3. 挫折忍受力,即个体的耐挫能力。挫折忍受力弱的人,受到轻微的打击都会出现强烈的挫折反应;而挫折忍受力强的人,对严重的打击都会冷静地对待而不至于有强烈的挫折反应。个体对挫折的忍受力大小与个体的生理条件、心理特征、生活态度、挫折经历有关。待人处事豁达大度的人比那些斤斤计较的人对挫折的忍受力要强;历经艰辛的人比一帆风顺的人要易于忍受挫折。

4. 个体对挫折严重性的判断。当个人认为重要目标受挫时,挫折感比较重。个人的责任感也影响其对挫折严重性的判断。对同一目标受挫的反应,因责任感不同而不同。责任感强的人会有较大的挫折感,而责任感较弱的人则可能有较小的挫折感。

一般而言,挫折给个体造成的消极影响要远远大于积极影响。因此,一方面组织要尽量避免给个体造成挫折;另一方面,一旦产生了挫折,也要赶快对职工的心理进行引导,尽量克服挫折对个体的消极影响。

二、挫折反应

(一)积极反应

1. 替代——个体以新的目标来替代旧的受挫的目标,也就是我们讲的失败了再来过。新的目标可能蕴含着质也可能蕴含着量的变化。从质的角度而言,它意味着确立一个完全不同于受挫目标的具有新质的目标。

2. 升华——个体将那种焦虑、愤懑等消极情绪转化为奋发图强、争取上进等积极情绪,亦即化悲痛为力量。

(二)消极反应

1. 攻击——个体遭遇挫折后,往往引起内心的愤怒和焦虑。

2. 退缩——个体在遭受挫折后也可能会变得易受他人的暗示,盲目追随别人,开始变得凡事畏缩不前,缺乏自信。

3. 厌世情绪——有些个体对挫折的承受能力比较低,意志也不是很坚强,在遭到严重挫折后,若没有得到周围人们帮助,就会产生厌世轻生的念头,有的人甚至产生自杀行为。

4. 压抑——个体受到挫折之后,通过意志的努力将受挫的体验深藏心底或遗忘的反应方式。这一做法虽然可以暂时减轻焦虑,但并不能从根本上解决问题。

三、调适策略

个体在遭遇挫折后,自己可以采取一些调适策略来缓解自己的紧张焦虑情绪,以下对这些策略做一简单介绍。

(一)态度积极

害怕失败是人性的一大弱点。事实上,自己的目标暂时没有达到,并不意味着今后不可能达到。我们对待挫折的正确态度应是:不要为打翻的牛奶而哭泣。

(二)合理归因

失败与成功的原因有时是多方面的,既有外部的,也有内部的。只有从外部、

内部多个方面进行分析,才能真正了解自己失败的教训,成功的经验。

(三)善待错误

任何人都会犯错误,在面对错误时,应把它看成是一个暂时性,而且可以带来幸福的事件。

(四)情绪宣泄

挫折必然会产生紧张、焦虑情绪,这种情绪一定得以某种方式发泄出来,心理才能保持平衡。采用情绪宣泄的方法,可以使人返回理性的自我,恢复正常的行为。

(五)心理防卫

个体还应努力提高自己对挫折的承受能力,建立积极的心理防卫机制。这可以从以下几个方面入手:首先,正确认识自己。其次,锤炼意志。面对挫折,要善于控制住自己的情绪,沉着冷静地加以应对。最后,善于思考。遇到挫折时,不能沉迷于痛苦、烦恼、焦虑的情绪感受,要分析原因、思考对策,这样才能真正减轻心理压力。

【本章小结】

1. 人心指的是人的心理行为,它是大脑的一种机能,是对客观现实的一种主观反应,包括感觉、知觉、记忆、思维、情绪、情感、意志等心理活动,也包括价值观、个性、兴趣、能力等让个体富有差异性的特征;而人性则涉及对人的本质的看法。

2. 对人性的认识,古今中外的贤哲有着惊人相似的见解,如中国古代的性恶论与当代西方的经济人假设(X理论)、中国古代的性善论与当代西方的自动人假设(Y理论)、中国古代的性有善有恶论与当代西方的复杂人假设等。此外,中国古代还有性无善无恶论,当代西方还提出了社会人的假设。

3. 所谓"人为激励",即人为科学视角的激励,它是指一个主客体的交互过程,即在一定的时空环境下,激励主体采用一定的手段激发激励客体的动机,使激励客体朝着一个目标前进;同时,激励客体也会主动采取一些手段来诱导激励主体的行为,使激励主体表现出激励客体想要的行为。可见,人为激励就是激励主客体通过交互作用从而朝着一个预期目标前进的过程。

4. 个体在企业中产生挫折的原因有外部因素和内部因素两个方面。外部因素包括职业压力、不公平分配、组织文化等,内部因素包括组织员工的认识判断因素、抱负水平、挫折忍受力以及个体对挫折严重性的判断。

5. 挫折会对个体的心理产生积极和消极的影响。个体也对挫折产生积极的

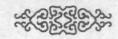

反应(如替代和升华)、消极的反应(如攻击、退缩、厌世情绪和压抑)以及妥协的反应(如合理化、自我整饰和推诿)。

6. 个体在遭遇挫折后,应积极采取以下措施进行自我调适:态度积极、合理归因、善待错误、情绪宣泄和心理防卫。

复习思考题:

1. 什么是人心行为?比较中国古代"性善论、性恶论"与西方管理学 X 理论和 Y 理论的异同?

2. 简述人心激励理论的内容。

3. 何谓"挫折"?分析挫折的产生、反应以及缓解挫折需要采取的策略。

【案例分析】

海尔的"三心换一心"与《排忧解难本》[①]

张瑞敏喜欢引用的一句古语是:"上下同欲者胜。"企业领导人必须在琢磨人、关心人上下功夫。海尔讲究"三心换一心":"解决疾苦要热心、批评错误要诚心、做思想工作要知心",换来职工对企业的"铁心"。

热心

海尔有一个运转体系,专门帮助职工及时解决生活上的实际困难。公司组织了自救自助形式的救援队,员工人手一册《排忧解难本》,如有困难,只要填一张卡或打一个电话,排忧解难小组会随时派人解决。

诚心

十多年来,海尔的中层以上干部实行红、黄牌制度。在每个月的中层干部考评会上,都要评出绩效最好与最差的干部,最好的挂红牌(表扬),最差的挂黄牌(批评),并具体剖析情况,使受批评的干部清楚错在何处,明确努力方向。在海尔,人际关系是透明的,考核制度是公开的。

知心

知心体现在建立多种制度,了解员工心里想什么,希望企业做什么。

①每半年一次的职工代表大会制度。让员工了解企业,充分发表意见,参与企业的民主管理、监督。涉及员工切身利益的重大决策要经过职代会讨论通过后方

---

① 摘自《海尔企业文化手册》,www. haier. cn。

可实施。员工参加领导干部的考评,每次考评干部,工人在评委中所占比例不少于1/3。

②各种形式的恳谈会制度。集团规定各事业部每月举行两次恳谈会,各公司、分厂和车间的恳谈会随时召开。员工与领导开诚布公,畅所欲言。

③"心桥工程"。利用《海尔人》开辟"心桥工程"栏目,通过该栏目反映不愿在公开场合说的话。

海尔的"三心换一心"与《排忧解难本》的理念与做法,具有突出的东方儒家文化价值观的特征,是家文化的典型体现。

案例讨论题:

1. 海尔的"三心换一心"与《排忧解难本》是如何体现"人心行为"的?
2. 结合海尔案例谈谈企业如何从人性的角度激励员工。

第十五章　人缘行为——管理沟通

所谓"人缘行为"就是因循事物发展的客观规律,合理地发挥人与其他物质资源的综合效率,以有效地实现人与自然、人与社会、人与人关系的和谐统一,到达逐步提高人的生存质量这一目标的过程。中华民族历来就有重视人际关系的传统。维持良好和谐的人际关系成为修身的一个重要组成部分。依靠良好的人际关系形成的人际关系网络,以诚相待、以信为上、以和为贵是海内外华商成功的重要经验。本章主要探讨人缘管理的内涵、特征和目标,介绍五缘网络的主要内容,并讨论人缘沟通的渠道、类型和管理。

第一节　人缘和合

一、人缘研究的内涵

东方管理学派创始人苏东水教授很早就开始关注人缘关系网络的问题,在 20 世纪 80 年代初期对泉州经济发展战略的研究中,创造性地提出了"五缘"价值论,即亲缘、地缘、文缘、商缘、神缘。

从东方管理思想来看,人缘是指个人或组织具有的五缘(亲缘、地缘、文缘、商缘、神缘)关系网络。人缘是一种社会资本,这种社会资本的积累主要依靠个体的信用、信誉和信守等修养和品质。人缘管理(Interpersonal Relationship Management)则是指遵守"信用、信誉、信守"三信原则,充分利用五缘关系网络,协调组织内外各种人际关系,调动多方资源,进而实现组织目标。

人缘已成为我国企业界不可忽视的稀缺资源。在全球经济一体化进程加快、国内外企业竞争日益激烈的市场环境中,企业只有深刻认识人缘的重要,重视道德诚信经营,才能获得更好、更快的发展。

追源溯流,中国古代人缘关系研究发源于春秋战国,成熟于秦汉。对人缘关系的探讨,一方面是为了加强对自身的认识,以更好达到德行的最高境界;另一方面

也是为了给人们的生活实践更好的指导，让个体更好地完善自身，和谐待人，推动社会文明的进步，从而达到社会秩序稳定。关注自身，关怀他人，注重国家、社会稳定及和谐人缘关系的实现是中国传统的人缘关系理论的最大特征。

中国文化由于它产生的环境和历史条件的特殊性，有自己的特点，如果以中国文化与西欧文化加以比较，我们就会发现两者的本位和价值取向迥然相异。西欧文化以个体为本位，奉行的是个人主义，强调的是人权、人格、独立和自由，人际关系主要靠契约来维持，所以有人称西方社会是"契约社会"；中国文化以群体为本位，以家庭为中心，强调的是家、族、宗、国，人际关系重伦理，所以有人说中国社会是"伦理社会"。在中国历史上长期占统治地位的儒家文化，在结构上最大的特点便是伦理中心主义。这种以伦理为中心的文化构架，以家庭为中心，由小而大，由近而远，由亲而疏，延伸扩展，形成社会关系的网络。

二、东方人缘管理的特征

（1）东方人缘管理的核心在于"人"，要充分认识"修己"与"安人"，"人为"与"为人"的意义。一个组织或一个企业，如果人人都重视自我修养和自我行为的约束，管理成效无疑会得到提高。而大家推己及人，以正当的行为来参与或从事管理，这样的管理活动自然成功，才能实现真正的"人性管理"。

（2）东方人缘管理的精神在于"中庸"，即中庸之道。中庸之道的实质是讲求合理与适度。任何事情都要注意有一个合理的范围，不偏不倚。而人缘管理的目的本来就是力求使事物处于合理的最佳和谐状态，以发挥出最佳效益。这种追求事物的合理性，就是中庸，是人缘管理的标准之一。

（3）东方人缘管理的最佳原则是"情、理、法"三者的有机结合。在人缘管理过程中，首先要动之以情，用感情、语言去打动对方，如若不行，则要严肃地晓之以理，向对方把道理说透；若再不行，绝不姑息手软，要毫不留情地依照规章制度加以处理。

（4）东方人缘管理的最高境界是"无为而治"，即自动化管理。一个企业或组织中的成员都能自觉地按照规范和要求办事，尽其所能地发挥自己的力量，维护组织的宗旨和荣誉，这就是人缘管理的最高境界，亦即是孔子所说的"从心所欲不逾矩"。

（5）东方人缘管理的基础是权威。权威是权力和威信的函数，古往今来，权威是普遍存在的。在人们相互依赖的联合活动中，没有权威就无法组织起来，现代人缘管理者如果没有权威，就无法完成历史使命。作为一种人缘管理的文化，必然反映着其所处的特定的时间和地域。中国有着与西方截然不同的社会制度和文化背

景。只有根据中国的特定情况,建设中国式的现代化人缘管理,才能更好地为社会主义现代化的宏伟事业服务。

三、和合是东方人缘管理的最高目标

管理活动中的每一个个体都是活生生的充满各种需要和欲望的人。他们当然渴望能够提高管理绩效,使公司收入最大化,个人获得较多的物质酬赏,但他们同样渴望自己拥有和谐的人际关系。

关系在中国人的心目中具有很重要的地位。梁漱溟把凡事以关系为依赖的特征称为"关系本位",杨国枢等人称之为"关系取向"。和谐融洽的关系不仅有利于其他工作目标的达成,更是中国人生活的中心议题和目标。当然,一个人不可能同所有与他交往的人结成良好的关系,但是,在他的首属群体中必须有很好的关系,否则对其他工作十分不利。

良好的关系之所以成为人为管理的目标,是与关系在中国人生活中的重要作用分不开的。首先,关系在界定个体身份中有很大的作用,我们常听到别人自我介绍时会说自己是张三的学生或者朋友、同事、老乡、亲戚等等,这里的张三必定是对方了解的一个重要人物。建立在关系认知基础之上的人缘认知,基本规定了双方之间关系的水平以及以后关系依赖性的程度。其次,不同类型的关系直接影响人缘互动的方式,这一点中、西方都一样,不过中国社会表现得更为明显。费孝通教授1948年所揭示的中国人人际关系表现为"差序格局"的特点,即以自我为中心,向外围不断扩散,就像一粒石子投入水中激起的波纹一样,越远则波纹越大越淡,关系越一般,到今天依然适用。例如,由血缘和亲情决定的家人关系,是注重责任而不讲回报或回报性很低的;除此之外的其他类型的关系,应该是一种有条件的依赖型的关系,要相互讲人情并期望回报。

人缘关系的和谐一直是人们追求的目标。自古以来,中国传统文化就有重视天、地、人及社会之间自然和谐的状态。"和合",落实到社会关系中便是追求人缘关系的和谐。"和合"的理念通过社会教化逐渐被个体所接受,变成个体追求和谐的最初的动力。破坏和谐并非不可饶恕,但一定要想办法补救,以达到新的和谐状态。过去传统的维持关系和谐的办法是"和稀泥"或"墙头草",没有自己的主张,为了和谐而和谐,并不需要搞清孰是孰非,只强调"顾全大局"。人为管理突出自我示范,强调对人的关心、尊重和激励,是培养和维持良好人缘关系的根本方法。

这里需要指出,强调关系和谐并不是完全排斥不和或冲突,事实上,有限的可控的冲突对强化组织的核心观念是有好处的,国外有些企业讲究冲突管理,就是为了让员工更彻底地了解并认同组织观念,为共同目标努力。冲突的诱发和消解只

能是一种手段,目的是为了和谐。

四、诚信是东方人缘管理的基石

现代企业已充分认识到"诚信"是管理者必需的商业道德规范,也是管理者与被管理者沟通的基本原则。"重诚守信"是现代企业相互合作的重要前提,也是公平竞争赖以维护的重要准则。

诚实不欺,谓之信。《大学》云:"所谓诚其意者,毋自欺也。""人而无信,不知其可也"①孔子提倡"以信交友","与朋友交,言而有信"。人缘建立在诚信基础上,做人要以诚信为本,企业经营也要以诚信为本。诚即要有诚实的心,对待员工如此,对待消费者亦如此,将心比心。信即信用、信任、威信。"信者,使人不惑于刑赏也。"信是管理者立足之本,只有讲信誉、信守诺言以及赏罚有信,管理者才能拥有威信,才能使管理决策得到有效执行。良好的信誉可以使松散的人际关系、商业联系变得紧密,使各种人际交往和商业交往活动变得富有生气;反之,其结果必然会危及各种交往关系本身。《管子·乘马》中说:"非诚贾,不得食于贾,非诚工,不得食于工。"这些格言蕴含着哲理。晚清大商人胡雪岩创办的胡庆余堂之所以声名卓著,就在于它"诚信为本,取信于民"的商业道德。

第二节　五缘网络

人缘关系网络主要包括亲缘、地缘、文缘、商缘和神缘。即亲缘相融、地缘相近、文缘相连、商缘相通、神缘相循。

一、亲缘:亲缘相融

亲缘,就是宗族、亲戚关系,它包括了血亲、姻亲和假亲(或称契亲,如金兰结义等);亲缘的结合是人类历史上最古老、最原始、最自然的结合方式,在任何一个社会中,亲缘纽带都普遍具有重要意义。人类的亲缘意识最早产生于原始社会旧石器晚期的母系氏族时代,当时"其民聚生群处,知母不知父"②,那时人们开始朦胧地意识到自己与生母的血统关系。进入父系氏族时代,由对偶婚建立的对偶家庭,使父亲确知自己的子女,从此人类血统世系开始按父系计算,财产也按父系继承。

家庭企业正是以亲缘交往规则这样一种不正规的组织和管理制度、营销原则,

---

① 《论语·为政》。
② 《吕氏春秋·君览》。

来"合理"地配置资源,"有效"地进行企业运作的。以家庭为中心的"亲属圈"及其交往规则既代表了家庭工业的凝聚力,也是家庭工业自我保护的坚实"堡垒"。家庭组织和家庭伦理规范是保守企业技术和财务秘密的社会性基础。

亲缘关系是基于血亲和姻缘而产生的关系,这种关系不同于一般的社会关系,具有长期性、稳定性,基于血亲而产生的社会关系还具有无法选择性。亲缘关系对私营企业主的创业有巨大的作用。在农村经济中,亲缘同样具有重要作用。中国农村经济在 20 世纪 80 年代之所以发生翻天覆地的变化,根本原因在于导入了以家庭经营为主的联产承包责任制。

企业里一个个网络状的亲缘群体,对企业内部管理的影响是多方面的,有利也有弊。利表现在:企业能借助亲缘关系获得必要的创业资本,借助亲缘关系获得创业所需的人力资源,借助亲缘关系获得创业的便利或其他社会资本,有助于形成强大的内聚力。然而,企业中的亲缘群体毕竟远不能代表企业整体,因而不免带来问题和矛盾,从而形成消极影响:易于导致企业职工的内部冲突,易于助长企业宗派裙带风的盛行,易于束缚其成员的个性发展。

二、地缘:地缘相近

地缘,就是邻里、乡党等关系,即通常所说的"小同乡"或"大同乡";地缘意识产生于原始社会末期农村公社的出现。那些个体家庭中的人们,为了相同经济利益需要,居住在同一个地域里,形成以地域为联系纽带的统一体——村落。到了阶级社会,地域单位便扩大为乡、镇、县、州(郡)、省等建制单位,县、州、郡地域单位往往又以共同方言连结在一起,增添了一层亲切感。同一地域出生的人们便互称为同乡,形成地缘观念。

早期华侨,背井离乡,远涉重洋,移居南洋及世界各地谋生。到达目的地后,面对人地两生的复杂环境,寄人篱下,受人支配,尝尽人间辛酸苦辣。既得不到祖籍国政府的保护,更无法获得侨居地政府的支持。他们深切感到,为图生存须和衷共济,求发展须团结互助。基于此,他们便以相同的出生地或共同方言以及姓氏等为联系纽带,进行联络感情,增进友谊,自发地建立起同乡会馆和宗亲会馆,再往后便创立同业公会和商会等。

三、文缘:文缘相连

文缘是指同学、同行之间的关系,有共同的利益和业务关系,有切磋和交流的需要和愿望,由此组合而成的人群,其组织形式便是同学会、同业公会、商会和研究会等等。文缘组织的出现比较迟,它产生于手工业与农业分离的第二次社会大分

工之后,但在奴隶制社会手工业劳动者属于奴隶范畴,没有人格自由,不允许成立自身组织。因此,文缘组织产生于中古封建社会。

文缘关系在现代经济生活中,同样具有重要作用。一些 MBA 学员甚至公开表示,MBA 的课程学习不仅是学到了经济管理方面的知识,更是营造了一张良好的同学关系网络。同学关系对个人的职业发展具有非常重要的作用。

我国吸引外资的一个重要举措就是做好同中国留学生群体的联络工作,保持同留学生群体的稳定、紧密、健康的互动关系。这再次说明了文缘具有非常重要的经济价值。留学生虽然出国,但是与亲属、朋友、同学、同事等社会关系依然存在,他们与故土的五缘关系纽带相当牢固。因此,他们对祖国有着深厚的感情,始终没有忘记自己是炎黄子孙,报效培育自己的父母之邦是他们的应尽义务和使命。目前有 20 多万留学生已经回到中国内地,他们或担任欧美跨国公司在中国企业的执行总裁、总经理、部门经理,或担任欧美财团和金融机构在中国分机构的首席代表,或担任欧美国家和地区在中国办事处的商务主管,或自己创办企业。而这样的势头,每年以 10%左右的速度在增长。因此,在引进外资方面,不可不重视留学生群体存在的事实,不可不依靠留学生群体穿针引线的作用,不可不激发留学生群体健康积极的力量,不可不运用留学生群体在工商财贸业的渠道。

四、商缘:商缘相通

"商缘"即经贸关系。所谓商缘,以物(如土、特、名、优)为媒介而发生关系并集合起来的人群,如以物为对象而成立的行会、研究会之类的组织。

古往今来,泉台经济贸易来往不断。海峡两岸对峙期间,泉台民间易货贸易和小额贸易始终不断,两岸渔民通过海上捕鱼以货易货,或由中国台湾商人通过港澳和东南亚各国代理商进行转口贸易。这种经贸联系是难以剪断的。泉州与台湾人文地理经贸上的深厚关系,尤其是作为家乡的凝聚力,使得泉州成为台商心目中的一块圣地,到泉州投资不仅可以避免到其他国家投资必然要遇到的各种社会文化、心理方面差异所造成的摩擦,而且还可以为家乡的发展出把力,这也是许多台胞、侨胞的一大愿望。泉州与台湾人文地理经贸上的深厚关系,不仅说明两地原本同出一源,而且表明到泉州投资就像在台湾投资一样,生活等各方面如同在自己家里一样自在舒服。这种深厚的关系对台商投资意向影响是很大的,不是一两个优惠政策的作用可比拟的。

商会,是联络商务,传达商情,维护商人权益的总机关。它既可以联络商人的感情,又可以筹谋商业的发展,如今的商业时代,是一个优者胜、劣者败、智者兴、愚者亡的时代,商会的位置更显得重要。所以,各都会城市、通商要埠,及各地方的行

政区域均有设立商会的必要。商业中的各种事务,如商品的调查、商产的改良、商货的销售、商价的涨落,以及商人的争执、商业的交涉、商战的竞争等等,无不依赖于商会的管理。

五、神缘:神缘相循

"神缘"即宗教信仰关系。所谓神缘,就是以共同的宗教信仰和共奉之神祇为标帜进行结合的人群,其组织形式便是神社、教会等等。

由于泉州与台湾源远流长的关系,特别是众多的泉籍移民,把故乡风俗习惯与宗教信仰带到台湾岛上,至今岛上的婚丧喜庆、逢年过节仍保持着泉州故土的旧例。中国台湾人普遍信奉圣女海神——妈祖(即天妃林默娘),全岛 500 多座天妃妈祖庙,其中台北、台南、高雄、台中、新竹等主要城市的 300 多座妈祖庙都是从泉州市区的天妃宫分灵的。台北万化龙山寺是从晋江县安海龙山寺分灵的,历史悠长,规模宏大,由泉籍晋江、南安、惠安 3 县移民募捐筹建,而由此再分灵各地的龙山寺遍布中国台湾,共有 441 座,如清雍正年间泉州移民公建的台南龙山寺,乾隆时建的淡山龙山寺,至今颇具规模。中国台湾的 98 座清水祖师庙,是从安溪县清水岩分炉的。此外,泉州的关圣庙、保生大帝萧太傅等也是许多台胞崇拜的神祇。不少台胞经常返乡谒祖,参拜神灵,烧香还愿。宗教关系客观上已成为连结两岸的精神纽带之一。

第三节　人缘沟通

一、沟通渠道

沟通通道有两种情况:正式的或非正式的。正式沟通网络一般是垂直的,它遵循权力系统,并只进行与工作相关的信息沟通;非正式沟通网络常常称为小道消息的传播,它可以自由地向任何方向运动,并跳过权力等级,在促进任务完成的同时,非正式沟通满足群体成员的社会需要。

正式的群体沟通网络有链式、轮式和全通道式三种。链式严格遵循正式的命令系统;轮式把领导者作为所有群体沟通的核心;全通道式允许所有的群体成员相互之间进行积极的沟通。每一种渠道的有效性取决于所关注的变量。如果关注成员的满意度,则全通道结构最佳;如果关注信息传递的精确性,则链式结构最佳。

非正式沟通系统中信息通过小道消息的方式传播,而流言也大量滋生。小道消息有三个特点:第一,它不受管理层控制;第二,大多数员工认为它比高级管理层

通过正式沟通渠道解决问题更方便、更可靠;第三,它在很大程度上有利于自身利益。小道消息具有过滤和反馈双重机制,它使我们认识到哪些事情员工认为很重要。从管理的角度出发,可能更重要的是,对小道消息进行分析并预测其流向。由于只有一少部分人(不足10%)积极向其他人传递信息,通过了解哪一个联络人认为某种信息十分重要,能够提高我们解释和预测小道消息传播模式的能力。

对于管理者而言,也可以采取一些手段来减少小道消息的传播,包括:公布进行重大决策的时间安排;公开解释那些被怀疑或隐秘的决策和行为;对目前的决策和未来的计划,强调其积极一面的同时,也指出其不利的一面;公开讨论事情可能的最差结局,这肯定比无言的猜测引起的焦虑程度低。

二、组织内的沟通类型

任何企业内部都有两类性质的交往沟通关系。

(一)纵向关系

纵向关系是指企业中,领导和部下、管理者和被管理者之间的人际关系,又称序列关系,这是企业内不同层次的关系。在纵向关系中,虽然关系双方的角色和地位不同,其交往行为也有主动的和被动的之分。但就关系来说,双方应是平等的,其中领导者在这种关系中有主导作用。

上下级的关系是否融洽,取决于领导者的实际影响力。领导者的影响力有两种:权力性影响和非权力性影响。非权力性影响是领导艺术中最微妙的成分,它似乎看不见、摸不着,却无所不在。它是促进企业上下级之间相互关系的重要因素。

(二)横向关系

横向关系是企业中同层次人员之间的人际关系,也称平行关系,它与上下级的纵向关系构成了企业纵横交错的人际关系网,即企业的人际关系结构。

横向关系的双方有相同的活动空间以及权利和义务,因而在地位上是平等的,不存在主从关系。但这种关系由于工作过程中双方的互动存在,又带有强制性的因素。重视横向关系的建设有利于企业形成良好的群体氛围,使员工存在于一个和睦融洽的人际关系中。和谐亲密的人际关系,不但有利于凝聚组织的向心力,而且有利于保持人的心理平衡,促进员工的工作效率和企业整体运转效率。

三、组织内的沟通内容

企业人际关系的沟通主要包括情感沟通和需求沟通两个方面。

(一)情感沟通

情感沟通是要求交流双方通过互相体验对方的处境来理解对方的心境,取得

情感的融洽和相互的吸引。从现代管理的角度看,情感沟通就是"感情投资",是协调企业良好人际关系的最佳方式。具体指企业的领导者通过一系列能够引起被领导者感情共鸣的手段,包括物质、金钱、时间和精力上的付出,使被领导者对领导在心理上产生敬重、爱戴、拥护和信任的感情,心甘情愿地为企业的目标而工作。

"感人心者,莫先乎情",感情虽不是商品,但却是一种非常重要的资源。这种资源的内在价值不是用金钱可以衡量的。但感情的投资,必定会产生物质的效果,创造企业的财富。凝聚力是靠情感维系的,用情感沟通的手段培养和巩固企业的内聚力,这是现代企业"文化"制胜的表现。

(二)需求沟通

需求沟通是指双方通过沟通,相互了解对方的需求,从而增进双方的相互理解和相互支持。管理者要通过沟通去了解下属的需求,从而在工作中尽量去满足下属的需求。对于员工而言,也要通过沟通去了解企业的需求,了解上司对最近工作的安排,在工作中尽心尽责,超额完成上司安排的任务。

四、沟通管理

首先,企业必须重视沟通管理。从管理的角度来说,沟通是看不见、摸不着的,需要用企业长期形成的企业文化来支撑。良好的沟通,能为企业创造一种团结、融洽、向上的工作氛围和营造员工主人翁的工作精神,极大地提高企业的整体运作效率和抗风险能力。"沟通",在今天的经济生活中占有了越来越重要的地位。日新月异的技术、全球化的市场、众多的合作关系、对突发事件的快速反应,都需要有效的沟通来解决。所以,在某种意义上,"沟通"的效率就是企业的效率,是整个企业生存发展的关键。如果一个企业不重视沟通管理,大家都消极地对待沟通,忽视沟通,员工既不找领导也不去消除心中的愤恨,不去主动地发现问题和解决问题,久而久之企业内部就会形成无所谓的氛围。在无所谓中,员工更注重行动而不是结果,管理者更注重布置任务而不是发现解决问题。

其次,管理者必须培养自己的人缘沟通技巧。一方面要善于向上一级沟通,另一方面必须重视与部属沟通。许多管理者喜欢高高在上,缺乏主动与部属人缘沟通的意识,凡事喜欢下命令,忽视沟通管理。"挑毛病"尽管在人力资源管理中有着独特的作用,但应考虑方式方法,切不可走极端,"鸡蛋里挑骨头",无事找事就会适得其反,挑毛病必须实事求是,在责备的过程中处理好员工改进的方法及奋斗的目标,在"鞭打快牛"的过程中又不致挫伤人才开拓进取的锐气。因此,身为主管有权利也有义务主动和部属沟通,而不能只是高高在上地简单布置任务。

最后,强调双向沟通。不必要的误会可以在沟通中消除。一方积极主动,而另

一方消极应对，沟通不会成功。所以，加强企业内部的沟通管理，要重视沟通的双向性。管理者，要有主动与部属沟通的胸怀；部属也应该积极与管理者沟通，说出自己心中的想法。只有大家都真诚地沟通，双方密切配合，企业才可能发展。

【本章小结】

1. 人缘管理是指遵守"信用、信誉、信守"三信原则，充分利用五缘（亲缘、地缘、文缘、商缘、神缘）关系网络，协调组织内外各种人际关系，调动多方资源，进而实现组织目标。

2. 东方人缘管理文化有别于西方的人缘管理，表现在：

(1)从渊源来看，东方人缘管理的历史比西方人缘管理要长得多；

(2)从内容来看，东方人缘管理要比西方人缘管理丰富得多；

(3)从目标来看，东方人缘管理比西方人缘管理更注重实现人与自然、人与社会、人与人的关系的和谐发展，即人的成长、成熟与生存质量。

3. 东方人缘管理的特征主要有：

(1)东方人缘管理的核心在于"人"，要充分认识"修己"与"安人"，"人为"与"为人"的意义；

(2)东方人缘管理的精神在于"中庸"，即中庸之道；

(3)东方人缘管理的最佳原则是"情、理、法"三者有机结合；

(4)东方人缘管理的最高境界是"无为而治"，即自动化管理；

(5)东方人缘管理的基础是权威。

4. 和谐是人缘管理的最高目标。人为管理突出自我示范，强调对人的关心、尊重和激励，是培养和维持良好人缘关系的根本方法。但是，强调关系和谐并不是完全排斥不和或冲突。冲突的诱发和消解只能是一种手段，目的是为了和谐。

5. 组织中常见的冲突主要有以下几种：

(1)职位、权利大小相同团体间的冲突；

(2)权利、地位不同团体间的冲突；

(3)附属团体对抗大团体的冲突；

(4)企业与企业竞争冲突；

(5)组织内部个人之间的冲突，可以通过交涉与谈判、第三者仲裁、吸收合并与运用权威等方式解决。

6. 沟通有正式和非正式两种渠道。在组织内部存在着纵向沟通和横向沟通两种沟通关系。组织内部的沟通主要包括情感沟通和需求沟通两方面内容。在进

行沟通管理时,应注意以下问题:

(1)企业必须重视沟通管理;

(2)管理者必须培养自己的人缘沟通技巧;

(3)强调双向沟通。

7. 诚信是人缘和谐的基石,"诚、信、和"是华商成功的秘诀,即以诚相待、以信为上和以和为贵。

复习思考题:

1. 什么是"人缘行为"? 何谓"人缘管理"?

2. 研讨东方人缘管理文化和西方的人缘管理的区别。

3. 东方管理学五缘理论的主要内容是什么? 它对于闽台经济发展有什么战略意义?

【案例分析】

复星的人缘管理促发展①

(一)复星"开国"五虎将——文缘

复星"开国"五虎将均来自上海复旦大学。汪群斌、范伟与梁信军是同班同学,学的是遗传学,汪群斌还与范伟同一寝室;郭广昌学的是哲学,谈剑学的是计算机。1992年梁信军刚留校,和郭广昌带学生暑期实践,兰溪、东阳、温州、台州这一路下来,他俩的感触都很深,觉得在高校,个人的很多理想都无法实现。两人于是都有了想法——是不是出去找点事做? 当时邓小平视察南方重要谈话后,个人可以办企业了。于是经过短暂的筹备,当年 11 月 27 日,广信科技咨询公司就办下来了。广信是当时杨浦区的第一批民营企业之一。他们 5 人志同道合,在不到半年时间里,大家就走到了一块儿,而当时谈剑还在读书。

文缘网络让这 5 位意气蓬勃的年轻人走到了一起,也正是由于共同情感的存在和怀着共同的理想,使 5 人之间具有超强的信任感,这就最大限度地减少了内部管理成本和信任危机的产生。梁信军说:"做重大决策我们从来不举手表决,遇到矛盾时通过充分沟通以达成共识,没有形成共识的就放弃,以做到科学决策。"

在复星多元化的产业链条中,郭广昌成了整个企业集团的灵魂;梁信军成为复

---

① 改编于苏勇:《东方管理案例精选(一)》,复旦大学出版社 2008 年版。

星投资和信息产业的领军人物;汪群斌专攻生物医药;范伟掌管房地产;谈剑负责体育及文化产业。如今复星董事会的人数已由最初的 5 个增加到 7 人,新增的是财务、法律、人力资源等方面的专家。

(二)浙商网络——地缘、商缘

在浙江,尤其在温州,商会这个民间组织的存在非常普遍。遍布海内外的浙江(温州)商会主要承担行业自律、维权、组展、服务、协调、管理等六大任务。商会的建立对由于市场经济环境下不断变化,个体企业无序恶性竞争,导致两败俱伤的现象有了一个解决的平台。这些年来借助协会和商会的力量,温州一些行业屡禁不绝的仿冒之风、杀价竞争现象得到了遏制。商会的服务功能很强,商会利用自己的力量,建立民营企业金融服务中介机构及组织章程,自选领导、自筹经费,不拿政府一分钱。会员企业除了每年缴会费外,理事以上还得拿赞助费,在温州,凡是行业强大的商会工作就开展得好,凝聚力就强,会员企业有事就找商会商量,商会确实成了会员的"娘家"。都说浙江人厉害,然而更厉害的还是他们组织的商业协会。商会,是联络商务,传达商情,维护商人权益的总机关。它既可以联络商人的感情,又可以筹谋商业的发展,如今的商业时代,是一个优者胜、劣者败、智者兴、愚者亡的时代,商会的位置更显得重要。

继好朋友王均瑶之后,郭广昌接任了浙江商会会长一职,他认为:浙商之间已有了很好的合作精神。在全球竞争时代,相信会有更多的浙商联合起来,做强做大。上海市浙江商会已有 17 年历史,有了很好的基础,据说会员可调动的资产超过 3 000 亿元。在商言商,浙江商会首要的任务就是为会员经商服务,使会员能够在产业上联动、项目上共建。郭广昌表态说,复星集团愿意与会员共享资源、共同发展。"我们应该把商会办成一所'学校',大家在这里学习,进步;在这里放松、休闲。所以,我们能否成立一个商会基金,不以盈利为目的,主要为会员创造价值、改善服务、我们还要为会员提供法律服务,帮助他们提高危机应对能力。法律服务、危机应对知识是眼下许多企业需要的,企业碰到危机时最需要帮助的,商会在这方面大有可为。"

(三)"亲"缘

在大家印象中,一谈到民营企业、家族企业,可能会不约而同地想到任人唯亲的现象。20 世纪 80 年代以来的民营企业也大多属于"家族企业式"和"个人领袖式"的管理模式。企业兴,则登高一呼应者云集;企业衰,则树倒猢狲散。而复星从创业开始,就积极倡导和恪守"企业家庭"的新理念。这一理念,并不是把亲缘引入企业,而是在企业中创造"亲"缘。在复星,郭广昌、梁信军、汪群斌、范伟和谈剑 5 个人就像 5 根手指,哪根也少不得。5 根手指攥紧,就是一只拳头。复星强调的是团队管理。梁信军认为,创业团队要经得起成功、失败的考验而不散,仅靠友谊是不够的。他们几个人除了在学校就建立起来的良好关系外,浙商的艰苦创业,顽强拼搏的精神也在他们身上有所体现,由这种共同的文化演绎而成的企业文化,是五人同心协力的最大基础。所以在复星,没有个人"一言堂"的氛围,民主决策、团队决策、唯才是举,已经成为复星大家庭的共识。有问题共同讨论,甚至最高层可以关起来门来争论,正如亲戚间也会发生矛盾一样,经历了风风雨雨的复星集团,其决策者之间,在有关企业发展的问题上自然也免不了有意见分歧,但是把问题放到桌面上来谈,各抒己见,畅所欲言,最后形成一致意见后,就全力推进。而在员工中,通过建立党团组织、企业工会、员工互助金小组,通过开展集体春游、中秋晚会、生日聚会、集体婚礼、员工年夜饭等丰富多彩的企业文化活动,真正把复星建设成为了员工的创业之家、感情之家。

案例思考题:
1. 浅谈五缘文化对复星集团企业文化的作用。
2. 结合案例谈谈企业组织内的有效沟通的方式。

第十六章　人谋行为——谋略管理

所谓"人谋"就是人聪明才智的代名词,是智慧的象征。它是管理者或者智囊团对战略目标进行预测和形势分析,并运用权谋和策略等智慧性技巧来达到预期目标的行为。"人谋行为"包括计划准备、决策实施以及战略管理。东方管理学派在这一领域最新研究成果是人为决策理论。我国古代的决策谋略思想可以在现代企业管理中得到充分而有效的运用。本章从人谋原理、人谋艺术和人谋决策等方面阐述东方管理的人谋思想。

第一节　人谋原理

一、人谋涵义

谋者,"计也议也图也谟也"。"计,筹策也;议,谋也;图,谋划也;谟,议谋也。"①可见,计、议、图、谟与谋在古代意义相通。《尚书·洪范》也讲到:"明作哲,聪作谋,睿作圣。"另《诗集传》也说"咨事之难易为谋"。可见,在东方管理中,人谋概念其实就是人聪明才智的代名词,是智慧的象征。它其实是管理者或智囊团对战略目标进行预测和形势分析,并运用权谋和策略等智慧性技巧来达到预期目标的行为。用现代的语言讲,人谋包括计划、决策以及战略管理。

我国古代人谋思想主要体现在治国、治军中,用在企业管理中极少,这主要是中国对企业管理不够重视以及传统的商品经济不发达造成的。但人谋在国家、军事管理中的一些重要思想同样可以拓展到企业管理中。

二、人谋特征

在几千年的发展中,东方人谋思想表现出了以下几个特征:

---

① (清)沙青岸:《说文大字典》。

237

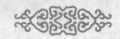

(一)团队论

为了能集思广益,收集更多人的智慧,智囊团成为东方管理中最富特色的谋略团队。《左传》中讲:"析公奔晋,晋人置诸戎车之殿,以为谋主。"这里就是对于谋略团队以及作用的一个很好诠释。《三国志蜀法正传》中说:"以正为蜀郡太守、扬威将军,外统都畿。外为谋主。"

优秀的谋略团队所能产生的巨大作用是东方管理者较早就认识到的。在中国古代许多权贵豪门就养食客、门下来出谋划策,吕不韦据载有门客三千,这不仅帮助他著就《吕氏春秋》,而且谋划成中国历史上最大的成功案例——小投资、一个美人;大成就,谋到江山。这些智囊团可以算作中国管理者在用人和制定战略的团队。用智谋实现目标本身就是管理,这可以算作管理中目标实现的极佳手段。另外《史记·平原君列传》中载:公元前255年,秦国有吞并赵国之意。国难当头,平原君的门客毛遂挺身自荐,以三寸不烂之舌,说服楚王与赵国结盟共御强秦。毛遂在二十个食客中脱颖而出,最后完成预定目标,成为最早实现自己价值的人才。

(二)人本论

东方人谋从其开始就一直以人为主,强调决策者(人)的主观能动性,突出人的思维和智慧(即中国古代所谓的心,其实也就是人类的智谋)。《说文解字》曰"谋:从言声某"。言者,心声也。所以东方管理中所谓人谋更强调的是人的心智。《鬼谷子》就曰:"心者,神之主也,志意、喜欲、思虑、智谋,此皆由门户出入。"《宋史·岳飞传》也记录了人谋在作战中的作用,"勇不足恃,用兵在先定谋。"大意是指:用兵打仗不能完全依靠勇敢,关键在于要首先制定谋略。由此可见,在东方管理学中,以人为本,人谋为上的理念一直占据主要位置。

这点在现代管理学中越来越受到管理者的重视。他们细分目标消费者及其需求,针对不同层次的目标消费者进行市场细分,定位、开发不同产品,大胆地将个性元素、感性元素和时尚元素融入产品和品牌,并赋予每一产品不同的个性,进行大品牌统师下的个性演绎与传播,真正做到以人为本。

(三)创新论

"兵者,诡道也。"这深刻地指出了计谋诡异、新奇的重要性。所谓计谋,就是要确定创造性地解决问题的方案。从此意义上讲,谋本质上就是创新。创新思维在计谋活动中具有举足轻重的作用。"凡战者,以正合,以奇胜。故善出奇者,无穷如天地,不竭如江河。"[1]可见,因变而立事,事或能成。兵无常势,水无常形,既要顺道而行,又要不拘一格,在事物矛盾面的相易相生之中做到游刃有余,才能成事。

---

① 《孙子·势篇》。

创新思维的基本特征就是新颖性,它要求打破惯常的解决问题的方式,以一种新的方式来处理事情。这就要求决策者能洞察事物之间的新的关系。创新思维的第二个特征就是创造性想像的参与。创新能力就是想象、预见和提出见解的能力。创造性想象参与后,能结合以往的知识经验,在头脑中形成新的假设、新的形象,这是创新活动顺利进行的必要条件。第三个特征是,创新思维需要多种心理活动过程作支撑:逻辑思维与非逻辑思维的互补与运动;发散思维与辐合思维的互补与运动;柔性思维与刚性思维的互补运动;垂直思维与侧向思维的互补与运动。

(四)系统论

我国古代谋略家都注重从全局来分析系统的变化过程,确立适用于系统的原理和方法,主张以系统思维来解决问题。这比西方提出的系统论整整早了几千年。我们这里仅以《孙子》为例来加以说明。在《孙子》一书中,我们可以发现,孙子将计划决策看作是一个系统,包括收集信息、做出计划、制定策略等等,除了分析计划决策系统内部各子系统之间的关系外,他还照顾到计划决策系统与军事作战这个大系统的关系,甚至还考虑到该系统与政治、经济、外交等系统的相互依赖、相互制约的关系。《孙子》还提出了定量分析法与层次分析法的雏形,而这两个方法是现代系统论中的两个基本方法。比如,"十则围之,五则攻之,倍则分之。"[①]这里就是采用定量分析法。"凡用兵之法,全国为上,破国次之;全军为之,破军次之;全旅为上,破旅次之;全卒为上,破卒次之;全伍为上,破伍次之。"[②]"上兵伐谋,其次伐交,其次伐兵,其下攻城。"[③]显然,这里是应用了层次分析法。

(五)心理论

前已论述,计谋始于竞争。这种竞争不仅表现为肉体、武器上的对抗,更表现为双方心理上的较量。我国古代兵家思想就特别强调心理战。所谓"不战而屈人之兵",即运用非武力的心理手段,使对方产生错觉、态度改变、意志涣散、士气崩溃,从而获取最后的胜利。历史上有名的"楚歌一首三百唱,八千子弟归江东"事例,就是心理战的成功典范。"三军可夺气,将军可夺心"[④],作为领导人绝不可在心理上输给对方。

计谋心理战主要从三个方面来展开设计:一是利用人的心理需要;二是利用人性弱点;三是利用人的认知错觉。人性弱点包括贪婪、懒惰等等,人的心理需要包括求生本能、安全需要、爱与归属的需要、自我实现的需要等,而人的认知错觉包括心理定势、心理疲劳、视觉错觉、听觉掩蔽、暗示等等。"能而示之不能,用而示之不

---

①②③ 《孙子·谋攻》。
④ 《孙子·军争篇》。

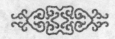

用,近而示之远,远而示之近;利而诱之,乱而取之,实而备之,强而避之,怒而挠之,卑而骄之,佚而劳之,亲而离之。"①这著名的诡道十二法其实就是从心理战的角度提出的。

第二节 人谋艺术

我国古人非常注重谋略思想,这可以从众多的典籍中看出。例如,《尚书》《老子》《论语》《左传》等都对谋有不同程度的论述。当然,对"谋"研究得最深入的则是兵家学说。归纳而言,我国古代"谋"思想有以下几条基本原理。

一、知彼知己,百战不殆

信息是预谋决策的基础。任何特定的决策必须基于给定的信息。正如著名经济学家哈耶克所指出的,社会所面临的根本问题,不是资源的最优配置,而是如何最佳地利用散布于整个社会的信息。为了决策成功,就必须千方百计地使自己的信息更加充分。

"知彼知己者,百战不殆;不知彼而知己,一胜一负;不知彼,不知己,每战必殆。"②说的就是要了解自己与他方的信息。全面掌握信息的一方肯定是每战必胜。"成功出于众者,先知也。"③因此,竞争者必须在"未战之时,先料将之贤愚,敌之强弱,并之众寡,地之险易,粮之虚实。计料已审,然后出兵,无有不胜。"④正所谓:"知彼知己,胜乃不殆;知天知地,胜乃不穷"⑤。

全面了解己方信息,尽量向对方隐瞒己方信息,千方百计收集对方信息,就成了预谋决策中的一个重要方面。全面了解己方与他方信息,主要是要了解"五事",进行"七计"。五事者:"一曰道,二曰天,三曰地,四曰将,五曰法。""道"就是恩信道义,"天"即天时,"地"即地利,"将"即将领应具备"智、信、仁、勇、严"五德,"法"即"曲制、官道"。"七计"即衡量计算以下七个方面:"主孰有道? 将孰有能? 天地孰得? 法令孰行? 兵众孰强? 士卒孰练? 赏罚孰明?"

"不知敌之情者,不仁之至也,非人之将也,非主之佐也,非胜之主也。"因此,要尽量收集他方信息,以对他方了如指掌。收集他方信息的方法之一就是要用间,即

---

① ⑥ 《孙子·计篇》。
② 《孙子·谋攻》。
③ 《孙子·用间》。
④ 刘基:《百战奇略·计战》。
⑤ 《孙子·地形》。

利用间谍去了解敌情。"凡军之所欲击,城之所欲攻,人之所欲杀,必先知其守将、左右、谒者、门者、舍人之姓名,令吾间必索知之。"①孙子将用间概括为五种:乡间、内间、反间、死间、生间。方法之二就是可以创造条件诱导对方发出信息。"策之而知得失之计,作之而知动静之理,形之而知死生之地,角之而知有余不足之处。"②

二、用兵之道,以计为首

预先决策是争夺竞争胜利的第一步。孔子曾说:"暴虎冯河,死而无悔者,吾不与也。必也临事而惧,好谋而成者也。"③管子也说:"夫强之国,必先争谋。"④荀子也特别强调谋略的重要意义:"不战而胜,不攻而得,甲兵不劳而天下服,是知王道者也。"⑤

我国古代兵家更是对预先决策的重要性作了深刻的阐述。"上谋知命。"⑥最高级的预谋是去发现事物发展的内在规律。预谋决策包括几个步骤:收集信息、计算、预谋策划以及最后决策。知己知彼之后,自然要去计算权衡双方实力对比,去寻找克敌制胜的方法、措施。《孙子》的第一篇就是《计篇》。张预在《孙子·计篇》的注脚中就写道:"用兵之道,以计为首……将之贤愚,敌之强弱,地之远近,兵之众寡,安得不先计之?"何为计呢?"计者,选将、量敌、度地、料卒、远近、险易,计于庙堂也。"⑦计算已定,则要预谋策划,进行决策。孙子说:"上兵伐谋,其次伐交,其次伐兵,其下攻城。"⑧说的也就是要以计谋取胜。这与荀子的"王道"思想何其相似。

事先做好了预谋决策,就可以立于不败之地。"夫未战而庙算胜者,得算多也;未战而庙算不胜者,得算少也。多算胜,少算不胜,而况于无算乎?吾以此观之,胜负见矣。"⑨《商君书·战法》更是指出:"若其政出庙算者,将贤亦胜,将不如亦胜。"说的是"庙算"正确可以弥补将帅的缺陷,最终能取得胜利。

计算、预谋策划以及最后的决策在竞争中要取胜必须强调以下四个方面:(1)先胜性。"胜兵先胜而后求战,败兵先战而后求胜。"⑩意思也就是:先谋而后事者昌,先事而后谋者亡。(2)全胜性。"凡用兵之法,全国为上,破国次之;全军为上,破军次之;全旅为上,破旅次之;全卒为上,破卒次之;全伍为上,破伍次之。是故百

---

① 《孙子·用间篇》。
② 《孙子·虚实篇》。
③ 《论语·述而》。
④ 《管子·霸言》。
⑤ 《荀子·王制》。
⑥ 《说苑·权谋》。
⑦ 《十一家注孙子·曹操》。
⑧⑨ 《孙子·谋攻》。
⑩ 《孙子·形篇》。

战百胜,非善之善者也;不战而屈人之兵,善之善者也。"①(3)长远性。"自古不谋万世者,不足以谋一时。"领导人在决策时,一定要有长远的眼光,要立足现实,又要有超前意识,才能谋取长久的胜利。"人无远虑,必有近忧。"②(4)全局性。"不谋全局者,不足以谋一域。"着眼于整体,而非部分,全局胜才是最更根本的目的。

三、合于利而动,不合于利而止

合乎利益原则是决策的基本准则。利益也就是满足人们需要的客观条件,是一个基础性的范畴。马克思主义认为,利益最贴近现实生活资料的生产,每个既定的社会关系,首先都表现为利益关系。我国古代的一些思想家,也已经认识到利益的重要性。"富与贵,是人之所欲也。""贫与贱,是人之所恶也。"③"民之为道也,有恒产者有恒心,无恒产者无恒心。苟无恒心,放僻邪侈,无不为已。"④意思是:有固定产业和收入的人,才有坚定的道德观念和行为准则。

兵家更是主张利益原则是决策的基本原则。"凡兴师十万,出征千里,百姓之费,公家之奉,日费千金;内外骚动,怠于道路,不得操事者七十万家。"⑤"久暴师则国用不足……故不尽知用兵之害者,则不能尽知用兵之利也。"⑥正因为如此,所以孙子主张速战速决。"夫战胜攻取,而不修其功者凶,命曰费留。故曰:明主虑之,良将修之。非利不动,非得不用,非危不战。主不可怒而兴师,将不可以愠而致战。合于利而动,不合于利而止。怒可以复喜,愠可以复悦,亡国不可以复存,死者不可以复生。故明君慎之,良将警之,此安国全军之道也。"⑦可见,在孙子看来,国家利益是战争决策的最终衡量标准。他甚至认为,作为将领应"进不求名,退不避罪,唯人是保,而利合于主"。若君主违反"战道",将领可以"君命有所不受":"战道必胜,主曰无战,必战可也;战道不胜,主曰必战,无战可也。"亦即作为一个"生民之司命,国家安危之主"的将领应一切以国家利益作为其决策的准则。

激励士兵也需要以利。"取敌之利者,货也。"⑧曹操注解道:"军无财,士不来;军无赏,士不往。"所谓"重赏之下,必有勇夫"就是此意。正因为利是决策的基本准则,所以也可以利用利益去诱惑对方,使对方中计。正所谓"利而诱之",使之必趋,

---

① 《孙子·谋攻》。
② 《论语·卫灵公》。
③ 《论语·里仁》。
④ 《孟子·滕文公上》。
⑤ 《孙子·用间篇》。
⑥ 《孙子·作战篇》。
⑦ 《孙子·火攻篇》。
⑧ 《孙子·作战篇》。

则吾可待而歼之。

四、两利相权从其重,两害相衡趋其轻

合乎利益原则是决策的基本原则。然而利与弊往往是结合在一起的。对于聪明的领导人而言,选择方案时也往往会同时虑及这两个方面。例如,"智者之虑,必杂于利害。杂于利而务可信也;杂于害而患可解也。"①意思就是,智者决断时都会虑及利与害两个方面,在有利的情况下考虑不利的方面,而不利时考虑有利的方面,祸患就能解除。

决策中,会面临许多可行性方案。权衡利弊,反复比较,则是选择方案的基本方法。两利相权从其重,两害相衡趋其轻。孙子在《孙子》中提出了这一"最优"准则。《孙子》中大量关于"善战"的思想其实就是讲要在各种方案中选择"善之善者",即最佳方案。

问题是在现实生活中,任何方案都有利有弊。利弊有时又不是那么容易权衡,而现实又要求必须果断地从中作出选择,犹豫不决就会丧失宝贵的时机,从而陷入步步落后的困境。此时要寻求"最优"方案往往成为空想。因此,"满意原则"往往也就替代"最优原则"成为选择方案的基本准则。

我国古代思想家对满意原则作了生动的阐述。"为政犹沐也,虽有弃发,必为之。爱弃发之费,而忘长发之利,不知权者也。"②意思是说,管理好比洗头,即使会掉些头发,但仍然要洗。舍不得掉几根头发的损失,而忘了洗头能促进头发生长的好处,就是不懂得权衡利弊得失的人了。"行衢道者不至,事两君者不容。目不能两视而明,耳不能两听而聪。"③意思是:在十字路口徘徊不定的人,任何一条路的尽头他都不可能到达,就像同时侍奉两位君主一样,任何一方都不能容纳他,也就像眼睛不可能同时看清楚两件事情,耳朵也不可能同时听清楚两个声音一样。在众多的可行方案中,找出一个令决策者可以接受的"满意解",而无需花费过多的时间、精力去寻找理论上的"最优解",这样也就可以克服犹豫不决,更能把握时机、当机立断。

五、谋贵众,断贵独

"众人之智,可以测天;兼听独断,惟在一人。此大谋之术也。"④"谋贵众,断贵

---

① 《孙子·九变篇》。
② 《韩非子·六反》。
③ 《荀子·劝学》。
④ 《说苑·权谋》。

独。"①这两段话说出了集思广益与独立决策之间的关系,也指出了决策的一般过程。在谋划时要吸收众人的意见,在决断时则贵有独立思考之精神。这非常符合现代科学管理决策方法。

我国古代早就知道遇事要征求意见的道理。"汝则有大疑,谋及乃心,谋及卿士,谋及庶人,谋及卜筮。汝则从,龟从,筮从,卿士从,庶民从,是之谓'大同'。"②意思是说,如果遇到重大疑难,自己要多思考,同时要与各级官员商量,与老百姓商量,与以龟甲和占卦者商量。自己有了主意,预测人士赞同,各级干部赞同,老百姓也赞同,这就是所谓"完全一致"。"以天下之目视者,则无不见也,以天下之耳听者,则无不闻也,以天下之心虑者,则无不知也。辐辏并进,则明不塞可矣。"③说的是领导人应该广泛采纳群众的意见,让群众和自己一起来考察情况,解决问题。虚心接纳群众的意见是保证领导人不武断专行,不被自己的局限性和别人的局限性所蒙蔽的重要途径,是成功管理所必需的决策基础。

六、因利制权,诡道制胜

竞争是冷酷无情的。兵不厌诈是竞争的一个基本特征。"兵者,诡道也。"④用现代语言来讲,就是应该尽力采纳一种新异、奇特、诡异的策略(方案)来进行竞争,这样才能立于不败之地。总结而言,我国古代思想家提出了以下一些"诡道"制胜的规律和原理。

示形藏形。"能而示之不能,用而示之不用,近而示之远,远而示之近;利而诱之,乱而取之,实而备之,强而避之,怒而挠之,卑而骄之,佚而劳之,亲而离之。"⑤通过示形,调动对手,向对方传以虚假信息,从而使对方落入我方圈套。与示形相反,藏形则是要把自己的实力、行动、企图严密的隐匿起来,毫无形迹。"善守者,藏于九地之下,善功者,动于九天上。"⑥"善攻者敌不知其所守,善守者敌不知其所攻。"⑦通过示形与藏形,我方就可以"致人而不致于人",亦即牢牢地把握住主动权。

避实击虚。"夫兵形象水,水之形,避高而趋下,兵之形,避实而击虚。"⑧避开敌方坚实之处而攻击其虚弱环节。所谓虚实,一般来说,无者为虚,有则为实;空者为虚,见者为实,弱者为虚,强者为实。避实击虚就是要避开勇敌、强敌、治敌、饱敌、逸敌、兵力众多之敌、戒备森严之敌;攻击怯敌、弱敌、乱敌、饥敌、疲劳之敌、戒

① 《美芹十论》。
② 《尚书·洪范》。
③ 《管子·九守》。
④⑤ 《孙子·计篇》。
⑥⑦ 《孙子·形篇》。
⑧ 《孙子·虚实篇》。

备松弛之敌。"朕观诸兵书,无出孙武,孙武十三篇,无出虚实;夫用兵识虚实之势,则无不胜焉。"①

奇正相生。"战势不过奇正。"②正奇的涵义甚广,作战常法为正,作战变法为奇;明攻为正,偷袭为奇;正面为正,迂回为奇。正与奇是结合而共生。正奇结合,可战无不胜;正奇相生,无穷无尽。"战势不过奇正,奇正之变,不可胜穷也。奇正相生,如循环之无端,孰能穷之。"③了解奇正相生、正奇结合,则是为了出奇制胜。"凡战者,以正合,以奇胜。故善出奇者,无穷如天地,不竭如江河。"④

因敌制胜。"计利以听,乃为之势,以佐其外;势者,因利而制权也。"⑤"水因地而制流,兵因敌而制胜。故兵无常势,水无常形;能因敌变化而制胜者,谓之神。"⑥两段话说的都是用兵要根据敌人的不同特点及其不同变化而决定取胜的方法。这一思想,对于后世的兵家思想影响甚为深远。

第三节 人谋决策的基本原则

一、信息原则

"知彼知己,百战不殆。"说的就是决策前要尽量收集各方面的信息。信息是决策的基础。若竞争者双方信息不对称,则胜者往往是那些信息较为充分者。对于经营管理而言,不仅要收集自己、对方的信息,还要收集市场上的其他信息特别是消费者的信息。近年来,我国一些企业已经开始重视市场调查,并根据消费者的需要来制定产品和营销决策,然而总体而言,我国企业对消费者行为、消费者需求研究并不深入。而国外企业大多非常注重市场研究。有研究表明,美国大公司的市场调研费用占销售额的 3.5%。鉴于信息在经营管理中的重要作用,现在许多企业都设立了首席信息官(CIO)。我国十大商帮之一的晋商,采用总号分号的经营方式,一般是五天一信,三日一函,互通各地商情,从而在长途贩运中收益甚丰。这充分说明信息收集对于决策成功的重要作用。

二、利益原则

"合于利而动,不合于利而止。"这一原理换用现代语言来讲就是:决策要讲求

---

① 《唐太宗李卫公问对》。
②③④ 《孙子·势篇》。
⑤ 《孙子·计篇》。
⑥ 《孙子·虚实篇》。

经济效益原则。而在过去的计划经济体制下,企业一味追求产量或产值最大化。在市场经济条件下,企业一般会去追求利润最大化。然而,即便是市场经济,仍然会有部分职业经理人为了个人的成就感或名声,会去追求市场占有率最大化、规模最大化,也仍会有部分国有企业追求预算最大化。决策的利益原则告诉我们:企业的经营决策必须时刻以企业的利润最大化为准则。

三、满意原则

"两利相权从其重,两害相衡趋其轻。"讲的是如何在众多备择方案中做出选择,当然最理想的就是选择最佳的方案。然而,任何方案都有利弊,有时人们无法做出准确的判断。因为人们一方面不可能掌握所有完备的信息,另一方面人们对信息的处理能力亦有限。有时,决策是需要在非常短的时间内做出的,而仔细收集信息和挑选最佳方案要花费金钱、时间和精力,这种搜索成本的存在也可能使最佳选择很难得到。这时,我们就应以"满意原则"来取代"最优原则"。

四、纳言原则

"谋贵众,断贵独。"说的是领导决策时要注意多去征求他人的意见,尽量多做些备择方案以供选择。虚心纳言是决策成功的基础。巨人集团的陨落、太阳神的没落、爱多 VCD 的衰落无一不说明一点:一人包打天下实在太容易决策失误。如何纳言呢?"勿妄而许,勿逆而拒。许之则失守,拒之则闭塞。"[①]不要轻易拒绝,也不要轻易许诺。在现代经营管理中,发挥智囊团的功效也很有必要。不过,对于领导者而言,始终要明白一点:谋是谋、断是断,谋划时吸收众人意见,决断时则应独立思考。

五、权变原则

"因利制权,诡道制胜。"说明的是领导应该具有创新精神,要根据企业外部环境的变化和市场情况,制定出各种应变的计划,以立于不败之地。变,是世界的本质。现在外部市场环境变化日益加快,很多企业就是因为其计划决策跟不上外部环境变化的步伐而惨遭失败。传统的"大鱼吃小鱼"的兼并威胁已经被"快鱼吃慢鱼"的速度威胁所取代。对于企业来讲,惟一的方法就是因敌制胜、践墨随敌。

---

① 《管子·九守》。

【本章小结】

1. 在东方管理中,人谋是管理者或智囊团对战略目标进行预测和形势分析,并运用权谋和策略等智慧性技巧来达到预期目标的行为,包括计划、决策以及战略管理。

2. 东方人谋思想的特征主要表现在团队论、人本论、创新论、系统论、心理论等方面。"知己知彼,百战不殆"、"用兵之道,以计为首"、"合于利而动,不合于利而止"、"两利相权从其重,两害相衡趋其轻"、"谋贵众,断贵独"、"因利制权,诡道制胜"等是中国古代人谋思想的基本原理。

3. 根据不同的分类标准,人谋决策可以分为程序化决策和非程序化决策、个人决策和集体决策。在决策过程中,应遵循以下基本原则:(1)信息原则;(2)利益原则;(3)满意原则;(4)纳言原则;(5)权变原则。

复习思考题:

1. 什么是"人谋行为"? 东方人谋思想的主要特征有哪几方面?
2. 简述我国古代"人谋"思想的基本原理。
3. 人谋决策应遵循什么原则? 并举例说明。

【案例分析】

范旭乐"避实击虚"巧破"卜内门"①

范旭东是位有远见的企业家,原本从事盐业生产,第一次世界大战爆发后,"洋碱"输入中国大幅度减少,中国的碱市场出现异常稀缺的状况。机会难得,在范旭东先生的极大倡导下,中国第一家制碱工业永利制碱公司于1918年宣告成立。

永利制碱公司的成立,引起英国卜内门公司的极大不快,卜内门公司驻华经理对范先生说:"碱在中国的确非常重要,只可惜先生办得早了些,就条件上说,再晚30年不迟。"范先生立刻反驳道:"恨不得早办30年,事在人为,今日急起直追还不算晚。"

英国卜内门公司一直垄断着中国碱市场,第一次世界大战后,它又卷土重来,

---

① 改编于中国咨询师大联盟案例库,http://www.chinasac.com/article/artiele.php? tid＝36&id＝9207。

见到中国自己的制碱企业成功了,便恼羞成怒地向永利制碱公司发起猛烈进攻,但是没有成功。卜内门公司不甘心与永利制碱公司共享市场,便又调来一大批纯碱以低于原价的40%在中国市场倾销,企图以此挤垮永利制碱公司。

面对卜内门公司的屡屡侵犯,永利制碱公司老板范旭东决心还击。永利公司与卜内门公司实力相差悬殊,无法正面与其抗衡。如果永利公司也降价销售产品,用不了多久,实力就会损失殆尽;如果不降价,产品卖不出去,资金无法收回,再生产无法进行,用不了多久,永利公司照样破产。如何是好呢?

范旭东苦思冥想,某日,他在书房踱步,瞧见了自己年轻时因参加"戊戌变法"失败后逃亡日本留学时的相片,触景生情,受到启发:现在,为什么就不能暂避卜内门公司的锋芒而去日本发展呢?公司的创立,不就是钻了卜内门公司无暇顾及的空隙吗?范旭东决定东渡日本,替永利制碱公司谋求生存和发展,他立即着手市场调查分析及计划实施。日本是卜内门公司在远东的大市场,战争刚刚结束,百废待兴。卜内门公司产量有限,能运到远东来的数量就不会太多。卜内门公司现在在中国市场倾销这么多碱,那么运到日本的数量肯定不多,日本碱市场肯定缺货。何不来个"调虎离山"之计,乘虚将碱打入日本市场呢?这样,等它回顾日本市场时,再猛击它在中国的碱市场,对手就只能穷于应付,首尾难顾。

永利制碱公司的纯碱,虽然在日本的销量只及卜内门公司的1/10,但是却如一支从天而降的轻骑兵,向日本的卜内门公司发起突袭。

卜内门公司为了保住日本的大市场,迫不得已停止在中国碱市场进攻永利制碱公司,主动要求谈判求和,并希望永利制碱公司在日本停止挑战行动。范旭东理直气壮地说:"停战可以,但得有个说法,卜内门公司今后在中国市场变动碱价,必须事先征得永利公司的同意。"卜内门公司别无选择,只好同意了。上例谈判的成功,是范旭东巧用"避实击虚"的结果,此计,使英国卜内门公司做出让步,为中国人民争了口气,同时又促进了中国民族工业的发展。

案例思考题:

1. 范旭东与卜内门公司的竞争体现了哪些"人谋行为"?
2. 结合案例浅谈企业竞争战略的制定和实施。

第十七章　人才行为——人才管理

所谓"人才"就是具备较高素质、知识、技能、能力和经验进行创造性劳动后，产生较大社会净财富和价值的那部分人。"人才行为"就是对人才界定、甄选、评价、使用、培养等一系列的制度体系的建立和实施过程。本章首先阐释了人才为强国之本和企业基业长青之根的理念，然后就人才界定标准、人才甄选方法及人才使用方法进行讨论。

第一节　人才是第一资源

大量古今中外的理论研究和实践探索使人们越来越深刻地认识到，人才是国家富强昌盛、企业兴旺发达的根本保证，人的重要性引起了越来越多的关注。

一、人才为强国之本

人力资源已经被世界所公认是"第一资源"。人的能力表现为体能、技能和智能三者的高度统一。人的体能是指人在生理和心理上的健全程度；人的技能则是指人的基本技术与掌握生产流程合理规则的熟练程度；人的智能是指人在各种领域中创造性开发及其创新性含量的程度。在现代社会中，可以粗略地把基本上未接受过教育的文盲、半文盲，只能从事简单体力劳动的人称为仅具有"体能"的人，将科学家、工程师、教师、医师、高级技师等专业人才称为具有"智能"的人，而其余的劳动者称为具有"技能"的人。我们通常所说的人才一般是指具有"智能"的人。

如果社会为保持一个人健全体能需要支付的费用是 1 的话，那么，与此同时，要使其获得技能的费用将是 3，而同时要使其获得智能的费用则是 9。但是，人的体能、技能和智能能为社会创造的财富与价值却是 1∶10∶100。因此，大体上说，"人才"能为社会创造的净财富与价值相当于其他人的几倍、十几倍，甚至更高。

古今中外的许多例子也说明了这个道理。东汉末年，刘备虽有关羽、张飞、赵

云等猛将,但是,手下的谋士,如孙乾、糜竺辈,却"非经纶济世之才"①,无法善用这些"皆万人敌"②的武将。因此,在相当一段时间里,其只能在各地诸侯割据的夹缝中颠沛流离。只是在"三顾茅庐"请出诸葛亮这样能统观全局、运筹帷幄的人才之后,刘备的事业才欣欣向荣,在较短的时间里,创下与曹魏和孙吴三足鼎立的基业。而在诸葛亮去世,关、张、赵、马、黄等"五虎上将"相继凋零的情况下,蜀汉人才难以为继,国力迅速衰弱,终于在三国中最早被灭。

二、人才乃企业基业长青之根

1990年,美国麻省理工学院教授彼得·圣吉(Peter·Senge)在其撰写的《第五项修炼》一书中开宗明义地提出了一个问题:"为什么1970年列名《财富》杂志'500大企业'排行榜的公司,到了20世纪80年代却有1/3已销声匿迹"? 这个问题一经提出,便引起了许多学者和企业家的兴趣。一些研究表明,绝大多数企业,即使是那些声名显赫的企业寿命都不长,一般难以超过40年,而在21世纪,甚至难有所谓百年老企业。这是什么原因呢,企业怎样才能实现从优秀到卓越,保持基业长青?

对这个问题的回答就是拥有人才。企业并不是一堆物质要素的简单组合,企业最核心的要素是人。

近年来,人才对企业生存与发展的重要性也被国内越来越多的企业认识到。一些中国企业界的有识之士提出:"企业无人则为'止业'"。这一充满哲理的思想正在成为许多企业的共识。

三、人为价值论

所谓人为价值,是指社会行为主体在正确的价值观指导下的能动性的行为达到符合社会行为客体心理价值认知,并起到激发社会行为客体心理与行为的客观效果。这是东方管理学派关于人才价值论的最新研究观点。

(1)人为价值的行为过程表现为主体人的行为表现能够为行为客体所接受。社会行为客体与社会行为主体之间能达成一种心理认同。如果我们说人的行为是有价值的那么它的本意就是说,主体人的行为激发了客体人对某种行为效果所具有的有"价值"或者有"意义"的现象的心理价值感受或者认知。所以人为价值活动必然体现出动态的心理价值感受激发的过程,这个激发的核心就是来自对人文价值意义的感受的心理驱动。

---

①② 罗贯中:《三国演义》第三十五回。

（2）人为价值蕴涵着社会行为主体的行为与社会行为客体之间达成了一种行为协调、统一的客观效果。

在东方管理学派看来，人才的本质就是人的行为必须有价值，必须符合社会客体的需要，也必须与社会客体的行为匹配。因此，作为人才，个体首先要能自我认同、自我实现、自我发展，同时必须符合社会的需要，并能在群体中起到带头作用，实现人才价值。

现代知识更新日趋加速，人力资源市场的竞争日趋激烈。对于劳动者个人而言，如何提升自己的竞争力或者说可雇佣性已成为每个人必须思考的问题。个体只有不断识别社会的需要，提升自己的素质、能力，自我激励，自我发展，才能获得他人、企业以及社会的认同，也才能实现自己的价值。

第二节　人才的界定标准

中国自古以来就十分重视人才，古代著名军事家孙膑曾指出："天地之间，莫贵于人"。任何一个组织乃至一个国家的建立和维持，都必须获得和拥有一批它所需要的人才。这正是中国古人的经验之谈："为政之要，惟在得人"，"人在政举，人去政息"。

一、古代的人才界定标准

《礼记·礼运》篇中所描绘的上古大同社会"天下为公，选贤与能，讲信修睦。故人不独亲其亲，不独子其子"，当时的人才界定标准可以归结为品德、才识、胆略和功绩等标准。

先秦时期选拔人才注重对人实际才能的考察，孔子提出了人才选拔的自然观察法，他提出了以下七条标准：（1）远使之而观其忠，即把他放在远处任职，考察他的忠诚；（2）近使之而观其敬，即把他放在身边使用，考察他的崇敬心，看他是否遵守礼仪；（3）烦使之而观其能，即交给他麻烦复杂的事务，考察他处理问题的能力；（4）卒然问而观其知，即突然向他提问，考察他的智慧；（5）告之以危而观其节，即告诉他处境危险，考察他的气节；（6）醉之以酒而观其性，即让他醉酒，考察他的仪态；（7）委之以利而观其守，即给他好处利益，考察他的德行操守。

战国时期的李克也提出了五条人才标准：（1）居而视其所亲，即考察一个人平常亲近哪些人；（2）富而视其所与，即考察一个人如何支配自己的财富，看他富贵时会把财富施于哪些人；（3）达而视其所举，考察他在权高位重、声名显赫之时举用何种人；（4）穷而视其所不为，考察一个人在困厄之时能否保持高尚的操守；（5）贫而

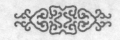

视其所不取,考察一个人穷困时是否能守住气节而一介不取。

到了春秋战国时代以后,对人才主要通过察举等方法来选拔。《管子·立政》中强调以德、功、能为举荐选拔的标准。

三国时期的诸葛亮认为对人才的选拔和考评绝非易事,不仅提出了人才界定的"七观"法,还进一步指出,正确了解和把握一个人的内在素质比制定考察的素质标准更为复杂和困难,这个观点直到今天看来还是非常正确的。诸葛亮"七观"的主要内容有志、变、识、勇、性、谦、信这几项,他指出界定一个人是否是人才要:(1)问之以是非而观其志,即把他放在是非正误之间,看他明辨是非、判断对错的能力和心志是否正派;(2)穷之以辞辩而观其变,即以诘问辩论的方法,提出尖锐的问题,极力让他参加辩论,观察他观点的变化,看其随机应变的能力;(3)咨之以计谋而观其识,即与其商议谋略计划,观察他的见识是否高明,是否具有远见卓识;(4)告知以祸而观其勇,即告诉他艰苦和祸乱即将来临,考察他是否临危不惧,是否有克服困难的毅力和勇气;(5)醉之以酒而观其性,即用美酒招待他,观察他的品性;(6)临之以利而观其廉,即让他在有利条件下或以金钱之利,考察其操守,看他是否廉洁;(7)期之以事而观其信,即托付他办事,考察他是否诚信有义。

到了魏晋南北朝时期,人才的选拔开始采用九品中正。九品中正实行之初,依然以品德测评为重,有六条中正的标准:一是忠恪匪躬,二是孝敬尽礼,三是友于兄弟,四是洁身劳廉,五是信义可复,六是学以为己。州郡的中正官依据此六条标准把本州郡的士人分别评定为上上、上中、上下、中上、中中、中下、下上、下中、下下三九级,称为九品。

到了隋唐,科举制逐渐形成发展,并在中国历史上延续了1 300多年。科举考试把本来注重对德、能、绩、效全面测评的选拔制度逐渐囿于对知识的考试。考试主要以对儒家经典的理解和掌握水平作为选拔的标准,先贴经,每经十贴,每贴三言,通六以上为及格。然后口试,问经义十条,通十条为上上,通八条为上中,通七条为上下,通六条为中上,以上皆为及格。然后答时务策三道,通二为及格。而到了明清两代,科举制渐渐走进了死胡同,取士以作八股文为标准。

古人通过长期的社会实践和经验积累,提出了各种各样的人才界定标准,这些理论和实践经验是我们今天研究人才问题的宝贵财富。

二、人才的定义

所谓人才,指的是人力资源中,素质层次相对较高的那一部分人。人才具有以下三个特征:

（一）创造性劳动

人才从事的则是相对比较复杂的劳动,而且人才从事的劳动都是必须经过一定时期的专门学习和培训,具备了某些特殊的知识、技能、能力和经验之后才能从事的,尤其是需要做出一些突破性的创造性劳动。

（二）较大的社会效用

人才的创造性劳动,使得人才发挥出超过社会平均效用的较大社会效用,为社会发展做出了较大的贡献。

（三）复杂性

人才的复杂性表现在两个方面:从社会效用来说,不同效用之间本身的含义和量化标准存在着很大的模糊性,使得人才定义的界定变得十分复杂;从人才的社会性来说,从一个角度来看,可能具有很大的正面社会效用性,但是从相反的角度来看,可能具有的是负面的社会效用性。因此,这个复杂性决定了必须对人才的价值进行具体问题具体分析。

三、东方管理学派论人才标准

东方管理学派认为,在对人才进行考核时,要根据苏东水教授最早提出东方管理的"十五要素说",必须注重以下十五个方面:"道"、"变"、"人"、"威"、"实"、"和"、"器"、"法"、"信"、"筹"、"谋"、"术"、"效"、"勤"、"圆"。

（一）道

道,就是经营管理的能力。东方管理主张一切工作必须遵循客观规律。作为人才,他必须熟悉他所从事的工作的规律,必须掌握工作所要求的知识、技能。

（二）变

变,就是随机应变的能力。也就是在把握客观规律的基础上,随时随地根据外部环境的变化而相应地采取变通的方法,去解决工作中所遇到的具体问题。外部环境变化了,人在实际工作中也必须做出相应的调整。

（三）人

人,就是以人为本,理解他人,尊重他人。一个任何事情都是从自己角度思考的人无法让大家信服,也无法在现实生活中顺利开展工作。

（四）威

威,就是恰当运用权威的能力。在工作实践中,通常都要涉及运用权力来指挥和影响组织成员的过程。其中有些权力是制度所赋予的,而有些权力则是依靠个人的魅力、品格和专长等自发产生的。相对而言,东方管理理论更主张个体能依靠自身的道德素质和人格魅力来树立个人的权威。

(五)实

实，就是实事求是的态度。《论语》中，孔子强调修身是一切管理的基础，从天子直到普通百姓，都应该以修养个人的善良品性作为根本。而实事求是的精神和工作作风，是其中很重要的品行之一。孔子认为，管理者不能仅仅凭着自己的主观判断，就妄断下属的善恶或事情的曲直。他告诫说："知之为知之，不知为不知，是知也。"这就要求我们界定一个人才时要考察他是否凡事量力而行，扬长避短，办任何事情都应该注意时机和地点的选择，要不偏不倚，既不要过激也不要不及。

(六)和

和，就是处理人际关系时以和为贵。人际关系能力是影响工作成功的关键因素。在我们这个深受儒家文化影响的"关系本位"的国度里，我们在界定人才时特别需要考察这一点。

(七)器

器，就是重器利器，即个体是否具有一定的工程、技术等方面的专业性知识。对于管理者而言，一定的技术背景更有利于管理工作的开展。

(八)法

法，就是依法治理的能力，即考察个体是否能在平等的基础上公正地对待每一个人和每一件事。

(九)信

信，就是诚实守信。在东方，人们要求管理者"正人先正己"，就是希望管理者能够通过自身修养的提高，在群众中树立良好的个人形象。个人形象的树立和保持的过程，就是一个人信用的建立过程。《孙子兵法》在谈到将帅的素质时，曾经提出了"智、信、仁、勇、严"的"五德"标准，也就是号令统一，言必行，行必果，取信于人。显然，朝令夕改，巧言令色、满腹阴谋诡计的人是得不到他人的信任和爱戴的，也就无法胜任工作。

(十)筹

筹，就是运筹帷幄的能力。《孙子兵法》中指出：兴兵作战之前，充分估计各种主客观条件，精心运筹帷幄的，胜利的可能性就大一些；预见获得胜利的主观条件不充分，就不容易得胜。因此，在实际工作中，只有那些善于运筹帷幄的人才能最大程度地保证最终获得成功。

(十一)谋

谋，就是预谋决策的能力。所谓凡事预则立，不预则废，讲的就是要提前预谋筹划，才能把握局势发展的先机。人才需要具备"谋"，"谋"更侧重于预测和把握未来发展的动向；而前面提到的"筹"则是根据当时当地的内外部条件，侧重比较各种

备选方案,两者是有区别的。

(十二)术

术,就是巧妙运术的能力,即讲求方式方法。同样的一件工作,采用不同的管理手段和方法,其效果会截然不同。我们所选拔的人才必须是善于运用各种工作方法的人。

(十三)效

效,就是工作要高效廉洁。所谓廉洁,就是不贪财货,立身清白。东方管理在强调人提高工作效率、合理利用资源的同时,也注重从人的自身道德素质这一根本入手,主张身教重于言教。可见,这种以德为先的思想正是保证指挥管理高效畅通的重要原则。

(十四)勤

勤,就是要勤俭致富。东方管理不仅要求人们勤勉为政,而且提倡人人克勤克俭,反对奢侈享乐。

(十五)圆

圆,就是要充分考虑企业各个利益相关人的利益,力图使企业的整个局面圆满合理。这要求管理活动一定要符合广大群众的需要,要兼顾各方面的利益。能兼顾他人利益的人才是最能实现东方管理最佳境界的管理者。

第三节 用人艺术

一、礼贤下士

中国有个典故叫"三顾茅庐"。说的是三国时期,刘备仰慕诸葛亮的才能,要请他帮助自己打天下,便不厌其烦三次亲自到诸葛亮居住的草房去请他出山,共图大业,最后诸葛亮才答应。从此诸葛亮的雄才大略才得以充分发挥,为刘备的事业"鞠躬尽瘁,死而后已"。

用人唯贤和用人唯亲是两条根本对立的用人路线。用人唯亲就是出自私心,凭个人好恶、个人亲疏、个人恩怨或小团体、小宗派利益来选人用人。只要是自己的亲朋戚友,只要是对自己"尽忠"的一律加以重用。这势必排斥真正的人才。用人唯贤就是出自公心,严格按德才兼备的标准选才用人。只要是人才就一律加以重用,这是事业兴旺发达的保证。而对人才的使用,首先要尊重人才,信任人才。人才都有比较强的自尊心和成就感,当他们受到社会和他人的尊重和信任时,就会产生一种向心力、合作感,形成巨大的精神鼓舞和无形的动力。因此,必须谦恭地

对待贤士，以礼相待，显示爱心和诚意。没有这一点，根本谈不上人才的合理使用。

二、用人不疑，疑人不用

用人不疑就是对于一个人才，你既然使用他，就要大胆放手让他在其职权范围内充分发挥积极性和创造性，而不能轻易地、毫无根据地怀疑他。疑人不用就是说如果你怀疑他，在未弄清楚之前，可以先不使用他。

只要是人才，只要你用他，就要使他有职有权，有自我发展的条件和机遇。大胆放手使用，使他有强烈的事业心、责任感，早出成果、快出成果。如果你用他，又怀疑他，处处插手、时时干预，使他无所适从，久而久之，他就会丧失主人翁精神、丧失自信心，难以尽职尽责。对于那些还未弄清楚的，仍值得怀疑的人，可先不用他。但必须抓紧时间了解清楚。如果长期挂起来不用，又毫无根据地怀疑，也有可能埋没人才。

三、用当其才，用其所长

清代诗人顾嗣同写有一首《杂兴》诗，诗中说"骏马能历险，力田不如牛；坚车能载重，渡河不如舟。舍长以就短，智者难为谋。生材贵适用，慎勿多苛求"。这首诗生动形象地说明了人才使用的一个重要问题，就是要努力发掘人才的才能优势，发挥人才的长处。

由于人才的成长和发展过程总会受到主客观因素多方面的影响和制约，因而每个人才的德、识、才、学、体诸方面的发展都是不平衡的，都有长处和短处。人才使用中要注意扬长避短，充分利用他的长处。

曾国藩是中国近代历史上有影响的人物之一，最根本的是他的用人之道。李鸿章刚到曾国藩手下做事的时候，除了好吃懒做之外，几乎无一技之长，其他人都对其深恶痛绝，必欲驱之为快，但曾国藩却独具慧眼，看到李鸿章的才能。李鸿章眼光敏锐、见识深刻，看问题常常能一针见血。曾国藩一方面时加责骂，以折其傲气；另一方面则法外开恩，免其值班，还时时主动屈尊与其讨论战略战术，每每通宵达旦，全然不知疲乏。曾国藩一番苦心，终于造就了一个近代史上的大人物。而曾国藩对待左宗棠又是另一番景象。左宗棠虽然才大器弘，但是为人非常傲慢，得罪过不少人。但曾国藩却爱才心切，执意栽培他，要兵给兵、要饷给饷，总是全力给他发展空间，使他有机会从浙江、福建一直打到甘肃、新疆，最终成为一代名臣。

四、要有用人气度

漫画家方成曾画过一幅漫画，叫《武大郎开店》。因为店主人是矮子，所以雇用

的店员必须比他矮才成,害怕店里有高过他的职员。现在有的人才管理者也犯武大郎开店的毛病,遇到才能超过自己的人,就想方设法予以排斥,或借机给小鞋穿,这就会埋没人才。

合理地使用人才,要求人才管理者有广阔胸怀,有容人之量。对曾有过缺点错误已改正的人才不要吹毛求疵,揪住不放;对曾反对过自己而在实践中已有认识的人才不必求全责备;特别是对才能超过自己的人大胆提拔、重用。唐太宗曾经总结他用人的几条成功经验:第一,古帝王往往妒忌有才能的人,而见到别人的才能好似就是自己的才能;第二,一个人做事,不能样样都会,用人总是用他的长处,避免用他的短处;第三,提升贤良,敬重贤良,原谅犯错误的人,使他们都得到适当的待遇;第四,褒奖正直,从没有黜责过一人;等等。可见他用人的气度大,能使他治国安邦。

综上所述,用人艺术是不可忽视的重要问题,它直接关系到人才使用的最佳发挥和事业的成功。

【本章小结】

1. 所谓人为价值,是指社会行为主体在正确的价值观指导下的能动性的行为达到符合社会行为客体心理价值认知,并起到激发社会行为客体心理与行为的客观效果。这是东方管理学派关于人才价值论的最新研究观点。

2. 一个国家或地区要实现可持续发展,要强盛,人才是最根本的保证。而对于企业来说,要实现从优秀到卓越,保持基业长青,最核心的要素是人。人才的意义在于其对企业的难以替代性。

3. 所谓人才,指的是人力资源中,素质层次相对较高的那一部分人。相对来说人才具有以下三个特征:(1)创造性劳动;(2)较大的社会效用;(3)复杂性。

4. 东方管理学派认为,在对人才进行考核时,必须注重以下十五个方面:"道"、"变"、"人"、"威"、"实"、"和"、"器"、"法"、"信"、"筹"、"谋"、"术"、"效"、"勤"、"圆"。

5. 人才使用应该讲求艺术。用人艺术主要有"礼贤下士"、"用人不疑,疑人不用"、"用当其才,用其所长"和"要有用人气度"。

复习思考题:

1. 什么是"人才行为"?中国古代选取和考核人才有哪些方法?

2. 什么是"人才"?如何用东方管理学的十五要素对人才进行考核?

【案例分析】

李嘉诚各尽所能用人才①

　　白手起家的李嘉诚,在其长江实业集团发展到一定规模时,敏锐地意识到,企业要发展,人才是关键。一个企业的发展在不同的阶段需要有不同的管理和专业人才,而他当时的企业所面临的"人才困境"却较为严重。李嘉诚克服重重阻力,劝退了一批创业之初帮助他一起打江山的忠心苦干的"难兄难弟",果断起用了一批年轻有为的专业人员,为集团的发展注入了新鲜血液。与此同时,他制定了若干用人措施,诸如开办夜校培训在职工人、选送有培养前途的年轻人出国深造等。而他自己也专门请了家庭教师传授知识,并自学英语。

　　在李嘉诚新组建的高层领导班子里,既有具有杰出金融头脑和非凡分析本领的财务专家,也有经营房地产的"老手";既有生气勃勃、年轻有为的港人,也有作风严谨、善于谋断的"洋人"。可以这么说,李嘉诚今日能取得如此巨大的成就,他的集团能成为纵横东西的跨国集团,是和他回避了东方式家族化管理模式,大胆起用"洋人"分不开的。在集团内部管理上,那些洋专家把西方先进的企业管理经验带入长江集团,使之在经济的、科学的、高效率的条件下运作;而在外,尤其是西方,这些洋人不但是李嘉诚接洽收购的先锋,而且是集团进军西方市场的向导。

　　精于用人之道的李嘉诚深知,不仅要在企业发展的不同阶段大胆起用不同的人才,而且要在企业发展的同一阶段注重发挥人才的特长,恰当、合理运用不同人才,因此,他的"智囊团"里既有朝气蓬勃、精明强干的年轻人,又有一批老谋深算的"客卿"。中国香港商界盛传李嘉诚的左右手与"客卿"并重,其中最令人注目的是精明过人、集律师与会计师于一身的李业广和叱咤股坛的杜辉廉,后者为李嘉诚在股票行业、二级市场上的收购立下了汗马功劳,特别是在1987年中国香港股灾之前,为李嘉诚的集团成功集资100亿港元。

　　在总结用人心得时,李嘉诚曾形象地说,"大部分的人都会有部分长处、部分短处,好像大象食量以斗计,蚂蚁一小勺便足够。用人要各尽所能、各得所需,以量材而用为原则。这又像一部机器,假如主要的机件需要用五百匹马力去发动,虽然半匹马力与五百匹相比是小得多,但也能发挥其一部分作用"。李嘉诚这一番话极为透彻地点出了用人之道的关键所在。

---

　　① 改编于革文军编著:《李嘉诚商训》,中国纺织出版社2004年版,第101~102页。

案例思考题：

1. 李嘉诚的用人之道体现了哪些东方管理的用人艺术？

2. 结合案例试论现代企业如何选人、用人、育人和留人？

三和篇

　　"和"在我国古代得到了极大的关注。"和"也是东方管理的主旋律和目的,在东方管理"三为"、"四治"和"五行"的创新运用过程中,均存在各种矛盾的和谐问题。"和谐管理"一直是东方管理研究的重要主题。东方管理学所提出的"三和思想"就是"人和、和合、和谐"的理念。"人和"是基础,"和合"是目的,"和谐"是最终的目标。

第十八章　人和文化

　　"以和为贵"的思想是儒家人本思想的核心所在,孟子指出"天时不如地利,地利不如人和",由此可见人和的重要性。但是,人和并不意味着盲目苟同、无原则附和及随波逐流,而应该是内和外争。人和文化可以应用于个人管理、家庭管理、企业管理和国家管理等各个不同的层面。以企业管理为例,在企业的经营管理过程中,和为贵的目的就是为了充分发挥每个人的积极性和创造性,使企业价值最大化。深受儒家文化影响的日本企业和诸多华商企业在实践中,自觉应用和为贵的思想于管理过程,取得了极大的成功。本章将从理论和实践两个方面阐释东方管理"人和文化"的思想。

第一节　人和内涵

　　"人和"的概念可以概括为各个要素之间的和谐相处。"人和"可分为三个层次:第一层次发生在个体内部,要能做到心平气和,个体的欲望与现实能到达一种平衡,强调对自身的管理;第二层次是个体与个体之间,能做到相互理解、友好相处,强调的是人际关系的相处;第三层次是个体和群体之间和谐相处,个体认同群体的价值观,群体也让个体自由的发展。其强调的是人与社会或企业的关系。"人和"更强调人与人之间微观层面的运用。

一、"和"的观念

　　中华传统文化十分重视"和"。那么,什么是"和"呢? 史伯说:"以他平他谓之和。"①贾谊说:"刚柔得道谓之和。"②春秋时的晏婴认为"和"就是"济其不及,以泄其过。"③这里的"济"是"增加"的意思;"泄"是减少的意思。不足之处要增加,过多

---

①　《国语·政语》。
②　《贾子·道术》。
③　《左传·昭公二十年》。

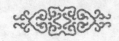

之处要减少。在中国哲学中,"和"标志着天地的正位与阴阳的协调。作为观念的"和",源于作物的生长。从具体的饮食之"和"抽象为人们关系之"和"的发展过程,使它为完整的中庸概念的形成奠定了伦理基础。

二、以他平他谓之和

史伯即伯阳父,中国西周末期思想家。西周将亡之际,他同郑桓公谈论西周末年的政局时,提出"和实生物,同则不继"的思想,指出西周行将灭亡,原因是周王"去和而取同",即去以直言进谏的正人而信与自己苟同的小人。史伯第一次区别了"和"与"同"的概念。他说:"以他平他谓之和,故能丰长而物归之,以同裨同,尽乃弃矣。"他从发展的高度来看和与同,认为不同的事物互相结合才能产生百物,即和者以他平他,所以生机勃勃;如果同上加同,不仅不能产生新的事物,而且世界的一切也就变得平淡无味,没有生气了,故而死气沉沉。和者生机勃勃,同者死气沉沉。总之,和是宇宙的本然状态,和是自然的一种动作,也可以是人们按自然本性应对自然的思维方法。无论是状态还是动作,是环境还是方法,和总是由两相对反、互为他者的元素激荡而成。这就是所谓的"以他平他谓之和"。[①] 史伯的这个思想带有朴素唯物主义和朴素辩证法因素。

三、执中致和

讲到"和",也不得不讲"中"。"中也者,天下之大本也;和也者,天下之达道也。天地位焉,万物育焉。"[②]可见,"中"是本体,而"和"只是一种方法、一种手段。"中"就是指事物要达到和谐,它的各个方面就要确定一种关系,而这种关系又确定了各个方面之间应有的度。这个度的分寸要掌握得当,否则不是过分,就是不足。儒家把这个度的最佳分寸定为中庸。

作为哲学范畴的中庸,其完整概念包括"中"与"和"两个方面,即执中以致和。执中,表示采取正确的方法;致和,反映达到了理想的目的。"中"是本体,而"和"是方法、手段。"中"与"和"是连在一起的。只有事物的各个方面都能适度,即中的程度,事物的总体才能达到协调、和谐的状态。中庸的目的是要达到事物总体和谐。因此要求事物的各个方面要以事物的总体要求出发,正确处理好各个方面的关系。当某些方面出现不同意见甚至矛盾时,每个方面都应该从事物的总体要求出发,以和为贵,把各方面的矛盾降到最低程度。

---

① 庞朴:《和谐原理三题》,《新华文摘》,2007 年第 15 期。
② 《中庸》。

"执中致和"就是执政者以其中直之性和中节之情,实行合乎中道的法律制度,让矛盾中的各方各得其位,使创生中的万众各张其性。但由于"执中"权在君不在民,而原本作为协助君王"执中致和"的士人,在利禄的诱惑下成为官僚机构的一员之后,竞投王所好,使君权失去了稳定的、理性的制约力量,这样,其"中"不中、其"和"不和便成为经常的社会现象。而今天,当我们运用"执中致和"的思想资源服务于构建"和谐社会"时,一定要忠实地分析这一理论的本义,注意克服其主客观的历史局限性,使它重新焕发出新的活力。孔子中庸观的要义是"执其两端,用其中于民","过犹不及",也就是主张执中以致和,无过无不及,使矛盾双方达到和谐统一。

第二节 以和为贵

以和为贵是中国传统文化的精髓,其强调的不仅是身心和谐、人际和谐、天人和谐,而且更注重内部和谐,提升对外竞争的实力,即"内和"、"外争"的理念。

一、文化传统

以儒家为代表的中国传统文化一向讲究"和"。在儒家看来,"和"是管理活动的最佳境界。孔子认为"君子和而不同,小人同而不和"。就是说有道德修养的人应讲究协调,但承认差别,并不随波逐流。这里的"和"是指矛盾双方经统一而达成的和谐,"同"是指否定矛盾的存在。孔子的学生有子认为:"礼之用,和为贵。先王之道,斯为美,小大由之。有所不行,知和而和,不以礼节之,亦不可行也。"①"和为贵"就成为著名的儒家名言。孟子指出:"天时不如地利,地利不如人和。"②"人和"即指人与人之间团结和睦,人际关系和谐,组织内部上下齐心,组织外部搞好公共关系。荀子指出:"下不失地利,中得人和,而百事不废。"③汉代董仲舒说:"夫德莫大于和,而道莫大于中。"④可见人和的重要性。

儒家之"和"在国家管理活动中的作用:一是用来协调管理者与一般老百姓的关系,达到两者的团结;二是用来协调最高管理者与各级管理人员的关系,取得两者之间的和谐。孔子主张,在国家管理者与一般老百姓之间,关键是要取得和谐。

---

① 《论语·学而》。
② 《孟子·公孙丑下》。
③ 《荀子·王霸》。
④ 《春秋繁露》卷十四《循天之道》。

"盖均无贫,和无寡,安无倾。"①若是财富平均,便无所谓贫穷;境内和睦团结,便不会觉得人少;境内平安,便不会倾危。把儒家"以和为贵"的思想用于企业管理,其作用也是非常巨大的。在一个组织内部,要相互协调,人们的积极性才能得到充分发挥,而组织内部的团结得到了保证,同心协力,坚如磐石,就能够迎战外来的竞争。

孟子也十分重视"和谐"在管理中的作用。他举例说,譬如有一座小城每边长只有三里,它的外部也只有七里,可谓小之又小,但敌人围攻它,却不能取胜。在长期围攻过程中,一定会有合乎天时的战机,却还是不能取胜,这就证明"天时不如地利"。又譬如另一座城,其城墙不是不高,拥有的兵器也很锐利,备战的粮食也很多,但当敌人围攻之时,守城的人却弃城逃跑,这就证明"地利不如人和"。那么如何得到"人和"呢?"得道者多助,失道者寡助。寡助之至,亲戚畔之;多助之至,天下顺之。"②荀子分析到:"和则一,一则多力,多力则强,强则胜物。"③也就是说,只要人们和睦相处,就能团结一致;而只要人们团结一致,就能加强有力,由此可见,儒家文化非常重视人际关系的协调与和谐,重视人的价值的实现,强调群体和谐,注重个人对集体的奉献,因此东方人本思想带有浓郁的群体主义色彩。

二、内和外争

儒家是既主张和为贵又主张竞争的。首先,儒家的"和"是有原则的"和"。即真正有德行的人是善于与人和睦相处,善于协调各种关系的,但这并不是意味着盲目苟同,并不是意味着无原则地附和、随波逐流。这里的"和"是指协调、和谐,而"同"是指无差别地同一。其次,儒家在"和"与争的关系上,主张以和为主、以竞争为辅的原则,和是目的,竞争是手段,争是为了在更高层次上取得和,竞争并不排斥人和。儒家坚持以和为贵为手段和方法来解决现实生活中一切矛盾与冲突,因此,儒家的基本原则是能和则和,内部和谐的最终目的是为了进一步增强对外竞争的实力,即"内和"、"外争"。在激烈的市场竞争中,即在和外部企业竞争的过程中,如果没有内部的人和是绝对没有竞争优势的。对外竞争优势的基础是内部的人和。正如诸葛亮在《将苑·和人》中所言:"夫用兵之道,在于人和,人和则不劝而自战矣,若将吏相猜,士卒不服,忠谋不用,群下谤议,谗匿互生,虽有汤、武之智,而不能取胜匹夫,况众人乎。"

人们在研究日本企业成功的原因时,发现其成功主要来自内部极强的凝聚力。

---

① 《论语·季氏》。
② 《孟子·公孙丑下》。
③ 《荀子·王霸》。

"和"是日本文化的重要基础。日本民族是一个典型的"内和"、"外争"民族。在本企业内部,日本人强调雇员与公司紧密结合,以"和"的观念来处理上下级和同事的关系,鼓励以团体目标为导向,个人目标服从团体目标,形成利益共同体。日本企业在国内市场上的相互竞争是相当激烈的,但是,当日本企业面对的是外国企业时,所有的日本企业就会联合在一起,形成一股强大的力量,最终战胜对方。松下幸之助曾经说过:"事业的成功,首在人和"、"公司上下能不能团结一致,往目标上努力,是企业成功与失败的关键。"在世界经济中占有重要地位的日本企业,并不只是几个企业,而是大量的企业,是整个日本经济。日本企业之所以成功,是由于它们强调"以和为贵"、"内和"、"外争"。

三、人和应用

在现代众多管理实践中,人和的思想都可以得到有效运用。具体来说,可以运用到个人管理、家庭管理、企业人际关系管理以及国家管理中去。在个人管理方面,人和理论可以应用到个人心理情绪的调整上;在家庭管理方面,主要可以用来处理家庭各个成员之间关系的协调,营造一种良好的家庭氛围;在企业人际关系管理方面,可以用来处理企业与企业之间、劳方与资方之间、上级与下级之间、同事之间的关系;在国家管理方面,则主要是运用到对社会矛盾的管理、对各个阶层之间冲突的管理以及民族之间的冲突管理等。

(一)人得中和之气则刚柔平衡

人和运用的第一个层次就是在对自身的管理上。人要心气和平,才能做到刚与柔的平衡。要控制自己的情绪,才能做到心平气和。实现平和的第一种途径就是要克制自己的欲望;第二种途径就是社会要为个人安排一种合法、合理的途径去实现自己的欲望,能有途径让个人去表达自己的欲望。后一种途径行为动因在个人,但其实更重要的是在社会制度的设计。

个人心气为何容易不平和呢?原因在于个人的预期(或者说欲望)与现实的差距太大。在这样的情形下,只有两种途径可以缓解个人内心的冲突,而实现平和。第一种途径就是要克制自己的欲望,"克己复礼",各个宗教讲求约束欲望也都是这个道理;第二种途径就是社会要为个人安排一种合法、合理的途径去实现自己的欲望,能有途径让个人去表达自己的欲望。后一种途径行为动因在个人,但其实更重要的是在于社会制度的设计。

(二)家和万事兴

家庭是个人隶属的最重要的群体。个体生命中的大部分时间都是与家庭成员在一起的。家庭和睦了,做事情才能更有精力、动力和能力。要看到家"和合"的利

益,不能轻易被自己的情绪所左右。

在家庭中,也容易发生冲突。毕竟每个人的个性不同,婆媳关系、夫妻关系、父母与子女的关系等等都容易出现磕磕碰碰。在碰到冲突时,各方都应本着"大家和合"的精神去协调。要看到大家"和合"的利益,不能被自己的情绪所左右。

(三)和气生财

和气生财不仅仅是指做生意要对顾客和气,也是指要对员工和气,要照顾员工的利益,而且还指对竞争对手也不要采取过激的竞争行为。在任何企业中,都存在着劳资双方的关系,如何协调好双方的关系是决定企业对外竞争力的关键。只有内部和谐、团结、有凝聚力的企业,才能在对外竞争中立于不败之地。

被誉为松下"经营之神"的松下幸之助曾十分重视"和"在企业管理中的作用。他说:"事业的成功,首在人和";"一群人在一起做事情,最重要的是同心协力,团结一致";"公司上下能不能团结一致,往目标上努力,是企业成功与失败的关键"[1]儒家的仁爱思想,对于建立和谐的人际关系,增进员工之间、员工与企业之间的感情,建设企业文化,具有重要的现实意义。东亚一些国家和地区,如日本及亚洲四小龙,继承儒家学说,在企业经营中,将"以和为贵"、"和气生财"作为重要的经营准则,形成了"以人为本"的管理思想,在整个经营过程中强调对人的关心、爱护和尊重,重视人的积极性和创造性的发挥,实行富有人情味的管理,因而取得了明显的效果。

(四)平正和民

人和思想同样可以用在国家对社会的管理上。现在,我国提出构建"和谐社会"正是体现了这种思想。荀子指出"平正和民之善",要求执政当局必须"中得人和"。那么怎么来定义"政和"呢?

荀子认为,政和的首要要求就是要守序。正所谓:"人生不能无群,群而无分则争,争则乱,乱则离。"因此,"故先王案为之制礼义以分之,使有贵贱之等,长幼之差,知愚、能不能之分。皆使人载其事而各得其宜,然后使谷禄多少厚薄之称,是夫群居和一之道也。"[2]这里讲到的是要形成一个比较稳定的社会阶层结构,让每个人各处其位。我们认为,"政和"并不是否定阶层差别,而是要承认这种差别,但政府要营造一种各个阶层相互流动的顺畅通道,让人们能有选择自己的生活方式的权利,有一种公正、公平、公开的方式让人们能追求自己的理想。

---

① (日)松下幸之助:《松下经营成功之道》,军事谊文出版社 1987 年版。
② 《荀子》。

第三节　中庸之道

　　"中庸之道"是儒家学说的根基,在儒学中占有重要的地位,也是东方古代管理文化的重要理念。一般而言,中庸有广义和狭义之分。广义上的中庸就是哲学化、道德化和伦理化的中庸,而狭义的中庸仅限于指人的行动(行为)模式上的中庸。[①]

一、"中"的观念

　　"中"的观念产生于原始狩猎经济和原始军事民主政治。从历史的演进中可以考察到"中"的观念。实际上"中"观念是对原始经济基础同原始民主政治之间关系的反映。孔子的"仁"学与中庸就是"中"观念的发展,"中庸"是历史和逻辑的产物。抽掉中庸的特定具体伦理内容,中庸即具有了作为一般方法论的意义:中庸思维。中庸思维对矛盾和发展的深刻理解,其有关发展原则、策略、主体极地位的思想及其思维框架的特点对我国现代化管理方式有着深刻的现实意义。

二、现代思维

　　中庸思想在中国历史长河中,一直主要作为一种调节君臣、父子、长幼、贫富的道德规范而存在,它维护的是"先王之道"和"礼"。这种"先王之道"和"礼"的核心是"贵贱有等"。虽然中庸强调"中",强调"叩其两端"、"执两用中",但其具有灵活性与机动性。中庸思想的"权"、"变"的灵活性始终服务于"固执中正"之"礼"的鲜明原则性。即君臣、夫妻、父子、长幼的秩序不可动摇。在此原则下,关系可以适当调整,否则中庸思想便视之为大逆不道,绝无"权"、"变"的可能。所以,中庸思想在实质上是维护已有统治的一种道德说教,带有很强的愚民色彩。所以,必须进行现代性转化,才可以在管理活动中普遍适用。作为伦理化的世界观,"中庸思想"有着特定的历史局限性与缺陷。但作为一种一般的思维方式,我们认为"中庸思维"有着强大的生命力,在我国现代化进程中,中庸的方法论有着巨大的范式作用。区分"中庸思想"与"中庸思维"是我们面临的一个重大课题。

　　中庸注重外"和"时其根基是内"强"。将内在的坚守不移与外在的柔和完善融合于一体的"强"也就是中庸所追求的理想主体。经济全球化,不能消融、解构中华民族在世界文化中的主体地位。中国有自己文化相对独立的地位与发展轨迹,在任何时候都不能照搬西方管理思想和方式。中庸思维的"以分求一",其现实意义应在于揭示世界发展的多元与统一的关系。分是必然的,没有分也就没有了"一"、

　　① 张德胜、杨中芳:《论中庸性:工具理性、价值理性、沟通理性之外》,《社会学研究》,2001年第2期。

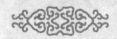

"群",没有世界各国的独立地位也就没有世界文明,世界的发展是各国不同发展道路的整合。这也就是中庸思维的"和而不流"、"和而不同"。

中庸思维强调对"道"的坚持,从现代意义上讲,"道"即规律、根本。最重要的意义指对根本的"坚守中正",指对规律的固执。事物发展有着客观规律,社会发展也存在客观规律,现代化管理不言而喻也必须遵守规律。具体而言,现代化过程中要遵守市场规律、经济规律,要符合民心的向背。

从思维模式上,中庸思维含有"主—客—主"多极主体思维模式的萌芽。多极主体注重主体极,多极主体思想坚持主体地位上的平等观,这也正是中庸思维的一大特点。西方哲学注重人与自然,西方传统思维是主客两极的框架;中国的中庸思维是人与人基础上的"人—物—人"即"主—客—主"的框架,这是东方哲学传统一以贯之的思维框架。当今全球经济一体化进程,与中庸思维的思维框架也是符合的。主—客—主模式日益显示出其勃勃生命力,从此意义上讲,这也就是中庸思维、东方哲学的生命力。

过去对中庸的批判往往把中庸思想与中庸思维混淆起来。我们应全面把握中庸,不对中庸作片面表层的理解,真正区分中庸思想与中庸思维。总之,在 21 世纪的管理理论和实践中,中庸思维方式应该大力予以肯定。

三、中庸管理

管理者要达到预期的目的,必须掌握"中庸之道",注意分寸,掌握火候,抓住时机,严防"过"与"不及"。为达到管理的目标,需要进行适度控制。把适当的人才安排到最能发挥才能的合适岗位,实现人事的最佳结合,做到人尽其才、才尽其用。管理中的激励也需要适度。东方管理是"情、理、法"的有效结合:"情"为本,即人性化;"理",即适度性和合理化;"法",即规章制度,用合理化的制度和合理化的人情达成适度管理,才能真正做到"人为为人"。

要做好中庸之道的适度管理,具体来讲体现在以下三个方面:

首先要树立"度"的观念,注意管理的数量方面,要有基本的数量分析。管理者必须对管理客体的各方面情况了如指掌、心中有数,这是做好管理工作的前提。例如,在解放战争期间,毛泽东自始至终非常注意敌我双方力量的数字统计,分析战争的发展趋势,把握其量变到质变的关键点。当敌我力量对比发生明显的变化时,不失时机地使我军由战略防御转为战略进攻,夺取了解放战争的胜利。管理工作和指挥战争一样,也只有做到情况清楚、胸中有"数",才能掌握火候,处理得恰到好处。

其次是选取最佳度。管理者要想实现最优化的管理,就必须在多与少、大与

小、长与短、快与慢、动与静、松与紧、宽与严、张与驰、刚与柔、进与退等之中做出最佳度的选择。由于各种事物都有其特殊性，最佳度也是各不相同的，即使同一事物，在不同的时期、不同的发展阶段，最佳度也是不一样的。因此，选择事物的最佳度单凭实践经验是不够的，还必须掌握丰富的科学理论知识，这样才能提高科学分析能力，寻找出事物的最佳度。

最后是把握最佳度。要把握管理的最佳度，做到适度管理，最重要的就是按最佳适度办事。首先，当事物在其质的范围还有发展余地，客观上要求保持事物的度时，要恪守事物的度，不要随意去破坏它，不要过头，也不要不及。现代化的机器、装备和零件，从设计、制造到使用都不允许超过一定的误差，否则就会造成浪费、损失甚至事故。其次，当事物的发展客观上需要并可能超过事物的度时，就要敢于冲破旧的度，建立新的度来促进事物的发展，从动态中把握最佳度。质量管理中，适度的产品质量标准不是凝固不变的，日本丰田汽车公司的产品之所以在竞争中畅销不衰，很重要的一个原因，就是能根据市场的变化不断地调整汽车产品的质量标准，随着社会生产力的发展、科技的进步以及消费者购买力的提高，产品标准相应地发生变化。

【本章小结】

1. 人和的概念可以概括为各要素之间的和谐相处。人和又分为三个层次：第一个层次是发生在个体内部，即能做到心气和平，个体的欲望与现实能达到一种平衡；第二个层次是个体与个体之间，能做到相互理解，友好相处；第三个层次是个体与群体之间和谐相处，个体能认同群体的价值观，群体也能让个体自由发展。

2. 作为哲学范畴的中庸，指执中以致和。执中，表示采取正确的方法；致和，反映达到了理想的目的。

3. 以儒家为代表的中国传统文化一向讲究"和"，认为"和"是管理活动的最佳境界。儒家文化非常重视人际关系的协调与和谐，重视人的价值的实现，强调群体和谐，注重个人对集体的奉献，因此东方人本思想带有浓郁的群体主义色彩。

4. 儒家既主张和为贵又主张竞争。首先，儒家的"和"是有原则的"和"。其次，儒家在"和"与"争"的关系上，主张以和为主、以竞争为辅的原则，和是目的，竞争是手段，争是为了在更高层次上取得和，竞争并不排斥人和。

5. 人和思想可以在现代众多管理实践中得到有效运用，如个人管理、家庭管理、企业人际关系管理以及国家管理。在个人管理方面，人和理论可以应用到个人心理情绪的调整上；在家庭管理方面，主要可以用来处理家庭各个成员之间关系的协调,营造一种良好的家庭氛围;在企业人际关系管理方面,可以用来处理企业与企业之间、劳方与资方之间、上级与下级之间、同事之间的关系;在国家管理方面,则主要是运用到对社会矛盾的管理,对各个阶层之间冲突的管理以及民族之间的冲突管理等。

复习思考题:
1. "人和"的概念是什么? 它主要分几个层次?
2. 试论"以和为贵"在现代企业管理的作用。
3. 何谓"中庸之道"? 如何把握"中庸之道"进行适度管理?

【案例分析】

任正非谈中庸管理把握度[①]

任正非在华为实施分级管理、区别要求的原则。他对各级管理者提出不同的要求:对高层管理者要求以"道"治理公司,达到"无为而治",即高层管理者要以实现公司的组织目标为己任,通过制定各种制度管理华为,培养干部,而不是在某些具体工作上出人头地,充当个人英雄;基层管理者则应以"法"管理,就是如法家那样严格地执行规章制度,有效监控,铁面无私,身体力行;而中层管理者则实行"儒家"的"中庸"式管理。

中层管理者介于高层与基层管理者之间,其中间地位决定其管理定位是在高层的务虚和基层的务实之间:其务虚,有别于高层的"无为而治";其务实,也不同于基层的管具体事。在任正非看来,中层管理者既要继承上级的目标,又要牵引公司与本部门均衡全面地发展,提升公司的整体核心竞争力;既要具体组织制定切实可行、具有挑战性的业务目标和实现措施,又要督促、监控下属完成,并参与指导重大和例外事件的处理,使部门的绩效提高,使人的因素转化为巨大的物质力量。中层必须在务虚和务实之间找到一个平衡点。

按照华为干部李宁的理解,中层管理者所处的特殊地位,使其在上令下达或下情上述时起到组织、协调和推动作用,在执行目标时,他们要承上启下、左通右达、负重开拓,必然是诸多矛盾的焦点。中层干部不仅要善于组织与调动资源,还要勇于创造和利用资源,因此,必须具备很强的与上、下级和周边关系的沟通协调能力,

---

① 改编于程东升、刘丽丽:《华为经营管理智慧》,当代中国出版社 2005 年版,第 3~4 页。

推动和改善与周边部门及流程的协调配合,以提高全组织的人均贡献率,并将例外工作在组织内形成制度,变成例行,提高部门整体运作效率。此外,中层管理干部还必须具有很强的化解冲突的能力,当部门之间、员工与主管之间或与外部环境之间利益发生冲突时,能以公司利益和大局为重,不推诿,不指责,不踢皮球,积极主动地协商解决问题,实现企业内部与外部环境之间的和谐。

中庸之道实际上是任正非管理思想的重要原则。在公司整体运作中,任正非一直主张管理上要做到进取而不盲目,稳健而不保守,敢冒风险,又善于稳中求胜,以取得管理的最佳效果。他多次强调:在公司的各项管理中,一定要实事求是,遵循自然法则办事,实现从量变到质变的发展过程。特别是处于大发展时期的公司,改良和优化才是管理进步的好方式,而不是"革命"和"全盘否定","轰轰烈烈的剧变智慧撕裂公司,所以,要在撕裂和不撕裂中把握好度。"

案例思考题:
1. 任正非的中庸管理在华为的人力资源管理中起到了什么作用?
2. 结合案例从"人和"思想的角度谈谈企业的内部管理的主要方法。

第十九章　和合思想

和合是中国传统文化精神的精髓和首要价值,它是以天人合一为核心内容的一种思想理念和思维方式,广泛地体现在阴阳五行论等许多方面的学说中,表现为儒、墨、道、释各家的一种相近的倾向,构成了中国传统思想文化的一个基本倾向和特征。自秦汉以来,中国文化就倡导"和合"精神,深刻地影响了中国文化的发展。这里我们从三个方面论述东方管理的和合思想。首先阐释和合思想的内涵、阴阳和合的思维方式以及和合思想的现代价值;其次分析"和而不同"思想的内涵及其在人缘关系和国际关系处理上的应用;最后,剖析竞合文化的特点及其在战略联盟管理中的运用。

第一节　阴阳和合

一、和合的涵义

在中国文字中,"和合"最初是两个单独的字,早在甲骨文和金文中就出现了。"和",原意是声音相应的意思,后来演化为和谐、和平、和睦、和善等。"合",原义是指上下嘴唇合拢的意思,后来演化为融合、结合、合作、凝聚等。"和合"后来成为一个整体概念。"和"讲的是一种和谐,和平相处;"合"讲的是合作,融合;而"和合"放在一起,则强调了事物不同因素之间的相互冲突以及相互融合。"和合"思想比"和"与"合"都前进了一步。

中国传统文化中的"和合"思想内涵可概括为五个方面[①]:(1)差异与和生,和合是差分、异质元素以及多元要素和合而生生。和合不是否定冲突,但冲突必须经过融合,才能产生新事物;(2)存相与式能,天地间的存有都是相,式能则是存相方式的种种潜能,存相与式能之间有一个结合选择的过程;(3)冲突与融合,冲

---

① 蔡方鹿:《张立文教授的和合学研究概述》,《中华文化论坛》1997 年第 2 期。

突是融合的前提和原因，而融合则是冲突的理势和结果，冲突必须融合，才有意义；（4）汰劣与择优，和合是诸多异质因素融合而形成的新事物，因此对各种要素有必要进行优化选择；（5）烦恼与和乐，和合能协调、和谐人的精神生活，消除人的烦恼与焦虑，陶冶人的情操，净化人的心灵，由人和而天和，进而天人合一，其乐融融。

"和合"的概念强调了事物不同因素之间的相互冲突以及相互融合。东方和谐观强调的是和而不同、和而不流。和合是中国传统文化精神的精髓和首要价值，它是以天人合一为核心内容的一种思想理念和思维方式，广泛地被儒、释、道和其他文化流派普遍接受，成为贯通中国文化思想领域的一个综合性的概念。儒家讲求阴阳和合，释家讲求因缘和合，而道家则强调天人和合。"和合"更强调中观层面的运用，这种和合思想体现在现代企业之间关系上，就是企业与企业之间不仅存在竞争，更有合作。现代战略联盟组织的出现正是这种竞合关系存在的明证。

二、和合的思维方式

阴阳和合不仅仅是一种理论体系，更是一种辩证思维方式。阴阳和合强调的是多元协调。东方文化认为矛盾确实存在，但却不是那种你死我活的争夺。和合文化强调的是一种相反相成的矛盾，矛盾一方之所以存在，正是因为有了另一方的存在。矛盾双方在斗争的同时，还有一种和谐，一种配合。阴阳和合不仅仅是一种理论体系，更是一种辩证思维方式。这种辩证思维不同于西方黑格尔的辩证法，主要体现在以下几个方面：

（一）阴阳和合强调的是多元协调，而不是二元对立

"是故《易》有太极，是生两仪，两仪生四象，四象生八卦。"[1]两仪，就其性质来说，称阴阳；就其法象来说，称天地；用《周易》的语言来说，称乾坤。阴、阳、乾、坤等确实是一对矛盾。但这种矛盾却是统一在太极之下的。太极为宇宙万物之本源，它的本源性正在于它的阴阳两性。陈恩林先生认为，周易和合思想的核心是阴阳的对立统一。其特征有四个：一是主张阴阳尊卑有序的和合；二是认识到了事物阴阳和合的多样性并主张容纳多样性；三是认识到了事物阴阳和合的两端而主张追求中道，中道是阴阳和合的主要表现形式；四是认识到了事物阴阳的和合与不和合是并存的、互相转化的。[2]

《中庸》云"和也者，天下之达道也"。肯定"和"是最高的准则。《中庸》又说

---

① 《易·系辞传》。

② 陈恩林：《论〈易传〉的和合思想》，《吉林大学社会科学学报》2004 年第 1 期。

"万物并育而不相害,道并行而不相悖,此天地之所必为大也"。事实上,现在的地球上,许多生物被消灭了,而人类自己亦处于危难的边缘。可见,自然界的各种生物除了彼此相胜之外,更是一种相互依存的关系。这再次说明,阴阳和合强调的是多元协调,而不是二元对立。

(二)阴阳和合强调的是和合生生,而不是双重否定

按照阴阳和合思维方式,矛盾双方不是一种彼此取代,而是在相互补充、相互转化、相互融合。阴阳之间是一种相生相连、相生相继、相合相生、相生相济、相胜相克、相反相成的关系。相反相成、相胜相克的结果就不是裂变,而是一种圆融。因此,老子才能说:"万物负阴而抱阳,冲气以为和。"《周易》也才说:"生生之谓易。"孔颖达这么解释:"生生,不绝之辞。阴阳变转,后生次于前生,是万物恒生,谓之'易'也。"

(三)阴阳和合强调的是有序对称,而不是无序竞争

宇宙不仅是和谐的,更是有序对称的。有序不仅表现在事物的发展呈现一定的规律,还表现在总体结构上的一种对称性。阴阳和合就体现了这种对称性。

在阴阳和合理论基础上形成的五行学说更是体现了这种有序对称性。金木水火土这五种基本物质元素之间存在相生相克的关系,这说明世界万物之间普遍存在这种相生相胜的辩证关系,世界上没有任何物质不是从其他物质派生出来的。现代系统论以及耗散结构论也证明了宇宙有序对称规律的存在。一个系统的功能取决于其系统结构的有序化程度。而这种有序并不意味着系统各要素的均匀分布,而是包含了各要素通过自组织而产生的等级层次的分化。没有这种层次分化,就不存在有序。

有序对称说明了事物各要素之间相互作用、相互制约、耦合互动的关系。这种思想体现在人与自然的关系中,就是人的行为不仅改变着自然,但人又受制于自然。人在实践的同时,伴随着反实践。当反实践累积到一定程度时,就产生了实践的异化。这说明人与自然之间存在一种对称关系。

三、和合思想的现代价值

阴阳和合思想在现代具有重要的价值。从管理学的视角来看,和合思想可以在以下领域得到有效运用:人与自然的关系;人与人的关系;人与企业的关系;企业与企业的关系;民族与民族的关系;国家与国家的关系。阴阳和合的管理原则有两条:"六位成章"和"刚柔立本"。

(一)六位成章

"六位成章"原意是指《周易》六十四卦每一卦都是由六爻所组成的稳定结构,

每一爻都是这个结构的一个层次,在一卦里每一爻都因其性质和位置空间不同,表现出彼此相互联系的关系。也就是说,其中一个因素的变化,会引起整体结构的变化。"六位成章"告诉我们,任何管理系统都是一个稳定的系统,管理就是要使这个系统保持稳定和谐。企业是由多个职能部门组成的,为了企业的稳定和谐发展,必须理顺部门之间的关系。"六位成章"的哲理与现代管理思想是相通的。

(二)刚柔立本

"刚柔立本"可以解释为"刚柔,即阴阳。论其气,即谓之阴阳;论其体,即谓之刚柔也"。所谓"立本","言刚柔之象,在立其卦之根本者也。"每卦的根本是阴阳的变化和相互配置,阴柔阳刚。阳刚代表刚健猛烈,积极的东西;阴柔代表柔弱温和,消极的东西。阴阳二性的调和,构成大千世界稳定协调的状态。在整体的关系上上级为刚,下级为柔,上、下级阴阳调和,协调配合。在管理模式上,制度代表刚,软性的文化代表柔,刚柔相济。

阴阳调和也是需要调控的理论与方法指导的。《周易》的调控原则是"天地设位,圣人成能","天地节而四时成"。节以制度,不伤财不害民[①]。"君子以裒多益寡,称物平施"[②]。简单说就是圣人成能,节以制度,称物平施的控制原则。"圣人成能"是按"天地设位"的规律来行事的。在企业管理中为了实现企业自己所定的目标,需要对企业进行有效管理与控制。虽然管理模式不同,但管理的原则是一致的,即按照自然存在的客观规律,有效控制其进程,要有条不紊地实现企业自己所制定的目的。

第二节　和而不同

东方和谐观强调的是和而不同、和而不流。"和实生物,同则不继。以他平他谓之和,故能丰长而物归之;若以同裨同,尽乃弃矣。"这种和合思想体现在现代企业之间关系上,就是企业与企业之间不仅存在竞争,更有合作。战略联盟组织的出现正是这种竞合关系存在的明证。

一、"和而不同"的涵义

孔子讲到"君子和而不同,小人同而不和",这就是对"和"与"同"进行了区分。"同"是一种简单的附和或复制,而"和"是一种融合与创新,是不同事物、不同方面

---

① 《周易·节象》。
② 《周易·谦象》。

相互补充、相互协调,最终达到主体上的和谐。"和"包含不同事物的关系。许多不同的事物之间保持一定的平稳,谓之和。"和"可以说是多样性的统一。"和实生物","和"是新事物生成的规律。而仅仅是表面的"同",并不能生成新事物。不同观点的相互补充称为"和",而简单的附和则是"同"。"同"是一种简单的附和或复制,而"和"是一种融合与创新,是不同事物、不同方面相互补充、相互协调,最终达到主体上的和谐。

二、人缘应用

"和而不同"的思想已经成为中国人处理人际关系的一条基本准则。这条原则不仅仅能用到个人的人际关系处理,而且可用来处理企业内部人际冲突,也可以用来构建企业文化。在企业中,每个人都有自己的个性,都有自己对业务的独特想法,如何把每位员工聚集到组织目标上来,就是企业文化要做的事情。诚然,每个企业的文化都各具个性,都是企业长期经营累积的结果,但任何强企业文化必定具有一个共同特征,即能营造一个共同的组织价值体系,以实现"和而不同"。

三、国际应用

和平与发展仍然是当今世界的主题。当今世界是总体和平,局部战争;总体缓和,局部紧张;总体稳定,局部动荡。从某个局部和某个片断来看,是冲突与紧张;从总体趋向和最终结果来看,是交流、对话与融合。国内的求稳定、求发展、求和谐,与对周边国家讲安邻、睦邻、富邻,在国际交往中讲合作、信任、共赢,讲照顾彼此、相互关切,寻找利益共同点,是相互联系的。冲突是客观存在的,有时甚至是很尖锐的。但总的趋向,还是在冲突中走向融合,即取长补短,共存共荣,圆融通达,和而不同。当然,"和"不是没有条件,而实力就是至关重要的条件,没有实力,"和"就可能是一厢情愿。

第三节　竞合共赢

"竞合共赢"顾名思义就是每一个国家、组织或者个人都必须通过竞争与合作的过程,达到共同的利益,使人们获得双赢、共赢甚至是多赢的格局。按照哲学辩证法的观点,事物都具备矛盾的两面性,就如市场经济的发展,仅有竞争没有合作,则限制了企业所能获取的利润率。所以,当企业之间的无序竞争白热化而市场规则日益完善透明时,唯有通过合作才能使企业获利和持续发展。

一、竞合文化的特点

(一)我国传统文化中的竞合思想

竞合文化是"和而不同"思想在企业经营界的具体运用结果。儒家哲学最看重一个"和"字,反复挖掘它所具有的深刻内涵,并将其作为统治管理之道来推行。"和为贵"的哲学思想,直接影响了现代企业的经营理念的形成。

在企业之间的关系上,强调进行合作性的竞争。儒家哲学所倡导的"和",是不同于"苟合"的,即不讲原则的调和矛盾,保持所谓的和气。"和"与"同"是两个内涵不同的哲学概念。"和"是指在承认矛盾、肯定差异基础上的和谐,"同"是指否定矛盾、抹杀差异的和谐。前者是追求对立面的协调、统一,不回避矛盾,想方设法去解决矛盾;后者却是混淆是非,无原则调和,甚至同流合污。

(二)古代纵横家"远交近攻"战略的实践

纵横家是指战国时从事政治外交活动的谋士。其主要代表人物有苏秦、张仪等。他们分别代表合纵(六国联合拒秦)、连横(六国分别事秦)两派。苏秦合纵,张仪连横,南与北合为纵,西与东合为横,故有纵横家之称。战国时期,秦国经过商鞅变法,日益强盛,国力不断扩张,引起关东各国的恐慌,他们任用以苏秦为主要代表的谋士们献计,互相结盟,联合韩、魏、齐、楚,形成南北"合纵"联盟与秦对抗。但是结盟的各国之间互相猜疑,矛盾重重,在对抗秦的进攻方面,各有打算。苏秦被刺死后,"合纵"瓦解。张仪作为秦相,首倡"连横"。秦国用武力胁迫魏韩两国背弃纵约,与秦建立联盟,"东西为横",因称"连横"。后来关东六国又联合起来,赶走张仪,推楚怀王为纵长,出魏、楚、燕、韩、赵五国之兵伐秦。可兵到函谷关被秦军所败,"合纵"又瓦解,魏、韩两国又转而屈于秦,形成秦、魏、韩三国"连横"、齐与楚两国"合纵"的对抗形势。秦国设计谋骗取楚国与齐国绝交,又约楚怀王至秦合盟,并扣留楚怀王至死。关东各国虽还想合纵,但情况更加困难。此后,秦又采取了远交近攻的策略,一面设法拉拢东方的齐国,稳住非邻之国;一面积极对外用兵,不断侵占邻近国家的土地。由于联盟各国的合纵形势已遭彻底破坏,终于使秦对其得以一一击破,统一了六国。

从古代纵横家的"合纵连横"和"远交近攻"战略,我们可以看到当时秦国虽然力量比较强大,但对方在数量上占多数。假如是一对一的话,秦国可能完全胜出。但若六国联合起来,谁是最后的赢家并未可知。可见,要想取得胜利,单靠一个人或一个国家的力量是不够的,必须实行联合。无论是"合纵连横"还是"远交近攻"战略,都是联合同盟者,实行环环相扣的整体战略、步步为营的办法,才能达到最终目的。

(三)现代市场综合的竞合共赢的运用

现代企业的竞争在某种意义上可以说是一种伦理竞争,它包含着深层次的伦理道德关系。在市场经济条件下企业的运作,竞争与合作是不可分割的。竞争的消极作用,从一定意义上说是由于竞争参与者之间缺少必要的协调与合作而引起的。

市场经济是竞争型的经济,各个企业为了寻求生存与发展的空间,必然产生竞争。但是现代企业的竞争在某种意义上可以说是一种伦理竞争,它包含着深层次的伦理道德关系。在市场经济条件下企业的运作,竞争与合作是不可分割的。经济运行以至整个社会生活会带来某种消极的作用,如一定社会资源的无效损耗、一定程度经济秩序的失常,以及因人的心理的过分紧张而导致的精神危机和人格异化等等。如果把儒家贵和思想引入市场竞争机制中,以"和"的生成性来补益"争"的损耗性,以"和"的规范性来调节"争"的失序性,以和谐的心态来淡化竞争的紧张与异化,达到以和济争,和争互补,就可以使市场经济争而不乱,争而无伤,既充满活力,又健康有序地发展。随着市场经济的深入,市场已由"完全竞争"的竞争型发展阶段转化为以合作型的"竞争合作"、"合作竞争"为主导的市场经济新阶段。

二、竞合共赢新形式——战略联盟

从 20 世纪 80 年代中期开始,全球兴起了一种新的企业间组织形式——战略联盟。所谓战略联盟,即市场中两个或两个以上的企业自愿组成的,一种企业之间松散的、以契约形式为纽带,追求长期、共同、互惠利益的战略伙伴关系。联合双方仍保持着本公司经营管理的独立性和自主经营权,彼此依靠相互间达成的协议结成松散性的联盟的整体,如肯德基和可口可乐、微软和 IBM 等跨国企业相互建立起的战略联盟。

企业战略联盟具有以下一些基本特征:

(一)独立性强

参与企业战略联盟的企业之间的关系完全是平等的,这种关系不受经济实力的影响,具有明确的战略目标,目的是为国际市场或地区性市场服务,充分发挥企业的各自优势。

(二)风险性小

战略联盟所提供的产品往往是通过各个企业之间外联型、相互衔接的附加值生产网络而实现其增值的,各企业往往都是从自己所从事的那一个环节上的营销活动获取相应利润的,这样可以充分发挥各自企业的产品优势、市场优势、技术优势、管理优势、服务优势,并能够充分利用这些优势很好地满足顾客需求。

(三)约束性弱

企业战略联盟一般只是具有特定意义的某种协议,仅仅是企业的意向书,只是强调参与战略联盟的企业各方进行合作的重要意义及目的,以及在市场营销活动中怎样进行有效的合作,并不要求企业承担相应的法律义务,更不涉及违约责任。企业还可以与战略联盟以外的其他企业再组成一个新的企业战略联盟。

(四)多维竞争

即并不强调在产品市场上限制产出,而经常是多个产业的企业行为。所以,它是一种"竞合"关系。战略联盟的动因并没有和产业市场失灵挂钩,因为战略联盟并不完全是同一产业的企业行为。所以,动因既可以是产业外生的,也可以是产业内生的,一般是内外因素的综合作用。战略联盟的目的是拓展竞争空间。

三、"人为为人"是竞合共赢的主导思想

协作型文化的特点概括起来就是"人为为人"四个字。在"人为为人"中,首先是"人为",即每个人先要注重自身的行为修养,"正人必先正己",然后从"为人"角度出发,来从事、控制、调整自己的行为,创造一种良好的人际关系和激励环境,使人们能够持久地处于激发状态下工作,主观能动性得到充分发挥。

这指出了"针锋相对"策略的本质,也即是具有了保证合作能够产生并延续的文化的全部特征。第一,"人为为人"的概括简明易记,易于传播和传授;其次其强调"人为",这正与博弈论这一研究人的行为的学科和现代竞争依靠人的思想是一致的;更进一步,"人为"要求人的行为要"正人必先正己",与"针锋相对"策略中第一步要先以"合作"待人是一样的,只有先示人以"合作",先"正己"才能给对方以榜样和信心,使其相信你的承诺,因为这样的承诺是以行动来支持的。正如克瑞普斯指出的没有行动支持的承诺是无价值的。所以"人为为人"首先强调"人为";最后,其强调"为人",也反映出了"针锋相对"策略的"回报"本质,即要为他人利益来行为,要为他人着想,他人好则自己也好,他人不好则自己也不好。"为人"的含义不仅限于此,"为人"更强调是要"为了人的全体","为集体的整体"最优而行动,这就更指出了合作的本质。从"为人"的这个角度出发也能使我们更全面地认识"回报"的意义,回报不仅要对他人对集体有益的行为进行回报,予以奖励,也要对他人做出的对集体有害的行为作出相应的"回报"——"惩罚",因为唯有这样才能有效地防止有损集体的行为发生。"惩罚"也是"为人"的另一方面,这是全面理解"为人"涵义必须要认识到的。没有强硬的实力,是不能有效"为人"的。可见"人为为人"一句话概括了所有促进协作型竞争产生和存续的文化本质,可以说"人为为人"是

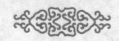

为了达到帕累托最优均衡(如"囚徒博弈"中的"合作与不合作")而必须具有的文化或"知识结构"。"人为为人"在市场经济中也起着根本性的基础作用。市场经济的最重要的道德基础是"责任感",具有责任感的信誉对参与交换的双方都是十分重要的,可以说是最根本的竞争力。可以看出,"人为为人"的文化正是培养"信誉"这种根本竞争力的最有效手段。

【本章小结】

1."和"讲的是一种和谐,和平相处;"合"讲的是合作,融合;而"和合"放在一起,则强调了事物不同因素之间的相互冲突以及相互融合。

2. 阴阳和合是一种不同于西方黑格尔的辩证法的辩证思维方式:第一,阴阳和合强调的是多元协调,而不是二元对立;第二,阴阳和合强调的是和合生生,而不是双重否定;第三,阴阳和合强调的是有序对称,而不是无序竞争。

3. 阴阳和合的管理原则有两条:"六位成章"和"刚柔立本"。"六位成章"告诉我们,任何管理系统都是一个稳定的系统,管理就是要使这个系统保持稳定和谐。企业是由多个职能部门组成的,为了企业的稳定和谐发展,必须理顺部门之间的关系。"刚柔立本"可以解释为阴阳二性的调和,阴阳调和也是需要调控的理论与方法指导的,即节以制度,称物平施。

4."和而不同"的思想可以应用于人际关系管理和国际关系管理。

5. 竞合文化是"和而不同"思想在企业经营界的具体运用结果。在企业之间的关系上,强调进行合作性的竞争。而"人为为人"概括了所有促进协作型竞争产生和存续的文化本质。

6. 在强化企业战略联盟的合作过程中,首先要相互信任,其次要努力创造新的战略联盟文化,再次要充分了解战略联盟各方需求,最后要保持高层管理人员的合作。

复习思考题:

1."和合"的概念是什么?"和合思想"的思维方式包括哪些方面?

2."和而不同"的涵义是什么?研讨"和而不同"对企业人缘沟通的作用。

3. 简述"竞合文化"的特点。"竞合文化"如何在市场经济发展中发挥作用?

【案例分析】

柳传志和而不同搭班子①

柳传志曾经不止一次地强调，一个"团结、坚强的领导班子"是联想能够取得今天这样业绩的重要原因之一。

所谓班子，是人与人的组织，是很多人的问题，是合作的问题。假定我们把总经理看作是企业组织的领导人物，那么班子则是企业的核心堡垒。建好这个堡垒，就要求领导人才具有很强的协调能力。

柳传志认为一个优秀的人才既要坚持原则，又要善于妥协。坚持原则才能有正气，善于妥协才能保证团结人。没有这两条，事业就做不大。联想集团是一个非常讲究合作的企业。1989年的时候，柳传志曾经把联想集团解释为是一个"一个人一个人与别人比，比人家弱，合在一起就比较强"的企业。1994年，联想成立了总裁办公室。柳传志把一些具有良好可塑性的人才集中到总裁办，这些人中有一线业务部门的总经理，有职能管理部门的总经理。

凡是总裁室需要决策的项目都会事先拿到总裁办讨论，柳传志从不缺席。有时候一个问题讨论来讨论去，柳传志不厌其烦地和大家一起争论，他把这种讨论叫做"把嘴皮磨热"。一年里总裁办成员的多数时间都花在这种热嘴皮子的过程中。柳传志把这样的议事方式的目的阐述得十分清楚，他认为总裁办这些成员将来极有可能要管理整个公司，现在提前把大家捏合在一起碰事议事，彼此脾气秉性和价值观逐渐融合，才有可能逐渐形成一个团结坚强的班子。无疑，这又是柳传志训练人才的一种预演。

案例思考题：

1. "和而不同"的思想是如何在联想集团的决策中发挥作用的？

2. 如果作为企业的领导者，你将如何协调不同的意见？

---

① 改编于广通编著：《联想名言录》，地震出版社2005年版，第65～66页。

第二十章 和谐社会

建构和谐社会,在中国古典文本中既有系统的理论论述,又有实施的一些措施;既有像《左传》、《国语》治国理政经验的对话叙事,又有像总结历代统治经验的《资治通鉴》的记叙。领悟中华和谐之道,对建构现代和谐社会,有一定的借鉴意义。建构和谐社会,长期以来是中华民族的价值理想。无论是商周以前禅让制的王道之治,还是《礼运》篇"大同"的理想世界,以至孙中山"天下为公"的共和理想,都没有放弃建构和谐社会的追求。这里我们首先介绍国内外思想家对和谐的认识,剖析了和谐的内涵,然后对和谐社会进行界定,分析了构建社会主义和谐社会的必要性和可能性,接着在分析总结我国古代构建和谐社会的经验教训的基础上,提出了目前构建现代和谐社会的策略。

第一节 何为"和谐"

"和谐"两个字按照字典的解释是:配合得当与匀称。但这样的一个解释仅仅是一种描述,而并没有给出"和谐"的内涵。

一、先贤的认识

我国古代思想家认为的和谐总是和"人"联系在一起的。即和谐的产生离不开人的参与。对和谐的研究也绝不能忽略人的因素,人与自然、人与人、人与社会以及人自身的和谐问题,都是和谐范畴的重要组成部分,这是一种人文主义和谐观。"天人合一"的理论更是这种人文主义和谐观的体现。

中国传统文化特别强调和谐是包含了矛盾与冲突的和谐。"和而不同"、"和实生物,同则不继"等观点表明,和谐问题的提出就是和矛盾、冲突联系在一起的。如果没有矛盾和冲突,就不存在和谐。真正的和谐也必然容纳一定程度的矛盾与冲突。

在如何实现和谐的态度上,也有积极和消极两种观点。积极和谐论的代表是墨子,他主张积极地去追求和谐的实现,他认为通向没有矛盾的和谐社会的道路是以兼易别。除了在思想路线上提倡"非命"、"尚力",用"天志"来统一人民的思想以外,在政治路线上必须做到尚贤、尚同、兼爱,非攻、非乐、节用。而老子则是消极和谐论的主张者,他认为和谐应通过妥协退让、与世无争的手段来实现。

中国传统文化强调由里及外的和谐观。个体通过个人内在的修炼,首先实现身心和谐,然后以此为基础逐步实现人与人、人与社会以及人与自然的和谐。比如,儒家就特别提倡"修身、齐家、治国、平天下"的逻辑顺序。"古之欲明明德于天下者,先治其国;欲治其国者,先齐其家;欲齐其家者,先修其身;……身修而后家齐,家齐而后国治,国治而后天下平。自天子以至于庶人,壹是皆以修身为本。"[①]

二、和谐的涵义

"和谐"是事务之间联系的一种存在状态,是对立事物之间在一定条件下,具体、动态、相对、辩证的统一。它体现的是一种均衡、平衡、配合、相生相胜、相辅相成、相反相成、相互合作、共同发展的关系。和谐也是主体从价值论角度出发对事物特定存在的主观感受。"和谐"反映的不仅是事物存在状态的本身,而且也是主体对事物特定状态的价值认同,反映了主体的价值目标和价值追求。

(一)和谐产生的前提

任何事物之间总是存在着或多或少的差别,任何事物也总是与周围的其他事物发生着这样或那样的联系,整个世界是相互联系的统一整体。事物之间的差别与联系就是和谐产生的前提。

(二)和谐不仅是一种客体存在,更是一种主观感受

"和谐"反映的不仅是事物的存在状态本身,而且也是主体对事物特定存在状态的价值认同,它反映了主体的价值目标和价值追求。对和谐的研究不仅应从本体论角度出发去探求事物之间的均衡、相生相胜、相反相成的关系,也应该从价值论的角度去考察和谐所规定的价值取向。

(三)和谐的价值标准

和谐的价值标准是指,特定系统内相互依赖、相互作用的诸要素、诸子系统之间能良好地并存和发展。"万物并育而不相害,道并行而不相悖",应是人类所追求的理想境界。

三、研究的对象

"和谐"要研究的是以下几个问题:

---

① 《大学》。

（1）身心和谐的问题，即人自身组成部分间的关系问题，它寻求的是一种心气平和；

（2）人际和谐，即研究人与人之间的关系问题；

（3）群己和谐，研究的是人与群体、社会之间的关系问题，在这类关系中，个体能否认同群体的价值体系是和谐的关键；

（4）天人和谐，研究的是人与自然之间的关系，在这类关系中，人类社会的可持续发展成为关注重点。

和谐是一切事物的原则，如工作、学习、生活、文章，条例，它们的内在必须是和谐的，和其他事物的关系必须是和谐的。和谐包含着矛盾，与此同时也有妥协；和谐包含着严格，也有宽容；和谐包含着一分为二；也包含着合二为一。有阴有阳，方方面面都能存在，都可以找到自己的位置。这就是物质的本质，物质不灭定律。

第二节　和谐社会的界定

一、和谐社会的内涵

什么是和谐社会？胡锦涛同志在省部级主要领导干部提高构建社会主义和谐社会能力专题研讨班上明确指出，我们所要建设的和谐社会，应该是民主法治、公平正义、诚信友爱、充满活力、安定有序、人与自然和谐相处的社会。这六大价值目标，体现了我国经济社会发展的新要求和我国社会出现的新趋势。

民主法治，就是强调要依法治国，发扬社会主义民主，充分调动各方面的积极因素；公平正义则是指要妥善处理好各方面的利益，做到社会公正、公平；诚信友爱，就是做事做人要诚实，讲信用，互相帮助，人们之间能融洽相处；充满活力，就是要尊重任何有利于社会进步的创造，让每个人的聪明才智能得到充分发挥；安定有序，就是社会安定团结，人民安居乐业，社会公共管理完善；人与自然和谐就是要可持续发展，不能牺牲后一代的利益来满足当前的利益，在保持经济发展的同时，要注意生态保护、生态平衡。

二、构建和谐社会的意义

和谐社会，是人类千百年来孜孜以求的美好理想。古希腊哲学家毕达哥拉斯第一个明确地把"和谐"作为哲学的根本范畴。他有两句最有名的格言："什么是最智慧的——数"，"什么是最美的——和谐"。认为万事万物都是和谐的，"和谐"是一种极致的美。

　　将哲学中的"和谐"引入政治领域，就产生了和谐社会的理想。从苏格拉底开始，"和谐"被引入社会领域和人学领域。柏拉图阐述了"公正即和谐"的观点，提出"理想国"构想。亚里士多德认为，一个国家的政权应该由中等阶层来掌握，这样能够很好地协调贫富两个阶层的利益、矛盾和冲突，从而实现社会的稳定与和谐。

　　马克思和恩格斯在《共产党宣言》中一再提倡"社会和谐"，认为"它们是关于未来社会的积极主张"。中国共产党在"十六大"提出了构建"和谐社会"。和谐社会已经成为当今出现频率最高的词之一，成为了我国人民的一个奋斗目标。

(一)构建和谐社会的必要性

　　1. 和谐是人类的美好追求，也是社会主义社会的必然要求。社会主义社会不仅意味着要进行政治、经济以及文化建设，而且也意味着要进行社会建设。只有社会和谐，才能充分挖掘潜力，使各种社会资源得到充分利用，不因社会经济矛盾造成动荡。

　　2. 历史经验表明，调动一切积极因素，团结一切可以团结的力量，是革命、建设以及改革的成功之道。

　　3. 随着改革的深入，目前我国社会出现了新的利益阶层与内部矛盾，缓和这些矛盾，营造一个稳定局面已成为一个重要课题。

　　4. 当社会经济结构发生剧烈变化，社会利益矛盾不断增加，社会稳定问题会非常突出。社会的和谐发展问题自然被提到了比过去任何时候都更为重要的位置。

(二)构建和谐社会的可能性

　　尽管人均 GDP 从 1 000 美元在向 3 000 美元跨越时，社会结构会剧烈变化、社会矛盾会加剧，但还是有国家和地区能够平稳而成功地跨越这一重要的历史阶段。20 世纪 70 年代到 90 年代的亚洲"四小龙"，便是创造这种经济奇迹的典型代表。目前我国同样拥有亚洲"四小龙"当时所拥有的天时、地利及人和。改革开放以来，我国综合国力大幅跃升，人民得到实惠，社会长期保持安定团结、政通人和、国际影响显著扩大，民族凝聚力也极大增强，而中国共产党的执政能力也与时俱进，这次提出"建设和谐社会"这一目标更是明证。所有这些都表明，只要全党、全国人民万众一心，构建和谐社会就一定能取得成功。

三、和谐社会界定的要点

(一)和谐社会不是否定差别，也不是消除差别

　　和谐必须是多样性的事物共存并相互制约、平衡；如果多样性被消解，那么和谐是没有任何意义的。多元是和谐的前提，和谐则是多元的归宿。

(二)和谐必须是一个社会结构合理的社会

社会结构合理是指社会各个子系统之间必须有一个比较均衡、比较稳定的关系。社会结构包括人口结构、家庭结构、城乡结构、区域结构、职业结构、阶层结构等等。社会结构不合理,则会拉大社会距离,扩大社会矛盾。

一个结构合理的社会,必然是一个社会各子系统之间以及各子系统内部和谐的社会,社会各阶层和谐的社会,城乡之间和谐的社会,区域之间和谐的社会,民族之间和谐的社会,代际之间和谐的社会,中央与地方和谐的社会。

(三)和谐必须是多种水平、多个层次的和谐

我们要建设的和谐社会,除了社会结构和谐外,至少还包括以下几个方面:

1. 人自身的和谐

人自身的和谐,就是要实现人的自由全面发展。个人必须有正确的世界观、价值观和人生观,能有效克制自己不现实的欲望,能通过合理、恰当的途径去实现自己的目标,能理性地处理个人与自然、个人与社会的关系,进而真正融入自然、社会和集体之中。

2. 人与自然的和谐

有些地方的经济发展是以环境的破坏为代价的。生态环境的破坏制约着经济社会的发展,也影响了人民生活水平和生活质量的提高。所以,建设和谐社会必须重新审视人与自然的关系,必须坚持科学的发展观,强调可持续发展。

3. 人与群体的和谐

个人需要集体,集体也需要个人。个人与集体的和谐,不仅符合个人的利益和需求,也符合集体的利益和需求。然而,个人利益与集体利益之间并不总是一致的,它们之间会发生冲突。在这种情况下,个人必须基于长期利益以集体为上,寻求一种和谐状态。

4. 外部环境的和谐

目前,世界格局正朝着多极化方向发展,各个国家之间正在形成一种相互制约、相互影响、相互依存的关系。全球经济一体化使地球变得越来越小,甚至成为了一个所谓"地球村"。在这个新时代,各个国家必须与世界其他国家达成一种和谐发展的关系,才能实现自身的发展。

第三节　和谐社会的构建

和谐社会一直是历代君王追求的目标,后来一些农民起义的领袖也追求和谐社会,并以此聚拢人心。然而,从政治和社会制度来讲,历朝历代君王所追求的和

谐社会都不是我们现在所追求的社会主义和谐社会。

一、构建策略

目前,我们要构建的和谐社会不同于封建社会时期的和谐社会,我们要构建的是社会主义和谐社会。正因为社会主义和谐社会姓"社",因此这样的和谐社会才是可以长久维持的。社会主义和谐社会的构建可从以下几个角度入手:

(一)从我国传统文化中吸取构建和谐社会的思想与方法

中国传统文化的精髓就是"和合"。东方管理学也将"和"作为十五个哲学要素之一,对"人和文化"、"和合思想"进行了深入讨论。这些关于"和"的理论探索都可为构建和谐社会提供参考。

东方管理研究的目标就是要融合古今中外的管理思想,为企业管理、社会公共管理提供理论武器,为构建和谐社会奉献自己的力量。因此,不仅关于"和"理论的探索,东方管理学关于"治国"、"治生"、"治家"、"治身"的研究都与和谐社会构建息息相关。和谐社会的构建离不开国家的治理,离不开产业、企业的管理,也离不开家庭关系的管理,同样还离不开人自身的修炼。因此,东方管理理论完全可以作为和谐社会构建的实践利器之一。

(二)引导民众进行个人修炼,形成一种良好的社会文化

构建和谐,首先就要在全社会营造一种和谐文化,让全社会的老百姓都能提高自身修养。个人的修炼是整个社会和谐的基础。苏东水教授提出治身要讲"六义",这六条原则可视为个人修炼的准则:

1. 与人为善。即以善心去和他人交往,从好的角度去看事物。这条原则也可以延伸为"与邻为善"。

2. 以义取利。即处理好义利关系,不能见利忘义、忘恩负义、重利轻义。

3. 以诚为基。即讲诚信,守信用,信守承诺,做一个负责任的人。

4. 以和为贵。即从"和而不同"的角度与他人交往,求大同,存小异,建立和谐的人脉关系。

5. 以乐为本。即生活要有乐趣,工作要有兴趣,这样身心才能健康,工作也才能高效。

6. 以礼相待。即对待长辈、老师、领导、他人要有礼貌。

(三)妥善处理社会各阶层之间的关系

建设和谐社会的中心任务就是应该降低两极分化的程度,并将这种分化程度控制在一定的程度之内。没有阶层分化,是不现实的;但阶层之间财富差距拉得太大,也会产生诸多社会问题。因此,构建和谐社会的一个很重要方面,就是要切实

关心弱势群体的生产生活问题。首先，要解决弱势群体的就业问题。弱势群体特别是城市弱势群体中很大一部分是下岗工人。如何解决这些人的再就业问题，如何拓宽就业渠道，已成为政府面临的重大问题。其次，构建完善的社会保障体系，为弱势群体提供一个比较安全的保护体系。最后，应该建立健全的法律援助体系，为弱势群体提供法律支撑，引导他们依法维护自己的合法权益，妥善化解矛盾。

(四)德法同治，法以扬德，德以贯法

和谐社会必须是一个社会行为规范合理的社会。法律是正式的、成文的规范；而道德则是约定俗成、不成文的规范。前者是强制性的、刚性的、外在性的规范；而后者则是非强制性的、柔性的、内在性的规范。"德"、"法"各有优势，"德"的优势在于具有强内在控制性，"法"的优势在于其具有国家权力机构的支撑，因而具有强有力的约束力，但"法"的要求比较低，有些人违背了道德，受到社会舆论谴责，但并不一定能得到"法"的制裁。

古人云："德主刑辅"，"约之以法，导之以德"为天下治国之道，是有相当道理的。仅有"德"，无法惩戒和杜绝犯罪；仅有"法"也不足以对全部的失范行为进行约束。两者必须结合，必须相互渗透，相互促进，才能构建一个和谐社会。法以扬德就是强调法律与道德这两者之间必须协调，法律的目的就是用来宣扬道德；德以贯法则是指所有法律的设定必须体现社会道德的要求。道德是防止犯罪的一种有效手段。

二、构建和谐社会的有效体系

构建和谐社会，政府的公共管理职能必须得到充分重视。随着市场经济的进一步发展，传统的行政管理模式机构臃肿、办事效率低下等弊端越来越明显。而社会上各类非营利性组织则大量涌现，公民的社区意识与日俱增，公共产品、公共资源、公共政策等日益受到公众关注。因此，政府构建一个与时俱进的公共管理体系是构建和谐社会的关键之一。

建立有效的公共管理体系的过程中必须特别注意以下两点：第一，政府部门要事先确定好社会发展的指标体系，指标体系必须完整，切合中国实际，同时要逐步向世界看齐，指标体系一旦制定出来，就必须作为对政府相关部门、领导的考核依据；第二，制定公共政策必须面向大众，必须向社会广泛征求意见，充分考虑各个阶层的利益和诉求。

科学发展与建设和谐社会是众望所归、世人拍手称快的事情！尽管怎样才能建成和谐社会，是一个仁者见仁、智者见智，道路非常复杂的过程，但严格的法制环境是和谐社会的基石却是一个不争的事实。和谐社会，要有和的感受，必需谐的基

础,即规范、协调、法制。真正的和谐是建立在法制和道德基础上的。遗憾的是,我国虽然不断加大立法进程,严格法制程序,但还存在执法不严、有法不依,权力、人情常常凌驾于法规之上或扭曲法制过程的现象,再加上道德上社会诚信的缺失,给科学发展和社会和谐埋下了许多潜在的危害,比如形成了"小闹小解决、大闹大解决、不闹不解决"的社会习惯,这种习惯慢慢演化成一种风气和文化,并逐步变成一种潜规则,甚至将法制规则排挤出局。解铃还需系铃人,消除上述影响和谐社会建设的危害只能从法规和执行体系中存在的问题入手。首先是继续健全和完善法规;其次是严格执法过程,并使其置于舆论和社会的监督之下;再次是消除和减少法规和制度的模糊界限,明确权力和法规、制度的作用范围;最后,要科学合理地利用一些管理机制,从而形成一个法制完善和严密执行的社会环境,这样失落的诚信和道德才会逐步回来,换句话说,道德、诚信、规范的社会行为不是号召出来的,而是法律制度和规范运行慢慢营造出来的。①

总之,和谐社会的构建是一项长期任务,必须付出艰苦的努力。前面论述的几点也仅仅是从东方管理理论角度所做的考察。由于东方管理理论根植于中国传统文化,致力于构建适合中国国情的融合古今中外的管理学体系,因此东方管理理论必定可以为和谐社会的构建提供参考与支撑。

【本章小结】

1. 中国传统文化特别强调和谐是包含了矛盾与冲突的和谐。同时,与西方人强调外部的形式和谐、对称和谐不同,中国传统文化强调由里及外的和谐观。

2. 事物之间的差别与联系是和谐产生的前提。和谐不仅是一种客体存在,更是一种主观感受,它反映了认识主体的价值标准,即特定系统内相互依赖、相互作用的诸要素、诸子系统之间能良好的并存和发展。

3. 社会主义和谐社会,应该是民主法治、公平正义、诚信友爱、充满活力、安定有序、人与自然和谐相处的社会。为了更充分理解和谐社会,应该注意以下几点:和谐社会不是否定差别,也不是消除差别;和谐必须是一个社会结构合理的社会;和谐必须是多种水平、多个层次的和谐。

4. 社会主义和谐社会的构建可从以下几个方面入手:从我国传统文化中吸取构建和谐社会的思想与方法;引导民众进行个人修炼,形成一种良好的社会文化;妥善处理社会各阶层之间的关系;德法同治,法以扬德,德以贯法;建立有效的公共

---

① 参见席酉民:《和谐社会的三颗"地雷"》,《管理学家》2007年2月刊。

管理体系。

复习思考题:

1. 什么是"和谐"?"和谐"主要研究哪些方面的问题?
2. 如何构建"和谐社会"?我国为什么要提出构建"和谐社会"?
3. 如何构建社会主义和谐社会的有效体系?

【案例分析】

华西村"共同致富"促和谐①

华西村,位于江苏省江阴市区东,华士镇西。华西于 1961 年建村,最初面积 0.96 平方公里,现有 380 户人家、人口 1 500 多人。40 多年来,在吴仁宝老书记的带领下,华西人努力发扬"艰苦奋斗,团结归口,服务分配,实绩到位"的华西精神,建设了一个社会主义新农村。近年来,华西先后获得"全国先进基层党组织"、"全国模范村民委员会"、"全国文明村镇"、"全国文化典范村示范点"、"全国乡镇企业思想政治工作先进单位"、"全国乡镇企业先进企业"、"全国大型一档乡镇企业"、"全国乡镇企业科技工业园"等殊荣。并被国内外各界人士赞誉为"天下第一村"!

华西村始终坚持走"共同富裕"的道路不动摇。20 世纪 70 年代,华西村开了间小五金厂,从此冲破单一农业经济,走上了农副工综合发展之路。1995 年,该村为中国乡镇企业最大经营规模第三名,最高利税总额第一名。目前全村 95%以上的劳动力投入了工业生产。目前,村民家家住 300～600 平方米的别墅,有 1 000 万～1 亿元的资产,有 1～3 辆小汽车。2005 年,华西实现销售收入 300 亿元。全村还建有塔群、天安门、山海关、百米金塔、万米长城等 80 多个旅游景点。自改革开放以来,已接待 120 多个国家和地区的宾客来考察、访问。现在,每年游客接待量在 1 000 万人以上。

华西村的经营坚持以按劳分配为主体。采用多种形式的分配方法,确保村民收入年年递增。全村的公共和村民生活设施比较完善,家家达到"八通"。全村做到没有一个暴发户,也没有一个贫困户,家家都有余钱。家家有人出国旅游,人人就业,安居乐业。美国客人来华西村访问时说:"像这样的社会主义,我们也要!"

"个人富了不算富,集体富了才算富;一村富了不算富,全国富了才算富。"华西

———————————
① 摘自《华西村网站》,http://www.chinahuaxicun.com。

富了,坚持做到"三不忘"(不忘国家、不忘集体,不忘左邻右舍及经济欠发达地区)。2001 年 6 月份以来,通过"一分五统"的方式,将周边 16 个村纳入华西共同发展。目前,一个面积超 30 平方公里、人口超 3 万人的大华西,人心所向,一呼就应,文明富裕,稳定和谐。今后五年内,华西还要投入资金 5.2 亿元,搬迁村民 2 700 户,在"山北"建设一个"万亩农林科技示范园区"。这样,既可以通过"拆老厂房建新厂房,拆老屋基建新公寓房(别墅'修修补补')"的方式,节约土地 2 500 亩,又能建成一个以"粮、果、树、渔"汇聚的生态旅游观光园。

在 2006 年华西村制定了新的"十一五规划"。也就是"十一五规划"内,要实现"五个五"(到 2010 年,实现年销售 500 亿元,幸福、富裕 5 万人,花 5 个亿元到外省、市合作搞 5 个旅游景点,建一座 50 万平方米的物流"商贸城",接待国内外游客 500 万人,迎接建村 50 周年)的新目标,实现经济和人口、资源、环境的协调发展、可持续发展,努力建设一个更加文明富裕、协调和谐的"天下第一村"!

案例讨论题:
1. 华西村"共同致富"理念体现了和谐社会的哪些思想?
2. 结合案例谈谈构建中国农村和谐发展的策略。

参考文献

1. 苏东水:《东方管理学》,复旦大学出版社 2005 年版。

2. 苏东水、彭贺:《中国管理学》,复旦大学出版社 2006 年版。

3. 林善浪、伍华佳等:《华商管理学》,复旦大学出版社 2006 年版。

4. 苏东水:《东方管理》,山西经济出版社 2002 年版。

5. 苏东水:《中国管理通鉴》,浙江人民出版社 2000 年版。

6. 苏东水主编:《应用经济学》,中国出版社集团东方出版中心 2005 年版。

7. 南怀瑾:《南怀瑾选集(第一卷)论语别裁》,复旦大学出版社 2007 年版。

8. 南怀瑾:《南怀瑾选集(第二卷)老子他说、孟子旁通》,复旦大学出版社 2007 年版。

9. 芮明杰:《人本管理》,浙江人民出版社 1999 年版。

10. 胡建绩、陆雄文:《企业经营管理战略》,复旦大学出版社 1999 年版。

11. 梭论:《以人为本的管理》,中国纺织出版社 1996 年版。

12. 胡祖光、朱明伟:《东方管理学导论》,上海三联书店 1998 年版。

13. 陈春花:《企业文化塑造》,广东经济出版社 2001 年版。

14. 苏勇:《管理伦理》,河南人民出版社 2002 年版。

15. 任志侬:《引领卓越》,中国经济出版社 2005 年版。

16. 刘光明:《企业文化》,经济管理出版社 2002 年版。

17. 肖知兴:《中国人为什么组织不起来》,机械工业出版社 2006 年版。

18. 巴拉克·奥巴马著,罗选民、王璟、尹音译:《无畏的希望》,法律出版社 2008 年版。

19. 朱世达:《当代美国文化》,社会科学文献出版社 2001 年版。

20. 王勇:《日本文化》,高等教育出版社 2001 年版。

21. 吴晓波:《大败局》,浙江人民出版社 2001 年版。

22. 吴晓波:《激荡 100 年——中国企业 1870～1977(上)》,中信出版社 2009 年版。

23. 奚丛清、谢健主编:《现代企业文化概论》,浙江大学出版社 2001 年版。

24. 包晓闻、宋联可编著:《中国企业核心竞争力》,经济科学出版社 2003 年版。

25. 吴洁云、赵阳阳编著:《温情征服世界》,中信出版社 2004 年版。

26. 周三多、陈传明、鲁明泓编著:《管理学——原理与方法》,复旦大学出版社 2003 年版。

27. 陈云、林编主编:《跟顶级企业学管人》,经济科学出版社 2004 年版。

28. 方光罗主编:《企业化概论》,东北财经大学出版社 2002 年版。

29. 储小平：《家族企业的成长与社会资本的融合》，经济科学出版社 2004 年版。

30. 威尔弗雷德·德莱斯著：《卓越领导魅力——企业经营者迭再思考》，上海交通出版社 2002 年版。

31. 立亚主编：《民营企业企业文化》，中国方正出版社 2004 年版。

32. 斯图尔特·克雷纳著，邱琼译：《管理百年》，海南出版社 2003 年版。

33. 赵靖：《中国经济思想史述要》，北京大学出版社 1998 年版。

34. 刘迎秋、徐志祥主编：《中国民营企业竞争报告》，社会科学文献出版社 2004 年版。

35. 朱先春：《中国民营企业成长通鉴》，暨南大学出版社 2003 年版。

36. 隋晓明、赵文明编著：《曾国藩人生智慧全集》，中国市场出版社 2006 年版。

37. 黄如金：《和合管理》，经济管理出版社 2006 年版。

38. 李树林主编：《中国管理本土化》，科学技术文献出版社 2003 年版。

39. 叶生：《企业灵魂 企业文化管理完全手册》，机械工业出版社 2004 年版。

40. 张德胜、杨中芳：《论中庸性：工具理性、价值理性、沟通理性之外》，《社会学研究》，2001 年版。

41. 陈恩林：《论〈易传〉的和合思想》，《吉林大学社会科学学报》，2004 年第 1 期。

42. 广通编著：《联想名言录》，地震出版社 2005 年版。

43. 张立文：《中国哲学范畴发展史（天道篇）》，中国人民大学出版社 1988 年版。

44. 王海明：《公正、平等、人道》，北京大学出版社 2000 年版。

45. 邓德海等：《格兰仕商道》，广东经济出版社 2006 年版。

46. 柏桦：《领导 EQ》，西苑出版社 1999 年版。

47. 孙耀君主编：《东方管理名著提要》，江西人民出版社 1995 年版。

48. 叶世昌主编：《中国古代经济管理思想》，复旦大学出版社 1990 年版。

49. 苏宗伟主编：《东方精英大讲堂——领先与创新专辑》，复旦大学出版社 2007 年版。

50. 包晓闻、宋联可：《中国企业核心竞争力》，经济科学出版社 2003 年版。

51. 张云红编著：《完美执行之最佳企业文化》，中国时代经济出版社 2005 年版。

52. 沈赓方、奚从清主编：《企业文化理论与实践》，杭州大学出版社 1990 年版。

53. 高效琨、刘雨村等：《中国的企业文化》，天津人民出版社 1992 年版。

54. W. H. 纽曼等：《管理过程》，中国社会科学出版社 1995 年版。

55. 阿伦·肯尼迪等：《西方企业文化》，中国对外翻译出版社公司 1989 年版。

56. 比尔·盖茨：《未来之路》，北京大学出版社 1996 年版。

57. 彼得·圣吉：《第五项修炼》，上海三联书店 1994 年版。

58. 伯特兰·罗素：《权力论》，东方出版社 1988 年版。

59. 陈荣耀：《比较文化与管理》，上海社会科学院出版社 1999 年版。

60. 成中英：《C 理论：中国管理哲学》，学林出版社 1999 年版。

61. 郭梁：《东南亚华侨华人经济简史》，经济科学出版社 1998 年版。

62. 罗锐韧等：《管理沟通》，红旗出版社 1997 年版。

63. 王辉耀：《我在东西方的奋斗——从 MBS 到外交官、新华商》，作家出版社 1998 年版。

64. 王辉耀：《新华商之路——打造新一代中国工商精英》，作家出版社 2001 年版。

65. 魏严军、江洪明：《如何授权——通过别人完成工作的艺术》，企业管理出版社 1999 年版。

66. 于国祥等：《国内外企业文化论述精选》，新华出版社 1991 年版。

67. 张军：《现代产权经济学》，人民出版社 1996 年版。

68. 周振林、范金岭：《领导与权力》，中国经济出版社 1999 年版。

69. 世界华商经济年鉴编辑委员会：《世界华商经济年鉴（1997/1998）》，企业管理出版社 1998 年版。

70. 世界华商经济年鉴编辑委员会：《世界华商经济年鉴（1998/1999）》，企业管理出版社 1999 年版。

71. 唐·赫尔雷格尔等：《组织行为学》，中国社会科学出版社 1988 年版。

72. 托马斯·J. 彼得斯等：《追求卓越》，中国友谊出版社 1986 年版。

73. 维克多·弗鲁姆等：《领导和决策》，匹兹堡大学出版社 1976 年版。

74. 詹姆斯·麦格雷戈·伯恩斯：《领袖论》，中国社会科学出版社 1996 年版。

75. 丹尼尔·A. 雷恩：《管理思想的演变》，中国社会科学出版社 1986 年版。

76. 苏珊·C. 施耐德：《跨文化管理》，经济出版社 2002 年版。

77. 阿瑟·R. 辛库提、托马斯·C. 斯坦汀：《塑造诚信组织》，人民邮电出版社 2003 年版。

78. 拉里·博西迪、拉姆·查兰：《转型》，中信出版社 2005 年版。

79. 普莱迪普·查安达：《转型之路》，人民邮电出版社 2003 年版。

80. 拉里·博西迪、拉姆·查兰：《执行》，机械工业出版社 2003 年版。

81. 约翰·科特、詹姆斯·赫斯克特：《企业文化与经营业绩》，华夏出版社 2001 年版。

82. 柯林斯·波拉斯：《企业不败》，北京新华出版社 1996 年版。

83. C·巴罗：《企业的人事方面》，中信出版社 1998 年版。

84. Dale Neef 主编，樊春良等译：《知识经济》，珠海出版社 1998 年版。

85. F. X. 贝阿等：《企业管理学》，复旦大学出版社 1996 年版。

86. H. A. 西蒙：《管理行为》，北京经济学院出版社 1987 年版。